風雲時代

風雲時代

鷹圖騰

（原書名：鷹王海東青）

Eagle Totem

白山黑水三部曲之二

張永軍◎著

白山黑水三部曲之二 **鷹圖騰**（原書名：鷹王海東青）

作　　者：張永軍
發 行 人：陳曉林
出 版 所：風雲時代出版股份有限公司
地　　址：105台北市民生東路五段178號7樓之3
風雲書網：http://www.eastbooks.com.tw
官方部落格：http://eastbooks.pixnet.net/blog
信　　箱：h7560949@ms15.hinet.net
郵撥帳號：12043291
服務專線：(02)27560949
傳眞專線：(02)27653799
執行主編：朱墨菲
美術編輯：吳宗潔

法律顧問：永然法律事務所　　李永然律師
　　　　　北辰著作權事務所　蕭雄淋律師
版權授權：中文繁體版由北京共和聯動圖書有限公司授權風雲時代股份有限公司在台灣獨家發行
初版換封：2014年7月

ISBN：978-986-352-042-9

總 經 銷：成信文化事業股份有限公司
地　　址：新北市新店區中正路四維巷二弄2號4樓
電　　話：(02)2219-2080

行政院新聞局局版台業字第3595號
營利事業統一編號22759935
©2014 by Storm & Stress Publishing Co.Printed in Taiwan

定 價：340元
版權所有　翻印必究

◎ 如有缺頁或裝訂錯誤，請退回本社更換

國家圖書館出版品預行編目資料

白山黑水三部曲之二<<鷹圖騰>> / 張永軍著. — 初版. — 臺北市 ： 風雲時代，2014.05
面 ；　公分

ISBN 978-986-352-042-9（平裝）

857.7　　　　103008149

編者薦言

《鷹王海東青》：天上的精靈，大地的傳奇

陳曉林

故老相傳，經常高高飛翔在東北天空的猛禽海東青，是鷹族中最高貴、最英勇、最敏捷的精靈。關於海東青翱翔於山巔海涯的種種描述，關於鷹獵人如何誘捕、馴養、放飛海東青的種種手法，以及獵鷹人如何與海東青建立起互信互助、靈犀相通的種種默契，經過鄉野民間一再繪聲繪影的轉述，儼然已成爲膾炙人口的傳奇。

作者強調，他在本書中雖也抒寫了可讀性甚高的傳奇故事，將海東青作爲一種有靈性的珍奇猛禽，對真心待牠的飼主所體現的不離不棄、生死以之的情義，深入表述；但作者真正的目的，是在描摹與緬懷「海東青精神」——那種在現代社會已經被忘記、被放棄、被淡化、被漠視的海東青精神，透過本書諸般情節的點染，儼然又在讀者心中激蕩起一波波漣漪，使人們回味那海東青傳奇中所隱含的精神內涵。

海東青作為反抗的象徵

東北這片既肥沃又蒼涼的雪原大地，是海東青棲止、留戀的故鄉。這片廣闊的大地上，曾經發生過無數可歌可泣、驚心動魄的衝突與鬥爭。漢人、滿人、韃靼人、俄羅斯人、高麗人、日本人……異民族之間的傾軋與血拚，不絕如縷；而當滿漢已歷經漫長的融合過程，且在辛亥革命後五族共和的號召下同爲中華民族之際，當時正崛起爲亞洲強權的日本遂迫不及待要侵吞這片大地，一方面是因覬覦東北豐富的資源，另方面欲以此爲基地來進行其分裂與征服中國的圖謀。

其時中國內憂外患紛至沓來，日本威逼已易幟歸順南京中央的張學良，進而占據東北，並操縱中國

末代皇帝溥儀作它的傀儡，安排成立「滿州國」準備予取予求。但日本卻低估了東北民間不屈不撓的抗暴意志。所謂的「海東青殺人事件」正是在此悲涼的背景下發生。

獵鷹人佟九是馴養猛禽海東青的高手，經他訓練的海東青通常都是飛撲能力最強的捕獵伴侶，故而有「鷹王」之稱。每到初春，他都會將陪伴在身邊的海東青放飛以還牠自由，但與他相依爲命的海東青往往徘徊不去。這一次，他因路見不平，出手幫落難的漢人同胞抵擋氣焰張狂的日本浪人武士凌虐，面臨對方武士刀的突襲，千鈞一髮之時，已放飛的海東青「白玉雕」捨命臨空下啄，與日本武士同歸於盡；接著，另三名日本武士也在現場漢人的反擊下殞命。

傳奇英雄在反抗中產生

事件發生在眾目睽睽之下，佟九頓時成爲民間哄傳的英雄及東北抗日的精神象徵。其後，東北各地反擊及暗殺日本占領軍的行動，常故意託名是「用刀的海東青」所爲；於是，佟九成爲日本軍閥必欲追捕的首號大敵。爲避風頭，佟九與俄裔戀人尼婭佐娃隱匿入深山野林。

回歸山林的鷹王佟九，得到許多關心他、信賴他的朋友及後輩掩護，日本人暫時無奈他何。此時，以漁獵爲生且要養活不少追隨者的佟九當然需要再馴養新的海東青，作爲狩獵時的助手；於是，在作者生動而傳神的敘述中，「鷹把式」如何收服桀傲不馴的天上精靈海東青的「熬鷹」秘密，一一像畫面般地呈現在讀者眼前。

揭開了海東青的秘密

然而，一切秘密中最關緊要的核心秘密，卻不在「熬鷹」的技術層面，而在佟九切身的體悟與叮囑：鷹把式和海東青的關係不是主僕關係，而是精神互通的伙伴關係；因此，鷹把式必須「用心去感覺、理解海東青，而不能強迫、欺騙牠」。尤其，海東青是高貴、自愛、有強烈責任感的飛禽，牠只會信服在意志和毅力上都不遜於牠的飼主，一旦信服，便生死以之，絕不背棄；準此而言，「海東青精神」即是不受攏絡、不受誘惑、拒絕接受任何不平等待遇的男子漢精神。

終於，佟九隱居的山林不再安全，日本人的搜索逐漸使他無可遁形，他在被逼迫下只得又以牙還牙，浴血反擊。然而，佟九的多年老友康鯤鵬被捕，日方揚言若「用刀的海東青」不肯出面投案，便將嚴酷對付他的朋友及親人，包括其俄裔戀人的親友。同時，日方也查出此起彼落的海東青殺人事件非佟九一人所爲，必有更重要的隱身人物。

事已至此，佟九決心直搗對方指揮部，撲殺日本追查「海東青事件」的主事者原田小五郎；詎料卻遭人出賣，被日方活逮。追隨佟九入山學習「熬鷹」少年康良駒懷疑是其父康鯤鵬出賣了佟九。當時，日本軍閥一手炮製的「滿州國」即將成立，強權勢力想殺一儆百，藉摧殘「用刀的海東青」來打擊東北人民反抗強權的意志；故而對佟九痛加刑虐，但「熬鷹」的經驗早已讓佟九養成了和海東青一樣不屈不撓的意志，即使被折磨得奄奄一息，他始終不向強權者低頭，更遑論出賣民族氣節。

「用刀的海東青」視死如歸

僞「滿州國」的漢人官員大多是迫於情勢不得不對日本占領軍虛與委蛇；現又目睹佟九表現出昂然不屈、視死如歸的「海東青精神」，內心無不暗自欽佩。他們明知在日本軍閥嚴令必殺下，佟九已無倖免的可能，唯有希望日後查明出賣佟九的叛徒，加以懲治以告慰於英靈；此外，則暗盼佟九在臨刑前能有機

會公開亮相，當衆表達出永不屈服的心聲，因若佟九被戕殺於暗室，則日本人當會散播「用刀的海東青」臨死時軟弱乞命之類謊言，以壓制暗潮洶湧的東北民間抗日風潮。

恰在佟九臨刑時，向日本告密出賣佟九行藏的那名官警暴露了身份。此時，一直以充滿不屑的冷冽眼神俯視強權者及其麾下劊子手的佟九，竟猶能拚著最後一口氣緊緊咬住了內奸的脖子，直到與該內奸同歸於盡。如此，佟九不但爲自己保住了人格的尊嚴，更讓圍觀群衆親眼目睹了「鷹王海東青」絕不向敵人妥協的凜然志節。

海東青與暗夜中的熠光

不屈的意志與真摯的感情，是海東青迥異於尋常禽類的精神特質，也是佟九之所以被公認爲代表了海東青精神的原因所在。在本書中，尼婭佐娃與佟九的異國戀情，正因爲皆出於真摯之心，亦達到了相惜相愛、不離不棄的境界。尼婭的溫柔與信任，支撐著佟九的義烈與血性；而深具海東青氣質的佟九，既處身於風雲變幻的東北大地，爲了濟弱扶傾，終於捨身取義，恐怕也早已在尼婭的意料中。

海東青精神，對於佟九週遭的人顯然也具有極強烈的感染力。兒子跟著好友佟九去學獵鷹、熬鷹，是康鯤鵬所樂見，因爲他也很佩服佟九的爲人；但兒子竟以爲自己是出賣佟九的內奸，是可忍，孰不可忍？他竟奮身行刺公安大隊長以自表心跡。這豈非亦體現了倔強而高貴的海東青精神之一個側面？

作者的神來之筆是：原來出賣佟九者還有更高層的官員，而尼婭攜帶佟九生前所馴養的新生代海東青「黃鷹大小姐」，在火車站當場格殺該官員。「黃鷹大小姐」正如尼婭一般，已與鷹把式佟九建立了真摯的感情，爲了替主人報仇，不惜冒死一搏。

然則，海東青精神猶如逆風而閃的暗夜熠光，仍存在於東北曠野，或至少，仍存在於人們內心中！

寫在前面

《海東青》的弧線

張永軍

《海東青》是《狼狗》《黃金老虎》這一系列小說的第三部，是個悲壯的故事，又是個關於「精神」和「愛」的故事。和《狼狗》《黃金老虎》一樣，它的最終目的不是寫那些具有符號意義的動物，而是寫人。寫那些具備海東青精神的人，也寫那些失去或淡漠了海東青精神的人，寫他們的悲壯和可悲、寫他們的桀驁和屈服……

值得一提的是，《狼狗》描述的是「信任」，是付出信任和收穫信任；《黃金老虎》描述的是「責任」，是作爲一個人與生俱來的責任；《海東青》描述的則是「精神」，是飽含希望的、內在的、不可征服更不能丟失的精神，海東青的精神。同時，《海東青》既具備《狼狗》的故事性，也具備《黃金老虎》的野性。此外，它還具備以上兩部小說所不具備的流暢性。在探尋「精神」的過程中，講述了一個號稱「鷹王」的鷹獵人佟九和他的妻子、俄國姑娘尼婭佐娃因一句話而相愛相隨、不離不棄的愛情故事，在一個「悲痛」的、近乎「麻木」的環境中，展開細緻的敘述，借助一連串意外的、傷情的、傷感的，而又必然的故事和情節，慢慢指向那種使人心痛的、不屈的精神；指向那種已經被忘記、被放棄、被淡化、被漠視的海東青的精神……

現在，讓我們一起進入《海東青》的故事，去感覺海東青的精神吧……

CONTENTS

小說中常出現的名詞

編者按：本書因以東北大漠為故事背景，故書中常出現許多東北方言，茲將其明列說明如下，以便讀者在閱讀時更為瞭解。

＊老鼻子：形容很多、很長、很久。

＊鷹把式：專門捉鷹、馴鷹的人。

＊二毛子：指中俄通婚的混血兒。

＊逗嗑子：哈啦、逗樂、說笑話。

＊晃悠：晃動、遊蕩。

＊整：弄、擺平之意。

＊這疙瘩、那疙瘩：這裡、這地方；那裡、那地方。

＊嘮嗑：閒聊。

＊埋汰：骯髒。

＊鬍子：土匪。

＊媳婦：指妻子。

＊木把：伐木人。

＊小抽子：小妓女。

第一章　禍起海東青

1

一九三一年（民國二十年）早春三月中的一天下午，夕陽西下，佟九興沖沖走進通化縣城西關老城街。此時，他的思維已經被一個叫尼婭佐娃的姑娘占滿了。

尼婭佐娃是一個好看的俄國姑娘，她和其他十幾個俄國姑娘一樣，都是舞女。

幾年之前，一夥俄國人來到通化縣城。他們在老城街大劇院的後街買了一大片灰磚青瓦的房子，再把房子改建一下，變成了院門臨街的一座四合院內套兩座三合院的大院落。

之後，俄國人在院門的左右兩邊，掛上一對大燈籠。這是一對南瓜樣子的大紅燈籠，分內外兩層，外層上的彩色圖案是西洋風格的各種形態的半裸體女人畫，在當地居民看來既好看又古怪。畫上半裸體女人翹翹的屁股、挺拔的胸部、細柔的小腰、碧眼紅唇金髮飄飄，很是醒目。並且，燈籠還是可以旋轉的，微風拂過，燈籠就慢悠悠轉動起來，燈籠上的半裸體女人便像在跳舞似的。

這種燈籠式的古怪招牌，明白無誤地告訴當地居民，俄國人來這裏是做什麼生意的。當地居民按照習慣，管這裏叫「洋人的家」，也就是俄國洋人開的跳舞喝酒兼賭博的場所。

日子久了，當地居民漸漸知道了這夥俄國人的背景。原來，他們曾經是沙皇俄國的貴族，為躲避國內的戰亂，東逃西逃才來到這裏的。他們的當家人，是一個叫馬羅夫的中年人，據說曾經是個擁有大片領地的子爵大人，而現在他是「洋人的家」裏的掌櫃，他的夫人也就成了「洋人的家」裏的大領班。他們家族裏的年輕女人——貴婦小姐女僕之流就成了舞女，年老的女人和男人則變成了雜役。

其中，那個把守大門叫霍克的大鬍子俄國人，就是尼婭佐娃的舅舅，據說此人原來是沙皇俄國部隊裏軍銜挺高的軍官……

2

佟九在老城街大劇院門前停下來，扭頭看賣油炸糕的攤子。想到尼婭佐娃可能喜歡吃油炸糕，又想到自己剛過廿九歲的生日，就走過去對攤主說買廿九個油炸糕，要大點的。

賣油炸糕的攤主是個北方漢族人，個頭矮小，一張口就是一口北方話：「行咧，你別急，下一撥炸的才是你的，你得等著。」

佟九衝攤主點點頭，掏出幾個銅錢丟在攤主裝錢用的鐵皮桶裏，扭頭對一邊賣鮮肉的說：

「喂！老康大哥，別光低著破腦袋數那幾個小錢。瞧你那屌樣，都數三十遍了吧？這天還早，你還行，你的肉眼看就割完賣光了。」

賣肉的老康是個四十幾歲的瘦子，住在縣城外北邊的柳條溝溝門。家道敗落後娶了個逃饑荒的北方漢族女人，不過，那女人生病死去有七八年了。老康在女人死後，一個人帶個十三歲的兒子，靠從屠宰戶手裏上點鮮肉蹲街邊賣，以求生計。他和佟九是好朋友，都是當地滿族大姓的後裔。

老康把黑黃的瘦臉抬起，看是佟九，揚起下巴上亂七八糟的鬍子，衝佟九點了點頭，咧開嘴笑了笑，抬手擦了擦嘴角的口水，說：

「臭老九啊，怎麼的，下山了？咱哥倆又是一冬天沒見了。唉！你小子真沒出息。這才幾個月，下山就往『洋人的家』裏跑。還找那個老毛子小娘們？真迷上她了？那不行，這二三年我都說了你幾十遍了，你怎麼就不聽呢？那黃毛小娘們的屁股就那麼好看？前幾天聽你表姐說你這兩年整鷹賣了不老少的錢，都是響噹噹的大洋錢。你別都嫖了，也該留點，讓你表姐給存著，要不讓我給存著都行，我和你表姐給你娶個好媳婦成個家什麼的。這『洋人的家』今兒個就別去了。一會兒我收了攤，咱一路去你表姐的小店燉了我留的牛下水，咱幾個喝點酒。完了跟我回溝門住下，好吧？」

佟九皺皺眉頭。老康有個臭毛病，每次與人見面都是一堆廢話，他自己還感覺不到。

和以前一樣，佟九不對老康解釋他和尼婭佐娃是怎麼回事。佟九說：「你那破下水那麼臭也能吃？還好意思就著下酒？我來時扔你屋裏一隻大天鵝，凍得石頭似的硬。你回去見了別急了眼生啃，先用涼水解出冰，再剁成小塊丟鍋裏用小火慢慢燉。放點鹽就行，吃清湯純味的。把你撐成個啞巴，我和我表姐、表妹，還有你兒子的耳朵也都清靜了。」

老康嘿嘿一笑，說：「誰說不是呢？我也怪我不是個真啞巴，我要是個真啞巴，你表姐就不煩我了，那我不用使勁就成了你的表姐夫。你表姐可是個好女人，守寡七年什麼風吹草動也沒有，還把你那個好看的小表妹也給調教得又野蠻又正經，多不容易。你說，你這個表姐夫是我當得成，還是老去瞄你表姐的馬副營長當得成？」

佟九不想說馬副營長，他不熟悉馬副營長，就笑一下，說：「我看你當得成。」

老康剛要咧嘴笑，佟九又說：「你老小子下下下輩子生成個真啞巴就當得成了。還有老鼻子（形容很多、很長、很久）年了，你慢慢熬吧。」

老康的笑容僵在了臉上，瞪一眼佟九，又嘆了口氣。

賣油炸糕的矮個子在一邊聽了咧嘴直樂。

老康扭頭衝他喊：「陳小腿，你他媽吃了屎了，樂個屁，再樂把你丟油鍋裏炸成油炸鬼。」

陳小腿依舊笑呵呵的，也不回嘴，麻溜地把十幾個油炸糕從油鍋裏夾出來，放在一邊盆裏的鐵網上滴油，又包好十幾個油炸糕丟進鍋裏，再把那十幾個滴完了油的油炸糕用黃裱紙包了放一邊。看到佟九在看，就說：「這是給『洋人的家』裏那大娘們麗達炸的，再炸的就是你的，想吃這東西就不能著急。」

佟九認識麗達，麗達和尼婭佐娃是一起長大的好朋友。佟九就笑著點點頭。

這時，麗達顫巍巍地從街上晃來了。她的身材非常巨大，像頭龐大的母牛——大粗胳膊大粗腿，大臉盤子大肚子，還有大磨盤似的屁股和那對肥碩的大奶子。

麗達走過來，低下臉，瞇了下眼睛，仔細瞄了眼看著她笑的佟九，叫道：「天啊！是佟九先生，親愛的佟九先生，強壯的小公牛，你總算來了。可憐的尼婭佐娃想她的小甜心，整日整夜地流淚，哭紅了美麗的眼睛，相思的淚水流成了伏爾加河。」

說著，麗達一把把佟九抱進懷裏，又使勁抱緊。佟九也展臂抱上麗達的腰，抱不過來就用一隻手勾過去拍麗達的大屁股。

老康在一邊盯著看，又皺眉頭又打冷戰，嘴裏嘟噥了一句：「我媽呀！大母熊抱了隻小公狼。」

麗達和佟九終於鬆開了。

麗達說：「我去把這個好消息告訴可憐的尼婭佐娃，佟九先生你付了油炸糕的錢就快來吧。我可不想你看到尼婭佐娃紅腫的眼睛，那樣你會傷心的。尼婭佐娃需要化妝一下。」

佟九哈哈笑著點頭，看著麗達亂顫著跑去了，接著替麗達付了幾個銅錢。

老康說：「這金毛大娘們的心眼真他媽多，也真他媽貴，那身胖肉抱一下拍幾下肥屁股就是十來個油炸糕錢。」

佟九笑笑沒吱聲。

陳小腿忍不住嗤嗤又笑。

老康說：「陳小腿你再笑，我搶了你油炸糕回去給我兒子吃，搶十個我吃五個再他媽搶五個。唉，你還別說，這幾年下來，老毛子的那些大老娘們、小娘們、大小老爺們說咱東北話越說越溜了，就是聽著像跳蚤在身上咬，滿身起疙瘩。」

佟九沒答話，他似乎聽到了別的聲音，就抬起左手抓了抓左耳朵。佟九耳朵上的皮是黑色的，像鐵皮——那是長時間待在山裏，並把耳朵露在帽子外面凍黑的。但佟九的聽力好得出奇，這是長時間在山裏鍛煉出來的。

佟九聽到了海東青展翅飛過的聲音：在這縣城熱鬧的街上，怎麼會有海東青呢？

佟九想一下明白了，抬頭往街邊一棵光禿禿的柳樹上看。在柳樹的一根枝條上，蹲著一隻白色羽毛間雜灰色斑點的白鷹。這種白鷹是海東青的一種，也就是白海東青。

白海東青居高臨下傲然而立，一雙鷹目也盯著佟九。人和海東青四目相望，佟九嘆了口氣，把左臂抬起，看著白海東青，嘴裏發出「嘁嘁」的叫聲。白海東青在那根枝條上跳一步，站在另一根枝條上，還是傲然地盯著佟九，並不飛下來。

佟九從右腿的綁腿裏拔出一把牛角尖刀，走到老康的肉攤前割下兩塊碎牛肉，用右手抓起，對著白海東青拋起落下地在手裏掂幾下，嘴裏還是發出「嗻嗻」的叫聲。白海東青遲疑了一會兒，突然展翅向佟九衝來，飛到佟九頭頂時探出鷹爪，落在佟九抬起的左臂上。

佟九就說：「老白，春天到了，你怎麼還不走呢？你該去找甜心，抱抱窩壓壓蛋生兒育女呀！咱哥倆在一起累了一冬了，春天了，該分開了。你該和我一樣，我找甜心大媳婦來了，你吃了肉也去找甜心小媳婦吧。」

陳小腿和老康都伸長脖子看吞吃碎牛肉的白海東青。陳小腿是從北方遷徙過來的，不明白這一人一鷹是怎麼回事。老康是知道的，他說：「怎麼？你放鷹走牠不走？」

佟九說：「是啊！我來前放了老白兩次，老白就是不走。這不，這傢伙瞄著我又跟著追進縣城來了。」

陳小腿插話說：「那就留著，這鷹多難抓，牠值錢吧？」

老康衝口說：「你懂個屁。這不是春天了嗎？咱們馴鷹、養鷹的鷹把式，在春天都要把海東青放飛，這是祖宗傳下的規矩。」

陳小腿對佟九說：「原來大哥你是玩鷹的鷹把式，難怪你這人看著古怪又滿身野氣。」

老康忍不住了，抓起塊碎牛肉打陳小腿。陳小腿抬手接住碎牛肉又丟回去，笑呵呵地又丟給老康兩隻油炸糕。

老康接住油炸糕邊吃邊說：「告訴你小子，咱家臭老九可不是一般的鷹把式，他是鷹王。你見過臭老九的海東青抓嗷嗷叫的天鵝嗎？沒見過也不告訴你。他媽小氣樣兒，才給兩個油炸糕，我吃一個還得給我兒子留一個。咱們爺倆都沒吃夠，嘴裏不得勁又想吃了，不得找你買來吃嗎？我賣牛肉的錢就被你掙去了，你小子猴精。」

老康說的不錯，佟九的確是東邊道佟佳江這一帶號稱「鷹王」的鷹把式。

佟九沒理會老康和陳小腿逗嗑子（哈啦、逗樂、說笑話），他在心痛這隻不想離開他的白海東青。

佟九來通化縣城之前，一直待在山上的老窩裏。前不久，他餵飽了白海東青，把牠帶到滾兔子嶺鷹場，解開鷹絆繩，把白海東青放飛了。

白海東青飛入雲霄的那一剎那，佟九舉頭看著，嘴裏嘟噥著祝願的話，直到白海東青飛得看不見了，他才含淚回到老窩。

每年開春二三月份的某一天，佟九都要經歷這種人鷹別離的悲傷。鷹把式捕捉、馴養海東青，使牠成爲幫手和夥伴，並與牠朝夕相對，因此感情很深。但是，開春二三月是海東青的繁殖期，爲使海東青能順利回老家去繁殖，不管多麼愛海東青，鷹把式這時也得把海東青放歸山林。而到了八月草枯黃時，海東青又會飛來越冬，鷹把式就去鷹場再捕一隻海東青，馴養牠當狩獵的夥伴。

佟九回老窩睡了一夜醒來，出去方便時，突然看到白海東青蹲在平日白天蹲的鷹架上，瞪著一對金黃的眼睛看著他。

佟九心裏一跳，眼睛濕潤了：老白不肯走，又回來了。於是他又一次把牠放飛。可是這一次白海東青並不飛遠，只是圍著佟九的腦袋一圈圈地盤旋，飛久了就落在佟九老窩前的白樺樹上。

佟九就蹲在白樺樹下陪著。人鷹相對呼吸相聞，待了一天一宿，白海東青終於消了氣。佟九才喚下白海東青，餵飽牠，又帶牠去放飛。這次白海東青也許懂得了佟九的心情，牠飛走了。

佟九看著白海東青飛沒了身影，嘆息著回了老窩。他懷著一種怕老白回來又盼望牠回來的心情，在老窩裏待了兩天。

兩天中，老白沒回來，佟九就認爲這次牠真的飛走了，去找伴侶生活去了。而他也想念尼婭佐娃，就出了山。

佟九先去老康家看了看獵狗大老黃。大老黃冬天在老窩的白樺樹林裏追狐狸，卻在一窩狐狸分批次輪番出擊引誘下，被埋在雪中的樹根別斷了一條前腿，摔下了石坡，被佟九寄養在老康家。牠被老康的兒子康良駒照顧得挺好，只是跑起來那條斷過的前腿還有點顛腳，佟九放心了。

離開老康家時，佟九留下了一隻凍硬的大天鵝。然後，佟九就進了通化縣城，先去了震陽街的吳記山貨行，把兩大口袋從大雁、大天鵝身上收穫的絨毛和從天鵝嗉子裏取到的東珠，以及貂皮、狐狸皮等等貴重物品換成現大洋，又把現大洋兌換成黃金，把身上的黃金都拿出來仔細數數，足夠五十兩了。

佟九顯得挺高興，揣好黃金走向西關老城街。

可是，佟九不知道，老白又一次悄悄跟了來……

佟九看著白海東青一口口吞吃牛肉，嘟嘟噥噥和牠說話：

「老白，你吃完就飛走吧。不是我不要你，是你不能不走。你不養下兒女，你這一生就不完整。和我搭伴是你的另一種生活，你還有你自己的生活。咱說好，到了八月你再飛來，咱倆再搭夥，咱倆還捉大天鵝。還有大老黃，大老黃也想著你，也等著你再來。」

老康在一旁聽了，也禁不住有些傷心。

陳小腿不理解滿族鷹獵人對海東青的關切，看著覺得古怪又好笑，就嘿一聲笑了，又想到佟九看上去挺傷心的，就忍住不再看佟九和白海東青，把臉轉向街上。掃了一眼行人，陳小腿的眼睛突然聚出一道光，他看到了四個日本人。陳小腿的臉色當時就發白了。

這四個日本人腰間都別著一長一短兩把細身彎刀，穿著日本式的和服，甩著寬大的袖子，用腳拖拉著踢踏響的木底鞋，走路腳底下沒跟，東倒西歪從「洋人的家」的那條胡同口沿街晃過來。看他們這副屌樣子，就知道他們剛看了俄國歌舞，喝醉酒了。

3

此時，佟九在餵白海東青，又側身對著街，沒看到這四個日本人。老康面對大街和佟九，他看是見慣了的日本人，也沒多看。

然而，陳小腿卻咬牙盯著四個日本人中的一個矮個子，看著他搖頭晃屁股，從佟九身邊走過去。陳小腿把手悄悄伸進懷裏，似握緊了什麼東西，悄悄離開攤子向日本矮個子身後靠過去。可是日本矮個子突然站住了，停下腳，身子晃幾晃，轉過身，直勾勾地盯著佟九左臂上的白海東青晃蕩著走回來。

陳小腿就站著不動了。

日本矮個子把腦袋探過來，他的個頭只到佟九的肩部。他一邊向後面的同伴招手，一邊盯著白海東青問佟九：「你的？這是鴿子？是大個的鴿子？咕咕叫的勾嘴巴的大鴿子？」

佟九的鼻子差一點被氣歪了。不過，他知道這傢伙是個日本人，就沒吱聲。

日本矮個子又掉頭衝著三個同伴哇哇說日本話，一邊著急似的急速擺手。那三個日本人這才停下，圍過來看佟九的白海東青。

一個日本人問：「這是魚鷹？」

另一個日本人也問：「這是海雕？白花花羽毛的海雕？」

日本矮個子又說：「我的知道這是隻鴿子，大個的能吃肉的大鴿子。他的，這個傢伙點頭了。」

老康忍不住嘿一聲笑了。

日本矮個子抬頭看著老康，咧開闊嘴也嘿嘿笑，似乎在為自己能認出一隻怪模怪樣的大鴿子而得意。

佟九看先過來的這三個日本人離他太近，酒氣直往鼻孔裏飄，也離白海東青太近；而白海東青的鷹爪已經下蹲，翅膀微微翹起，一對金黃的鷹目緊盯著日本人——這是牠沖天而去的先兆。

佟九就退一步，說：「你們幾個站穩了，別晃悠（晃動、遊蕩）。誰點頭了？那是低頭才能看到這小子，什麼眼神？你們日本的鴿子長這樣啊？這是海東青，不多見的白海東青。」

站在外圍的第四個日本人聽到佟九的話，就分開另外三個日本人擠過來，看著白海東青說：「我的知道這是什麼猛禽，這是一隻白玉雕，你們叫牠白玉爪，牠是大清皇帝駕馭的白海東青，是海東青中的極品，是東方的神鷹，滿族人的精神圖騰。我說的可對？」

佟九皺了下眉頭，沒想到這個日本人認識海東青，也知道海東青中的極品是白玉爪。但他的白海東青並不是動如白光閃電、瞬息無影無蹤的白玉爪，而是僅次於白玉爪的白海東青。

但是佟九不想說這些，而且此時他的心裏也有些得意。

佟九說：「你這日本小子還行，東北話說得比那幾個說得順溜，也知道海東青。你是早幾年來咱們這裏的日本人吧？」

那個日本人不看佟九，只盯著白海東青，順手在懷裏摸出一張紙幣，抓起佟九的右手拍到他手裏，說：「錢的你的，鷹的我的。你的快快地用你的鷹兜子、鷹蒙子套上白玉爪，我的帶走。」

佟九愣了一下，這日本傢伙還知道帶陌生的鷹走得用鷹兜子和鷹蒙子，不簡單。他又看了一眼手裏暗綠色的紙幣，上面還有個人像。至於是什麼國的紙幣，佟九弄不明白。

當時，整個東北是坐鎮瀋陽的那位民國大元帥的少帥兒子張學良的政令範圍。市面上流通的貨幣多是各省督造的銀圓和銅圓，比如俗稱袁大頭、孫小頭的民國大洋；也有民國發行的各種面額的紙幣，還有印有張大帥半身戎裝像的銀圓。日本人的日本紙幣佟九這是頭一次看到。

日本人用通紅通紅的一對眼珠直勾勾盯著白海東青，如果不是怕被白海東青抓一把，這傢伙就自己動手捉了。

佟九覺得不爽，抬手把那張紙幣拍在日本人的手上，說：「這是什麼玩意？有什麼用我不知道，留著擦屁股又太硬不如草紙好使。我這海東青啊，你小子能看見就是你家祖上留下的福氣，你就知足吧，想買，沒門。」

那個日本人看著佟九眼珠更紅了，右手探向腹部，握緊了刀柄。但他沒拔出刀，又問：「你的真的不賣？」

佟九一聲冷笑，抬起左臂往空中一甩，白海東青展翅向空中飛去。

那個日本人掉頭向白海東青追幾步，只見天空中只剩下一個小白點，就哇啦哇啦大聲咒罵起來。

佟九聽不懂那個日本人罵的是什麼，看日本人著急跳腳大叫他挺高興，又看白海東青終於飛走了，就哈哈笑了起來。

日本矮個子最先惱了，向前晃一步，抬手就甩了佟九一個大耳光，「八嘎八嘎」地張口大罵。

佟九被這一記耳光打火了，抬腿往前衝，卻被見機不好悄悄離開肉攤湊過來的老康一把拉住。老康又晃一步擋在佟九身前，對矮個子說：

「你們是爺，我的爺！我替我兄弟給爺請安了行不？幾位爺，我兄弟是個傻子，傻子你們懂不？就是玩鷹把腦袋玩壞了的……」

話沒說完，老康的臉上也挨了另一個日本人的一個大耳光，腦袋也被拍了一巴掌，緊接著被日本矮個子抬腳踢倒了。

佟九把老康拽起來就要往上衝，老康反手拉住佟九，連說：「沒事、沒事，爺幾個肯打我那是消氣。沒事，挨幾下打能長得更結實。真沒事，不痛。」

說完老康拽著佟九晃著向後退了兩步，打人的三個日本人都笑了——老康是長短腿，站不直，走路左右搖晃。

老康捂著臉嘿嘿笑，但他臉上的表情卻像在哭。

一個日本人指著老康的腿哈哈笑著說：「滿洲人，東亞病夫！和支那人一樣。」

佟九一聽就想動手。不，是佟九動腳了。

佟九剛往上撲，日本矮個子就撲上前一拳打來。佟九側開一步，躲開來拳，抬左腿一記「扁踹」。日本矮個子的肚子中腳，「唔」的一聲，屁股向後坐倒，弓成九十度直角，又向後滾了一個跟頭，就摔趴下了。一會兒，這傢伙哼唧著坐起來，張嘴哇哇開始吐，吐出的東西中夾雜著紅色血液，不知是他咬破了自己的舌頭還是內臟受了傷。

初時，另外三個日本人看同伴被踹倒覺得有趣，還拍手嘿嘿笑。見日本矮個子吐了血，其中的一個日本人不笑了，哇哇叫罵著拔出腰帶裏插的長刀，大叫一聲，撲過來就剁佟九的腦袋。

佟九是個鷹把式，沒脾氣、沒耐力是做不了鷹把式的。而且此時的佟九思維簡單，你打我我就打你，你殺我我就也殺你。這和他狩獵時被野狼、野豬襲擊時的應對方式一樣。

當時，還有一個日本人悄悄往佟九身後轉，但這人不知怎麼想的，並沒拔出刀。

佟九躲了幾刀。那個日本人雖然舞刀剁頭、剁肩、砍腰不如清醒時靈活管用，但一直也不停手，盯著佟九哇哇大叫著，一個勁砍。

佟九一邊躲刀，一邊瞄著另外的日本人。他的右手下垂握住重又插回右小腿綁腿的牛角尖刀。日本人又一次迎面撲來時，佟九抬手把牛角尖刀甩出去。那個日本人猛地一下停下腳，低頭看肚子，那柄牛角尖刀就剩個刀柄留在肚子外面。他舉在胸前的長刀脫手落在地上，人也坐倒在地。他還沒死，但若搶救不及時也就離死不遠了。

佟九傷人了，而且這是他頭一次用刀傷人。佟九一下子愣住了，衝到那個日本人身邊，見這傢伙的血流出一大灘，想說失手也晚了。

這時悄悄瞄著佟九後背的那個日本人突然上撲，抱住佟九的脖子往後扳。那個想買白海東青的日本人則拔出長刀來捅佟九的肚子。

老康哇哇叫著甩手跺腳喊「完了完了」，卻不敢上前，反而一屁股坐地上大喊大叫，喊公安隊來救命。

佟九眼看就要被日本人的長刀洞穿肚子，千鈞一髮之時，他將左手臂前甩，試圖在刀刺過來時抓住刀身，同時右手肘後頂，試圖掙脫出日本人的控制。但那個日本人懂日本柔道，雖然醉了酒也力大得很。

佟九一時不得脫困，就用背部頂著那個日本人往後退。這時，白海東青又飛了回來。看到佟九對著挺刀的日本人甩左手臂的這個動作，白海東青認爲這是指令牠攻擊，牠就行動了。

那些圍觀看熱鬧的人突然看見一隻白鷹如一顆流星迅猛地衝下來，「砰」一聲，撞在挺刀前刺的那個日本人的臉上。日本人慘叫一聲，丟下手裏的刀抬雙手去捂血流如注的腦門，還沒捂上，人就撲倒在地，撲騰幾下就死去了。

白海東青也摔在地上，翅膀撲扇幾下，想起身飛去，但沒能站起就又摔倒了，鷹爪顫動幾下後，也死了。白海東青堅硬的腦袋和脖子都撞碎了。

佟九盯著白海東青的屍體眨了下眼睛，一下子呆住，四肢突然沒了力氣，連掙扎反抗都放棄了，大腦一片空白。

矮個子這時也不吐了，他沒受內傷，是摔倒時牙齒咬破了舌頭。他看到兩個同伴一個死了，一個奄奄一息，一下子酒就醒了，人也精神了。他一邊往起爬，一邊衝著抱上佟九脖子的那個日本人喊了句什麼。那個日本人就騰出一隻左手去拔腰間的那柄短刀。

老康還是不敢上前，抱著那條短腿，坐在地上一個勁地喊：「佟九快跑，快使勁掙開！」

此時佟九的眼睛還盯著白海東青的屍體，但他又開始掙扎反抗，想掙脫開那個日本人的控制，去看看白海東青。

那個日本人一條右臂無法控制住佟九，哇哇叫著又用左手幫忙，想放倒佟九用身體壓上去，再拔刀殺死佟九。

這時，一頭金髮的尼婭佐娃跑過來，眼見佟九危險，飛速地抄起地上那把日本刀，一個轉身靠到日本人的身後，把手裏的刀順著抬起的手臂打橫，刀刃對準那個日本人的後脖子飛快地掃過去。

那個日本人只痛叫了一聲，後脖子就像青蛙的嘴似的張開血紅的大口，血一下噴出來。尼婭佐娃身子敏捷地往旁邊一閃，不讓血濺在身上。

尼婭佐娃又伸手把那個日本人的手從佟九的脖子上拉開，日本人的身體向後摔倒，在地上扭曲幾下便死去了。

接著，尼婭佐娃抬手給了佟九一個挺響的大耳光，把日本刀硬塞在佟九的手裏，喊：「親愛的，你快醒醒吧。你去殺死這個東洋小鬼子，他們殺你，你就要勇敢地反擊他們。」

佟九這才把目光從白海東青的屍體上抬起，看了眼尼婭佐娃，握緊了日本刀，盯著日本矮個子走過去。

日本矮個子的酒醒了，日本武士的本事也回到身體裏了。這傢伙面對拖刀而來的佟九根本不懼，拔刀在手，站穩腳跟，雙手握刀下蹲，腳踏反八字步衝上來，就向佟九的腦袋剁下一刀。

佟九是滿族的鷹把式，滿族人的刀箭騎射曾經上百年甲於天下。他懂得怎樣使用刀，而且早練就了三招古怪的刀法。

佟九把身體側轉半步，揮動日本刀把日本矮個子剁下的那一刀架開，順式拖刀轉刀刃前掃，腳下往前進步。這一招就把日本矮個子的前胸掃開一條大口子，血瞬間染紅了矮個子的前胸。佟九和日本矮個子錯身分開，第一個回合結束。

這時坐在地上喊得滿臉鼻涕淚水的老康終於爬了起來，斜著肩膀站直了，舉起拳頭喊：「小鬼子，叫你知道咱滿族爺們的刀法。咱們爺們玩刀的時候，你們日本小鬼子只會拿竹杆子瞎他媽叉魚。」

日本矮個子雙手握刀慢慢滑步向一邊退，他的後背慢慢靠近了油炸糕的攤子。奇怪的是，他一點兒也不理會胸部的傷口，好像他根本不知道痛。沉默片刻後，他雙手把刀頭向右肩上空斜舉，「呀」地大叫一聲，剛想往前衝，一個旁觀的人這時突然出手了，這個人卻是陳小腿。

陳小腿不知什麼時候端起那鍋油，在日本矮個子「呀」一聲叫時，陳小腿也「啊」地大叫一聲。

這聲音太響，又響在日本矮個子的腦後，日本矮個子被嚇了一跳，收回前衝的腳，側身一邊瞄著靠近的佟九，一邊快速扭一下頭想看看是否有人攻擊他。

但他萬萬想不到攻擊他的是一鍋燒紅了鍋底的熱油，這鍋滾開的油被陳小腿一下子扣在他的腦袋上。他發出一聲無法形容的叫聲，手裏的刀也丟掉了，全身猛跳一下撲倒在地。油鍋「哐噹」一聲掉在地上，日本矮個子的頭髮就捲了、糊了，整個腦袋發出的類似炸油炸糕的聲音，升騰起一股煙霧，空氣中飄蕩著肉油炸後的香氣。

陳小腿看著日本矮個子怪模怪樣的腦袋，不由自主地連打了幾個哆嗦，突然向天喊出一句：

「桃子妹子，你往西天大路上走啊。狗東西被俺的油鍋炸糊了腦袋瓜子！」

陳小腿喊完，炸油炸糕的家什也不要了，衝佟九抱抱拳，說：「玩鷹的大哥，你和大洋妞快逃命吧，後會無期了。」

說完，陳小腿掉頭衝出人群，向「洋人的家」邊的後街跑去……

這一連串的變化太快，等老康想起應該叫佟九快逃時，才把目光從陳小腿逃去的方向收回來去看佟九。

佟九正抱著死去的白海東青，哭得鼻涕掛出老長懸在下巴上晃。

老康就喊：「老少爺們，大姐老妹子們，咱大夥都是東北人，咱可不能向著日本小鬼子，也不能向咱們官府說這個事啊！我老康給大夥磕頭了，大夥快散了吧。」

老康給圍觀的人磕了一圈頭，大家都散去了。他就叫佟九快逃。佟九想，死了四個日本人這禍事太大了，不逃也不行，但看著尼婭佐娃又遲疑了。

尼婭佐娃說：「大笨豬，我的好先生。我早想和你私奔了，現在好了，你沒有我，你以後怎麼辦呢？」

老康說：「行！行！行！太他媽的行了。我他媽的整懂臭老九為什麼戀妳了。妳這黃毛小娘們真夠意思，妳配得上臭老九，妳這兄弟媳婦我是認定了。你倆快跑吧，剩下的事就是我的了。這疙瘩（這裡）離縣府太近，那些公安大隊的人都是雞巴玩意兒。咱們的人被王八們欺負，他們卻慢悠悠慢悠悠，等王八們打爽了大搖大擺走了，才吆五喝六地來神氣那麼一會兒。可要是小鬼子、二鬼子那些王八們吃了虧，他們來得比趕騷娘們的酒席都快。他們來問瞧我給他們編故事吧。」

尼婭佐娃告訴老康，如果她的舅舅、「洋人的家」裏把大門的大鬍子霍克要問她的去向，就請告訴他說尼婭佐娃和甜心私奔了。

然後，尼婭佐娃和佟九鑽進老城街西北邊的一條胡同，穿過城後街，向縣城外龍嶺的那條十字街跑去……

4

跑著跑著，佟九就被涼風吹得完全清醒了。他看看前面的方向，感覺挺奇怪，放緩了腳步，問尼婭佐娃：「妳知道這是去哪兒嗎？」

尼婭佐娃也放緩了腳步，說：「我當然知道，這是去你的表姐家。我們現在只有你的表姐和表妹，還有鮮肉商人老康先生可以信任了。我們在你表姐家裏先躲幾天，聽聽事情的發展再打算下一步逃去什麼地方。」

佟九現在不關心往哪兒逃的問題，只直愣愣地問尼婭佐娃：「妳怎麼知道這條路可以去我表姐家？」

尼婭佐娃攏了攏額角的頭髮，說：「這不重要，我的好先生。你知道我們先在你們北方的一座大城裏住過四年，在這座小城裏又住了四年多，我瞭解很多東西。而且我們相愛很久了，我自然想知道你的一切事，你表姐的家很簡單就被我找到了。親愛的，我這樣做你不高興嗎？」

佟九看著尼婭佐娃大海一樣深的藍眼睛，苦笑著搖了搖頭。

尼婭佐娃又說：「你表姐家的肉包子真是好吃。」

佟九嚇了一跳，衝口又問：「妳還去過我表姐家？」

尼婭佐娃得意洋洋地說：「當然去過，但我沒對你表姐說我是你的甜心愛人。我們應該邊跑邊談，親愛的，黑暗馬上就下來了。」

佟九卻嘆口氣，說：「妳聽我說，妳知道以前的妳對我有多重要是吧？但妳不知道現在的妳對我有多重要。可我殺人了，還是四個日本人，我以後的日子就像這快黑下來的天了。妳聽懂了嗎？妳現在跟著我私奔會吃很多很多的苦頭，說不定還會整丟了命。我想妳……」

佟九在尼婭佐娃深情的目光注視下無法說下去。

尼婭佐娃扳過佟九的腦袋，在佟九的嘴唇上吻一下，說：「我當然知道我對你有多重要。但你現在應該明白，親愛的，我們都是逃犯，是不可能分開的。我還知道，你們的政府懼怕日本人，你們的官府是日本人在後面當主人。我還知道你們的官員和國民恨日本人，他們不會認真地去抓殺死日本人的我們。」

尼婭佐娃說的這些，讓佟九這個常年待在深山裏的鷹把式聽得似懂非懂，不太明白。不過，佟九並不是一個做了事又後悔的人，也不認為殺死幾個日本刀手會怎麼樣，誰叫日本人先要殺他佟九呢！他隨著尼婭佐娃一邊往前走，一邊想在他看來更重要的事。

佟九就問：「我現在問妳一句挺重要的話，妳仔細聽，想好了再告訴我。妳這樣跟我逃命，做我的甜心大媳婦，又孤孤單單沒有麗達他們可以說話嘮嗑（閒聊），以後妳會後悔嗎？」

尼婭佐娃一下子笑了，說：「傻瓜，你不記得了？我和舅舅還有麗達他們一直在逃亡。我不怕逃亡，不怕失去舅舅和麗達他們，我怕失去你。我想你也像我一樣，對嗎，佟九先生？」

佟九仔細想想，笑著點了點頭，說：「妳說對了，我問妳這句話就是怕離開妳。我這次去找妳，是我存夠了帶妳走的五十兩黃金。可是我們逃得急了，沒能把黃金給妳的舅舅。這是我和妳舅舅定好了的，我什麼時候能付出五十兩黃金什麼時候帶妳走。這一下，全拐大彎了。」

佟九說著從懷裏掏出一隻鹿皮口袋，遞給尼婭佐娃，又說：「這是那五十兩黃金，怎麼給妳舅舅呢？」

尼婭佐娃接過鹿皮口袋，在手裏緊握一下，說：「佟九先生，你要明白，我可不是我舅舅的私有財產。這五十兩黃金就算你給了舅舅，舅舅也會給了我當我的嫁妝的。再說我們現在是逃亡，可能更需要它。」

佟九點點頭說：「我想妳舅舅要我去掙這麼多金子，也是爲了妳跟我過日子能好過點吧。我知道妳舅舅愛妳，我看得出來。」

佟九說完又嘆口氣，低頭看著左手裏的白海東青屍體沉默了……

接下來兩人都不再說話，很快跑出那條胡同，來到縣城外西北方的十字街口。街口的西邊，是通向西山的土路，西山上住了些日本人。他們從日本島上移過來一些櫻花樹種在西山坡上。也許是氣候的原因，這些櫻花樹水土不服，活下來的也變了種，長得不再像日本島上的櫻花樹，而像東北叢生的灌木，比如低矮的丁香樹。

過了一會兒，尼婭佐娃說：「他們日本男人看起來是個男人，可是他們看人的目光猥瑣陰森，不像俄國男人和中國男人那樣抬高眼睛驕傲地看。他們日本男人不論看上去多麼凶，多麼有禮貌，他們的內心也是自卑又自戀的。佟九先生，你要知道，日本人是不值得去怕的，他們的武力是沒有內在力量的。」

佟九笑了，又想到尼婭佐娃說這些是想轉移他的心思，不讓他再為白海東青的死傷心，就低頭看一眼白海東青的屍體，嘆口氣說：

「老白真傻，牠應該走了的。牠怎麼又回來了呢？牠衝下來應該用牠的爪抓那個日本雜種的臉，一下就能抓爛他的臉，再用喙啄出眼珠吞下去。老白怎麼就用撞的了呢？老白真傻，老白是看我太危險，牠急著救我才拚了命去撞的。大媳婦，我的心痛啊！」

尼婭佐娃看佟九眼圈紅了，她的眼圈也紅了。

尼婭佐娃說：「你知道我為什麼愛上你就不變了嗎？」

佟九看著尼婭佐娃說：「我比較像妳喜歡的那種善良的俄國男人，我記得妳以前對我說過。」

尼婭佐娃抬手摸佟九的臉，說：「還不全是，是你的一句話叫我喜歡上了你。可喜歡不是愛，我愛上你是因為你的另一句話。還有，你像我家鄉海島上生活的鷹，那種鷹就是你喜歡的海東青，你是我夢裏的那隻黑色羽毛的海東青。」

佟九不太明白尼婭佐娃說的喜歡不同於愛等等的話。在他看來，喜歡就是愛，都一樣，不喜歡怎麼愛呢？佟九知道海東青的老家是在地球北部的半島區域，以前是大清朝最北的領土，現在成了尼婭佐娃的老家。但尼婭佐娃這樣說，他很高興。

佟九揮了下手說：「走吧，黃毛大媳婦，我和妳都是海東青，是一對自由自在的海東青。」

尼婭佐娃說：「是的，我的好先生，你總是對的。」

佟九說：「天快黑了，我表姐家快到了。」

佟九的表姐也是滿族人，滿族原姓喜塔臘，後取漢姓姓文，大號叫文大蘭，街坊鄰里都叫她大蘭子。

大蘭子的丈夫是個王姓漢族人，薄有財產，死了七年了。他們結婚三年沒生孩子。丈夫死後，大蘭子帶著妹妹小蘭子住在十字街西北方臨街的居民區裏，把臨街的房子改成了包子鋪以求生計。

那片居民區地處龍嶺腳下，居民區裏大都是灰磚青瓦東北式三合院、四合院，也有幾座兩層三層的俄式樓房。那幾座俄式樓房坐落在十字街最好的地段上。而在臨近龍嶺和西山的十字交叉點的西北方的街裏邊、靠近龍嶺嶺口上段比較荒涼的地段上，有一片營房。一支東北軍騎兵小部隊就駐紮在營房裏面，他們是當地駐軍中有名的馬刀營。

那片居民區的後面是一條從龍嶺流下來的龍泉河。這條河流出龍嶺在柳條溝溝門前和從柳條溝流出的柳條河合二爲一，當地人就叫這條穿城而過的河爲二道河。二道河靠近龍嶺嶺口的河北岸是山區老林，有一條官道依山勢爬過一道大嶺蜿蜒遠去。官道和龍嶺相接、被官道分開的那道嶺，就叫官道嶺。

佟九帶著尼婭佐娃來到表姐家的後門叫門。小蘭子開了門，叫一聲「臭老九」，又一下子看到了佟九身後的尼婭佐娃，嚇一跳，停了話，一直盯著尼婭佐娃的臉看。直到佟九拉著尼婭佐娃的手進了後院，進屋在堂屋的桌邊坐下，跟在後面的小蘭子還歪著腦袋盯著尼婭佐娃看。

這時天已經黑了。大蘭子把包子鋪關了門，回後院堂屋，看到尼婭佐娃也愣了一下。見到大蘭子，尼婭佐娃站起來對她微笑，大蘭子皺了幾下眉，總覺得在哪兒見過這個黃頭髮的洋女人。

佟九說：「老姐，她叫尼婭佐娃，是我的大媳婦。」又對尼婭佐娃說：「她是咱倆的表姐，對我像我老媽似的老表姐。」

尼婭佐娃過來擁抱大蘭子，大蘭子嚇了一跳，退步躲開。尼婭佐娃愣一下回頭看佟九，佟九就拉住了尼婭佐娃的手。

大蘭子覺得有些尷尬，對尼婭佐娃笑笑剛想說什麼，但還沒等她出聲，小蘭子就叫起來：「難怪老康大哥說你一連兩三個春夏總去『洋人的家』裏找洋女人，還找了個老毛子女人當相好。難怪這黃毛女人來過咱家包子鋪又吃包子又向我打聽你。原來臭老九你真打算娶個黃毛當媳婦？」

佟九瞪著小蘭子打手勢叫她閉嘴。小蘭子衝佟九一瞪眼睛，又回頭去看尼婭佐娃，和尼婭佐娃對上目光，見尼婭佐娃在對她善意地微笑。

小蘭子衝著尼婭佐娃說：「還行！真的還行！螳螂胳膊螞蚱腿，奶羊的奶子天鵝的屁股狐狸的腰，妳長得真好看。可是妳就一樣不好，妳和臭老九生不出像回事的小孩子。佟家臭老九這一支可就他一個男人了。」

尼婭佐娃聽懂了小蘭子的胡說八道，就看自己的胳膊和腿，也低頭看胸部，還扭頭看屁股。她想不明白，由兩種昆蟲三種動物的器官組合起來的她在小蘭子的眼裏爲什麼會好看。

大蘭子就笑了，說：「大妹子，妳別怪她，這丫頭說話從來不會拐彎，但她沒壞心眼。久了妳就知道了。你們餓了吧，我整飯給你們吃。」

小蘭子說：「我看臭老九是帶她來住的，我去給臭老九收拾下屋子。姐妳得好好想想，黃毛女人要給佟家生個小黃毛可怎麼辦？姑姑姑夫死時，可叫妳幫著臭老九找咱們滿族姑娘當媳婦的。」

尼婭佐娃聽完，皺起了眉頭，有些沮喪地看著佟九。

佟九說：「破丫頭就妳事多。老姐妳先坐下聽我說，妳不知道，我和尼婭佐娃不可能分開了。」

小蘭子搶著說：「原來黃毛女人的肚子裏有了小黃毛了？哈，臭老九你太厲害了，我都著急想早點看到小黃毛了。」

大蘭子說：「妳這丫頭怎麼什麼都敢說？妳懂小黃毛怎麼來的嗎，妳？去整飯去，快去！」

小蘭子卻一屁股坐在了凳子上，說：「憑什麼我不懂，憑什麼不叫我聽臭老九的事？他可是我的表哥哥。他的事我就得知道。」

大蘭子嘆了一口氣，看佟九一臉急躁，就不再催小蘭子離開，坐下聽佟九說殺了四個日本人的事。

等大蘭子和小蘭子聽明白了，也都嚇傻了。

小蘭子瞪著一雙大眼睛愣了好一會兒，突然過去拉住尼婭佐娃的手，說：「我媽呀！妳太厲害了。妳敢殺日本人，我只敢殺鴨子殺雞。妳真行，敢殺日本人救臭老九。妳不怕死嗎？」

尼婭佐娃說：「爲什麼不敢呢？佟九是我的甜心，他被殺了我怎麼辦呢？我不能看著我的愛人被殺死，這和厲害沒有關係。我以前隨我舅舅上過戰場，也殺死過追殺我們的士兵。但我不厲害，久了妳就知道了。」

小蘭子的好奇心被挑起來了，追問道：「那妳舅舅是幹什麼的？還上過戰場？是你們俄國的戰場嗎？」

尼婭佐娃說：「是的，我舅舅是俄國遠東將軍的部下，駐守被你們叫做海參崴的地方，那是一座靠海的大城。我舅舅帶的部隊打了一連串失敗的戰役，許多下層軍官和士兵聽信了敵人的宣傳，集體嘩變，反過來和我們作戰。舅舅帶的士兵只剩下三百個人。媽媽、我和我哥哥，還有許多城裏的貴族只好隨著舅舅的這支小部隊逃跑。我們在逃跑中佔領了一個小村子，得到了食物和酒。都是該死的酒害了我們。我舅舅喝酒喝醉了，糊裏糊塗叫士兵們在村子裏休息，那些士兵們差不多也都喝酒喝醉了。結果攻擊我們的部隊借助月光悄悄包圍了我們。半個夜晚打下來，只有我舅舅和我、麗達、羅烈娃，還有十九個士兵逃了出來。我媽媽、我哥哥和貴族們也許戰死了，也許被敵人抓住關起來殺害了，我不知道媽媽和哥哥的消息。我舅舅帶著我們逃去了中國的黑龍江流域。在那裏，我們和馬羅夫一家人相遇了，他們是逃亡的俄國貴族。他們逃到黑龍江流域被土匪打劫，我們救助了他們，又失去了十一個士兵。我們合在一起逃到了你們的哈爾濱，在那裏不是很安全，又逃來這裏。我的故事就這些，一點也不好聽。」

小蘭子說：「不會啊，妳的故事很好聽。那妳殺過幾個人？」

尼婭佐娃沒有回答小蘭子，扭頭看佟九，眼神有些驚慌。因爲這些經歷，她從沒對佟九說過，擔心佟九生疑心。可是，尼婭佐娃看到佟九正注視大蘭子，像是並不關心她的這些話。她有些不放心，就問：

「佟九先生，你在生我的氣嗎？我沒對你講我的過去，我不對。我總想告訴你又總是和你說了別的，我和你在一起的時間太少了。」

佟九看著沉默的大蘭子，腦袋裏卻在想死去的白海東青，根本沒注意尼婭佐娃和小蘭子說了什麼。於是，他抬手拍了下尼婭佐娃的腦袋，說：

「我不會生妳什麼氣的，妳不能老是多心。你們女人的事妳不用告訴我，我又記不住。我以後也不會因爲妳不告訴我什麼事生妳的氣。」

尼婭佐娃放心了，轉臉對小蘭子笑笑，抬起左手看看，又抬起右手看看，對小蘭子說：

「我那時用一支好步槍，打中過二十幾個追殺我們的敵人。具體打死幾個我不知道，因爲我們總是逃跑，沒有辦法清理戰場。用刀我砍傷過五個士兵，那五個士兵當時都沒死。今天我殺死了一個人，就是那個倒楣的日本人。」

小蘭子一聲驚叫：「我媽呀！和我殺的雞和鴨子差不多一樣多。嫂子妳真厲害，妳是女勇士。」

尼婭佐娃知道「嫂子」在中國的家庭裏是什麼意思，也知道嫂子代表了什麼身分，就跳起來笑著擁抱小蘭子。小蘭子也擁抱尼婭佐娃，兩個女人臉對臉呵呵笑個不停。

大蘭子是個有主心骨（主見、主意；或團體中的中心人物）的女人，聽明白了經過，沉默了這一會兒，就叫佟九和尼婭佐娃吃了飯，然後去歇著。她此時的想法和尼婭佐娃想的差不多，就是先把佟九和尼婭佐娃藏在家裏，聽聽外面的動靜再說。

5

佟九和尼婭佐娃逃離大劇院之後不久，大劇院周圍的那幾條大街小巷，就被聞訊而來的通化縣公安大隊西關公安中隊的公安隊人員封鎖了。那些家住在封鎖圈裏面的人可以進去，但封鎖圈裏面的人不能出來。那時，有人殺了四個日本刀手的事早在西關傳開了。大劇院這一帶圍了好多趕來看熱鬧的居民。

通化縣胖子縣長趕來的時候，通化縣公安大隊的關大隊長離開日本駐通化領事分館的主事原田小五郎，迎了過去。關大隊長還叫了西關公安中隊專管西關內偵察事務的中隊長胡長青一起去見胖子縣長，又一起引著胖子縣長去看那四個日本刀手的屍體，一邊低聲交談。

胖子縣長看過屍體，掉頭吐了幾口口水，才走過去和矮小的原田小五郎握手。

原田小五郎鐵青著臉抬頭問胖子縣長：「四個大日本僑民的遇害，你有什麼想法？」

胖子縣長是個南方人，江蘇富戶出身，漢族人。從南方來東北出任通化縣知事不足半年，他的官位沒變，官位的名稱卻改叫縣長了。胖子縣長來通化縣上任到現在剛滿一年，思維方式還是南方人慣有的，他說：「沉痛、不安、極慘，深表同情。」

顯然，這樣的回答不能叫原田小五郎滿意。原田小五郎說：「我感謝你對大日本遇害僑民表示的同情。但我在問你，凶手在哪裡？凶手是什麼人？」

胖子縣長說：「原田先生先到一步，我想聽原田先生先說說貴國的四個持刀男子是怎麼死在鬧市的？」

原田小五郎說：「他們是被你們的人無理殺害的，他們死去的樣子已經十分明白了。你們要在三天之內抓到凶手交給我，否則我們大日本駐通化的守備隊就自己抓凶手。」

胖子縣長笑一笑，說：「原田先生的說法和關大隊長瞭解到的不一致。據偵查問訊，我們瞭解到，貴國四個持刀男子與一流民爭鬥被殺。原田先生你也知道，這地面上有太多不該來這裏的流民。這裏太亂，這是我這個一縣之長急於治理的重中之重。一個流民與四個日本刀手爭鬥殺人，他能不逃嗎？三天時間怎麼去抓呢？再者，目前尚不知與貴國男子爭鬥之人是否是民國人；也有可能是朝鮮北方流入的朝民；也有可能是貴國流入的貴國浪人；還有可能是隨貴國人流入的朝鮮南部的韓人和東南諸島上的島民；另有可能是五個貴國武士於鬧市酒後持刀互鬥，四人被殺，一人逃遁。但本縣已嚴令關大隊長全力偵辦，想來不久此案便會水落石出。原田先生不要過於悲切，慢慢等消息吧。」

原田小五郎抬頭盯著胖子縣長的臉看。

胖子縣長摸出只鼻煙壺，吸了口鼻煙，舒服得眼睛都瞇成了一條細縫，並說：「這裏有種味道令人難忍，我吸煙避之。」

原田小五郎說：「你這是臆斷，凶手怎麼會是韓人？怎麼會是日本人？凶手只能是此地居民。」

胖子縣長說：「是的、是的。凶手是什麼人還不能確定，這個有待偵查。而我也想不通此地居民會殺人，此地民風雖勇悍，但誰敢在當街鬧市殺四個日本刀手？這個有待查證、有待查證。」

站在一旁的關大隊長也說：「我看能殺死四個持刀日本武士的人不會是此地的人。聽說原田先生你的刀術精湛，日本刀耍起來銀光閃閃。以原田先生的刀術，你一支煙的工夫能殺死四個貴國武士嗎？」

原田小五郎抬頭看著關大隊長，想了想，搖搖頭。

關大隊長說：「就是嘛！咱們這片地面上就沒有比原田先生刀術厲害的人。你原田先生不行，這裏的人更不行，他們都不會日本刀術，肯定整不過四個日本武士。看那個後脖子挨了一刀的武士屍體，那傷口十分平整，就像那日本武士站穩了不動被對手用日本刀割開脖子似的。還有那肚子中刀的武士，傷口是從外向裏進去，走向上翹，一看就是日本刀的刀尖刺出的傷口。只是腦門被擊碎的武士死狀叫人有些不理解，凶手拿什麼兇器一下能把一個人的腦門擊碎？這個原因，胡長青還在查究。至於另一個武士的死因嗎，他不是死於胸部橫向的傷口，而是被油鍋裏的油燙死的。我看一定是那個武士與對手鬥刀時中了對手橫掃的一刀，兩個人錯開身，武士的對手抄起油鍋扣到武士的腦袋上。現場就留下三長一短四把日本刀和一口油鍋。原田先生，你看會不會是五個或六個貴國的武士比武互鬥？傳聞貴國武士有這樣的喜好，也時常爲之？」

原田小五郎的眉頭越發皺緊了，但他不吱聲，在等他的手下察驗了四具屍體後再說。

胖子縣長說：「關大隊長，真有你的。行家就是行家，分析得頭頭是道。」

關大隊長笑了笑，說：「縣長你誇錯人了，這些結論都是胡長青中隊長上報給我的。說實話，我不想看到日本人的屍體。」然後，他又低頭對胖子縣長小聲說：「我看見小日本的屍體忍不住會笑。我笑了幾回了，不能再看了。」

胖子縣長「啊」了聲，點著頭大聲說：「是的是的，一樣的。胡中隊長如此能幹，也是你關大隊長調教得好嘛。」

原田小五郎突然說：「這個姓胡的公安中隊長，是個會用刀的人？」

關大隊長說：「你問胡中隊長會不會刀法？他不會刀法，會點槍法。這疙瘩會刀法的有一個人，而且很厲害。說起來原田先生也知道這個人，他就是國軍騎兵營的馬副營長。馬副營長帶的那個營是自己起家的部隊，是有名的馬刀營，全營官兵刀法都厲害。可是馬副營長會的是家傳的刀法，是他號稱『馬刀王』的爺爺傳下來的，那是真正的好刀法，和貴國武士呀呀叫的那幾招劈刺不是一回事。不客氣地說，原田先生，貴國那幾招刀術都是從我們大唐朝傳過去的幾招刀法演變而成的。在我們這疙瘩那幾下劈刺不能叫刀法，太低級。」

原田小五郎又是一愣，抬頭看著關大隊長，卻聽胖子縣長說：「關大隊長說到日本刀，我也想起中國古代的一種刀，就和原田先生探討一下。原田先生，你應該知道我國古代的大唐朝吧？」

原田小五郎點點頭，說：「你們古代的大唐時期及更古老的大漢時期，都是世界的巨人，東方的霸主。現在的你們弱小了，巨人的早已不是，霸主的早已不是。你們和我們做朋友，才不被其他巨人們欺負。」

關大隊長把頭轉一邊去不想聽了，往一邊走了兩步。因為他是滿族正黃旗人，自然不願意聽一個日本人說中國由強變弱的原因。

胖子縣長說：「早些年我們躺下睡大覺了，睡得太久了，好在已經醒來了。在我們大唐朝，武士用的唐刀揚威天下。你們日本的遣唐使將唐刀和鍛造工藝帶回日本研究製造，這就是你們日本刀的來源。」

關大隊長說：「不對吧縣長，日本刀是彎身的，咱大唐刀是直身的。其他部分倒是差不多一樣的。」

胖子縣長說：「他們日本人不可能不變化一下唐刀的樣式，否則怎麼敢拿出來對世人說是日本刀呢？」

關大隊長扭頭瞄了瞄原田小五郎，咧嘴嘿嘿就笑了。他是故意這麼問胖子縣長的。胖子縣長和關大隊長一問一答把原田小五郎曬在一邊，但是原田小五郎並不在意。他認爲這兩個地方小官是生活在大唐朝幻境裏的庸才。具體而言，胖子縣長是不足以去在意的人，也是可以收服的人，就像他收服其前任縣知事一樣。而這次的日本人被殺事件也是一次絕好的機會。至於關大隊長，原田小五郎已打過多次交道，他的感覺是，關大隊長是個可以和他做朋友而接受利益的人……

6

天快黑了，東北的早春三月還是比較冷。老康和十幾個目睹了佟九與日本人爭鬥的人被叫過來，等著胡長青問話。

這十幾個人被命令站成一排有一會兒了，胡長青卻不急於問訊。在這種冬天尾巴的天氣裏，人在融了又凍的積滿冰雪的地上站久了就冷。老康打起了哆嗦，瞄了瞄蹲在地上、聚精會神地看那具被熱油燙死的屍體的胡長青乾咳了一聲。

西關公安中隊中隊長胡長青是個長得白淨的滿族人，下巴上留著好看的彎彎曲曲的鬍子，看上去顯得老成又有紳士風度，大約三十歲的樣子。他看屍體十分仔細，雖然之前他已看了一遍，但現在還要在日本人看過、檢查過的屍體上再檢查一遍。雖聽到老康的乾咳聲，但他沒理睬老康，把老康氣得直咬牙。

老康認識胡長青。老康的家族沒敗落之前和胡長青的家族是通家之好的老交情。老康和胡長青

的爸爸還有其他幾個人早年曾是拜把兄弟，那幾個拜把兄弟的兒子全是老康收的乾兒子。算起來，胡長青還是那幾個乾兒子中的老大，但胡長青早就不叫老康乾爸爸了。

老康看著胡長青站起來，走幾步又蹲在那具腦門被白海東青撞碎的屍體旁邊，低下腦袋看。

老康開始生胡長青的氣，就盯著胡長青看，看到他右邊的耳朵動了動，老康嚇了一跳——將腦袋垂向地面看屍體的胡長青正在偷偷笑。

老康本也應該笑，但他卻不敢笑，因爲他看到胡長青揀起了落在屍體旁邊的幾根白海東青的羽毛。

這幾根白海東青的羽毛被那兩個檢查屍體的日本人忽略過去了，也被看頭一遍屍體的胡長青忽略過去了。想來那兩個日本人不認爲屍體旁邊出現鳥類或雞類的羽毛和屍體有什麼關係，而胡長青之前也這麼認爲。而且在街邊，就有一個攤販在賣家養的小雞。可是這次胡長青卻注意到了白海東青的羽毛，並把這幾根羽毛揣進了口袋裏。

老康就後悔似的頓了一下短的那條腿。

老康在佟九和尼婭佐娃逃走時，先一步把插在日本人肚皮上的那把牛角尖刀拔了下來。那個日本人當時還沒死，但老康以爲他死了，也不知道在自己拔出牛角尖刀之後，那個日本人又流出了血才死了。

然後，老康把那柄牛角尖刀混在他切牛肉的兩把刀裏了，但他沒處理那幾根白海東青的羽毛。和那兩個日本人一樣，老康不認爲那幾根白海東青的羽毛會對這個案子產生什麼作用。

兩個日本人檢查完四具日本人的屍體，便去和原田小五郎唧唧喳喳地說日本話。胡長青看過其他的兩具屍體，也去向關大隊長作進一步的報告。

老康聽不到這兩幫大人物在說什麼，只看那三個對話聲音大起來的日本人。他嚇了一跳，抬手揉眼睛，再仔細看，沒錯，原田小五郎和被熱油燙死的那個日本矮個子長得一模一樣，像對雙胞胎兄弟。

由此，老康又想起和他靠一起賣了四天油炸糕的陳小腿，又一下想起以前根本沒見過陳小腿，好像陳小腿是突然出現在這裏賣油炸糕的，而且陳小腿賣油炸糕的位置還是他老康給讓出來的。老康抓著腦袋覺得這事挺怪，可又想不清楚，就咧嘴偷笑。

突然，老康又不笑了，因爲他看到陳小腿換了身叫花子穿的衣服站在人群裏看著他齜牙笑。可是老康又看到陳小腿的臉色突然變了，嚇了一跳的樣子，原來，陳小腿也看到了比比劃劃大聲咆哮的原田小五郎。

陳小腿可能也糊塗了，這個原田小五郎和死在他手裏的那個日本矮個子長得太像了。陳小腿就抬手抓抓腮幫子，老康再看時，陳小腿已擠出人群沒影了。

這時胡長青才走過來訊問，沒叫老康先說，先問其他人。

老康就急忙舉起手往前靠，喊：「我說、我說、我先說，我他媽的全看見了，就得先說，你小子一聽就明白了，就像你也親眼看見了一樣，老鼻子嚇人了。」

胡長青卻瞪了老康一眼，說：「這裏的人誰不知道你是個滿嘴跑馬車的大白話，還是個老糊塗蛋，你說個屁。滾一邊去。」

老康看著胡長青愣了。其他人都笑了。一個公安隊的人過來照老康的屁股踢了一腳，叫老康滾一邊去。

老康邊往一邊退，邊張嘴嘟噥：「小乾兒子踢了乾爸爸，大乾兒子罵了乾爸爸。這他媽上哪兒說理去？」

老康沒罵錯，踢他的那個公安隊的人叫李廣富，和胡長青一樣，是老康早年拜把兄弟的兒子，也是老康早年認的最小的乾兒子。

老康這樣一喊，引起了原田小五郎和那兩個日本人的注意。一個日本人拽老康過去，原田小五郎就問老康看到了什麼。

老康吸了下鼻子，說：「我真、真的全他媽看見了。日本大長官你聽啊，我一口氣就他媽的說全了。」

老康說著扭頭瞪了眼胡長青，也瞪了眼李廣富，接著說：「就在剛剛之前，那會兒天上下來了夕陽，夕陽是金子那個色的，那種色的夕陽就表示明天會是個好天氣。」

原田小五郎皺皺眉。

老康又說：「我和賣油炸糕的那小子邊看夕陽邊吵嘴，吵得正高興哪，來了個人。那個人四十左右歲，小方臉、單眼皮、扁鼻子，尖下巴上只有不幾根黃乎乎的小鬍子。個頭挺高不矮、不胖挺瘦……」

老康突然愣了一下，心想：我說的這個人怎麼這麼像馬副營長啊！壞了，平時老想著這傢伙，順嘴就照著他說了。得了，就這麼說吧。

老康連忙接著說：「那可是個腰裏別著把日本刀的真爺們。你想啊，不是真爺們誰敢在這疙瘩別著把日本刀在街上橫著走啊。」

原田小五郎點點頭，問：「是一個別著一把日本刀的四十歲的男人？他是個日本人？」

老康說：「這個我可不知道，那個真爺們沒說話我聽不出來是不是日本人。看上去倒像個日本人，玩日本刀的了不起的日本爺們。那個真爺們買油炸糕吃，剛剛吃了兩個油炸糕就壞了，從『洋人的家』那條胡同裏過來四個別著日本刀的傢伙，這四個傢伙都喝醉了酒，東倒西歪打咱們眼前走，還咿呀呀說話。我在這街上待久了，我聽得出那四個傢伙說的不是日本話。對了，那四個不說日本話的傢伙就是死在這兒的這四個人。他們不可能是日本人。我見多了，日本人就沒有長他們這麼難看的。這裏經常有老鼻子多的別的人和東海島上的人都穿成日本人的樣子在街上橫著晃，他們挺愛整壞事。不明白他們身分的人不知道他們不是日本人，被他們欺負了就罵日本人。那是日本人替那幫壞傢伙背了黑色的鍋。」

原田小五郎神色輕鬆了些，又點點頭，說：「這四個死人不是日本人？嗯！我的明白了，他們是穿和服的其他人。那麼他們是怎麼決鬥的？」

老康說：「是因爲日本刀啊！這四個傢伙不知怎麼看上吃油炸糕的那個真爺們別的那把日本刀了，就動手開搶。結果那個真爺們就和他們乒乒乓乓地刀對刀、拳對拳、木頭鞋對木頭鞋，整一塊堆了。那四個傢伙刀術不行，太差勁，不幾下都被那個真爺們收拾了。那個矮個子慘點，被那個真爺們一腳踢起的油鍋扣在腦袋上，你想那鍋油炸了一天油炸糕，老鼻子熱了吧？那傢伙一下被熱油燒糊了腦袋瓜子燙死了。那個真爺們就走了。賣油炸糕的那小子才來了四天，是個關內來的漢族人，叫什麼名住在哪疙瘩咱們大夥都不知道。他的油鍋整死了一個穿日本布衫的人，能不怕嗎？就撒丫子一溜煙跑他媽的了，家什都丟這疙瘩不要了。這就是我看到的全部過程，日本長官大人你聽懂了吧？」

原田小五郎點點頭說：「很好，你的講得很好，我的很明白。但你沒說那個傢伙的腦門是什麼東西敲開的？那個傢伙不是被刀殺死的。」

老康嘴上一點結巴也不打，馬上說：「那個腦門啊，是手啊。那個真爺們左手裏有個烏黑東西，猛一下就砸在那個傢伙的腦門上，是什麼東西那麼厲害能一下敲碎人的腦門我沒看清。我給你問問他們幾個看沒看清。」說著，老康掉頭問那十幾個等著胡長青訊問的人。

那個賣小雞的攤販氣呼呼地說：「老康你盡他媽胡扯，我壓根沒看全，我看時那四個傢伙就趴下死了，那個真爺們也走沒影了。你問他們幾個吧，我等著回家吃飯呢，這天說黑就黑了，你他媽老康不餓！」

又一個人說：「我也沒看全，咱們幾個沒生意圍著圈打小牌呢。知道殺人了才看，黃花菜都他媽涼了，到底什麼事還是聽你這傢伙說的，問咱們幾個不如問個棒槌。」

另一個人說：「就是老康說的那個樣子，我看到個尾巴。差不離吧。」

老康得意洋洋地看看原田小五郎，又得意洋洋看看笑瞇瞇聽了半天的胖子縣長和關大隊長，還瞪了眼湊過來聽的胡長青。

但是胡長青看老康的表情落在老康眼睛裏，就讓老康在心裏打個問號。想一想也就明白了，這些大大小小縣長、大隊長、中隊長、雞巴公安大隊的人沒一個真想幫日本人找凶手的，這一切就是在日本人面前做做樣子。我要是早想到這一層，就不用編瞎話騙日本人了。想到這一層，老康的滿足感一下子消失了。

胡長青和關大隊長說了幾句，叫了幾個人幫日本人把四具屍體運走，原田小五郎要查明這四個人的真實身分。因爲不管是日本人，還是穿和服的朝鮮人和東南島上的人，都必須要查清楚。

隨後，胡長青叫老康他們十幾個人走了，這樁殺人事件似乎可以告一段落了……

老康拖著一架吱嘎響的小軲轆架子車，高一腳低一腳往家裏走。他也認爲這件事沒什麼大不了的，已經過去了。因爲在老康看來，日本人不太容易知道真相。老康邊走邊哼著二人轉小曲，心裏想著一會兒見到大蘭子要好好白話（吹嘘）一番，再好好看看大蘭子的笑臉。

老康快走到柳條溝溝門轉去龍嶺街口交叉點的十字路口時，天已全黑了，冷風嗚嗚地刮起來。正走著，他感覺不對，身後跟上了一個人。

老康就站住假裝歇腿喘氣，一邊留意著又聽聽，跟來的人腳下走路挺重，是公安大隊的人穿的硬底鞋踩出的那種聲音。於是，他蹲下來，悄悄扭頭瞄一眼黑暗中的那個人影，認出是小乾兒子李廣富。

老康在心裏就笑了，心說，他媽的這小子跟著他乾老子幹什麼？他突然打個冷戰，胡長青不會放棄抓殺死日本刀手的凶手，至少他想知道誰是凶手，才打發李廣富跟蹤他老康。而且日本人一旦查清了那四具屍體真是日本人，他老康也就得吃不了兜著走了。

老康的大號就叫康錕鵬，雖然名字叫什麼不重要，叫什麼也不一定能成個什麼，但既然爹媽給了這個名字，就算他是長短腿也還得這麼叫。

想到這些，康錕鵬就不能去大蘭子的包子鋪了，因爲他知道，佟九現在一定在包子鋪。

康錕鵬轉念想想有了主意，站起來抬腳拖著小軲轆車又走，走進了柳條溝門，回了自己的家……

第二章　逃遁山林

1

夕陽映紅了蒼茫林海，佟九的老窩出現在尼婭佐娃的眼前了。此時正好是佟九和尼婭佐娃逃亡十二個時辰之後。也就在昨天的這個時間，這兩個人殺死了那四個日本刀手。

佟九把背上背的、手裏拎的大包袱放下，直起腰看眼尼婭佐娃，指著坐落在白樺樹林裏的一座三角頂的茅草土屋說：

「大媳婦，咱倆到家了。那破房子就是咱倆以後的老窩。妳高興去吧。」

尼婭佐娃將背著的大包袱甩在腳邊積了雪的地上，把雙手支撐在膝蓋上，弓著腰，邊喘粗氣邊舉起腦袋伸長脖子看那座低矮的、像座亂草堆似的土房子。然後，她垂下頭嗤嗤就笑了，說：

「像童話世界裏水獺們的家。佟九先生你有福氣了，你現在有我了，這個家很快就會變個樣子的。我們來蓋一座俄國式的木製房子，再養幾十隻羊，你就有乳酪吃了。」

佟九說：「大媳婦，蓋俄國木頭房子我聽妳的，養羊我看就算了。在這山裏養不了羊，咱們養了羊就會引來大群的狼，羊還不夠狼吃的。咱倆在這裏養狼還差不多，只是狼不能擠奶。」

尼婭佐娃直起腰往四周看，似乎在找狼……

說話間，佟九和尼婭佐娃把帶回來的東西整進土屋。佟九生著了爐火，炕洞裏連日沒引火，受了潮存了寒氣，不愛進煙，煙就被寒氣頂著順爐子往屋裏倒灌。尼婭佐娃被煙熏了出去，站在外面笑。佟九用幾塊劈柴壓上爐子，也走出來避煙。

佟九抬手指著北邊說：「大媳婦，東北邊是佟佳江河道拐大彎的地方，拐出一面大水面。站在西南邊的滾兔子嶺上往大水面上看，大水面像半個大月亮，我就叫那裏月亮灣。那是我初冬捉天鵝和大雁還有野鴨的獵場。」

尼婭佐娃說：「是的，我相信。我感覺到江的氣息了。」

佟九高興了，過去抱著尼婭佐娃的肩膀，帶動她轉個半圈，抬手指著西北邊那座陡峭山峰說：「那就是滾兔子嶺，爲什麼叫滾兔子嶺呢？那座嶺太陡峭，兔子跑上去會滾下來摔死，因此才叫了滾兔子嶺。我的捕鷹場就在那嶺上。那嶺的後面、側面都是老林子，是我獵野雞的獵場。那裏還有條長著低矮灌木的山谷，在冬天可以捉兔子。從滾兔子嶺沿嶺上往西南走，能走到玉皇山。佟佳江從玉皇山北坡腳下向西流過縣城。玉皇山上有座玉皇閣，是個道觀。有三個老道住在裏邊侍候玉皇大帝，他們老在那邊的山嶺上採藥。從滾兔子嶺翻過去，沿山谷往北走，再順條山溝往西去，有條長滿柳毛子的河。柳毛子長得矮，是叢生的，開花有粉色的，有白色的，一串串的。柳毛子的枝條砍下來可以編筐、編箱子用，那條河就叫柳條河。河邊有個小屯子。沿河岸過了屯子快走半個時辰，就是老康大哥住的柳條溝溝門。那一片沒幾戶人家，老康大哥也是家道敗落了才搬去落腳的。從滾兔子嶺往北走過大山谷就是東西走向的邊吉溝，從邊吉溝再往北去，進了老林就是狼吉溝。狼吉溝是狼的地盤，咱們獵人平時也不去。」

尼婭佐娃聽到這裏扭頭看佟九，想問什麼話的樣子。佟九沒注意到，又說：「順著這條我自己踩出來的毛毛路走，走出這片白樺樹林，就看到佟佳江了。再沿條小毛毛路走下山坡走到江邊上，咱們吃的水就從那江裏往回整。這些都是我平時幹的事。」

尼婭佐娃皺了下眉頭，問：「佟九，你還有一件事沒說，就是我們的鄰居都住在哪裡？我們明天或者後天應該去拜訪他們一下。」

佟九看著尼婭佐娃愣了愣，但馬上說：「這事啊，行，大媳婦妳想得真是周到。咱們的鄰居也該睡醒了。就明天吧，我帶妳去拜訪那傢伙，行吧？」

尼婭佐娃高興了，說：「行！我還想帶上些禮物去拜訪我們的好鄰居。」

佟九哈哈笑著點頭，回頭看土屋裏不再往外倒煙了，炕道煙道裏的寒氣被熱煙頂出去了——也就是那土炕上可以睡人了。

佟九就蹲下一把把尼婭佐娃抱起來，往肩膀上一放，扛著尼婭佐娃就往茅屋裏跑，一邊說：「大媳婦妳真行，那傢伙愛吃大餅子，妳明早蒸三個十斤重的大餅子帶去，那傢伙準能樂壞了。」

尼婭佐娃抱著佟九的脖子笑著說：「幹吧親愛的，幹女俘虜吧，我是你漂亮的女俘虜。」

尼婭佐娃被佟九抱進土屋放在土炕上。兩個人就脫光了鑽進被窩裏，甜甜蜜蜜地入了道，佟九大力地動作著，尼婭佐娃不一會兒就嗷嗷地叫了炕。

尼婭佐娃笑著說：「我的好先生，你總是那麼勇猛，太好了，親愛的。這裏比你表姐家好，我大聲叫你的表妹也不會聽到了，也就不會大聲指責我不是淑女了。」

佟九也笑了，一邊用力一邊說：「小蘭子是黃毛大丫頭，懂什麼淑女浪女的。媳婦和丈夫的事，哪有那麼多講究……」

尼婭佐娃說：「小蘭子真是可憐，二十一歲了還沒有甜心陪著睡覺。等她有了甜心，和甜心睡過覺就知道我爲什麼大聲叫了。

佟九說：「是的，大媳婦，妳總是對的。」

尼婭佐娃閉上眼睛，又一次嗷嗷叫了……

2

尼婭佐娃說的叫炕的事是這樣的。昨天晚上，佟九和尼婭佐娃睡在大蘭子家。這兩個情人一個冬季沒在一起了，這會兒睡在一起，就忍不住興奮地動作起來。尼婭佐娃的叫炕聲太大，把小蘭子和大蘭子都吵醒了。

大蘭子是個守寡七年的俏寡婦，知道尼婭佐娃的叫聲是怎麼回事，她聽不得那種叫聲，便起身出了睡房去了前院。

小蘭子被尼婭佐娃的叫聲整得直翻身，不大明白尼婭佐娃為什麼叫出的聲音那麼癢癢。聽到大蘭子的睡房門響，她知道大蘭子出去了，就使勁想，想起以前姐姐和姐夫晚上輕微的那種叫聲，也就想明白怎麼回事了。小蘭子就捂上耳朵不聽，又放開耳朵悄悄聽……

天還黑著，小蘭子就起來了，眼圈是青色的。她不洗臉不梳頭就鼓著腮幫去砸佟九的屋門，砸出了半裸體的尼婭佐娃。

小蘭子就說：「妳知道什麼是淑女嗎?妳不知道吧?妳是個黃毛浪女，妳浪叫了大半宿，太噁心了。」

小蘭子又在尼婭佐娃發愣時衝佟九喊：「臭嫖客，你把家裏當成臭窯子了。你滾出來，姑奶奶我一腳踢死你。」

佟九知道小蘭子野蠻慣了，他要出去小蘭子真能撲上來踹他。他就用被子蒙了腦袋不理，還發出打呼嚕的聲音。小蘭子更惱了，眉眼都立起來了。因爲佟九蓋腦袋的被子是小蘭子平時蓋的，是小蘭子昨晚抱過來給尼婭佐娃用的。

小蘭子衝進去把被子抓起來抱在懷裏，又驚叫一聲，原來佟九還是個光屁股。她又把被子摔在佟九身上，伸手在佟九腦袋上一口氣砸了三四拳，在佟九哈哈笑聲中氣呼呼地掉頭跑出了門。

尼婭佐娃關了屋門回來坐下，發了會兒愣，突然笑了，說：

「原來是這樣啊！好先生，我得和小蘭子好好談談。我要告訴她女人和甜心睡覺叫出聲是正常的。難道你們中國女人和丈夫睡覺不叫嗎？」

佟九一把把尼婭佐娃拉進被窩，壓上去說：

「妳不知道那丫頭的脾氣，妳這會兒找她說這事，她會用擀麵杖敲破妳的頭。再說中國女人和妳不一樣，小蘭子是個二十一歲還不知道男人怎麼回事的大姑娘，和其他女人也不一樣，妳就別多事了。我想了，咱倆馬上走，回老窩去。咱們殺的可是日本人，他們早晚會知道是我殺了人的。就像你打傷了老虎，老虎會找你報仇一樣。不管誰跟你在一起，老虎認爲都一樣，都是仇人，牠都吃。咱倆不能連累我表姐和表妹。」

尼婭佐娃也覺得應該走，就同意了，並說應該趁著天沒透亮馬上走，因爲她的樣子太容易被人記住。

大蘭子聽了倆人要走也同意了。她給佟九和尼婭佐娃用大包袱裝了許多東西叫倆人帶走，並告訴佟九有事就叫老康來通消息。

小蘭子卻不同意倆人走，鼓著腮幫問尼婭佐娃是不是因爲自己罵了她她才要走的？尼婭佐娃說不是，還拉著小蘭子到一邊悄悄解釋女人和男人睡覺發出叫聲是正常的事，又講男女歡愛是什麼樣的樂趣，聽得小蘭子紅頭漲臉迷迷糊糊的。

佟九和尼婭佐娃趁著天才濛濛透亮，悄悄出了大蘭子家的後門。兩個人快步走過了二道河，通過官道，沿著一條通向老林子的毛毛小路進山回老窩了……

佟九和尼婭佐娃走後，小蘭子不和麵、不擀包子皮，卻坐在麵板前發呆。

大蘭子看一眼說：「妳這老丫頭總算思春了。姐給妳找個人家妳就嫁了吧，妳再不嫁，妳就真成老姑娘爛家裏了。」

小蘭子撇了撇嘴，說：「我想我明白了。姐，妳是因爲我不嫁人才和馬副營長偷偷摸摸整事，又不改嫁給他的是吧？」

大蘭子的臉騰一下就紅了，想說不是。其實還真不是，大蘭子和馬副營長現在還沒有那種事。但小蘭子又一句話衝口而出：「姐，妳昨晚又出去了，又去找馬副營長了吧？」

大蘭子想回答又無法回答，掉頭走出去了。

小蘭子突然高興起來，吹起口哨歡快地和好麵，開始擀皮包包子。

大蘭子包子鋪不是一般的賣早點的包子鋪，而是小酒店式的包子鋪。酒類、肉類等物品有賣家給定期送貨。冬天，大蘭子包子鋪賣的是飛禽野味做的燉菜和包子，夏天賣的是野山菜做的燉菜和包子。而且包子鋪每天臨近中午飯口時才開張，到晚上飯口之前關門歇夜。

爲什麼這樣呢？因爲一個俏寡婦一個俏姑娘開店賣包子，生逢亂世想方便也不行。如果開店開到晚上，有些酒客喝醉酒發壞不走，想占兩姐妹的便宜，大小蘭子就麻煩了。而且也不能什麼也不幹坐吃山空，所以大蘭子包子鋪每天就中午營業。但即使這樣也不太平，也總有街霸地痞上門找便宜，那麼誰給大蘭子包子鋪帶來的太平呢，就是小蘭子說的馬副營長……

馬副營長在小蘭子蒸好頭一蒸籠包子時敲響了包子鋪的門。小蘭子找不到姐姐大蘭子，就喊：「沒開張呢！中午再來。」

馬副營長喊：「小蘭子，開門。是我，妳馬大哥。」

小蘭子皺了下眉，洗了手去給馬副營長開了門。

馬副營長像老康對原田小五郎描述的一樣，是個單眼皮、扁鼻子、小方臉、中等個頭挺英武的漢子。馬副營長的祖父號稱「馬刀王」，是大清朝奉天府興京廳城守尉部下的一個低級武官，管著一營漢八旗的騎兵。後來參加援助朝鮮的對日戰爭，中朝戰敗後死在了朝鮮半島。

馬家到了馬副營長這一代，卻走了偏門。馬副營長那時十七八歲，跟著哥哥聚了一支武裝。那時日本人打敗了俄國人佔據了南滿（遼東半島），馬家兄弟的這支小武裝在東邊道通化這一帶和日本軍隊幹了幾架都失敗了。馬副營長的哥哥戰死，馬副營長就帶著餘部上山當了鬍子（土匪），占山爲王了。早幾年才被招安，投了張大帥的東北軍當了個騎兵營副營長……

馬副營長進來，把帽子脫了往桌子上一甩，過去就抓了兩隻包子吃，被熱包子燙得直咧嘴。

小蘭子瞪一眼，就說：「瞧你，餓鬼似的。剛蒸的包子要把手蘸下水再拿才不燙手。難怪你這樣的人都四十歲了，還埋裏埋汰（骯髒）毛手毛腳的，就應該死了破媳婦，好打下半輩子的大光棍。」

馬副營長說：「這姑娘要都像妳這麼野蠻，我就得死了好媳婦打下半輩子的破光棍。妳怎麼就不像個姑娘呢？我可沒說妳長得不像姑娘啊，妳長得太像姑娘了，還是個俏姑娘。可妳那野勁就不像個姑娘，嘴太糟糕，說話太傷人。妳瞪眼珠我也這麼說。妳姐呢？她昨晚挺晚了去找我，我不在營裏，妳姐準有急事，我就來了。」

小蘭子想起昨晚的插曲，想到大蘭子去找馬副營長能幹什麼，臉就騰一下紅了，衝口就說：「你這傢伙什麼時候才娶我姐？老是偷偷摸摸的我都煩了。」

馬副營長看著小蘭子一下子愣了，努力咽下一嘴的包子，盯著小蘭子問：「妳姐說她要嫁給我？」不等小蘭子回答，他抓起帽子扣腦袋上，「操」了一聲，掉頭就走。

小蘭子喊：「你上哪兒去？」

馬副營長嘿嘿笑著，一陣兒奔跑的腳步聲就遠去了……

等馬副營長再次回來時，小蘭子看一眼就笑得直不起腰了。

馬副營長變樣了，換了身全新的軍裝，腳上的皮靴擦得賊亮，連武裝帶都是全新的。

馬副營長一本正經地說：「今天見妳姐可是大事，埋裏埋汰的不像回事。」

小蘭子就又笑得彎了腰。

馬副營長在包子鋪裏看不到大蘭子，在包子鋪裏急得轉圈。

小蘭子已經蒸好了幾蒸籠包子，看看幾個鍋裏的大鍋燉菜也熟了，就出去卸下窗板準備開張。

這時，大蘭子正好從街上回來，對小蘭子說：「老康大哥沒去賣肉。那幾個攤子上的人都在說日本刀手被殺的事。昨晚縣長和公安大隊長他們都去了……」

小蘭子抬手指指鋪子裏，提醒大蘭子注意，並說：「咱屋裏牛肉還有些，這兩天夠用，不用老康大哥來送牛肉。」

大蘭子就明白鋪子裏有人，便走進了鋪子。一眼看到乾淨起來也顯得英俊的馬副營長，大蘭子眼睛定一下格，愣一下，嗤嗤就笑了。又想起昨晚去找過這個傢伙，如果昨晚找到他，可能就被他睡了。大蘭子的臉就紅了，說：「你來了，今天你怎麼乾淨了？」

馬副營長說：「我是乾淨了，我以後天天這麼乾淨，不叫妳煩我。咱倆就這麼說定了。」

大蘭子聽不太明白，認爲馬副營長又說瘋話。她心有所想地引著馬副營長進了後院睡房裏，叫馬副營長坐，又出來給馬副營長端了盤包子回來給他吃。

馬副營長是頭一次進大蘭子的睡房，不敢坐著，用眼珠到處看。看大蘭子端著盤包子又走進來，他才在一張圓桌前坐下說：「妳昨晚找我了？我在就好了。大蘭子，我昨晚氣蒙了。」

大蘭子把那盤包子放桌上，也在圓桌對面坐下來，說：「你生什麼氣了，又是你們營長對你使性子了？」

馬副營長說：「那個營長是掛名營長，管不了什麼事，他是副縣長，整天待在縣府。馬刀營一百幾十號兄弟都是我帶下山的老兄弟，誰聽他的？我這副營長直接聽旅長的，其實我就是營長。我昨晚沒在營裏是營長請我去他家裏喝酒，還說打八圈麻將。這挺好啊，我就去了。誰想還有公安大隊的關大隊長和日本領事分館的那個主事，那傢伙叫原田小五郎。這原本也沒事啊，看他客氣也不能鬧事啊。可是喝著喝著酒，關大隊長那王八犢子把話題扯到我的刀上了。」

大蘭子說：「你是軍人談刀怎麼了？你就生氣了？」

馬副營長說：「哪兒啊！那不是正兒八經地談刀。是關大隊長說我是一個用刀的高手，有一柄絕好的日本軍刀。其實我那把刀不是日本軍刀，是我爺爺傳下來的唐刀，就是大唐朝將軍用的刀。刀身是直的，和日本彎身的軍刀差不多。我初時聽著高興，可後來就漸漸不是味了。原來，他們懷疑我在大劇院那疙瘩用那把唐刀殺了四個日本刀手。」

大蘭子愣了愣，看著馬副營長不插話，聽他往下說。

馬副營長說：「他們日本人沒少殺咱們的人，殺日本人根本沒什麼，我爺爺、我爸爸、我哥哥和我都殺過日本人。我爸爸還帶幫兄弟和俄國軍隊幹過架。他們幾個王八犢子拐彎抹角地問我，我聽明白了反而高興了。」

馬副營長笑一下又說：「如果真是我殺的四個日本刀手我當時就認了，惹惱了我，我就當場殺了原田小五郎還他媽占山爲王去。可是不行，咱是東北爺們，我不能冒領殺那四個日本刀手的事。那是一個英雄幹的事，往我身上推我也不能認。我就裝了大半宿糊塗，想想真是憋氣。」

大蘭子說：「受點氣忍了也是大丈夫，你高興點吧。我問你，他們認準殺日本刀手的是個用刀的什麼人了？不是別的什麼人嗎？」

馬副營長說：「沒錯，要不他們幹什麼摸我的底？我一大早從營長家出來就去找縣長，還想去找這東邊道的鎮守使。我還打算去找旅長，我是他收編的兵。日本人找我的麻煩我能不找他們鬧鬧心？所以我先找了縣長，縣長是民國政府在通化縣城最大的官，地方上的事歸他管，這事得先找他。我把這事和縣長說了，也聽縣長講了四個日本刀手被殺後他們公安大隊調查的事。是日本人信了那個老來和妳黏糊的老康的胡說八道，那傢伙不知他怎麼想的，把那個好漢說得挺像我。我就問了縣長，假如真是咱這疙瘩的一個好漢殺了四個日本刀手，咱們怎麼辦？大蘭子，妳猜縣長怎麼說？」

大蘭子說：「這事我可猜不著，我上哪猜去。」

馬副營長說：「是啊，我當時也沒想到。縣長說，不論是什麼人殺了日本人都是不對的，都是有這樣那樣的可能的。日本人是不能這麼去殺的，又不是對付敵對的外來勢力。老兄，這樣地方上不好管啊。但是我們要幫助日本人找凶手，怎麼找呢，好好找，仔細找，絕不放過任何線索，找到底。不論是十年還是八年，我們努力了，總能找出殺日本人的這個人的。」

大蘭子聽了就笑了，說：「聽說縣長是南方人，這人心眼真多。他到底在說什麼？到底找不找那刀手？」

馬副營長也笑了，說：「我想縣長的用意就是叫人瞎管、亂管，還給他媽的日本人巧妙地搗亂。」

大蘭子聽他這麼一說，想想放點心了，又問：「你信這個縣長嗎？」

馬副營長說：「大蘭子，說真話，現在我就信妳，我爸爸、我哥哥活著我還信他倆。我在縣長那兒看出來了，那縣長好像知道殺日本刀手的是個什麼人了。」

大蘭子嚇了一跳，聽馬副營長又說：「殺日本刀手的那傢伙真是大膽，在大白天就敢幹。妳想會被多少人看見？這些人不告訴日本人就能保守秘密了嗎？扯犢子。日本人好好下下工夫很快就能知道。如果是我去查這事，最多一個晚上我就能整清了。縣府的那些公安大隊的人不都是吃乾飯的。所以關大隊長和縣長都可能已經知道凶手是什麼人了。關大隊長在原田小五郎面前套我的話，我現在想他也是在給日本人下套，叫日本人多一點迷糊。」

大蘭子想想，知道馬副營長說的有道理，想告訴他是佟九殺的日本人又有些遲疑。聽馬副營長又說：「縣長還和我嘮起了海東青，還問我這一帶的鷹把式裏誰的本事最大？知不知道一個叫佟九的鷹王？我不能告訴他我認識佟九，還是我相好女人的表弟。我看那縣長是想整隻鷹玩，我再給他整隻鷹那多麻煩，我要是舉薦了妳表弟，回頭妳表弟也麻煩。我就說我不玩鷹我不知道。」

大蘭子的臉色一下子變白了，心想縣長他們真的知道佟九了。她雙手互握，想下面該怎麼辦？

馬副營長說：「大蘭子，我想好了。咱們國軍和小日本的關東軍在這疙瘩早晚要幹起來。這就是個機會。我打算找個好刀手叫他拿把日本刀在山城鎮、柳樹河子鎮、輯安、快大茂子街好幾個地方對別著日本刀的日本人下手，多殺幾個。這一來就把原田小五郎那王八犢子整蒙了，也算幫了那好漢的忙了。」

大蘭子的眼睛一下亮了，看得馬副營長愣了愣神，說：「妳怎麼了？妳這眼睛太好看了。咱倆快是兩口子了，兩口子的事就是一個人的事。我可要整妳了啊！」

大蘭子問：「誰說我要嫁你了？還敢說和我相好，你幹什麼說要整我？」

她問出這句話也明白了，腦袋飄一下，有點暈。

馬副營長已經站起來急忙開始脫衣服，說：「妳帶我進睡房，不就是想我整妳嗎？咱倆都是過來人，別那麼麻煩。想睡妳想了好幾年了，我都快憋壞了，妳快脫衣服，別不好意思。」

大蘭子嚇一跳，想跑，但腿發軟，站不起來了。迷迷糊糊中她還想了一下，這就怪佟九和尼婭佐娃，都是尼婭佐娃的叫炕聲喚醒了她壓抑了多年的欲望，才惹出的這個禍患。

很快馬副營長脫光身子，抱起軟了四肢的大蘭子上了炕，兩個人喘息著互相看看就開始肉搏。大蘭子也叫炕了。

小蘭子在大蘭子睡房外面偷聽了一會兒，心想，姐姐沒有尼婭佐娃叫的聲音好聽，也沒有尼婭佐娃叫的聲音大。也許再過不久，她小蘭子就能一個人當家主事，一個人開包子鋪了。想想即將沒有姐姐管著了，她挺高興，吹著口哨回前邊去賣包子了……

3

馬副營長猜對了，胖子縣長和關大隊長真的知道是什麼人殺死的日本刀手了。這個結果是胡長青上報的。

發生案件的那天晚上，胡長青叫李廣富悄悄跟著老康，並沒指望從老康身上找到什麼，也沒指望達到什麼過頭的目的，就是要李廣富嚇一嚇康鯤鵬，也是提醒他小心點，他一個螞蚱樣的賤命草民，招惹禍事實在不明智。因爲胡長青和李廣富的父親都叫他們關照著點他。這也是老康次日怕被日本人找上，沒敢去賣肉的原因。

胡長青在其他人離開現場後，尾隨那個賣小雞的攤販到了攤販的家裏。見了胡長青，攤販心裏自然明白這位年輕的公安中隊長的來意。看著胡長青丟炕上一把大洋，他笑一笑就說了實情。

攤販說：「你是咱自己的公安中隊長，我就告訴你吧。你要是日本人我是打死也不說的，給多少大洋也不說。」

胡長青點點頭。

攤販沒再廢話，就說了他看到佟九因爲一隻白鷹和日本刀手爭鬥的全部經過。並說他認識那小子，那人是個有名的鷹把式，叫佟九。也講了陳小腿怎麼燙死的矮個子日本人，說陳小腿看上去好像和那個矮個子日本人有仇。攤販還說他不知道陳小腿住在哪，以前是幹什麼的，陳小腿挨著老康賣油炸糕才四天。他還說了一個俄國舞女爲救佟九用日本刀殺了一個日本刀手，那個俄國舞女是佟九的相好。攤販說佟九真是個有名的鷹把式，是這地面上的鷹王，整天被老康掛在嘴上對別人吹，他倆好得像兄弟。

胡長青聽完，想到自己認出那幾根羽毛是海東青的羽毛之後，曾猜測可能是一個鷹把式殺的日本人，看來自己的分析是正確的。爲了證實一下，胡長青掏出那幾根白海東青的羽毛給攤販看，問攤販是不是雞毛？

攤販說：「這哪是雞毛，這不是雞毛，是佟九的那隻白鷹的羽毛。那白鷹真他媽好，會救主人，比我的雞可強多了。」

胡長青又問：「那個敢殺日本人的俄國舞女長什麼樣？」

攤販說：「佟九的那個俄國相好應該是個舞女，但又好像不是個舞女。那個洋娘們常常在街上轉悠，不像別的舞女那麼忙。『洋人的家』裏的俄國女人不全是舞女。我沒進去過，我整不清楚哪個是舞女哪個不是舞女。至於她長什麼樣呢？可不怎麼好說。這麼說吧，她的奶子大，洋女人的奶子看上去都大。她瘦，不像其他俄國女人那麼肥。她高，比咱們這兒的一般個頭的男人都高。她好看，一

眼看上去覺得她好看，可仔細看又看不明白她什麼地方好看，又會覺得不好看。」

胡長青在腦海裏想了想攤販描繪的尼婭佐娃的樣子，也是模糊的，就嘆口氣，離開攤販家去見關大隊長。

關大隊長那時在請胖子縣長在縣府附近的震陽街野味居吃酒席。胡長青趕去報告他瞭解到的情況，問下一步他該怎麼辦？

關大隊長不表態，看著胖子縣長想聽他怎麼說。胖子縣長卻向胡長青要了根白海東青的羽毛捏在手裏看，又問胡長青什麼是鷹把式？鷹把式的海東青真能像獵狗似的救主人？

胡長青就講了海東青的許多傳說，包括海東青在滿語中意為「來自東方大海的青色之鷹」，是東方神鷹，是滿族人的精神圖騰；海東青曾救過滿族人的祖先女真人的首領完顏阿骨打；大遼國和大金國之戰就是因為海東青才打起來的等。

胖子縣長來了談興，說：「這個我知道，這是歷史上著名的『遼金海東青之戰』。當時是遼國和北宋對峙時期。遼國皇室貴族們喜歡用海東青捕獲天鵝和大雁，命令女真人獻海東青進貢，還令女真人以處女侍寢。久而久之，女真人苦不堪言而反之。首領完顏阿骨打起兵二千五百人，經過一連串的戰爭，滅了大遼國，建立了大金國，又吞併了北宋。女真人了不起！滿族人的祖先了不起，滿族人了不起。」

胖子縣長又看一眼捏在手裏的那根白海東青的羽毛，說：「這隻海東青了不起，東方神鷹了不起。海東青不只是滿族兄弟的精神圖騰，也是民國各兄弟民族的精神圖騰。民族沒有精神就沒有靈魂，民族精神不容辱之。」

胖子縣長說著，把那根白海東青的羽毛用塊汗巾包好揣進懷裏，笑著叫胡長青喝酒。

關大隊長這時說：「在我這裏，這個案子過個十年八年再說吧。」

胖子縣長說：「喝酒、喝酒。現在我們的國力、財力、兵備均居於弱勢。這沒什麼，任何強勢都是從弱勢開始的。臥薪嚐膽、以弱勝強、以柔克剛，可是我們的拿手好戲。長青啊，你配合日本人辦這個案子，一要柔，二還要柔，多拐七道八道的小彎，最後以柔克之不了了之。」

關大隊長一個勁地點頭。

胡長青低著頭笑……

4

老康康鯤鵬在柳條溝溝門的家裏實在有些待不住，走出了屋，眼看夕陽又一次紅遍天邊了，忍不住想往大蘭子包子鋪跑，但又沒敢動。

康鯤鵬在院裏轉了幾圈，沒事幹又不想閒著，嘴裏一個勁嘟噥著什麼，高一腳低一腳地抓起大掃帚開始清掃院子。院子裏塵土飛揚，像正刮小旋風。

這時，康良駒帶著大老黃從外面回來，看見康鯤鵬在掃院子，就過來說：

「爸，大老黃有病了吧？老有公狗來找牠圍牠轉圈嗅牠的屁股。我看了，大老黃的屁股和以前一樣沒毛病。大老黃像是也喜歡被公狗圍著嗅屁股。」

康鯤鵬看見兒子心情突然好了，嘿一聲就笑了，把大掃帚靠門邊放好，拍拍手上的灰塵，笑著說：「小王八犢子，你都多大了這也不懂？大老黃快掉秧子（**指母狗發情**）了。」

康良駒說：「母狗掉秧子是不是要找公狗騎一騎好下崽？」

康鯤鵬說：「對，就像你那死媽找了你爸我，讓你爸我騎上去騎幾下，下了你這崽子一樣。」

康良駒嘿嘿笑，說：「爸，我給大老黃找個好公狗下好崽，我老九叔看到好狗崽會不會高興？」

康鯤鵬說：「臭老九現在麻煩大了。但你小子說對了一樣，臭老九和大老黃一樣，都在準備下崽。」

康良駒聽不明白這句話，抓腦袋看著康鯤鵬。

康鯤鵬拉條長條凳子坐下，問：「臭兒子，我問你啊。這隻大黃狗和一隻大黑狗下了崽，那狗崽是什麼毛色的？」

康良駒說：「這多容易猜，不是黑毛的狗崽就是黃毛的狗崽，再不就是半黑毛半黃毛色的狗崽。」

康鯤鵬說：「對，你老九叔將來下的崽就是半黑毛半黃毛色的。你老九叔那就美啦。你老九叔的爸爸，那個老鷹王在墳塋地裏都會掀開墳包跑出來踹你老九叔幾腳，你就看熱鬧吧。」

康良駒生氣了，說：「爸！你又胡說八道，死人哪能從墳包裏跑出來。今兒個你怎麼了？怎麼不去賣肉？肉都快臭了。」

康鯤鵬嘆口氣，突然又笑了問：「臭兒子，想吃肉不？」

康良駒說：「當然想吃，大老黃也想吃肉。」

康鯤鵬說：「爸爸今兒個不過了。咱把那些牛肉，還有你老九叔給的那隻大天鵝都燉上，燉一大鍋。你小子挨家送一大碗，叫大夥都吃。以後呢，我要有事一下子沒了你也別管，也別找我，你就去龍嶺街找大蘭子姑姑，給她當乾兒子和小夥計去。你記得了？」

康良駒正在給大老黃抓癢，他說：「我不，你沒了不在了我就進山去找我老九叔當鷹把式去。」

康鯤鵬說：「那可不行，小子你不懂，我不在了你老九叔也就不在了。你還是找你大蘭子姑姑去。這是你爸我這輩子說的最重要的話，你要記牢了。」

康良駒沒多想，說：「行，我帶大老黃一起去。」

康鯤鵬說：「行，那樣的話，大老黃就是你自個的狗了。」說完，覺得有些傷感，吸下鼻子，忍住淚，站起去燉肉。

邊燉肉，康鯤鵬邊想昨天佟九殺日本刀手的事就是該著的事，是老天爺注定的事。只是他編瞎話騙日本人可能騙錯了，他老康應該有別的法子對付日本人的。

天下來黑影時，康鯤鵬燉熟了肉，叫康良駒給其他幾戶人家一趟趟都送了些肉去。康良駒還分別從那幾戶人家帶回些其他吃食。爺倆就蹲在鍋臺邊上，不用碗筷用手抓，守著大鐵鍋開吃。大老黃也趴一邊開吃。

三個正吃著，大老黃忽然抬腦袋往屋門外看，汪叫一聲，起來掉頭就往門外跑，在院門外汪汪咬起來。

康良駒丟下手裏的一塊牛肉就往外跑，接著喊：「爸，來架大馬車。爸，你出來。大老黃你別咬。」

康鯤鵬聽了兒子的喊聲，心裏狂跳，想：他媽的，這麼快就來抓我了。他在鍋臺邊跳起來，起來急了，短的那條腿軟一下，差點摔跤。他抓了佟九殺日本刀手的那柄牛角尖刀揣懷裏，鼓鼓勁，拖著發軟的腿慢悠悠地走出來，看一架馬車已經進了院子。趕馬車的漢子他不認識，和康良駒說話的那人他認識，是乾兒子李廣富。

康鯤鵬犯了疑慮，他和李廣富的父親有十幾年沒照面了，早就不來往了。這能踢他屁股一腳的乾兒子自然不再親近。這小子來幹什麼？

李廣富沒穿公安大隊的制服，穿著便衣來的。他看見康鯤鵬出來，指點招呼趕車的漢子往下搬東西，又過來對康鯤鵬說：

「康叔，這些東西夠你爺倆吃兩年的。你以後待在家裏，別去賣肉也別去縣城。這是我爸和胡大爺他們老哥幾個關照你的，我和長青哥也這意思。你昨晚多他媽牛，瞎白話吹出來麻煩了。你早年的兄弟不能不幫你，但你也要管好你自己的兩條破腿和那張破嘴。另外，去告訴惹麻煩的那個鷹把式悄悄躲幾年。」

康鯤鵬在發愣，李廣富指著康良駒問：「這你兒子？叫什麼？這小子這麼大了，有幾歲了？」

康鯤鵬說：「是啊！是我兒子，十三歲長得像十歲。人賤啊，賤人家的孩子狗崽子似的好養活，吃狗屎都能活。」

李廣富笑笑不再答話，掉頭催那漢子快往下搬東西，走時給了康良駒十塊大洋，拍拍康良駒的腦袋，告訴康良駒有麻煩找他，只要認他是一個哥哥，他就幫忙。說完，他跳上馬車，對康鯤鵬擺下手就走了。

康鯤鵬瞄著馬車吱嘎吱嘎走上土路，被樹木遮擋看不見了。他心裏直犯糊塗，想，看這意思他們知道是一個鷹把式殺的日本刀手？也知道那個鷹把式和我老康是什麼關係？那怎麼不抓我和臭老九？

康良駒說：「爸，這個哥哥是誰？幹什麼給咱送這麼老些好東西？幹什麼給我這麼老些大洋錢？」

康鯤鵬說：「臭兒子你別管他是誰，你只要記住一個叫趙三寶的哥哥就行了。現在你把這個王八犢子忘在腦袋瓜子後面。記得了？」

康良駒說：「行，爸，我記住趙三寶哥哥了。可我要忘了這個哥哥？爸，那不好吧？他給咱東西了。」

康鯤鵬說：「這些破東西值幾個破錢？你爸我以前是康家大少爺，這小子的爸爸、趙三寶的爸爸，還有姓胡的那中隊長的爸爸整天跟在你爸我的屁股後面混飯吃。這些東西連你爸給他們的零頭都不夠。唉！那是老鼻子年前的事了。兒子啊！這人啊眼前看著風光沒用，一世看著風光也沒用，你爸我比你見多了。」

康良駒覺得和康鯤鵬說話沒意思，叫上大老黃進屋吃肉去了。

康鯤鵬沒心思吃飯，把那些東西往西屋裏一趟趟搬。搬完了也累了，坐下看這些東西，遙想當年那幾個拜把兄弟，又想幾個人後來的變化，心裏唏噓不已，淚水縱橫。但心裏也有少許安慰，這些東西證明那幾個拜把兄弟至少還記著他……

5

尼婭佐娃在老窩裏睡到半夜凍醒了，翻個身壓在佟九身上，把佟九壓醒了。她伸胳膊抱緊佟九，說：「外面什麼在叫？」

佟九定定神，抱緊尼婭佐娃說：「是貓頭鷹在抓地鼠。那兩隻貓頭鷹個頭挺大，是灰羽毛的，抓住地鼠一吞就整隻吃進肚去。妳想看慢慢就能看到。」

尼婭佐娃說：「那好吧，我以後再看貓頭鷹吃地鼠。親愛的你說，現在我舅舅在幹什麼？」

佟九說：「我想這會兒妳舅舅正抱著麗達睡覺。真怪，妳舅舅那麼瘦，整得過那麼有肉的麗達嗎？」

尼婭佐娃笑笑，說：「我不告訴你，親愛的，你猜的不對。我舅舅現在在爲我高興。我舅舅盼著我能隨你離開盼了很久了。」

佟九說：「是啊！妳是對的，妳總是對的。我也這樣想，妳舅舅在高興，咱們幫妳舅舅辦到了。」

尼婭佐娃說：「你還記得第一次見到我的事嗎？」

佟九說：「那不能忘，我記得呢。我獨個住在這裏，每個晚上都想妳，從頭一次見到妳就開始想，想著想著就睡著了。」

尼婭佐娃挺開心，用嘴找到佟九的嘴使勁親一下，說：「我的好好甜心，你給我講講第一次見到我的故事好嗎？」

佟九說：「行，當然行。妳聽啊。妳還是下來聽吧，被妳壓著像裏上鷹兜子，心裏怪怪的。」

尼婭佐娃挪下來，鑽進佟九懷裏，說：「這樣好吧？你講吧。」

佟九說：「我記得兩年前的冬天，我捉了五十九隻野雞進縣城。那是個雪後的天氣，天上剛剛下來太陽，天太冷，街上沒幾個人。我拖著扒犁拉著野雞要去表姐家。在柳條溝溝門碰上康良駒那臭小子，他告訴我他爸爸想往我表姐家送牛肉，路上太滑拖不動小軲轆車，叫他去幫忙拉小軲轆車。我就想多拐個彎捎上老康大哥一起去表姐家，便叫康良駒先去表姐家等著，我拐個彎上了西關老城街大劇院那條街了……」

尼婭佐娃又往佟九懷裏鑽鑽，說：「我記得你碰上我了，我那時剛剛在佟佳江裏玩雪回來。我看到一個滿臉滿身都是雪霜的男人拖著一架扒犁急沖沖地走，又看到扒犁上都是紅毛的、花毛的大野雞——那麼漂亮的野雞，我就忍不住悄悄偷了一隻白色花毛的野雞。我看你沒發現我，又看到了一隻更漂亮的大野雞，就放回剛偷的野雞，又偷了那隻更漂亮的大野雞。你停下扒犁往雪地上甩鼻涕，就看到我了。我抱著大野雞剛想回身跑，你對我說，跑什麼？別摔倒了，摔壞就知道痛了。一隻野雞拿去吃吧……」

佟九說：「是啊！我那時挺奇怪。我小時候和我爸去過海參崴，在那邊見過妳這樣的人，是個黃毛小姑娘。想不到在這地面上也有妳這種長黃毛的大姑娘，臉又那麼白，細胳膊細腿像隻好看的梅花鹿。再說，我看見妳停了腳，往扒犁上扔錢了，可我後來沒看到那塊銅洋。」

尼婭佐娃說：「那不是銅洋，是塊鵝卵石，是我怕你真的追我才用來騙你的。」

佟九哈哈大笑，說：「我看妳走遠了，我又走，後來碰上了妳舅舅。那傢伙喝醉酒在街頭雪地上咿裏哇啦蹦跳著唱小曲，還不時往嘴裏灌酒。妳舅舅那樣的黃毛老猴子我以前沒見過，我就站在街

邊看熱鬧，見他跳得好看，我就給他鼓巴掌，妳舅舅跳得更來勁了。但他沒跳幾下就摔倒了，滾了滿身雪不起來。我知道他要是在雪地上睡著會凍死，就去搬他。妳舅舅哼唧著還不起來，妳就跑來了。」

尼婭佐娃說：「是啊！是啊！咱倆一起把我舅舅搬到扒犁上，我舅舅壓著那些野雞，咱倆拉著扒犁送我舅舅回去。你一路上不敢看我，也不說我偷大野雞的事，我也沒說。但是我那時就悄悄喜歡上你了，不是因爲你幫助我舅舅，是你的一句話。你知道是哪句話嗎？」

佟九說：「當然知道，就是那句，我說我喜歡妳的屁股。」

尼婭佐娃叫一聲，說：「天啊！不對，不是那句話。你喜歡我的屁股？對啊！我也喜歡你的屁股啊。親愛的，你想不到是你的哪句話叫我喜歡上你了嗎？」

佟九把尼婭佐娃的腦袋往胸口上推推，說：「我剛剛又想了，還是我說的我喜歡妳的屁股的那句話。我說了那句話，妳就說好吧好先生，我就給妳我的屁股吧。那是咱倆第三次碰上時說的話，是在妳的小屋裏，後來我就整妳了，妳嗷嗷地叫。」

尼婭佐娃把腦袋抬起來，看著在黑暗裏看不見臉的佟九，說：「好吧，好吧，就算是這句話吧。其實親愛的，你說的這句話是我愛上你的話，不是叫我喜歡上你的那句話。要不是先喜歡上你，我那天不會給你我的屁股。」

佟九在黑暗中看尼婭佐娃瞪著閃著藍光的眼睛，想想說：「大媳婦，妳今天怎麼問這個？愛的一句話和喜歡的一句話是一回事啊，妳怎麼分開講呢？我不喜歡妳就不會說喜歡妳的屁股，我愛妳才喜歡妳的屁股。妳最好看的地方也是妳的屁股。」

尼婭佐娃說：「這我知道。可是，親愛的，你把喜歡和愛混在一起了，這怎麼行？除去屁股不算，你還愛我其他的部位嗎？」

佟九說：「我見不到妳那會兒想得最多的就是妳的屁股。現在妳問了，我告訴妳，其實我真正想的喜歡的愛的是尼婭佐娃這個完整的人。妳的頭髮我也很喜歡很喜歡。」

尼婭佐娃吸吸鼻子，悄悄流淚了，嘟噥說：「親愛的，你這樣說我很開心。可是你想不起那句叫我喜歡上你的話我又很傷心。沒有那句話，後來我能愛上你嗎？」

佟九說：「大媳婦，那句話那麼重要？我想不起來真是該死。妳打我吧，要不用屁股使勁整我。」

尼婭佐娃不吱聲，抬手悄悄抹眼淚。

佟九不知道尼婭佐娃在流淚，順著剛才的話題接著說：「後來到了過大年的那天，我去找老康大哥去表姐家過大年夜。在那條街上咱倆又碰上了，那是第二次碰上。」

尼婭佐娃說：「是啊！我常常去街上等你，失望了幾十次才突然看到你，你是大笨豬，你不知道。」

佟九笑笑去親尼婭佐娃，親了滿嘴淚水才知道尼婭佐娃哭了，但佟九說：「高興的吧？高興哭就對了。」然後，他用手給尼婭佐娃抹把淚水，說：「我看見妳在街邊舉根冰糖葫蘆，我認爲妳在玩兒。可是妳看見我就跑過來對我說，野雞先生，你能再給我一隻野雞嗎？大的紅毛大野雞。」

尼婭佐娃說：「是啊，那時我真高興，終於等到你了。你馬上說，行！過了年吧，過了年我才回老窩才能整野雞。沒準再遲些天到了開春，我送妳一隻紅脖子大雁，大雁的肉比野雞的肉多，有韌勁有嚼頭，吃著老鼻子香了。」

佟九說：「咱倆約好時間，妳叫我直接去『洋人的家』裏找妳。我過了年回老窩沒捉野雞，我捉了隻黃毛狐狸，做了頂狐狸皮平頂帽子等到了日子給妳送去。狐狸肉比大雁和野雞的肉差一點──飛禽和走獸的肉不能這樣比較，都好吃。我去了你們『洋人的家』就蒙了，看見好幾個人高馬大挺胖的黃毛女人，也看到好幾個瘦些的黃毛女人，但她們都比妳胖。我就想，妳得吃多少肉才能長成她們那樣？我想到這裏就想走了，我帶的那隻狐狸肯定不夠妳一頓吃的。可是妳舅舅居然記得我，在門口堵住我，拉著我進門房裏喝酒。他真能喝……」

尼婭佐娃嗤嗤笑說：「可我舅舅喝不過你，我舅舅醉成了大笨豬。你沒醉，還知道跟我進房間說要我的屁股。」

佟九哈哈笑說：「後來我爲了掙到五十兩黃金娶妳，在這裏沒少遭罪。現在多好，妳是我大媳婦了。」

尼婭佐娃說：「親愛的，我們現在還不夠好，你忘記了我喜歡上你的那句話，我和你也成了一對逃亡的夫婦。」

佟九沉思一會兒，想不出是哪句話叫尼婭佐娃喜歡上他，轉而又想起殺了日本刀手的事。他說：「大媳婦，那不是可以後悔可以害怕的事。我現在想想就不後悔又不害怕。」

兩個人沉默了一會兒，似乎都在想這件事。

尼婭佐娃推了一下佟九說：「你別睡，馬上天就亮了，我們有個大事要辦。我們去拜訪我們的鄰居。」

佟九聽了，哈哈大笑起來。

兩個人後來沒睡著，老窩裏的土炕熄火涼了。兩個人就這樣有一搭沒一搭地說著話，等到天透亮才起來。

尼婭佐娃看著佟九生火做飯，她站一邊幫不上手，就說：「我很快要學會怎樣和你生活。親愛的，你要好好教我做你們這裏的飯。要不你吃我們那邊的飯吧，我可以天天給你做。」

佟九說：「在這裏過日子做飯什麼的都不麻煩，吃你們那邊的飯和我們這邊的飯都行。只是這裏挺冷清，習慣就好了。」

兩個人吃完飯，老窩裏也暖和了。外面的陽光從白樺樹林的空隙間照射下來，各種鳥兒鳴叫著開始在林間覓食。

尼婭佐娃跑出屋門，站在屋外的一個門字形木架邊上。那個木架是佟九馴鷹蹲鷹用的鷹架。尼婭佐娃仰起臉深深吸口氣，閉上眼睛感受清晨的冷空氣。聽到佟九走出門的聲音，她說：「我嗅到我家鄉的氣息了，是我家鄉雪的氣息，我家鄉那邊下雪了。」

佟九說：「妳也嗅到咱倆的家的氣味了。」

尼婭佐娃笑著撲過去，掛在佟九脖子上轉圈，兩人哈哈大笑。

佟九說：「妳待著不要亂跑，妳還不熟悉這裏，萬一迷了路碰上流浪的好鄰居們就糟了。我去江邊挑水。」

尼婭佐娃說：「我也去挑水。在我的家裏，每天清晨都是我去河邊挑水。我的家鄉比你們這裏更寒冷。」

於是佟九取了扁擔和木桶，帶著尼婭佐娃去佟佳江邊挑水。在路上他告訴尼婭佐娃每種樹的名字，每種鳥的名字，尼婭佐娃聽了挺高興。

等兩個人挑水回來，尼婭佐娃又對土屋外圓錐狀的煙囪起了好奇心，過去轉著圈看，還把臉貼上去試溫度。

佟九說：「這是煙囪，這裏人家的煙囪都是建在屋子外面的。妳老家的煙囪不是這樣的吧？」

尼婭佐娃說：「是的，佟九先生你說對了。我有個主意，咱們可以用這個煙囪做個烤爐，烤麵包用。」

佟九笑了，說：「行！你們的麵包其實就是大個的死麵的烤糊了皮的大餅子。」

尼婭佐娃突然想起了什麼似的說：「對了，你說過我們的鄰居喜歡吃大餅子，我來做成麵包吧。我們今天能去拜訪他們嗎？」

佟九看著尼婭佐娃笑著點點頭，尼婭佐娃就跑回屋開始動手和麵烤大麵包。

佟九告訴尼婭佐娃關好門等他回來，自己抱著白海東青的屍體出了白樺樹林，向西穿過雜樹林，去了滾兔子嶺上的捕鷹場。

佟九把白海東青葬在了捕鷹場的鷹廟裏。所謂「鷹廟」，就是滿族的鷹把式埋葬海東青的地方，是在高高的山頂上用石塊搭成的小房子式的小石堆。因爲在鷹把式看來，高高的山頂是距離天空最近的地方，把在狩獵中死去的海東青葬在山頂意指「使海東青的靈魂重回天上」。

佟九埋葬了白海東青，又點上三炷香插在鷹廟前，跪下來在心裏默默祈禱，祝願白海東青早回到天堂。接著，他就坐下來看著鷹廟發呆。

鷹廟下面，共埋了十七隻海東青，都是隨佟九狩獵時死去的，每隻海東青的樣子和怎樣死去的他都記得。回想每一隻海東青，又想想白海東青，佟九心裏唏噓不已。直到那三炷香燃盡，他才從滾兔子嶺上下來，快步回到老窩。

剛進白樺樹林裏，佟九就看到老窩上空濃煙瀰漫，跑過去一看，老窩的門是敞開的。他快步跑進屋裏，屋裏沒著火，是尼婭佐娃用爐灶烤大麵包整出的濃煙。尼婭佐娃的臉都被濃煙熏黑了，流了滿臉淚水，用手一擦，變成個小花臉，看得佟九忍不住哈哈笑了起來。

尼婭佐娃說：「這不是小麥粉，是你們的苞米粉，做不成我們的麵包式的大餅子。怎麼辦，佟九先生？」

佟九看著被爐火烤得烏黑的三個巨大的苞米麵大餅子，蹲下去拿起一個看看說：「像黑色的大個頭的鵝卵石。」又掰下一塊嗅嗅，說：「行，這種外黑裏黃的大麵包那傢伙吃行，我吃也行。」

佟九說完就咬下一塊吃，看得尼婭佐娃眉開眼笑。

佟九說：「外面陽光挺好，咱們這就去拜訪我們的鄰居吧。妳見到那傢伙準高興。」

尼婭佐娃說：「我知道了，我們的好鄰居一定是個幽默的先生。那位好先生的夫人漂亮嗎？」

佟九說：「那傢伙的夫人？噢！那傢伙的媳婦長得肥胖高大，愛穿黑毛大衣，沒妳漂亮沒妳好看。」

尼婭佐娃說：「親愛的，你知道我不會給你丟臉的。」

佟九說：「我也不會讓妳丟臉，我只會讓妳高興地笑。」

尼婭佐娃說：「我們去拜訪鄰居，穿不整齊不禮貌，讓我看看穿什麼好呢？我還要洗臉梳頭打扮打扮。你的頭髮也應該洗洗，時間來得及的話，我們洗個澡吧。」

一聽這話佟九抬手抓了抓鼻子，在這老窩裏，在這種天氣裏佟九平時是不洗澡的，就算洗澡也挺麻煩。可佟九想，不能叫尼婭佐娃失望，就去找了只存放糧食的方形大木桶，整乾淨，去挑了水裝滿大木桶，燒好熱水兌入。等一切弄好了已經快中午了。

尼婭佐娃準備了大蘭子給的幾件衣服，過來問：「你平時用這種木桶洗澡嗎？」

佟九的臉一下子紅了，他平時一個冬天都不洗澡。但佟九點點頭。

尼婭佐娃說：「我以前用的木桶要大些。」

佟九叫尼婭佐娃先洗，他還需要燒熱水。

尼婭佐娃身上不埋汰，坐進大木桶裏很快洗好了。她叫佟九坐木桶裏，幫佟九洗澡，把佟九洗乾淨之後，尼婭佐娃給佟九找衣服，說：「親愛的，你的洗澡水可以澆灌土地種馬鈴薯了。」

佟九不吱聲，也沒聽懂尼婭佐娃的話，心裏想，妳現在才說種馬鈴薯，晚了。我是鷹把式，又不太會種馬鈴薯，那是漢族人喜歡幹的事。

尼婭佐娃幫佟九穿好衣服，她自己也穿好衣服，問佟九：「親愛的，我把頭髮藏在狐狸皮帽子裏，看上去像中國女人嗎？」

佟九說：「這樣啊，像一點。」

佟九突然看到自己的洗澡水又髒又黑，就說：「妳再用我的洗澡水把眼珠抹黑，就更像這裏的女人了。」

尼婭佐娃抬腿踢佟九，佟九笑著跑開，再回來把洗澡水端出去倒在外面的地上，看著那塊被洗澡水整髒的地，才明白尼婭佐娃說的這水能澆地種馬鈴薯是什麼意思。他的臉就紅了。

尼婭佐娃用塊包袱布包上那三個烏黑的大餅子走出屋，問：「佟九先生，咱們的門怎麼辦？」

佟九說：「用門閂閂上，這沒人來。」

尼婭佐娃閂上門，問：「咱們的好鄰居不來嗎？」

佟九說：「來，每年都來。但那傢伙從來不進屋。」

尼婭佐娃說：「那位好先生真是位有禮貌的好紳士。」

佟九說：「是的，沒有比那傢伙更好的紳士了。大媳婦咱們走吧。」

尼婭佐娃跟著佟九邊走邊問：「我能想想那位好先生的好媳婦會用什麼好東西招待我們嗎？」

佟九說：「想吧，想想能高興就行。只是那傢伙不愛招待人，那傢伙要是真想招待人可沒人受得了。」

尼婭佐娃說：「看來好鄰居還是個吝嗇的先生。好吧，親愛的，咱們去拜訪一下就回來，不接受他們的招待。」

佟九說：「這樣想就對了。」

尼婭佐娃隨著佟九走出白樺樹林，前面的茅草小路不見了。兩個人走進松林荒野裏。佟九不時叫尼婭佐娃小心走路，別被露出地面的樹根絆倒劃傷。走了半個時辰，走出了那片松林，走上一面長著雜樹的山坡。

尼婭佐娃感覺走得很久了，看附近不像有人家的樣子，有點奇怪，就問：「親愛的，那位好先生的家住在什麼地方？看來你很少去他的家，連條小山路也沒有。我的靴子上都是濕泥了。」

佟九說：「大媳婦，別急，咱們是走近路，馬上就到了。妳見到那傢伙千萬別過去擁抱，那傢伙不喜歡被人擁抱。」

尼婭佐娃說：「我想到了，那個好先生一定不常洗澡，身上臭。我才不去擁抱他呢，也不去擁抱他那肥胖的媳婦。」

佟九嘿地笑一聲，說：「瞧，我們到了。」

尼婭佐娃舉目四望，他們站的地方是一片大松樹林的空地，只有頭頂的陽光像熟悉的，其他的一切都太陌生了。而且這裏的松樹都是一兩個人抱不過來的大松樹。

尼婭佐娃說：「那位好先生住在這裏？我怎麼看不到房子？」

佟九說：「那傢伙的房子有好幾座，每年都可能換房子住。今天咱倆運氣要是好就能在這裏找到那傢伙。」

尼婭佐娃說：「親愛的，看起來我們的鄰居夫婦生活得像一對猴子。」

佟九說：「猴子可沒有那傢伙的那種大肚量，妳待在這裏不要動，我叫那傢伙出來見妳。」

尼婭佐娃嘆口氣，說：「我可以坐下等嗎？親愛的，我累了，我們走得太久了，都不是可以走的路，太累腳。」

佟九從懷裏掏出一塊兔子皮墊在一塊大青石上，說：「在老林裏能坐石頭，不能坐木頭，木頭有水分潮濕，人坐了屁股眼裏生瘡。妳坐這兔子皮上面吧，就知道妳會累了想坐下。」

尼婭佐娃說：「親愛的，你想得真周到。」她坐在兔子皮上看著佟九，滿臉幸福的樣子。

佟九跑到幾棵大松樹之間的空地上，把兩腿前後跨開，彎著腰，兩臂前探，十指張開，嘴巴鼓足氣用手掌拍腮幫，發出吧、喀的聲音。

尼婭佐娃看著忍不住笑了起來，說：「親愛的，你像隻熊。」

佟九打手勢叫尼婭佐娃不要出聲，接著又吧、喀地叫了好一會兒。直到尼婭佐娃坐得都打哈欠了，也不見有人來。

尼婭佐娃看一眼佟九，又打個哈欠，再一眼看過去，臉色一下子變了，伸手往懷裏掏，掏出把小手槍，一個轉身就縮在大青石的後面，用小手槍瞄著佟九背後出現的一隻大黑熊喊：

「親愛的，你快過來，你快過來，你別怕！」

佟九直起腰，掉頭看到大黑熊，說：「我操！你這傢伙拉屎去了？老子叫你這麼久你才來，是不是忘了老子了？」

大黑熊挺大也挺瘦，是冬眠醒了剛出洞的熊。牠看見佟九，揚起腦袋用鼻子嗅嗅，看上去挺高興，甩甩腦袋直立起來，用兩隻後腳晃悠悠往佟九身邊走來。

佟九說：「等會、等會，你先見見老子我的大媳婦。老子我的大媳婦長得比你媳婦好看，就是沒你媳婦身上毛多。我大媳婦帶了俄國麵包給你。」

佟九向尼婭佐娃招手，叫尼婭佐娃把大餅子丟過去。

尼婭佐娃明白了，這隻大黑熊就是佟九說的好鄰居。她忍不住笑了，收起小手槍，把裝大餅子的包袱扔過去。

佟九接住包袱，取出一個大餅子丟向大黑熊。大黑熊像是接習慣了，兩隻前掌一合就夾住飛來的大餅子，一屁股坐下去，雙掌抓著大餅子就開吃。

佟九扭頭衝尼婭佐娃笑笑，說：「大媳婦，妳明白了吧？咱們這裏的好鄰居就是這傢伙。牠愛吃妳做的黑麵包。」

尼婭佐娃對大黑熊起了好奇心，小心地走過來，抬手抓住佟九的手，才再一步靠近佟九。

尼婭佐娃說：「看起來這位好鄰居的生活不好過，太瘦了。牠身上的毛皮大衣都破破爛爛了。」

佟九說：「這傢伙在脫毛，等秋天妳再看，這傢伙會變得威風勇猛，連老虎也不懼。」

尼婭佐娃說：「那你說，你是怎麼和牠交上朋友的？」

佟九說：「這事說起來好幾年了，這傢伙可以說是我養大的。那一年我看見牠媽媽帶著牠和另外兩隻小熊在佟佳江邊抓魚。牠媽媽是個糊塗蛋，過佟佳江時叼著這傢伙游過去放下，轉一圈，游回來叼另一隻小熊游過去，再游回來時卻叼著這傢伙游回來放下，轉一圈，又叼另一隻小熊游過去。接著就帶著那兩隻小熊大搖大擺地走了。我就用大餅子一塊一塊把這傢伙引到我的老窩，養了幾天，牠和我也親近了，牠的媽媽卻又轉回來，在江邊轉著圈找牠。牠媽媽帶走的另外兩隻小熊就剩了一隻，另一隻不定被丟在哪兒了……」

尼婭佐娃問：「你把這傢伙還給牠媽媽了？」

佟九說：「是啊！牠媽媽見了牠抱著一個勁地舔，很喜歡的樣子。」

尼婭佐娃說：「那後來呢？」

佟九說：「這傢伙的媽媽把這傢伙和另一隻小熊叼著游過江帶走了。過了幾天，我再看到牠媽媽時，就剩這傢伙獨個跟著牠媽媽，另一隻小熊又不知被牠媽媽丟在哪兒了。我養了這傢伙幾天有了感情，我跟著去看，跟了兩天一宿。還行，牠媽媽把這傢伙養得挺好，這傢伙跟得也緊，我就回來了。可是過了幾天，這傢伙獨個找到我的老窩，鑽進我老窩裏就不走了。我出去找牠媽媽，但沒找到。我知道這傢伙又被牠媽媽丟下了，就又找回了我的老窩。」

尼婭佐娃笑著說：「後來牠和牠媽媽碰面了嗎？」

佟九說：「過了二十幾天以後，牠媽媽才又找回來。我把這傢伙帶出去，牠又跟著牠媽媽走了。十幾天以後，這傢伙又跑回來了，那以後牠媽媽再沒來過。後來快到冬天了，牠長得挺大了，我帶牠總在這裏玩。有一天牠不見了，但我知道牠一定是在這裏某個樹洞裏冬眠。春天，牠醒了就會又跑回我的老窩，我和這傢伙這樣待了好幾年。這兩年牠不愛去找我了，因爲大老黃見了牠就咬。我就到這裏來看牠。牠春天、夏天、秋天都在這一帶轉悠，冬天會回這裏冬眠，想來牠也不希望看不到我。」

尼婭佐娃看著佟九臉上全是笑意，問：「那麼，佟九先生，咱們哪天去看另一個好鄰居大老黃呢？我想大老黃可以和大黑熊咬架，那牠一定是頭大老虎。」

佟九說：「妳猜錯了，過段日子我出山一趟，妳就能見到大老黃了，大老黃和妳差不多。妳是一個黃毛好媳婦，大老黃是一條黃毛母獵狗，是我的好獵狗。大老黃要是回來，就可以在我外出時陪著妳，我也放心了。」

尼婭佐娃皺皺眉頭，又想想說：「我想，我希望早點見到親愛的大老黃。」

佟九又把剩下的兩個大餅子丟給大黑熊，過去給大黑熊抓癢，大黑熊舒服得張嘴向天瞇縫起眼睛慢慢搖頭。那樣子看得尼婭佐娃眉開眼笑……

第三章　折翼帽兒崖

1

佟九和尼婭佐娃迎著紅彤彤的夕陽回到老窩。佟九在老窩前的鷹架上拴了根繩子，做了架鞦韆。尼婭佐娃坐上去，佟九在一旁幫忙推，尼婭佐娃坐在鞦韆上蕩。看著夕陽從山林上空沉下去，白樺樹林裏的鳥兒也歸巢了。

尼婭佐娃在鞦韆上蕩一下，說：「我們的大熊寶貝真可愛，還知道一路送我們，牠跳舞的樣子又笨拙又可愛，像我的親愛的哥哥。」

佟九想想的確是。大黑熊隨著他和尼婭佐娃走了一段路，把他們送到白樺樹林的邊緣然後停下來，直立起來像人那樣站立，目送兩個人走，還抱著前臂，揚著腦袋，慢慢地原地轉圈，像用跳舞送別。

佟九就笑了，說：「這是那傢伙的老一套，那傢伙是想咱們常常帶好吃的去看牠。」

佟九用力把尼婭佐娃蕩得高些。尼婭佐娃突然被蕩高嚇了一跳，忍不住尖叫了一聲。等鞦韆平穩下來，尼婭佐娃說：

「親愛的，我現在知道將來我們能幹什麼了。等你們的政府真正強大，能做自己國家的主人了，那時日本人就滾回東海的小島上了。我們再不用躲避他們，我們就馴養動物，開個馬戲團，佟九先生你會是個好樣的馬戲團長。真盼望那一天能早點來。」

佟九說：「行，大媳婦，妳的主意總是好的。那時咱倆的黃毛兒子學了本事也會是個好團長。」

尼婭佐娃突然沉默了一會兒，語氣堅定地說：「我想我們的孩子會是黑頭髮的漂亮小夥子，像你多些，那樣我們可愛的兒子就不會被別人叫成黃毛小猴子。」

佟九說：「妳想的都能辦到。但我喜歡黃頭髮的妳，我不怕我們的兒子被別人叫黃毛小猴子。」

尼婭佐娃說：「說這些太早了，我的肚子從來沒有過孩子。為了我們能有黑頭髮的漂亮孩子，我們明天就幹，建一座我童年住過的小木屋。」

佟九說：「行，明天就幹，整座漂亮的小木屋，我聽大媳婦的。到了今年八月我開始鷹獵，我們住在木屋裏，那時妳聽我的。」

尼婭佐娃說：「親愛的，你不用擔心今年八月鷹獵的事，我知道我總會聽你的。」

建造小木屋的工具老窩裏都有，無非是斧子、鋸子、鉋子之類。佟九在這片山林裏住久了，平時也需要用那些工具製作家用的東西。佟九和尼婭佐娃在次日就開幹了。

但在建造小木屋之前，對於使用什麼種類的木材，尼婭佐娃和佟九意見卻有些不一致。尼婭佐娃想用松木，佟九想用白樺木。

佟九說紅松木太沉，兩個人沒有幫手搬不動。而白樺樹木質輕，白樺樹皮還可以割成小塊，用水煮一煮，縫製木箱、木桶一些用品。另外還能用大塊的白樺樹皮壓直當牆壁紙用，可以擋風，一舉三得。否則製作小家什也得扒白樺樹皮，也會整死許多白樺樹。

尼婭佐娃托著腮看著佟九好好想了想，才說：「是啊！佟九先生，你說得對。我們就兩個人，我們沒有鄰居幫忙。」

用什麼木材的問題解決了，但在什麼位置、什麼方向上造木屋又成了問題。好在兩人很快決定，像向日葵一樣，面向太陽的方向把木屋建在老窩土屋的前面。

這兩個問題解決之後，佟九就走進樹林去伐白樺樹。

尼婭佐娃開始清理平整那塊地皮。幹了一會兒，她覺得累了，抬頭看看太陽，已臨近中午，聽聽佟九還在白樺樹林裏喀喀地伐樹，就回老窩土屋裏吃了乾糧，然後爬上炕睡了一個時辰的午覺。等睡醒出了土屋，她吃驚地張大了眼睛：

「我的親愛的，我的好先生，你想我當寡婦嗎？這短短的時間你伐倒拖回了一大片白樺樹。你想累死嗎，親愛的？我可不答應。」

佟九說：「大媳婦，這是粗活，沒什麼。再過幾天這樹吸足水分就沉了，得趁現在快些幹倒它們。」

尼婭佐娃跑過去給佟九擦臉上的汗，說：「我想爲了我們的小木屋，你是對的親愛的。可是我們的小木屋可以慢慢地一點點地建造。那是造房子，不是做雞屋。唉，我不明白你們這裏的男人爲什麼總是不肯慢下來，總是在做事。你們這裏的女人也是不停地做事。哪兒有那麼多事做呢？」

尼婭佐娃雖然這樣說，但在以後建造小木屋的日子裏，她總是忍住睏倦不再睡午覺，而是努力地幹活。這一切看在佟九的眼睛裏，佟九總是笑呵呵的，他想，這個黃毛大媳婦沒娶錯……

山裏的日子過得寂靜，過得也快。佟佳江兩岸爬滿綠色，白樺樹吐出葉片的時候，佟九和尼婭佐娃的小木屋也立起來了。只是看上去樣子有點古怪，像一座俄國風格的尖頂小教堂。

尼婭佐娃這陣子真是累壞了，佟九也累壞了。小木屋的木門裝上那天，尼婭佐娃對佟九說：「我的親愛的，我們的小木屋就在這裏了。我們是不是應該休息幾天？你累壞了，好先生。」

佟九說：「這還不行，大媳婦。那些白樺樹皮已經壓平了。咱們應該把白樺樹皮釘在屋裏的牆壁上，讓它們在冬天給咱們擋住寒風。再說還要整爐子和煙囪。等這一切整好了，咱們再一口氣睡上三天三夜。」

尼婭佐娃說：「好吧親愛的，你總是對的，我們再加把勁。我們的小木屋會很漂亮，不過，不會有人來祝賀我們說它漂亮。」

佟九笑笑，開始把那些從白樺樹上整段整塊扒下來、用石塊壓得平整展開的白樺樹皮往小木屋裏搬。

幾天後，白樺樹皮被釘在屋裏的牆壁上。佟九平整屋裏的地面準備修炕道。

尼婭佐娃在一邊看看，說：「我們爲什麼不修座壁爐呢？可以取暖、可以烤製食物的壁爐。」

佟九沒見過俄國木屋裏專門取暖用的壁爐，不知道怎麼修壁爐。尼婭佐娃看佟九又一次發傻地看著她，便高興地指點佟九用石塊泥土修了座俄國式的壁爐，又叫佟九用整段的白樺樹樹身鋪了屋地，上面再鋪上壓平的白樺樹皮——能隔潮。

接下來都是瑣碎細緻的活了，也容易幹了。

這樣又再過了幾天，小木屋前後的窗框裝上之後，佟九問：「大媳婦，你們俄國小木屋的窗子上用什麼擋風呢？」

尼婭佐娃知道佟九在爲難她，但她早有準備，說：「我早就想好了，我們的窗子不再是俄國式的，是中國式的。你按中國式的修吧。那種小木格組合成的中國風格的窗子，安裝在俄國風格的小木屋上是合理的。幹吧親愛的，到了八月我才聽你的。」

佟九說：「大媳婦，我服了。我算計不過妳。」

尼婭佐娃說：「知道，我當然知道。」

佟九就做了窗子安裝在小木屋上，再用窗櫺紙糊上。小木屋窗戶的事就這樣解決了。然後，佟九開始把老窩裏的東西往小木屋裏搬一些，又用了兩天時間，做了一隻圓形大木盆。

起初，尼婭佐娃認爲這個大木盆是給她洗澡用的，但是她這次只猜對了一半。在佟九日後拖著大木盆下了佟佳江，用兩隻圓頭小木槳划動大木盆在江裏下網捕魚時，尼婭佐娃才知道，這個大木盆除了洗澡用，還可以當捕魚的小船用……

新的小窩都整好了，用具也都安置好了。

佟九說：「大媳婦，今晚我們可以住新窩了吧？」

尼婭佐娃邊擦臉上的汗邊說：「是的佟九先生，今晚你要是不累，你可以在小木屋裏要我的屁股了。」

佟九哈哈笑說：「行，我聽妳的，沒有妳我怎麼辦呢？可是大媳婦，妳要躺在濕漉漉的地鋪上嗎？我可不忍心叫妳受潮。」

尼婭佐娃看看小木屋，又愣了愣說：「親愛的，你是對的。你提醒我了，我們沒有睡覺的木床。沒有我你會忘記太多的事，沒有我你怎麼辦呢？」

佟九無話可說，叫一聲，撲過去抱住尼婭佐娃親吻。床的事在一個時辰之後解決了。兩個人用樹身和木條架了張床架，再在床架上墊上壓平的白樺樹皮當了床板。

尼婭佐娃跳上去踩踏試試，看著佟九笑了，說：「親愛的，我想，今晚你就瘋狂地晃吧，它塌不下來。」

佟九想，塌下來還有地接著，這沒什麼……

小木屋裏的溫馨日子開始了。佟九的吃食也發生了變化，多是吃尼婭佐娃用壁爐烤製的吃食。肉多是烤的、魚多是烤的，苞米麵黃麵包也是烤的，當然還有各種湯喝。對於這樣的食物，佟九很快就適應了。

這天中午，尼婭佐娃午睡醒了起來，佟九已經不在小木屋裏了。她午睡前看見佟九是吃了午飯出去的，就認爲佟九或許去看望鄰居大黑熊去了。這是昨晚佟九說過的，說給好鄰居送兩個黃麵包去。

尼婭佐娃出了小木屋，坐在鞦韆上蕩起了鞦韆。佟九不在家的時候，尼婭佐娃怕佟九擔心，從不走遠，她還不熟悉這裏。尼婭佐娃邊蕩邊看白樺樹林裏的小路，那是佟九可能回來的路。

小路周邊的草長起很高了，放眼過去，各種春季開放的野花一朵一片的爭奇鬥豔。她又蕩一下鞦韆，想佟九幾時能回來？仰望天空，天空很深很藍，像她的眼睛，有幾朵白雲在天空中打滾飄蕩。

尼婭佐娃不禁又想起她的舅舅和麗達她們那些姐妹。她對著天空自語，一定快了，就快可以結束逃亡的生活了。

突然，尼婭佐娃感覺有雙眼睛在注視著自己，就慢慢讓鞦韆平穩下來，右手伸向右邊腳上的靴子，去掏她的小手槍。她發覺沒有眼睛在看她，但她不放心，開始仔細尋找那雙眼睛。白樺樹林還是那片白樺樹林，小路還是那條小路，除了風吹樹枝聲，一切都沒有變化。

尼婭佐娃放心了，沒有掏出小手槍，又蕩了下鞦韆，突然感覺那雙看她的眼睛就在身邊。她側臉看去，嚇了一跳，一隻黃毛動物正坐在一邊，揚著大腦袋，一雙眼睛直直地盯著她看。

尼婭佐娃平靜一下心情，認出這隻黃毛動物不是狼，因為沒有下垂耳朵的狼。這隻動物應該是條黃毛大狗。黃毛大狗見尼婭佐娃看牠也不驚慌，歪了下臉，斜眼迎上尼婭佐娃的眼睛，和尼婭佐娃對視。

尼婭佐娃從佟九說過的話中想到黃毛大狗是誰了，問：「妳是大老黃？」

大老黃又歪了下臉，汪叫一聲。

尼婭佐娃皺下眉，說：「歡迎妳回來，黃狗夫人。」

大老黃又汪叫了一聲。

那天晚上佟九沒回來，尼婭佐娃坐在小木屋的床上，對著油燈聽小木屋外的風聲，還有那對貓頭鷹的叫聲。她看看趴在床邊板鋪上的大老黃，大老黃正張大嘴在打哈欠。她想，明天天亮一定去貓頭鷹的家看看，貓頭鷹也是鄰居……

2

尼婭佐娃想像貓頭鷹的時候，佟九正走在西關老城街的街上。老城街上靜悄悄、黑濛濛的，自然少有行人。佟九走到大劇院門前的街邊，站住看了一會兒，想了一下那四個死在這裏的日本刀手。不過，佟九站在這裏，真正想念的卻是他的白海東青。

佟九嘆口氣，走進大劇院的後街。「洋人的家」門前的那對大紅燈籠像以往那樣又紅又亮，旋轉著，不時有人在紅色光影裏進進出出。一點兒也沒遲疑，他從大紅燈籠下走進門，去找尼婭佐娃的舅舅大鬍子霍克。

霍克這天晚上沒有喝醉酒，卻在大門口的門房裏被馬羅夫咒罵。這位原沙皇的高級軍官保護馬羅夫來到這裏之後，他的那九個士兵就不再聽他的，而聽命於馬羅夫了。也就是說，現在的霍克是靠馬羅夫活著的。

佟九出現在霍克的門房門外，被麗達先一步看到。麗達把他拉進自己的房間，告訴了佟九這件事。麗達還告訴佟九，是一個牽條大黃狗的小男孩來告訴霍克說尼婭佐娃和甜心私奔了。現在，霍克已經知道尼婭佐娃和你在一起了。

麗達說完這些，才問：「親愛的佟九先生，可憐的尼婭佐娃好嗎？」

佟九說：「我大媳婦挺好。我就是來告訴霍克舅舅尼婭佐娃她很好的。尼婭佐娃和我建了一座俄國小木屋，她還打算將來辦一個馬戲團。」

麗達說：「烏拉！我的上帝，這是尼婭佐娃的想法，是她從小就有的想法。我替她高興。」

佟九說：「好麗達，我還有一件事，我想帶走尼婭佐娃的那些衣服用品。尼婭佐娃總是念叨那些東西。我還給她買了蚊帳。在山裏過夏天，尼婭佐娃需要一頂擋蚊子的蚊帳。」

麗達說：「我的好先生，你想得真周到。我知道你會來的，所以我早早把尼婭佐娃的東西收好了，現在就可以給你。你等著。」

麗達在房間的一隻箱子裏找出一隻皮製的大口袋。皮口袋的口上有鐵環，鐵環裏有繩子穿過去，一拉繩子，口袋口就收縮封上，背上就可以帶走。

麗達把大皮口袋遞給佟九，說：「我的好先生，我想你應該馬上離開。那些日本人一直在找你。前幾天，公安隊的胡先生來找過馬羅夫先生，問起了尼婭佐娃，也是因爲這件事，馬羅夫先生才找可憐的霍克麻煩的。我想你們的政府也在找你，他們知道你和尼婭佐娃的事了。」

佟九說：「我能見一見霍克舅舅嗎？」

麗達說：「那你再等一等，待在這裏，別走。」

佟九看著龐大的麗達走出去，並從外面關上門。他站起來走到房間門口，邊等邊聽門外的聲音。過了一會兒，佟九聽到門外傳來沉重的腳步聲，是兩個人的腳步聲，知道是麗達和霍克回來了，又退回去坐下。

門開了，麗達和霍克走了進來。霍克臉上的鬍子許久沒刮了，看上去亂七八糟的像毛臉公猴子。

霍克走過去擁抱佟九，說：「我的好小夥子，我的佟九先生，你不該來看我。你應該帶著尼婭佐娃逃跑，跑去沒有日本人的地方。」

佟九說：「霍克舅舅，我和尼婭佐娃很好。我來看你還有一件事，給你這個，我和你以前說好的。」說著，佟九把一隻鹿皮口袋遞給霍克，霍克接過來打開，裏面是黃金。

霍克說：「好樣的小傢伙，你辦到了。我知道你能辦到。這不過是考驗你的一個小小的把戲。你在理解上出了問題，這不是我要的，我要的是你要給尼婭佐娃安全和幸福。」

霍克看著佟九又說：「我知道，現在我們在安全上出了問題。但你要答應我小夥子，你活著，我的尼婭佐娃就要活著。」

佟九說：「霍克舅舅，我保證，我死了尼婭佐娃也不會死。」

霍克看著佟九的眼睛，說：「我相信你，像相信你的白鷹一樣。」他用力擁抱佟九，說：「去吧，在這裏我沒用了。你不安全。」順手把鹿皮口袋遞給佟九，叫佟九帶走。

佟九把霍克的手推開，堅決不收回鹿皮口袋。佟九說：「我知道你現在需要它。我可以再去掙到這些金子。尼婭佐娃說過，等日本人回到他們小島上的那一天，她開個馬戲團，我們就能又在一起了。」

霍克說：「是的，是的。我相信，尼婭佐娃聰明極了，她能辦到。」

霍克和佟九再一次擁抱告別，然後，佟九由麗達扶著，裝成醉酒的客人出了門。到了門外，麗達和佟九告別。

麗達問：「我的好先生，我可以去看望你們嗎？」

佟九說：「好麗達，我們高興妳去。」

麗達用帶著哭腔的聲音說：「我知道我會去的。」

與麗達告別後，佟九快步離開「洋人的家」的後街，沿老城街走。他打算連夜去大蘭子包子鋪

住到天亮，明天一早趕回小木屋。

佟九頂著明亮的月亮走著。他沒想到自己會被李廣富無意中盯上，也想不到李廣富會時常光顧「洋人的家」，更不知道李廣富光顧「洋人的家」的主要目的是查找一個號稱「海東青」的人——這個人被公安大隊的人和日本人稱爲「會用刀的海東青」，他專門殺日本刀手。

不過，佟九既不認識李廣富，也不認識胡長青。

此時已是佟九殺死日本刀手的三個多月之後。這段時間以來，在柳樹河子、山城鎭、快大茂子街、震陽街又有多名日本刀手被殺，每個被殺的日本刀手的耳朵眼裏都會出現一根白色海東青的大翎羽。

日本人自然惱火異常，胖子縣長、關大隊長的壓力自然很大。胡長青也是一樣。但在探案中，胡長青認爲日本刀手連續幾次被殺的事件中，雖有白色海東青的翎羽出現，卻和佟九殺日本人的事件沒有直接關係，應該是有人借此向日本人發難。

胡長青做出這個分析之前，已經從康鯤鵬的嘴裏問出了佟九的名字。康鯤鵬想，反正你們都知道了，再知道臭老九的名字也沒什麼，你們又不想抓臭老九。

康鯤鵬在心裏只知道一件事要保持沉默，就是不能說出佟九待在哪座山裏。胡長青整清楚佟九的身分後，才大力地行動，他要找出後續作案的人。因爲他無法容忍被另一股神秘勢力牽著鼻子走。

這也是李廣富這樣的公安隊人員什麼招都用的原因。而且公安大隊並不擔心抓錯人，抓錯了人不要緊，叫那人找個保人拿出錢再放人，而這些錢自然流入了公安大隊的腰包，要不是有利可圖，那些公安大隊的人誰會下力氣幹這個。李廣富悄悄跟著佟九，想的也是抓錯了就要錢，從「洋人的家」

裏出來的人能沒錢嗎？

跟到後來，李廣富越看越覺得佟九可疑。因為佟九在月光下邊走邊猶豫，想去表姐家，又想去康鯤鵬家，一時拿不定主意。見此情景，李廣富決定動手捉了再說。

李廣富把短槍剛拔出來，沒等喊站住，突然感覺身後有動靜，回頭一看，看見一個小個子醉鬼，還是個叫花子。叫花子正從暗影裏晃晃悠悠走出來，整出了聲音。

李廣富沒在意，扭頭看著佟九舉槍要喊，還沒喊，腦海裏飛快地冒出一個念頭：那個叫花子醉鬼從哪兒冒出來的？等他打個激靈，舉槍回頭再找叫花子醉鬼，腦袋上突然被扣上了東西，握槍的右手腕被人抓住反扭，左肋上又重重挨上一腳，他痛叫一聲趴下了。短槍也被那人奪了去。

李廣富急忙說：「好漢饒命，有話好說。」

襲擊李廣富的人就是叫花子醉鬼。叫花子說：「你自己把這玩意繫腦袋上，繫緊點。他媽的大聲數一千個數，少數一個數，俺就轟掉你的腦袋，數完一千個數你就快點滾蛋。」

李廣富趕緊抬手摸扣腦袋上的那只布口袋的細繩，在脖子上繫緊，急忙說：「我眼神不好，真的看不見好漢你，我數數了，一、二、三……」

叫花子嘿嘿笑了兩聲，掉頭跑向已經拐去龍嶺街上、聽了聲音又停下回頭看的佟九。

叫花子跑過來，笑呵呵地在佟九肩上拍了一下，說：「玩鷹的大哥，是俺，記得俺不？俺是陳小腿。」

佟九看是陳小腿挺高興，又看陳小腿穿得像個叫花子，挺奇怪，問：「你沒跑？還在這溜躂？你小子幫過我，我欠你個人情。剛剛你幹了什麼？」

陳小腿說：「以前那事不算幫你，大哥想知道俺爲什麼弄死那個日本人嗎？請大哥跟俺來。」

佟九遲疑一下，看著陳小腿沒動地方。

陳小腿又說：「大哥，俺找你可不容易，俺算準你這號人物日子久了準會再去『洋人的家』找洋女人。俺在『洋人的家』那街角裏蹲著要飯，等了你兩個多月。剛剛那個公安大隊的人要捉大哥，是俺救了大哥。大哥不信？這是證據——俺搶了那傢伙的槍。那公安大隊的傢伙還趴在那邊數數呢。」說著，陳小腿給佟九看李廣富的短槍。

佟九說：「行，反正我今晚沒地兒住，去你的窩也行。不過我明兒個天不亮就得走。」

陳小腿說：「中，大哥跟俺來。」

3

陳小腿住的地方是范記大車店。范記大車店在通向官道嶺的官道邊上，從龍嶺街裏邊走過龍泉河上的獨木橋，順官道往北走就能看到。從大車店後面順官道進山，繞過山去，就能找到佟九的小木屋。

這樣，佟九走進龍嶺街，路過大蘭子包子鋪時就沒能進去。他自然不可能知道，馬刀營馬副營長成了他的表姐夫，在大蘭子的睡房裏住到現在；也不可能知道，康鯤鵬叫康良駒把懷了崽的大老黃留在柳條溝門的家裏，打發康良駒到大蘭子包子鋪當小夥計和乾兒子；更不可能知道康鯤鵬這麼做的原因，是怕兒子跟著他一起被人抓了一起死掉……

陳小腿引著佟九一路急走到了范記大車店。他叫開後院門進了自己的住處，點燃油燈叫佟九坐下，告訴佟九這個大車店是他姨夫開的。

佟九把大皮口袋放一邊，坐下說：「是嗎？我以前來這大車店住過，這家大車店開了十多年了，你姨夫是本地人？」

陳小腿說：「俺姨夫比俺闖關東早，他和俺姨來關東有二十年了。」

佟九一時沒話說了，陳小腿也沒話說了。兩個人互相瞧瞧對方都笑了。

陳小腿說：「大哥，俺真的佩服你。俺穿成這樣才敢貓在『洋人的家』那裏等你。俺知道公安大隊的人也老在『洋人的家』那裏等著捉你。你還真去了，大哥你膽太大了，就衝這一點，你和俺對脾氣。」

佟九以爲陳小腿是說佩服他殺日本刀手的事，也沒想別的，就說：「那沒什麼，你不看見了嗎？我不殺那幾個日本刀手就被他們殺了。那是急了眼，不值得佩服。」

陳小腿說：「俺不是說那次，俺是說現在。這縣城裏已經傳遍了，有一隻『會用刀的海東青』專殺日本刀手。日本人和公安大隊的人都急眼了，都在抓這隻海東青。大哥，這才是俺佩服你的地方。」

佟九愣了愣，問：「你說這一陣子又有人殺日本人了？」

陳小腿說：「大哥裝糊塗，是信不過俺？俺可和你共過患難。俺知道，你就是那隻會用刀殺日本人的海東青。」

佟九有些急了，說：「你他媽的王八小子，這不是信不信你的事。從上次那件事以後，我這是頭一次進縣城，我上哪兒殺日本刀手去？你小子愛信不信。還他媽的『會用刀的海東青』，都是胡說八道。」

陳小腿盯著佟九的眼睛看，似乎想看佟九是不是在說假話，半天，遲疑地說：「難道俺想錯了？」

佟九說：「你就是想錯了。你小子費這麼大勁等我，就爲了問我是不是那隻『會用刀的海東青』？」

陳小腿嘿嘿笑了，把短槍拿出來在手裏擺弄，說：「現在俺知道你不是那隻『會用刀的海東青』了，你沒幹那些叫俺佩服的事，俺就不找你了，俺的事你也別問了。」

佟九說：「我記得你當時喊什麼妹子、什麼報仇。你和那個小個子日本人有仇，才故意趁機用油燙死他的吧？」

陳小腿臉上沒了笑意，說：「大哥你不是俺要找的『會用刀的海東青』，你就別問了。知道多了對大哥沒好處。」

佟九從陳小腿的眼睛裏隱約看出了殺機，不禁心裏暗想，這小子到底幹什麼的？

佟九說：「我明兒個一早就走，今晚就睡你這兒了。你小子別瞎擺弄，這種槍叫大肚匣子，你萬一不會用整響了崩死你自己，就什麼心事也辦不了了。」

陳小腿果真不會用這種大肚匣子槍，就不再擺弄了，但握在手裏不放下，看著佟九問：「大哥喝酒不？」

佟九說：「你小子少和我玩心眼，你想怎麼樣？怕我泄了你的底想殺我滅口？瞧你那小屌樣兒，我一出手就整死你了。」

陳小腿冷著臉說：「人心難測，俺和大哥也算共過患難，但也不得不防。俺大事未了，實在不想爲難大哥。大哥給俺句話吧。」

佟九說：「我沒話給你，我和你做不了朋友，你的事也和我無關。不管怎麼樣我就是這句話。」

陳小腿說：「也行，有大哥這句話也行，俺記得了。俺問大哥一句，大哥殺小鬼子後悔不？」

佟九說：「那他媽就不是後悔的事，是他媽的你死我活的事。你個王八犢子，這他媽的也用問？」

陳小腿笑了笑，說：「俺不問了。俺看大哥像是睏了。俺也睏了，俺和大哥這一炕上睡？」

佟九說：「行，我明兒個一早就走。」

陳小腿說：「咱們就讓油燈掌著?咱們亮著睡?」

佟九說：「這是你的家，你說了算。」

陳小腿不吱聲了，上炕和衣躺下。佟九也上炕和衣躺下。

陳小腿嘴裏嘟囔：「快午夜了。」

佟九沒吱聲，閉上眼睛，支棱著耳朵聽陳小腿的動靜。他是有名的鷹把式，耳朵出奇地好使。在被李廣富跟蹤時，他就聽到有人在身後跟著走，但沒去留意。這不是在山林裏被猛獸跟蹤，是在住人的縣城裏。佟九認爲在灰濛濛的月光下不會有人認出他，認爲身後的那個人是在走自己的路。

但這會兒，陳小腿和佟九這對命運相通相連的人，因爲互相不信任，不可能睡得著。

佟九聽到陳小腿的左手往炕櫃底下伸，盡力不整出聲音，而且在伸手時，呼吸壓得很低很細。

他的另一隻右手也伸過去幫忙，在拔有鞘的一種東西。佟九知道那是把有鞘的刀，就穩住了聽，但陳小腿沒有後面的行動。就這樣兩個人都保持不動，也都沒睡成覺。

很快窗子濛濛透出亮光。雖然大車店裏依然不時傳出眾多客人的鼾鳴聲，佟九卻起來了，說：

「我走了，謝謝你留我。」

陳小腿說：「中，後會有期。」

佟九沒說後會有期，他不認爲和陳小腿還能後會。

佟九背上大皮口袋，出了范記大車店，一路想著仍有人在殺日本刀手的事。看來肯定還會有人像陳小腿那樣，認定他佟九就是那隻「會用刀的海東青」，現在還在到處殺日本刀手。越這樣想，佟九的心境就越糟糕。

佟九嘆口氣，決定從官道嶺上的茅草小路進山，繞一大圈回小木屋，表姐的家和康鯤鵬的家以後都不能去了……

4

天快亮了，空等佟九一夜的尼婭佐娃張嘴打了幾個哈欠，嘟噥一句什麼，才迷迷糊糊睡著了。

中午了，小木屋外面的陽光充足，從小木屋的窗子映進去，曬在尼婭佐娃的屁股上。尼婭佐娃翻下身，睡醒了。她從床上坐起來，揉揉眼睛，看看小木屋的門，又看看和她一樣剛剛醒來的大老黃，就說：

「黃狗夫人，看來我們的佟九先生不回來吃中午飯了，他沒說他去哪兒了，我們吃飯吧。」

飯後，尼婭佐娃走出小木屋，對著頭頂的太陽做深呼吸。大老黃吃飽了跟出來，在尼婭佐娃腿邊伸懶腰，打哈欠。

尼婭佐娃說：「黃狗夫人，你真是條好狗，你是怎麼認出我是女主人的？你的肚子為什麼那麼胖？」

大老黃不能回答，看看尼婭佐娃坐下了。

尼婭佐娃活動了一會兒，在無聊中找到事做了。她取了挖土的鏟子，去草地上挖出喜歡的野花，把野花挪到小木屋的窗前，這樣幹了一個多時辰，才移植了二十一棵野花。

尼婭佐娃對趴在一邊的大老黃說：「黃狗夫人，佟九先生如果幾天不回來，我們的小花園就修成了。我已栽了二十一棵漂亮的花了，現在我們去挑水澆花。」

說著尼婭佐娃取了木桶，招呼大老黃往佟佳江邊上去。

等把木桶裝滿水，她說：「黃狗夫人，我們建小木屋的時候，這條江上全是冰排，開江時冰排一塊塊往下游漂。江裏的魚游上來透氣，我們的好鄰居穿著黑亮黑亮的毛皮大衣在上游那一段江岸邊捉魚吃。那位好鄰居真是位美食家，總能捉到大魚吃。對了，黃狗夫人，我們現在去看我們的另一個鄰居，妳知道那對貓頭鷹住在哪兒嗎？牠們總是晚上出現，白天卻看不到牠們。」

大老黃抖抖身上的毛，揚頭向佟佳江對岸看，江對岸的草叢裏走出幾隻瘦弱的梅花鹿，牠們去江邊喝水。尼婭佐娃也往江對岸看，說：「這又是我們的鄰居，一個鹿家庭。」

尼婭佐娃挑上木桶往回走，大老黃跑到了前面。一人一狗回到小木屋，大老黃坐下來，看著尼婭佐娃澆了花，又坐在鞦韆上，就衝尼婭佐娃汪叫一聲。

尼婭佐娃說：「噢，我知道了，我們去拜訪貓頭鷹的家吧。讓我想想我們給牠們帶什麼禮物。」

尼婭佐娃回到小木屋，找了佟九的一件對襟大布衫套在身上，再用塊頭巾把長頭髮束好包在頭巾裏。

在給貓頭鷹找禮物時猶豫了一下，她不知道貓頭鷹吃不吃她烤的苞米麵的黃麵包。認真想了一下，尼婭佐娃就用只大塊的包袱布包了一塊烤製的野雞肉，拎著包袱出了門，在外面閂好小木屋的門。

尼婭佐娃說：「黃狗夫人，我準備好了，我現在看上去像佟九吧？我們走吧。我們暫時不要想佟九先生了，他暫時地忘了我們。」

大老黃像是知道尼婭佐娃想去哪兒，想去幹什麼，舉著黃毛大尾巴，跑到了前面。

尼婭佐娃緊緊跟上，想，我要叫親愛的佟九先生著急一下，試試他回來看不到我會不會著急？也讓他嘗嘗等人的滋味。

尼婭佐娃在大老黃的帶領下，從白樺樹林走向另一片松樹林，從松樹林裏走出去是一片寬闊的山谷。尼婭佐娃不知道，這片山谷是佟九和大老黃平日捉野雞的獵場。那對尼婭佐娃想去拜訪的貓頭鷹並不住在這裏，而住在白樺樹林的一棵老山梨枯樹上。

此時剛剛進入六月，山谷中樹木灌木的枝葉並不茂盛，植被也不豐厚，許多地方的地皮石塊還露在植被外面。

尼婭佐娃和大老黃爬上一片長著低矮灌木的山丘，從山丘上下望山谷，山谷一覽無餘。尼婭佐娃說：「黃狗夫人，貓頭鷹先生不應該住在這種光禿禿的山丘上。我們這是去拜訪貓頭鷹的家嗎？」

大老黃站在尼婭佐娃前面的一塊臥牛石上，居高臨下看著山谷，不能回答尼婭佐娃，也不看尼婭佐娃，好像不想理睬這個不太熟悉的女主人。

尼婭佐娃爬上臥牛石站在大老黃的身邊也向山谷裏看，山谷的兩邊是生長大片灌木的坡地，有幾小群梅花鹿和狍子在灌木叢裏遊蕩著覓食。更遠的一邊，有一條又細又亮的白線，彎曲著平靜地趴在山谷的底處。

尼婭佐娃想了想，問：「黃狗夫人，那是江嗎？那是佟佳江的上游吧？就是佟佳江的上游了。」

尼婭佐娃自己回答了自己，又往山谷的南面看，南面是山谷的最高處，比腳下的山丘還要高，那裏有座凸起的石崖，石崖上是奇形怪狀的石塊和矮樹。

尼婭佐娃說：「我知道了，那座山崖上才是貓頭鷹的家，看來我們今天去不了了，我們的時間不夠走出這條山谷。黃狗夫人，原來妳只是帶我來看看貓頭鷹的家。這讓我挺失望，因爲我的禮物沒辦法交給貓頭鷹了。」

大老黃在臥牛石上坐下來，尼婭佐娃也坐下來，她的左手挺自然地放在了大老黃的背上。大老黃的背部抖了一下，歪頭看了尼婭佐娃一眼，輕搖了幾下尾巴。

這是尼婭佐娃第一次摸牠，但大老黃沒有躲開。大老黃在康良駒丟下牠進縣城當大蘭子的乾兒子之後，被康鯤鵬養了一陣子，總是半饑半飽的。不久，康鯤鵬又突然失蹤了，牠餓著肚子空等了兩天，康鯤鵬也沒回家，牠才跑回老窩找主人佟九。看到主人的家變了樣，又多了一個和牠同一毛色的女主人，聰明的大老黃也就接受了。

尼婭佐娃抬手拉開頭巾，滿頭金髮隨風飄舞，她說：「我走得熱了，妳也熱了，妳的舌頭都伸出來了。這裏的六月也挺熱的。黃狗夫人，我們就坐在這裏什麼也不幹是嗎？」

大老黃扭轉腦袋看眼尼婭佐娃，又搖下尾巴。

尼婭佐娃迎著山風，瞇縫起眼睛向山谷裏看，突然笑了，說：「快看，黃狗夫人，我們的好鄰居在下面爬，牠還是穿原來的毛皮大衣。」

大老黃已經看到那隻總去找主人的大黑熊了，牠不喜歡大黑熊，就衝著山谷下面汪汪叫了兩聲。

山谷下面的大黑熊似乎沒聽到，爬進灌木叢去了。

尼婭佐娃看著晚霞在山谷的盡頭擴展開來，說：「黃狗夫人，我們應該回去了。我改主意了，我不想叫佟九先生見不到我著急，我不想他難過，也不想看他瞪起眼睛生氣的樣子。我知道我總是讓著他。可沒有他我怎麼辦呢？」

說著，尼婭佐娃站起來，大老黃也站起來，但是大老黃吱吱叫了兩聲。尼婭佐娃往大老黃那邊看，看大老黃正盯著山谷的叢林上邊，半張著嘴出神地看。

尼婭佐娃看過去，看見一隻挺大的蒼鷹抓著一隻灰色的動物從叢林上空飛過。蒼鷹身後，一隻金色喙、金色雕爪、黑身、深棕色大翎羽的金雕正追過去。蒼鷹發現了金雕，鳴叫一聲，展翅向上空飛升——金雕的身軀大過蒼鷹幾乎一倍，但這在猛禽中說明不了什麼——金雕一下撲空，盤飛向上又一次追到蒼鷹的身後。

蒼鷹突然一個俯衝，從高空衝向地面，速度之快如一顆流星。金雕好像早有準備，尾隨蒼鷹俯衝下來，牠的速度同樣飛快，幾乎和蒼鷹首尾相接。此情此景看得尼婭佐娃不禁為蒼鷹擔心，她的雙手互握，手指關節都握白了。

蒼鷹離地面越來越近，金雕越追越急，眼看蒼鷹就要直接撞到地面上了，尼婭佐娃幾乎要叫出聲了。

但是蒼鷹在衝到離地面丈餘的距離時，突然飛出一道弧線，又向天空飛升。緊追而下的金雕，也許是過於集中精力，身軀又過大，沒能及時飛起來，直接撞到了地上，牠慘鳴一聲，在地上翻了一個跟斗。

見金雕摔了下來，尼婭佐娃笑了。尼婭佐娃看大老黃一點都不緊張，她不知道對於鷹，大老黃再熟悉不過了。

尼婭佐娃說：「黃狗夫人，妳早就知道會是這個結果了是吧？」說完她再看那隻已經在地上站起的金雕，看牠下蹲一下，往上展翅又一次飛起。

尼婭佐娃又去看那隻蒼鷹。蒼鷹抓著的那隻灰色的動物是隻大個的兔子。牠甩開金雕重新飛向天空，向一片黑乎乎的松林飛去。蒼鷹的前方，一棵高大松樹的樹頂上，突然又飛出一隻金雕，這隻金雕比剛剛被蒼鷹甩開的金雕小一些。

尼婭佐娃不知道，這隻小些的金雕才是雄性的金雕。鷹類和雕類的雄性都比雌性小一些，但雄性的飛行能力、捕獵能力要比雌性的好一些。

這隻蒼鷹是隻雌性的蒼鷹，牠在另一隻雄金雕剛一出現時，就發現了牠。在鳥類中，鷹的視力、視力所視的範圍僅次於鴿子，但鷹有一弱點：牠看不清靜止的動物。例如，一隻野兔如果待在草叢中一動也不動，鷹從野兔上空飛過，或從高空俯瞰，是看不清野兔的，但鷹在高空中卻能看清一隻在草叢中蹦跳的螞蚱。另外，鷹的眼珠上生有一層防護罩，在鷹從天而降捕殺獵物時，能把濺起衝擊眼珠的細小沙石彈開。

之前雄金雕站在大松樹頂上潛藏不動，是在守株待兔，因此雌蒼鷹就看不清，向那棵大松樹的上空飛去。當牠飛近大松樹時，雄金雕突然飛出截擊雌蒼鷹，雌蒼鷹在瞬息間就發現了。

雌蒼鷹鳴叫一聲，在空中側飛一翅，又要個空翻躲避飛撲而至的雄金雕，但是雄金雕來得太快，已經探出一隻腳爪抓住雌蒼鷹鷹爪中的灰毛兔子，奮力向側飛。

雌蒼鷹不能捨棄自己的獵物，奮力回奪。這一鷹一雕在空中拉扯盤飛，雄金雕硬奪，雌蒼鷹不捨，一時間空中鷹鳴聲聲，雕鳴陣陣。但是這一鷹一雕都不用堅利的喙攻擊對方，而是都把力氣集中在翅膀和腳爪上，都企圖奪過獵物。此時，雌金雕也已飛在空中，靠近了忽上忽下圍繞這一對對手上下盤旋。

雌蒼鷹見雌金雕來助戰，明顯緊張起來。但是忽然又一隻蒼鷹從空中飛來，牠是隻比雌性蒼鷹小一些的雄性蒼鷹。這隻雄蒼鷹的脾氣似乎比較暴烈，牠以時速三百多公里的速度衝過來，鋒利的喙就直接攻擊那隻企圖參戰的雌金雕。

雌金雕盤旋飛出，躲開雄蒼鷹的攻擊。沒想到雄蒼鷹的這一招居然是虛招，在雌金雕飛開躲避時，雄蒼鷹飛出一個弧線，從上而下撲向雄金雕的背後。雄蒼鷹的這一招看得尼婭佐娃忍不住鼓掌讚嘆。

雄金雕也是不凡，憑著自己身巨力大，帶動雌蒼鷹向側飛，利用雌蒼鷹擋在雄蒼鷹的前面。雄蒼鷹這一招只能落空，牠急速飛高企圖越過雌蒼鷹再攻擊雄金雕。但是那隻雌金雕已然飛回來，撲飛過去，脖子伸長，探喙就攻擊雄蒼鷹。雄蒼鷹前飛會撞上雌蒼鷹，就在牠稍一遲緩間，右邊翅膀已被雌金雕的喙擊中。雄蒼鷹鳴叫一聲，右邊翅膀垂了下來，身體歪斜著向松樹林裏墜去。

尼婭佐娃看到這個結果一跺腳，大老黃也汪叫一聲。她的目光追著下墜的雄蒼鷹，見那隻雄蒼鷹突然奮力向上飛，卻又一下泄了力，一頭從松樹林的上空栽了下去，消失在松樹林裏。

雌蒼鷹終於放棄了自己辛苦捕獲的獵物，但對手並不甘休，兩隻金雕開始左右夾擊雌蒼鷹。雌蒼鷹的身體雖小些，但飛行靈活，只見牠左飛右飛，又突然俯衝而下，沿山谷的一道溝岔飛出金雕的夾擊，瞬息之間就看不見了。

兩隻金雕放棄了雌蒼鷹，前後飛回松樹林上空，尋找那隻墜下去的雄蒼鷹。良久，兩隻金雕看不見雄蒼鷹，才拎著奪來的灰兔子，向山崖的上空飛去，在山崖上空盤旋幾下，就從山崖的另一邊落下去了。

尼婭佐娃看著平靜了的天空，皺著眉頭替雄蒼鷹傷感。大老黃卻臥下來張嘴打哈欠。尼婭佐娃說：「黃狗夫人，那隻逃跑的蒼鷹失去了另一隻受傷的蒼鷹，牠以後怎麼辦呢？」

大老黃搖下尾巴，揚起頭努力打出個大大的哈欠。

這時，那隻飛走的雌蒼鷹又飛回來了，在松樹林上空雄蒼鷹墜落的地方一聲聲鳴叫盤旋，看不到雄蒼鷹，才飛走了。

尼婭佐娃坐了下來，抱著雙膝看著黑乎乎的松樹林，突然想，這對蒼鷹的命運也許就是她和佟

九的命運，牠們失去了對方怎麼辦呢？

尼婭佐娃瞄瞄松樹林和山丘之間的距離並不遠，說：「黃狗夫人，妳陪我去一次吧，我們去救助那隻蒼鷹。」

說著尼婭佐娃站起來，尋找下山丘的路。

大老黃知道路，早一步向山丘下跑去。尼婭佐娃急忙跟上。大老黃把尼婭佐娃帶到松樹林的邊緣，停下，回頭看著尼婭佐娃氣喘吁吁地正跟過來，又掉頭往松樹林裏走。

尼婭佐娃鑽進松樹林才發現松樹林裏根本沒有路，裏邊黑乎乎的，空氣也濕乎乎的。有許多樹藤纏繞的松樹，也有倒下的枯樹。直立的松樹每棵都努力長高以享受陽光，密密麻麻的樹頭一朵緊貼一朵。陽光從樹頭枝葉的空隙間一束束掛下來，射到積滿枯敗落葉的地上。

大老黃順著撲騰聲很快找到了那隻雄蒼鷹，牠坐下來一邊揚著頭盯著蒼鷹，一邊等尼婭佐娃。尼婭佐娃好不容易從樹叢間鑽過去，她的腿上、屁股上、背上都沾了些青苔的綠汁，衣服也有幾處被樹枝劃破了，但她看到了雄蒼鷹。雄蒼鷹被倒掛在樹枝上，樹枝捆住了牠的翅膀，牠正勾著脖子努力掙扎。

這時從雄蒼鷹身邊的樹枝間突然鑽出一隻大野貓，這傢伙在樹枝上蹲下來，一邊用松樹身上流下的水洗臉，一邊不時瞄一眼掙扎的雄蒼鷹，牠在等待雄蒼鷹無力掙扎了好開吃。

大老黃站起來，看一眼尼婭佐娃，又坐下來抬頭看掛在高處樹枝上的雄蒼鷹，再看看用兩隻前爪一下下洗臉的大野貓。大老黃汪叫一聲。大野貓根本不理會地上的大老黃，似乎打算一會兒給大老黃丟幾根鷹毛吃。

尼婭佐娃抬頭看，很快想到怎樣才能救助雄蒼鷹。她爬上樹，正當踩穩樹枝靠近雄蒼鷹時，大野貓站了起來，一步步向雄蒼鷹靠近。雄蒼鷹努力勾著脖子盯著大野貓，發出淒厲的叫聲。

尼婭佐娃折一根樹枝探過來攻擊大野貓，但大野貓不甘心放棄食物，舞動兩隻前爪和這根樹枝撲鬥幾下，猛一下被這根樹枝刺中嘴巴，牠才喵一聲，退遠了些。大野貓不知道牠是被尼婭佐娃用西洋擊劍術打敗的。牠看尼婭佐娃已經用塊大布包兜上雄蒼鷹的頭，才喵喵叫著從樹枝間鑽走了。

雄蒼鷹的腦袋被兜在大包袱布裏，尼婭佐娃再繫上個結。雄蒼鷹的眼睛處於黑暗中，就老實多了。

這是鳥類的共同弱點。雄蒼鷹只是叫，努力蹬腿。尼婭佐娃再用另外一個角捆住雄蒼鷹的兩隻鷹爪，才掰斷樹枝，把雄蒼鷹的一隻翅膀從樹枝間抽出來，再抽出另一隻翅膀，把兩隻翅膀攏進大包袱布裏，再用包袱的另一個角捆綁上。

尼婭佐娃一手拎著兜雄蒼鷹的包袱，一手抓著樹枝從松樹上滑下來，笑著對大老黃說：「黃狗夫人，我爬樹像猴子嗎？以前我舅舅總這麼說。我們可以回家了。妳的親愛的男主人看到這隻大鷹會高興地擁抱我。我每天都需要他擁抱我。可是他已經欠我一個擁抱了。」

5

大老黃引著尼婭佐娃從松樹林的另一邊出來，不用再爬那座山谷了。通過山谷東邊的雜樹林，前面是片濕地區域。那片濕地是野鴨、大雁和天鵝的臨時居住地。從這片濕地的邊緣走過去，就看到佟佳江的江岸了。那時夕陽落盡，月上枝頭，天已經黑了。

尼婭佐娃走進了白樺樹林，說：「黃狗夫人，我們的貓頭鷹鄰居到底住在哪兒呢？牠們又叫了。」

離小木屋近了，大老黃向前跑去。尼婭佐娃拎著包裹雄蒼鷹的包袱，加快腳步跟上去，看到月光下的小木屋了。她嘆口氣說：「黃狗夫人，佟九先生沒回來，小木屋裏沒有燈光透出來。他到底去哪了呢？黃狗夫人，今天幸虧有妳陪著我。」

佟九沒回來，小木屋周圍在尼婭佐娃看來和走時一樣，但在大老黃看來是不一樣的。大老黃的鼻子告訴牠，有一隻遠東豹來過這裏，而且是一隻少見的大個頭的遠東豹。大老黃警惕地在小木屋周圍嗅著跑一圈，知道遠東豹早就離開了。

那時尼婭佐娃已經開了小木屋的門，大老黃跟了進去。

尼婭佐娃點燃油燈，又洗了臉換了衣服，才關照雄蒼鷹，卻不知道怎樣處理牠。她把雄蒼鷹的腦袋從包袱裏放出來，雄蒼鷹借助昏暗的燈光看著尼婭佐娃，表情桀驁不馴。

大老黃過來想嗅嗅雄蒼鷹，雄蒼鷹尖叫了一聲。大老黃馬上縮回了腦袋，牠知道這隻雄蒼鷹不同於主人平時使用的海東青，一切小心為妙。

尼婭佐娃說：「黃狗夫人，我們是放開牠還是捆著牠？牠挺麻煩的。」

大老黃像是聽懂了尼婭佐娃的話，在小木屋角落的一隻木箱裏嗅到一條兩邊鎖了布邊的細麻繩，叼了過來，丟在尼婭佐娃腳邊，坐下來揚起腦袋看著尼婭佐娃。

尼婭佐娃不明白大老黃為什麼給她一根細麻繩，說：「用這根繩子捆綁牠嗎？牠已經被捆綁著了。」

大老黃站起衝尼娅佐娃汪汪叫兩聲，不搖尾巴，掉頭跑到門口趴下，不再理會尼娅佐娃。在大老黃看來，尼娅佐娃對於鷹是鷹盲，她什麼也不懂。

尼娅佐娃去做了飯，透過小窗，看著月亮爬上屋頂了，說：「我們吃飯吧，看來佟九先生打算欠我兩個擁抱了。」

可是大老黃卻突然跳起來，衝著門外吱吱叫，又把前腿支撐在門上，去咬門閂。

尼娅佐娃說：「看來我們的好先生回來了。」

尼娅佐娃看著大老黃開了門，吱吱叫著跑出去，尾巴搖得像風車。她坐在床上一動不動，垂下臉，假裝生氣。

佟九背著大皮口袋，抱著大老黃進了門。他放下大老黃，把大皮口袋甩在床上，說：「大媳婦，害怕了吧？這一個真正的擁抱給妳。」

可是佟九一眼看到那隻雄蒼鷹露在布包外的腦袋，就忘了擁抱尼娅佐娃，走近看雄蒼鷹。

尼娅佐娃嘆口氣，看佟九雙目放光盯著雄蒼鷹，也就忘了生氣了，高興地說：「親愛的，你下次回來記著應該先擁抱我。」

佟九就掉過身擁抱尼娅佐娃，又吻一下尼娅佐娃的唇，卻說：「這隻蒼鷹哪來的？不會是自己跑來的吧？」

尼娅佐娃說：「鷹會自己跑進小木屋嗎？親愛的，我真要生氣了。牠是我去黑松林救回來的。我爬樹了，還打跑了一隻想吃鷹的大野貓。」

佟九嚇一跳，說：「我的黃毛猴子，我的大破媳婦，妳就是不叫我省心。妳還敢爬樹，沒傷到吧？」

尼婭佐娃聽佟九這樣說挺開心，說：「你沒有我你怎麼辦呢？我行的，再說黃狗夫人可是我的好幫手。」

佟九說：「是啊！這臭老黃準是從老康大哥家偷偷跑回來的。知道嗎親愛的，大老黃是回來下崽的。這傢伙快當媽媽了。」

尼婭佐娃高興了，說：「太好了，我們家就快熱鬧了。還有這隻鷹你怎麼辦呢？不能總是綁著牠，牠被一隻金雕啄傷了翅膀。」

佟九很快就解決了這個叫尼婭佐娃頭痛的事，尼婭佐娃從此時才知道大老黃叼給她的繩子叫絆鷹繩。

所謂絆鷹繩，就是鷹把式用來拴住鷹爪的繩子，可以拴一隻鷹爪，也可以拴兩隻鷹爪。一般的絆鷹繩不需太長，兩尺到六七尺都行。絆鷹繩的另一邊拴在鷹架上，也可以拴在鷹把式的手腕上。所謂鷹架，就是在院裏搭個門字形的木架，打橫的木材要用黃玻璃木，這種木頭質地較軟，不容易損壞鷹爪。這是白天給馴熟的海東青蹲的鷹架。還有一種小的鷹架，可以隨時搬動，是放在屋裏，晚上給海東青蹲的鷹架，是熬鷹用的。

佟九給雄蒼鷹綁上絆鷹繩，使牠可以蹲在屋裏的那座小鷹架上，然後他對著雄蒼鷹的臉吹了幾口氣。

雄蒼鷹眨眨眼睛，又盯著佟九。佟九就放開了雄蒼鷹，雄蒼鷹展了下翅膀，蹲在鷹架上不動了。雄蒼鷹的右邊翅膀是垂下來的，似乎打彎的那根骨頭斷了。

佟九給雄蒼鷹檢查了一下傷勢，心痛地說：「真他媽斷了，整不好這老傢伙再也不能飛了。不能飛上天的鷹算什麼鷹呢？」

佟九立刻用刀修了幾根小木片，在雄蒼鷹翅膀的斷處上了接骨的草藥，用小木片固定，再用繩子捆綁。這一切做完，佟九才坐下吃飯。

吃飯時，尼婭佐娃說：「我剛剛一直擔心牠會啄你一口，牠怎麼不啄你呢？要是牠啄眼睛上，你瞎了眼睛我怎麼辦呢？」

佟九說：「大媳婦，妳別把動物想得那麼野蠻。這隻鷹是隻三十幾歲的老鷹，牠是通人氣的。而且我知道牠和一隻雌鷹每年春天飛來總是住在帽兒崖頭上，牠怎麼會被妳救了？」

尼婭佐娃就說了蒼鷹夫婦和一對金雕夫婦爭食打架的事。

佟九說：「那不是爭食打架，是爭領地。這隻雄蒼鷹和另一隻雌蒼鷹是帽兒崖的主人。而這一帶幾乎沒有金雕。看來那對金雕是從靠近蒙古草原的大山裏飛來的，看中了帽兒崖才和蒼鷹爭鬥。」

尼婭佐娃說：「原來那凸起的山崖叫帽兒崖，它真像一頂帽子扣在山頭上。這裏的地名容易記住。親愛的，我們養著這隻老頭子鷹吧？」

佟九說：「當然，牠也是我們的鄰居，還是老鄰居，就養著吧。不過叫牠吃食可能比較難，咱們試試吧。但妳不能叫牠老頭子鷹，牠還年輕，牠可以活七十多歲。現在的牠和我差不多，妳能說我老嗎？」

尼婭佐娃嗤嗤笑了，說：「我的親愛的在床上可不老。」

佟九也笑了。

吃完飯，佟九出去在白樺樹林裏套了隻地鼠，拎著腿回來給雄蒼鷹看。地鼠腦袋朝下看著雄蒼鷹，嚇得吱吱叫著掙扎。佟九扒了地鼠的皮，又給雄蒼鷹看。雄蒼鷹初時不看地鼠，這回看一眼血淋淋的地鼠，歪歪腦袋，金色的鷹目如鉤，勾魂攝魄地看著佟九。過了一會兒，牠一口叼住三四寸長的胖地鼠，幾下便吞了下去。

佟九仔細看這隻雄蒼鷹，這隻雄蒼鷹是暗青色的，遠遠地看就像隻平常的蒼鷹，近了看卻和蒼鷹在體態、神態上都稍有不同，也比東北山林中的蒼鷹大一些。

佟九突然拍了下手，仔細看雄蒼鷹暗灰色似淡色鐵的鷹爪。他的眼睛亮了，呼吸緊了，急促了。

尼婭佐娃問：「怎麼了親愛的？你病了嗎？」

佟九的眼光突然暗淡下去，嘆口氣說：「可惜了，這傢伙不是雄蒼鷹。這傢伙是海東青，是最大的一種海東青。牠叫青雕，是可以獵狼驅豹的青雕。牠是咱們鷹把式做夢才能見到的海東青。可惜了。」

佟九搓手跺腳，看著一隻翅膀垂下的雄青雕，眼淚湧出眼眶……

第四章　人雕大戰

1

那一晚佟九睡得不踏實，老想著那隻雄青雕，總起來悄悄看牠幾眼。而尼婭佐娃看到佟九從「洋人的家」帶回了她原有的東西和新買的蚊帳，又聽佟九說了去給霍克舅舅送黃金和見到麗達的事後，給了佟九一個長吻。在做了愛叫了床累了睡下後，很快就進入了香甜的夢鄉。

次日，尼婭佐娃睡醒起了床，佟九卻不在屋裏，大老黃也不在。那隻雄青雕也不在。

尼婭佐娃伸個懶腰，身上只穿著小衣就跑出門去看。那時太陽升起老高了。尼婭佐娃看著雄青雕蹲在木屋外面的鷹架上，雄視著天空。大老黃趴在鷹架下，目視著小木屋前面的茅草小路。但沒看見佟九。

尼婭佐娃說：「黃狗夫人，我們的好先生去哪兒了？」

大老黃只搖了下尾巴。尼婭佐娃漂亮的白皙半裸體對大老黃沒有吸引力。

尼婭佐娃又說：「我的佟九先生沒說我的花園漂亮嗎？他一定沒說。」

尼婭佐娃在木屋外面找了一大圈，沒找到佟九。她就回到小木屋的床上，沒胃口吃飯，又一次一樣一樣翻看昨晚佟九給她帶回來的那些衣服和物品，還有一支分解開的步槍。

尼婭佐娃看著這些東西，又自語說：「黃狗夫人在哪兒生孩子呢？這是個現在應該解決的麻煩。」她就從床上下來，在小木屋裏四下打量，準備給大老黃弄個生崽子的小草窩……

佟九那會兒已經站在帽兒崖的下面了，正仰望高高的帽兒崖。他來這裏是打算爬到帽兒崖上去，把雄青雕的雛雛帶回去——這是佟九一夜沒睡好想到的招。如果佟九早認出每年都來帽兒崖的這對青雕是海東青中最大的青雕，他早就爬上帽兒崖偷一隻小青雕了。

這種青雕雖然不及白玉爪珍貴，但同樣是鷹把式一生難求的極品海東青。另外，白玉爪是大清皇帝才能擁有的海東青，現在雖然大清皇帝已成了歷史，但一個滿族的鷹把式對於白玉爪的崇敬，仍如早年一樣。再者，真正的白玉般顏色的白玉爪是不易見到的，就連佟九也沒親眼見到過。甚至佟九曾經懷疑，白玉爪是不是隨著那幾位大清皇帝一起去了，已經不可能重現天上了？這是有可能的。

昨晚，佟九想到那隻雄青雕被金雕啄傷，另一隻雌青雕也會被金雕趕走。那麼，如果這對青雕生了蛋，青雕的雛雛應該出殼了。雛雛沒有父母餵養就會餓死，被金雕發現會被金雕吃掉。他越想越擔心。於是，佟九一大早起來，吩咐大老黃守著木屋，把雄青雕綁在鷹架上，他才背上捕鷹的裝束去了帽兒崖。

佟九以前從沒有這樣仰視過帽兒崖，也沒有爬過帽兒崖。帽兒崖就像個圓形帽子扣在大山頂上。從山頂的崖下向上看，帽兒崖不是很高，十七八丈左右，但非常平直。四周石壁也如帽子的四方的邊，陡峭如斧劈刀削。佟九圍著帽兒崖轉了兩圈，才選好攀爬的位置，那面崖壁上凸凹點多，生有樹木藤蔓。攀爬之前，佟九換上了專門的捕鷹帽、捕鷹靴和捕鷹衣褲，在捕鷹衣褲的左臂上綁了一把短刀，背上了捕鷹網。

這些裝束都是用動物的原皮製作的，是保護捕鷹人爬山崖掏鷹窩時用的。像佟九這樣攀崖捕鷹是非常危險的。如果捕鷹人正往懸崖上爬，被海東青發現，海東青會攻擊捕鷹人，而捕鷹人懸掛在懸崖上無處躲避，十之有九無法倖免。因此，捕鷹人就需要有一定的裝束自我保護。比如捕鷹帽，它比一般的帽子大，可以保護眼睛。帽子上面還有些零碎。在海東青撲擊頭部時，捕鷹人可以晃動這些零碎擾亂海東青的攻擊。又比如捕鷹衣褲是連體的，其背後、前胸部位上使用雙層動物皮子製作。這是防止被海東青的鷹爪抓穿胸背受傷。另外，在捕鷹衣褲肩的部位還要安裝上鉤子、掛繩。在被海東青攻擊時，它能使捕鷹人就近利用樹木石塊固定身體，以騰出手來反擊。它們還可以起到休息的功用——即使沒有海東青攻擊，但山崖太高捕鷹人爬累了時，可以用鉤子、繩索固定在崖上，休息一會兒。再有就是捕鷹靴。捕鷹靴的靴底是由硬木製成的，鋸齒樣的，方便攀崖抓壁。再有就是捕鷹網，它是用粗線麻搓成繩子結的網。這種網堅韌，海東青的鷹爪拉不斷。

佟九爬帽兒崖之前，已經觀察到崖上的那隻雌性青雕外出打食去了。佟九準備好了，就吸口氣往帽兒崖上爬，手抓腳蹬，一口氣爬到十二丈的高度。

佟九碰到了第一個障礙：他爬進一處大的凹面裏了，而且這個凹面處藤蔓茂盛，藤蔓裏面似乎另有內容。佟九集中精力瞄著凹面上面的一棵從石縫裏長出的松樹。這棵松樹生長的環境惡劣，長出石壁的細樹身在長離石縫時，突兀地長粗了一大圈，但它的根深深地盤在石縫裏。這種松樹生長緩慢，但往往非常堅固。

佟九瞄著松樹，雙腳在凹面上猛力一蹬，雙手離開攀持物，向上面的松樹抓去。假如佟九現在這一個撲躍叫尼婭佐娃看到，尼婭佐娃肯定會大叫一聲：烏拉！上帝，我是寡婦了。

佟九抓住了那棵松樹，身體在凹面外蕩了幾下，用左腳蹬住一塊凸起的石塊，右腳蹬進凹面裏，蹬中了那個已經發現佟九正待展開陣式的「內容」上。

這是一條灰黑色的無毒大蛇，是條東北老林裏常見的蛇，俗稱烏蛇。不過這條烏蛇不是一般的大，差不多有兩丈長，壯漢手臂那麼粗。有人說過鷹巢的周圍必藏有大蛇，佟九的遭遇證實了這一點。

大烏蛇被佟九一腳蹬在腹部，那是柔軟的部位。佟九久居山林，靈敏慣了，有所覺察，就把肩上的鉤子繞過松樹幹扣住。那條烏蛇也瞬間從佟九的右腿部纏到了佟九的腰間，再纏上胸部，佟九的呼吸立刻困難了，人也懸空掛在那棵松樹上。好在佟九可以靠那根鉤子固定身體，他的雙手可以離開松樹幹，而且佟九左臂的鷹袖上綁了把短刀，佟九用左手抓住大烏蛇撲咬面部的脖子，奮力抓牢往外推，用右手拔出短刀劃開大烏蛇的脖子。

烏蛇脖子裏的血流出來，漸漸沒了力氣，身體鬆開佟九，佟九也鬆開烏蛇，烏蛇摔落到了崖下。

經過這一次生死之戰，佟九臉上身上佈滿了細密的汗珠。他努力抓牢松樹幹，固定好身體，往上仰望。佟九吸了口涼氣，那隻離開打食的雌青雕正從天上急速俯衝下來。難道他被雌青雕發現了？可是雌青雕爲什麼落到崖上，不攻擊自己呢？

佟九正在思索，卻看到雌青雕從帽兒崖上沖天而起，雕爪裏抓著一隻白色絨毛的小雕雛。雌青雕的後面追著一隻金雕，另一隻金雕正在盤旋截擊雌青雕。

佟九想，原來雌青雕發現了金雕才回來抓著小雕雛逃跑。這是很反常的現象。佟九再看下去吃了一驚，雌青雕高高地飛起，引著兩隻金雕向天空追擊，又一頭從高空俯衝下來，把抓著的小雕雛對準一塊臥牛石摔下去，小雕雛砸在臥牛石上叫一聲就死了。

雌青雕悲哀地鳴叫一聲，掉頭衝著追近的雄金雕撲撞過去。雌青雕雄金雕撞撲在一起，喙爪相交，片片羽毛在空中飛舞。雄金雕到底體大爪長，雌青雕雖勇於拚命也不是對手，何況另一隻雌金雕又加入助戰，雌青雕又中一喙，被雌金雕啄瞎一隻眼睛。雌青雕鳴叫一聲，甩開兩隻金雕向天上衝去。

佟九仰天觀望，見雌青雕和追擊的兩隻金雕都扶搖直上變成了小黑點，眨了下眼睛。很快那三個小黑點又在佟九的眼睛裏擴大，有兩個小黑點擴大著飛開，中間那個小黑點越來越大。

佟九禁不住「啊」地一聲大叫，用眼睛追著從天而降的雌青雕，雌青雕已然一頭撞在臥牛石上，腦袋撞得粉碎，死在小雕雛的身邊。

佟九「啊」又叫一聲，在心裏喊：青雕啊！

兩隻金雕在空中盤旋幾圈，好像在確認雌青雕已經死了，卻並沒有下去吃雌青雕的屍體，雙雙飛走了。

佟九平靜下心情，取出繩索扣在松樹幹上，抓住繩索慢慢下了帽兒崖。他走過去把雌青雕的屍體抱起來，又拿起毛茸茸的小雕雛，看到小雕雛早已死了，失望極了。

佟九把大小兩隻青雕埋在山頂上，在那裏坐下，想：帽兒崖上會不會還有一隻小雕雛呢？佟九又想，不會有了，如果有也會被雌青雕自己啄死。這種海東青拚了命也不會把活著的小雕雛留給敵人。

佟九在山頂的草地上躺下來，感覺沒了力氣。被六月初的太陽曬到中午，他才換了衣服，背上本已多年不再用的爸爸的這身捕鷹裝束，去帽兒崖下拖上那條大烏蛇，往小木屋走去。

聲。

佟九從白樺樹林出來，走在茅草小路上，看見尼婭佐娃翹起屁股在修建她的小花園，就咳了一聲。

尼婭佐娃見了佟九，揚起滿是汗水的臉說：「親愛的，你說我的小花園漂亮嗎？」

佟九此時心情不好，但卻不想讓尼婭佐娃不開心。佟九說：「真是漂亮，我的大媳婦太能幹了，把一個小破菜園子修得和小花園一樣漂亮。」

尼婭佐娃瞄了眼佟九丟在一張白樺樹皮上的大烏蛇，並不吃驚。她過來拉著佟九走進了小木屋，指著角落裏的一個草窩說：「看，這個，黃狗夫人生孩子的小草窩，它漂亮嗎？」

佟九說：「漂亮，像妳的屁股一樣漂亮。」

尼婭佐娃說：「我知道你爲什麼總說屁股，你想我的屁股了？不過佟九親愛的，今晚你道歉了我才給你我的屁股。」說完尼婭佐娃揚起腦袋，哼了一聲，掉頭出了小木屋，聲音又在外面響起：「這條蛇我們能吃嗎？親愛的你被蛇咬傷了哪兒嗎？」

佟九也出了小木屋，過去蹲在尼婭佐娃身邊，看著尼婭佐娃的側臉，說：「我出去是想捉小青雕，不是有意不告訴妳。我使用了我爸爸那一代才用的捕鷹方法，可我失敗了，我去晚了。小青雕和牠的青雕媽媽都死了。」

尼婭佐娃就仔細問了經過，聽完她嚴肅地對佟九說：「佟九先生，做那麼危險的事，沒有我在你出事怎麼辦呢？沒有我你怎麼辦呢？下次不許這樣了。」

佟九看著尼婭佐娃點點頭，說：「妳總是對的，大媳婦，不過再過兩天我還要出一次山，因爲我們沒糧食吃了。」

尼婭佐娃說：「你說對了，親愛的。我看到糧食桶空了，我早就準備好了頭套，我會藏起我的頭髮裝扮成中國女人，和你一起去運糧食。我怎麼可以叫佟九先生一個人背著沉重的糧食口袋走那麼遠的路呢？你會累壞的，親愛的。」

佟九本來想再出一次山去看看康鯤鵬，因爲大老黃的歸來使佟九多少有些擔心康鯤鵬，才找了出山買糧食的藉口。但在尼婭佐娃這裏行不通。佟九就打消了和尼婭佐娃一起出山看望康鯤鵬的念頭，那樣太危險。

佟九說：「我想起來了，咱們老窩裏還有糧食，有十幾罈子，用蠟密封的，我冬天存的，差不多能吃上一整年。加上山菜、山珍和獵物，咱們生完黃毛猴子多張嘴吃一年也吃不完，就不用出去了。」

尼婭佐娃說：「親愛的，真高興你想起了這麼重要的事情。你真是我的好先生。」

佟九點點頭，他的臉居然沒紅。

佟九收拾了那條大烏蛇，撐起蛇皮掛在小木屋的木牆上曬乾，用蛇的碎肉和內臟餵了大老黃和雄青雕。

看著雄青雕努力撕咬烏蛇的內臟，佟九說：「你這傢伙命苦，受了傷死裏逃生，怎麼連青雕的脾氣也整沒了？你好好吃吧。傷好了飛不動就當這林子裏的大公雞吧。」

尼婭佐娃說：「親愛的，你不可以對牠說這種話，牠知道痛苦，牠今天蹲在鷹架上看了一整天的天空。」

佟九嘆了口氣……

2

經過一段日子的努力，尼婭佐娃的小花園變成了一座挺大的花園，花園裏移植了一百三十多株各色野花，在野花叢中還有一架按照尼婭佐娃的要求搭起的鞦韆架和小木桌、小木凳，並且用兩尺高的樹枝圍了整齊的籬笆牆，還在籬笆牆上弄了個進出的小門。用尼婭佐娃自己的話說，有了這道籬笆牆保護她的花園，黃狗夫人和牠的孩子們就不能進花園裏淘氣了。

那時已經是七月底了，山裏陽光充足，有濕度也有熱度。尼婭佐娃的那些花生長條件適宜，長得很好。大老黃在進入七月時，一窩生了三隻小狗崽，到了七月底，那三隻小狗崽已經滿月了，可以跟著大老黃亂跑了。三隻小狗崽裏只有一隻是大老黃那種純黃毛色的雌性小狗，其他兩隻是黑黃色的雄性小狗。

可在佟九看來，頭一次當媽媽的大老黃生的崽子不對頭，太少了。很少有狗一胎只生三隻崽子，佟九就說大老黃不知道努力。

佟九這一陣子幹的事，就是採集春夏之交生長的山野菜，曬乾儲存，留到冬天食用。另外，佟九在小木屋屋後的林間開墾了一小片荒地，種上了高粱和苞米。以前佟九是不會想到種地的，因爲他隨時都會離開。此時，佟九種的高粱和苞米已經長得挺高了。這是用來餵養野鴿子或野雞的。

對於東北的鷹把式來說，養野鴿子或野雞也是一種重要的活計。青草枯黃的時節，在東北民間，又叫「草開堂」，是霜凍的時節。這時茅草枯黃倒地，落葉樹上的樹葉也掉光了，山林看上去通透敞亮了，此時雪也快下來了，也就到了農曆二八月過海東青的時節了。

八九月就是鷹把式們上山捕捉海東青的時節。那時海東青從極北邊的大片臨海的森林谷地飛到東北越冬。鷹把式們需要用馴服的鴿子或者野雞在事先看好的鷹場裏誘捕海東青、馴服海東青進行狩獵。到次年開春二三月，鷹把式們需要放飛馴養的海東青，叫牠們回到牠們來的那片臨海的寒冷區域生活，去生兒育女。再到同年農曆八月，海東青又會飛回來，新一次捕捉海東青狩獵又一次開始……

這一天，白樺樹林的上空又下雨了，因爲雨季到了。雨下了三個時辰就停了，烏雲散去，天空明亮的時候，山林裏的悶熱稍稍有所緩解。

尼婭佐娃抱著養好傷的雄青雕出了小木屋，她想給雄青雕來一次放飛。這是她一直的心願。尼婭佐娃把雄青雕往空中用力丟去，同時喊：「飛吧，青雕，你自由地飛吧。」

可是，雄青雕像一隻被剪去翅膀的母雞似的，從空中一下撲落在地上，摔得連鋒利的喙都插進了泥土裏。

在一旁看的佟九皺了下眉，說：「這傢伙不能飛了，也是不想飛了。牠膽子虛了，除非刺激牠，牠才有可能想飛。這樣硬幹，大媳婦妳是白費勁。」

尼婭佐娃漲紅了臉，說：「牠是一隻鷹啊，鷹應該在天上和白雲做伴啊。我就要讓牠重新飛。」說完尼婭佐娃又抱起雄青雕，更用力地往空中丟去。雄青雕撲扇了幾下翅膀，又一次摔落下來，比上一次摔得更狼狽。牠爬起來，慘叫著，掉頭就往小木屋裏跑。

尼婭佐娃追進小木屋，看到雄青雕已經站到平時養傷時站立的小鷹架上，脖子上的羽毛蓬鬆著，腦袋蜷縮著，看上去就像一隻吃了敗仗的鬥雞。

尼婭佐娃嘆口氣，看著跟進來的佟九，說：「牠是鷹啊！鷹應該飛在所有鳥的腦袋上面，我們幫幫牠吧？」她看著雄青雕流淚了。

佟九攬過尼婭佐娃說：「親愛的大媳婦，我想牠害怕再次飛行，牠自己不想飛，就由牠去吧。到了八月，我捕隻像老白那樣的白海東青，妳會看到咱們的海東青像閃電那樣捕捉大雁。我保準妳能看到。」

尼婭佐娃說：「我知道你能辦到。可是我想叫我們的這隻青雕飛行，牠是我們現在的鷹，牠就應該去飛行。」

她過去抱雄青雕，雄青雕張開翅膀挪動腳爪使勁往一邊躲。

佟九過去說：「大媳婦，我來幫妳吧。」

尼婭佐娃說：「不是你幫我，親愛的，是我們有責任幫助牠飛上藍天。」

佟九嘆口氣，把雄青雕抱起來，帶到屋外用絆鷹繩把雄青雕拴在鷹架上，說：「大媳婦，咱們要牠飛行還需要有隻大野雞。」

尼婭佐娃說：「那我們找野雞去吧。」

佟九說：「現在草深林密，野雞不缺食物，捉野雞費勁，還是等到草開堂的時候吧。我保證用野雞引誘這傢伙飛起來。」

尼婭佐娃說：「看來只有等到那個時候了。親愛的，我看著牠一點點變成沒用的大公雞，我怕我會失去耐心宰了牠。」

大老黃和雄青雕同屋住久了，彼此熟悉了，似乎知道雄青雕不能飛行了，就揚頭衝著雄青雕汪汪叫。雄青雕像是知道羞愧那樣縮了縮脖子。

佟九想叫尼婭佐娃開心些，說想走走。尼婭佐娃挽上佟九的手臂，來到佟佳江的岸邊散步。她說：「親愛的，我們又走了滿鞋底的濕泥。」

佟九說：「過幾天，雨季過去這地就曬硬了，那時就好了。」

尼婭佐娃說：「是的，你是對的。可是我們有許多天沒見到我們的好鄰居了。我們的好鄰居穿著牠的黑毛大衣能去哪兒呢？」

佟九想起大黑熊，就哈哈大笑起來。

佟九說：「是啊，這傢伙春天就離開了，我想牠去追甜心的屁股去了。到了秋天，妳再來這裏看，有許多鰉魚從鴨綠江主流的海口裏游上來去上游產卵，我們的好鄰居就會回來，在這裏捉鰉魚吃。妳耐心等等，就快到了。」

尼婭佐娃說：「我們在這裏住了很久了，我喜歡這裏，愛上這裏的生活了。你呢，佟九先生，還想說謊話騙我往外面跑嗎？」

佟九搖搖頭說：「我不會了，大媳婦在哪兒，我就在哪兒。」

兩個人的心情好了許多，也忘掉了因爲雄青雕生出的不快，看著佟佳江平靜的江水慢慢在江邊散步。

這時，大老黃淒厲的叫聲突然傳來。佟九和尼婭佐娃往小木屋那裏看，佟九突然罵一聲往回跑。尼婭佐娃也看到了，一隻金雕在雄青雕頭頂盤旋，另一隻金雕的一隻雕爪裏抓著大老黃的一隻黑黃毛的崽子站在小木屋的屋頂上。

站在鷹架上的雄青雕昂首向天，瞄著在頭頂盤旋的金雕，但雄青雕的脖子縮著，牠膽怯了。大老黃汪汪叫著一次次往小木屋上撲，又一次次摔下去。

佟九跑近了。在雄青雕頭頂盤旋的那隻金雕，突然衝著雄青雕俯衝下來。雄青雕發出一聲鳴叫，展翅躲避，但牠剛剛飛開就被絆鷹繩拉住一隻鷹爪，向下落去，大頭朝下懸在絆鷹繩上晃。那隻俯衝而下的金雕砰一聲，撞在鷹架的橫杆上，被橫杆反彈，摔落下去，在地上又站了起來。這隻金雕雕爪下蹲，在佟九撲來時，展翅蹬地飛起，一爪探出，把另一隻嚇得團團轉的黑黃毛的小狗抓起，在小狗被抓斷脊骨的慘叫聲中，沖天而去。

大老黃掉頭又追這隻金雕，此時另一隻金雕從小木屋頂上飛起，兩隻金雕收穫了兩隻小狗，一前一後飛成兩個小黑點。

大老黃悲鳴著跑回來，找到黃毛小狗，抱在前腿彎裏，望著天空上的兩個小黑點，嗚嗚咽咽地嗚叫。尼婭佐娃跑過去蹲下安慰大老黃，大老黃一邊悲傷地叫，一邊舔著瑟瑟發抖的黃毛小狗。

尼婭佐娃說：「親愛的，我們就離開了一小會兒，便失去了兩個家庭成員。金雕為什麼攻擊我們？」

佟九說：「看著吧，咱們和金雕的戰爭是長期的。牠們闖進這裏，把這裏看成了牠們的領地。牠們要把能威脅牠們的猛禽通通趕走。」

尼婭佐娃說：「這怎麼行？這裏是我們的家，我們是這裏的主人。」

佟九說：「是的，大媳婦，這裏是咱們的。但金雕不這樣認為，金雕會像對付青雕那樣對付我們。」

尼婭佐娃站起來看著佟九，佟九也看著尼婭佐娃。

尼婭佐娃說：「親愛的，我想，這件事很糟糕。那兩隻金雕就像闖進你們家園的小鬼子一樣。」

佟九說：「是的，所以，咱們必須反擊。」

尼婭佐娃說：「我們有辦法嗎？」

佟九說：「會有的，妳等著看吧。」

尼婭佐娃說：「親愛的，我知道你能辦到，也要必須辦到，我們不能再失去什麼了。」

佟九把雄青雕從鷹架上解下來，重新放在小木屋裏的鷹架上。大老黃快速把黃毛小狗引進小木屋，抱著黃毛小狗趴在草窩裏一動不動。

接下來的幾天，佟九從山裏割了大量的青麻回來，放在佟佳江邊的水泡子裏浸泡。雖然青麻在這個季節還沒有成熟，但也可以使用。把麻杆割下來浸泡在水裏一段時間，使麻杆上的皮和杆脫離，把麻杆上的皮扒下來，把皮裏的纖維曬乾再搓成麻繩。這種麻的纖維堅韌結實，搓成的繩子可以有許多用途。

佟九這一陣子搓繩幹活時，他就背上防鷹網。這樣，如果金雕瞄著佟九衝下來攻擊，會被防鷹網隔開，金雕的雕爪和雕喙就無法傷到人身。而佟九現在搓麻繩製作的就是一面大的防鷹網。

這段時間裏，白天，佟九盡可能不允許尼婭佐娃走出小木屋。因爲那兩隻金雕總是時不時地在小木屋的上空盤旋觀察，在空中俯瞰著下面。如果讓那兩隻金雕有了機會瞄準目標俯衝下去，在牠們的鐵爪銅喙攻擊之下，人是很難不受傷的。

至於大老黃，牠在失去兩個孩子之後，只在天黑後帶著黃毛小狗跑出小木屋方便方便或玩一會兒再回去。因為大老黃跟隨佟九久了，瞭解鷹雕這一類的猛禽，知道牠們眼睛的弱點。

金雕和大多數的鳥一樣，在晚上牠們的眼睛沒有用處，所以不出來狩獵。能在晚上或者白天都可以出獵的鷹類，只有貓頭鷹這一大家族。但貓頭鷹家族的各種成員多數習慣在晚上活動。

3

這種時時受到威脅的日子過得緊張，也挺刺激。用尼婭佐娃的說法是，她從來沒有想到會被天空中的鳥兒威脅。

尼婭佐娃曾想引誘金雕撲下來，用她的那柄防身小手槍對付金雕。佟九說那行不通，太危險。因為一隻金雕俯衝下來捕捉獵物的力量不亞於虎撲，你打中金雕的同時也有可能被金雕撲中。再者一支小手槍的射程威脅不到金雕，用小手槍對付金雕不如用一支弓箭。金雕是天空中的老虎，是天空中的霸王，青雕雖然凶猛，也不過是天空中的一隻豹子。

但在這段日子裏，也有一個令佟九意外又痛苦的插曲，這個插曲卻叫尼婭佐娃既興奮又傷感。

雄青雕又一次死裏逃生之後，一直被尼婭佐娃關在小木屋裏，站在小鷹架上。雄青雕總是靜悄悄地整理右翅膀上的羽毛，也用喙啄牠那一對雕爪。這隻雄青雕是隻三十多歲的海東青，每條腿上的那四根雕爪上的皮都堅如鐵皮，一圈圈包圍著鷹爪，牠就啄那些皮。幾天下來，老皮被啄下來許多，鐵鉤似的鷹爪也就更長了。

尼婭佐娃給雄青雕投食時注意到了雄青雕的這些變化。雄青雕做這些事尼婭佐娃不理解，也就沒在意。佟九整日整夜忙於搓繩結網，又認爲雄青雕嚇破了膽子已經廢了，並沒像以往那樣注意雄青雕，也就不知道牠這些悄然的變化。

時刻注意雄青雕這些變化的是大老黃。大老黃在雄青雕收拾自己時，只會靜靜地坐在一邊觀察，不會去告訴主人。直到有一天，雄青雕在小鷹架上展翅鳴叫，尼婭佐娃才好奇了，以爲雄青雕想飛，才把雄青雕的絆鷹繩解開，抓起雄青雕抱出去小心地放在地上，看雄青雕是否要飛。

雄青雕昂首向天空上望了望，鷹爪下蹲，展翅飛上了天空。

尼婭佐娃高興地喊佟九看。佟九看著雄青雕說：「這傢伙這是想飛了。只是飛得太笨了，牠的右翅膀不行了，身子也長肥了也太重了。」

尼婭佐娃說：「這也好啊！牠能飛就好，總比變成在地上蹦的老公雞好吧。」

佟九說：「我有招幫牠瘦下來，妳等著看吧。牠不瘦下來，在天上這樣飛引來金雕就飛不動，金雕再追牠，牠準沒命了。」

尼婭佐娃說：「這是我的錯，我總是餵牠，不小心把牠養肥了。」

佟九笑笑，和尼婭佐娃仰望雄青雕。大老黃早早跟出來，坐下，揚起腦袋也看在天空上飛的雄青雕。那隻黃毛小狗自然跟在大老黃的屁股後面。

雄青雕在空中越飛越快，但很明顯，雄青雕的右邊翅膀不如左邊翅膀，飛得不如從前，看上去也有些古怪。

雄青雕突然高飛，直上天空，又突然下衝，在距離地面幾丈高的地方飛出弧線，再次高飛，再次俯衝下飛。距離地面不足兩丈高時，牠想飛出弧線升空，但右翅膀不靈便，沒飛成，反而一頭撲在地上，摔得十分狼狽。

大老黃跳起來，對著雄青雕汪叫一聲，像鼓勵，又像責怪。

雄青雕站起來，昂首向天上看，脖子伸長變細，身上的羽毛收緊，鷹目直直地盯著空中。

佟九說：「快進屋，金雕飛來了。這傢伙看得準。」

尼婭佐娃跑過去，彎腰抱起雄青雕掉頭快步回屋，大老黃已經先一步引著黃毛小狗跑回木屋了。

一隻金雕就在天空中出現了，飛到小木屋的上空盤旋，又落在小木屋前邊的一棵大柳樹上。金雕身形巨大也比較重，落在柳樹頂的樹枝上沉沉浮浮，一雙雕目直直地盯著小木屋。

尼婭佐娃說：「我去射牠一槍，我可以射中牠。」

佟九說：「大媳婦，妳那小手槍裏只有兩發子彈，還是留著更危險時再用吧。對付金雕還有別的招。」

尼婭佐娃：「我想到了，我有步槍。這次我用步槍，我有許多步槍子彈。你等著看吧親愛的。」

佟九說：「用威力大的步槍射金雕挺丟人的。大媳婦，妳還是算了吧，就算妳有步槍那也不是用來射雕的。我要抓了這對金雕馴服牠們狩獵用。」

尼婭佐娃說：「好吧，親愛的，你是對的。我的步槍是殺小鬼子的，對付金雕就看你的吧。你是鷹王，你應該辦得到。」

佟九擺擺手叫尼婭佐娃把腦袋縮回小木屋，不再理會外面的金雕。

到了下午，佟九去樹林裏捉了幾隻活地鼠裝進一隻小罈子裏，留出餵雄青雕的一隻大個的地鼠，扒了皮，刨開地鼠的肚子取出內臟，裝進去一團麻繩，再把包了麻繩的地鼠餵給雄青雕。

尼婭佐娃看著奇怪就忍不住問。佟九說：「這是幫助雄青雕把肚腸裏的油吸出來，幫助牠減輕體重。雄青雕消化了地鼠的肉，牠不能消化麻繩，就會把吸上油的麻繩吐出來。」

尼婭佐娃留心觀察，到了晚上，雄青雕伸縮伸縮脖子，果然吐出了那團麻繩，麻繩上浸滿了黃色的油。她看著雄青雕不禁一笑，想，不知巨肥的麗達姑娘用了這種方法會不會減輕體重呢？

到了次日，佟九依舊蹲在外面編織防鷹網。

尼婭佐娃走出小木屋往天空上看，看不到天空上有金雕，她回到小木屋抱出雄青雕放在地上，等著雄青雕起飛。

雄青雕微微下蹲，飛起，在小木屋的上空盤飛一圈後，才向天空飛升。

尼婭佐娃仰望雄青雕，對著牠大喊：「親愛的，見到可恨的金雕馬上就回來。你是天空中的豹子，你不可能威脅天空中的老虎。」

背著防鷹網蹲在地上的佟九站了起來，仰望一下雄青雕，就笑出了聲。

大老黃又一次帶著黃毛小狗出來，坐下仰望雄青雕。雄青雕在高空中飛了一會兒，又像昨天那樣從天空中俯衝下來，距離地面不足一丈的距離時又想向上飛起，卻又一次失敗摔在了地上。

大老黃又衝著雄青雕汪叫一聲，站起來帶著黃毛小狗快速回到小木屋的門口，不再看雄青雕，只仰望天空。

只見一隻金雕從小木屋的後面飛速飛來，佟九跑過去攏著雄青雕的雙翅，把雄青雕抱了起來。

見金雕衝得近了，佟九蹲下來，但金雕還是撲了下來，在快要撞上防鷹網時，才向一邊側飛，又升高而去。

尼婭佐娃說：「我們被牠們盯緊了。親愛的，我們的青雕爲什麼總是往下摔跤呢？真是糟糕。」

佟九說：「不管怎樣，這傢伙飛得比昨天好多了。大媳婦，我想這是青雕在練習一個擊敗金雕的招法。牠是隻老青雕，自然是聰明的。」

尼婭佐娃說：「我不這樣想，牠摔跤是牠的右邊翅膀不行。可是，誰會來幫助我們呢？我們的好鄰居怕金雕嗎？牠那麼大的個頭不會怕金雕吧？」

佟九說：「那傢伙不會管咱們和金雕的事，牠是地上的熊，抓不住天上的金雕。咱們就靠自己吧。」

佟九雖然想到雄青雕爲什麼一次次這樣飛，但他不認爲雄青雕的那一招能管用。因爲受過傷的雄青雕不可能比金雕飛得快，有可能在雄青雕沒用出那一招之前已經被金雕在空中抓住了。所以佟九沒去在意，只想快一點編好防鷹網，掛起防鷹網捕捉金雕。尼婭佐娃自然更是想不到這些，也沒去在意。也許在意雄青雕爲什麼這樣飛的只有大老黃。

在被金雕監視之後的幾天裏，也是餵雄青雕「肉包麻繩團」的幾天之後，雄青雕的體重已經減輕了些。雄青雕在這幾天裏只能得到一小會兒的飛行機會，因爲只要雄青雕飛上天空，金雕不一會兒就會出現。佟九擔心雄青雕再飛上天可能會遭遇不測，就告訴尼婭佐娃在捉到金雕之前，最好不要再叫雄青雕飛上天了。

但是尼婭佐娃沒聽佟九的，還是每天放雄青雕飛一小會兒，她認爲雄青雕需要在強大敵人的監視下練習飛行，這時的效果比平時要好。而且在這幾天裏，尼婭佐娃摸索出了金雕出現的規律。金雕總是在上午，在雄青雕飛上空中時才能趕來，而且總是一隻一隻地來，不是大些的雌金雕來，就是小些的雄金雕來，沒見兩隻金雕一起來過。

尼婭佐娃就這個疑問問佟九，佟九說：「有可能金雕現在在養小金雕了，小金雕也快可以飛了。」

尼婭佐娃嚇了一跳，說：「上帝，這可不是一個好消息。再多幾隻金雕我們就更加難辦了，爲什麼我們的敵人的力量總是比我們強大？親愛的，這就像你們的政府對付日本人，你們的政府像你的防鷹網，卻不懂得光防範是沒有用的。我們要進攻，我要用步槍進攻，這次你聽我的吧。」

佟九就笑著搖搖頭，他的大防鷹網就快編成了。

尼婭佐娃渴望的進攻是雄青雕完成的。那是又過了幾天之後，雄青雕的飛行能力看上去和以前差不多了，體重在「肉包麻繩團」的幫助下降到了理想水準，有能力飛出那個俯衝又突然上升的弧線了。

這天上午，雄青雕被尼婭佐娃放飛時顯得格外有精神，在小木屋的上空盤旋，一會兒俯衝，一會兒扶搖直上。尼婭佐娃和大老黃在下面看著都挺興奮。

尼婭佐娃說：「親愛的，青雕今天和昨天不一樣了，和以前的許多天也不一樣了，牠高興極了。」

佟九說：「大媳婦，我的防鷹網也和昨天不一樣了。明天或者後天，咱們掛起大網就可以捉金雕了。」

渴望進攻的尼婭佐娃心裏不關心佟九的防鷹網，仰望天空上的雄青雕，嘴裏卻說：「親愛的，我知道你能辦到。我期待著。」

突然尼婭佐娃又喊：「親愛的、親愛的，你快回來，快回來，金雕來了。我的親愛的，上帝！上帝！親愛的打起來了。」

佟九聽尼婭佐娃叫喊「親愛的」喊得急切，知道這是在喊雄青雕。他抬頭看去，就見雄青雕在空中迎著雌金雕飛撲過去。在雌金雕看來，這隻重上藍天的雄青雕見到牠沒逃開就是意外，敢撲過來搏鬥更是意外。雌金雕看上去並不擔心，側飛一下就展開了反擊。牠們在天空中翻翻滾滾打得羽毛飄飛，十分激烈。

突然，尼婭佐娃大喊一聲：「好！親愛的，加油！」那是雄青雕啄中了雌金雕的背部。但雄青雕又側飛避開雌金雕一啄，雄青雕的右翅膀上的兩支大翎羽還是被雌金雕啄落，在天空上盤旋飄下。

雄青雕在尼婭佐娃的驚叫聲中，鳴叫一聲，甩開雌金雕振翅直上雲霄，雌金雕不肯放棄，尾隨雄青雕追上雲霄。此時尼婭佐娃已經淚流滿面了，她擦把淚水又看，雄青雕和雌金雕在空中飛成了小黑點，看不見了。

尼婭佐娃喊：「親愛的，我很痛苦。怎麼辦呢？」

佟九一言不發，臉色鐵青，也往天空上看。一旁的大老黃仰望天空汪汪叫。

佟九喊：「下來了。」話音剛落，大老黃瞄著天空上的雄青雕向草坡上飛跑。

尼婭佐娃擦把淚水再往天空上看，只見雄青雕以三百公里的時速俯衝下來，雌金雕以同樣、甚至更快的速度尾隨而下。

眼看著雄青雕距離地面只有一丈左右的距離了，尼婭佐娃驚叫著捂上了眼睛，耳邊猛聽佟九一聲大喊：「好樣的，牠做到了！」她再收回手看去，雄青雕飛出了苦練十幾天的那個俯衝而下又上升的弧線，尾隨而下的雌金雕收不住勢，「砰」的一聲一頭撞到地上。

雌金雕撞在地上卻沒死，正想翻身站起來，大老黃就撲住了金雕的腹部，一口咬上了牠的脖子。但是，雌金雕臨死前蹬出的可以輕鬆洞穿牛腹、抓斷狼脊骨的一爪，也抓破了大老黃的胸腹。

大老黃的嘴咬著金雕的脖子，至死也沒鬆開。大老黃用生命爲代價報了殺子之仇。

雄青雕在天空中已經看到雌金雕和大老黃死在一起不動了，也看到佟九和尼婭佐娃撲過去看大老黃，牠在空中盤飛鳴叫，向那隻雄金雕發出挑戰……

佟九撲過來掰開大老黃的嘴，把大老黃從金雕的一隻翅膀下拽出來，才看到雌金雕的四根雕爪全部抓進大老黃的胸裏去了。佟九心裏酸楚，一屁股坐在草叢裏，淚水湧了出來。尼婭佐娃抱住佟九的頭，把他的頭壓在懷裏，感受到了佟九肩部的顫抖。那是佟九無聲的哭泣。

尼婭佐娃說：「親愛的，我們殺死了一個敵人，陪葬了一個家人。這個結果不是我們想要的！」說完，她的淚水也大串大串湧出來……

這時黃毛小狗跑了過來，趴在大老黃的腦袋邊，一邊舔著大老黃的臉，一邊悲切切地叫……

4

佟九埋葬了大老黃，天邊就下來黑影了。他從山坡上走回來，看到雄青雕站在小木屋外的鷹架上，歪著腦袋斜視著天空，一副精神抖擻的樣子。佟九認爲這傢伙可能想飛走，就沒用絆鷹繩綁住雄青雕的雕爪。

尼婭佐娃也沒把雄青雕抱進小木屋裏，她的想法也許和佟九一樣，也認爲雄青雕報了仇，可能想飛走了。可是，雄青雕並沒有趁機離開，而在此後的幾天裏，牠始終站在小木屋的鷹架上，始終盯著天空，時刻等待牠的剩下的那個對手。但那隻雄金雕這幾天都沒有出現。

佟九在這幾天裏，把編織好的防鷹網用粗麻繩連接起來，掛在屋外小院的上空，就連尼婭佐娃花園裏的鞦韆架也遮蓋在防鷹網的下面了。

尼婭佐娃認爲佟九防鷹的事已經幹完了，因爲她和黃毛小狗白天可以在防鷹網下面活動了。但是沒有，佟九又把以前用過的幾張小的繩網連接起來，加上木杆製作的邊框，把一根木杆直立起來，像船上的帆那樣掛在防鷹網的一側，再連接上繩子。直到日後佟九拉動繩子時，尼婭佐娃才知道這面船帆樣的網是幹什麼用的。

這一切做好了，佟九去把雌金雕的屍體從老窩土屋裏拖出來，雌金雕的屍體差不多已經風乾了。可是佟九看著雌金雕的屍體又遲疑了，他有些打不定主意是否應該利用雌金雕的屍體引來雄金雕。一個視鷹如命的滿族鷹把式，這樣對待一隻金雕的屍體，想想就覺得對不起他的祖輩。佟九於是嘆口氣坐下了。

尼婭佐娃覺得這幾天佟九很奇怪，她理解佟九還在爲大老黃悲傷。她總想叫佟九高興些，但佟九這幾天說話少得可憐。

尼婭佐娃說：「親愛的，可以告訴我你在做什麼嗎？」

佟九說：「我在想用不用這隻金雕的屍體引來另一隻金雕，捉住並殺死牠，替大老黃報仇。」

尼婭佐娃看著佟九，不理解佟九爲什麼遲疑，她說：「親愛的，你總是對的。我知道你能辦到，那就快點幹吧。」

佟九遲疑著說：「我是鷹把式，我爸爸是鷹達（大清朝時鷹把式中的領頭人的稱號），我不能這樣對待鷹。金雕也是鷹，我應該把這隻金雕埋在鷹廟裏。」

尼婭佐娃還是不能理解，皺著眉頭說：「親愛的，你暫時放棄你的那些理由吧。你想想這隻金雕對我們做了什麼？想想黃狗夫人和兩隻小狗吧。親愛的，我認爲你已經在這樣做了。幹到底吧。」

佟九站起來，想把雌金雕的屍體弄到防鷹網上去，但他又一次遲疑了，說：「大媳婦，真要這樣幹嗎？」

尼婭佐娃說：「親愛的，不要問我，你自己會想清楚的，你自己決定吧。我不想看見你現在的樣子。」說完尼婭佐娃轉身進了小木屋，給黃毛小狗餵食去了。

佟九抬頭看蹲在鷹架上的雄青雕，牠已經不在鷹架上了，不知什麼時候飛走不見了。

佟九想，這傢伙到底還是飛走了。佟九咬咬牙，把雌金雕的一隻雕爪綁在一根比較細的麻繩上，把雌金雕整到了防鷹網上。

佟九扯著細麻繩，進了小木屋，又用右手拉住另一根繩子，那根繩子連接在像船帆樣子的鷹網上。他在小木屋裏坐下來，通過小木屋敞開的窗子往外看。

尼婭佐娃見佟九終於跨越了自身的心理障礙，說：「親愛的，我爲你高興，利用敵人引誘敵人，總比使用自己引誘敵人好吧。」

佟九打手勢叫尼婭佐娃不要出聲，他的左手不時拉一拉細麻繩，使雌金雕在防鷹網上動一動。這是爲了讓雄金雕能夠看到雌金雕。

可是，整整一個下午過去了，雄金雕沒來。雄青雕也沒回來。

次日，佟九依舊重複著這個動作。他知道海東青的耐力，如果海東青懷疑什麼，牠就有足夠的耐力一邊觀察，一邊等下去。那麼作爲和海東青同科的金雕，是不是也有海東青的耐力呢？憑佟九對鷹的瞭解，他相信一定有的。

時間快到中午了，小木屋外面的天空翻上了朵朵擁擠相撞的烏雲。尼婭佐娃說：「親愛的，又快下雨了，我們又一次白費力氣了。也許我們的青雕現在在帽兒崖上和金雕搏鬥呢，牠也許不可能回來了。我們待在家裏，幫不上牠了。」

佟九擺手叫尼婭佐娃閉嘴繼續拉動細麻繩。就在這時，那隻雄金雕突然從烏雲中如閃電般俯衝下來。佟九眼睛裏的寒光急閃，幾乎在雄金雕落在防鷹網上的同時，拉動繩子，那張像船帆樣子的小網扣了下來，在雕鳴聲中，把雄金雕扣在網下，活捉了雄金雕。

尼婭佐娃喊：「親愛的，我們做到了。」說完她飛快跑出小木屋，又驚呼：「牠這麼大？」

在眼前掙扎的活金雕看上去比死的金雕大，足有半人多高。尼婭佐娃對跑出來的佟九說：「我們用什麼打死牠？」

尼婭佐娃說著，拎起一根木棒就捅雄金雕的肚子。可是，青麻編織的網畢竟不如成熟的麻編織的網結實，雄金雕用雕喙雕爪連拉帶扯很快撕開了防鷹網，撲啦啦摔落在尼婭佐娃的腳前。

佟九叫一聲，撲過去推開尼婭佐娃，他的腰部被往上撲的金雕用翅膀的翅骨——翅膀上拐彎凸出的那個像人手肘的地方——頂了一下，佟九一下子向前摔出去。

但此時雄金雕也蒙了，因爲只要是猛禽，一旦被攻擊者擊中落到地上，牠的凶猛和膽氣就幾盡消失，那時牠想的只剩下一件事：逃，逃到天上去。

這隻雄金雕就是這樣。無意中展翅撞倒佟九，牠歪斜著身子，敞開雕爪跑兩步，下蹲起飛，剛一衝起，又一頭撞在鷹架的橫杆上，翻個身，摔下來，再次跳起，起飛騰空而去。

尼婭佐娃再次出擊的那一棒雖然打中了雄金雕的背部，但沒有用。雄金雕鳴叫著逃上天空，又掉頭飛回來，在防鷹網上空盤旋，盯著雌金雕的屍體發出聲聲悲鳴，卻不敢再次撲下來。狂風吹起，牠還在天空中盤旋不肯離去，最後在降下的雨霧中，向帽兒崖的方向飛去。

尼婭佐娃扶起佟九站在雨中，看著雄金雕離去。她說：「親愛的，我想我錯了。我不該叫你利用敵人的屍體引誘敵人。那不是我們可以做的。那隻金雕真的很傷心，這不是我們想看到的。」

佟九說：「是的，咱們不應該這麼幹。」

佟九拐著腰，在尼婭佐娃的幫助下，從防鷹網上拉下雌金雕的屍體，冒雨把牠埋在了山坡上，和大老黃做了伴。只不過佟九留下了雌金雕雕爪上最大最長的那根鉤爪，那在鷹把式看來是神聖的神物。

兩個人踩著滿鞋濕泥，像落湯雞那樣回到小木屋。換濕衣服時，尼婭佐娃看佟九表情痛苦，才想起佟九推開自己的事，連忙查看佟九的傷勢，佟九的腰眼上已經腫起烏黑的一塊。

佟九說：「這沒什麼，不怎麼痛。這也算是好事，我不得不趴幾天窩了。妳侍候我吃飯吧。」

尼婭佐娃抬手摁一下那個腫塊，突然笑了，說：「這是金雕的翅膀撞出的傷？上帝！哈！親愛

的，你的骨頭是泥做的嗎？」

佟九愣一下，看著尼婭佐娃笑瞇瞇的藍眼睛，什麼也說不出來了。

尼婭佐娃說：「現在，我們的家又只有三個成員了。」

佟九想，這一句妳說對了。雄青雕自由了也就不會回來了。就算可能飛回來，也不過是看一眼，站一站，吃點肉再飛走而已……

5

雄青雕是在幾天後的下午飛回來的，飛回來就落在小木屋前的鷹架上，不聲不響地整理右翅膀上的羽毛。

尼婭佐娃在小木屋裏看見雄青雕，驚叫一聲，跳起來跑出去看。那時佟九的傷差不多養好了，正在小木屋後面的高粱地裏忙碌。

尼婭佐娃看到雄青雕的樣子有些狼狽，就把牠抱下來放地上仔細查看。

尼婭佐娃說：「親愛的，你少了好多羽毛，有四處傷。你飛出去都幹了什麼？你一個幫手也沒有，你打得過大金雕嗎？」

雄青雕歪著腦袋，轉動金黃色的眼睛看著尼婭佐娃，神態嚴肅之極。

尼婭佐娃說：「你能回來太好了，你叫我擔心了。看來你需要好好休息幾天了。你變瘦了。」

尼婭佐娃攏著雄青雕的翅膀，從腹部抱起，把雄青雕抱進屋裏，叫牠站在小鷹架上，說：

「我們的好先生給你捉了好幾隻胖胖的地鼠，養牠們要用很多的糧食。但你放心，我們的糧食還夠用。我們的好先生也在想你回來，儘管他總是告訴我你不是我們馴養出來的鷹，只是我們臨時救助的鷹，你飛走就是飛走了。但我相信你會回來的，哪怕回來看看我們再走我也是開心的。天空更需要你。」

說著，尼婭佐娃從一隻小罈子裏抓出一隻胖胖的地鼠，扒了皮餵了雄青雕，站起來和雄青雕比身高。

尼婭佐娃說：「金雕比我的一半要高，牠是我見到的最大的鷹，力氣也最大。牠用翅膀打傷了泥做的佟九先生。你也很高，和大公雞差不多。那麼我問你，能把一個壞傢伙的腦袋撞碎的海東青，牠為什麼那麼有力又那麼小呢？我們佟九先生的那隻可憐的白鷹比你小很多，卻能撞碎了一個壞傢伙的腦袋。讓我來看看你有多重。」

尼婭佐娃取出鷹秤，把雄青雕抱到鷹秤上，看雄青雕有多重。

走進小木屋的佟九在尼婭佐娃身後說：「大媳婦，我早稱過了，牠有五斤一兩重，比白鷹重了足足兩斤一兩。」

尼婭佐娃說：「是的，你是對的。親愛的，牠現在只有四斤一兩重，牠輕了太多了，還受了傷。」

佟九說：「這傢伙可能和金雕又打架了。這很正常，這也是這傢伙回來的原因。這傢伙被咱們餵習慣了，牠發覺被咱們餵養挺舒服才留戀咱們，才回來的。」

尼婭佐娃興奮地說：「那真是太好了，我們家又多一個成員了。親愛的你回來不走了真是太好了。」

佟九笑笑說：「大媳婦，我現在分不清妳叫親愛的是叫我還是叫這傢伙了。」

尼婭佐娃把雄青雕放到小鷹架上，說：「這容易分別，在白天我叫親愛的是叫牠，在晚上我叫親愛的才是叫你。當然這只限於牠在家的時候。」

佟九說：「好！妳總是對的。但我告訴妳，這傢伙住幾天，體力恢復了還會走，牠會慢慢地恢復以前的那種生活，然後牠就不會回來了。那隻金雕已經不能威脅牠了。另外，親愛的我也告訴妳，在白天我叫大媳婦是叫妳，在晚上我叫大媳婦是叫小老黃。當然，在小老黃長成大老黃之前，我決定先不這麼叫。」

尼婭佐娃笑著說：「那好吧，我們就這樣幹吧。」

佟九不想這樣，伸出胳膊去抱尼婭佐娃。小黃狗突然汪汪叫著從門外一頭衝進來，又一下掉過頭，衝著門外的天空狂叫。透過小木屋的窗子，佟九和尼婭佐娃看到那隻雄金雕正蹲在大柳樹上，直勾勾地盯著小木屋。

尼婭佐娃說：「親愛的，我們和金雕的戰爭還沒結束。」

佟九沒說什麼，因爲尼婭佐娃此時的「親愛的」是叫雄青雕。

接下來的幾天，雄青雕比較老實，每天天一亮就從小木屋的窗子飛出，站在外面的鷹架上，盯著天空。

有時雄金雕會飛來，蹲在大柳樹上，但是牠不衝過來，因爲害怕鷹架後面的那面曾經捉到牠的網。這兩個對手就隔空相望，好像都在等待下一次交鋒。有時雄金雕不來，雄青雕就盯著天空出神。

尼婭佐娃默默觀察著這一切，以爲雄青雕不會再飛走了。可是又過了幾天，雄青雕在鷹架上蹲到中午，突然振翅離去。尼婭佐娃衝出小木屋，看著雄青雕快速向遠處飛去，就喊佟九：「親愛的，親愛的又飛走了。」

佟九沒吱聲，因爲這是白天，尼婭佐娃喊的「親愛的」不是喊他，是喊雄青雕。

尼婭佐娃聽到佟九沒有反應，回到小木屋裏對佟九說：「親愛的，我投降。以後我只叫你親愛的。你也別叫小黃狗小姐大媳婦，好嗎？」

佟九哈哈大笑，說：「我早就投降了，我很多天沒喊大媳婦了。」

尼婭佐娃說：「我知道，所以我原諒你才投降了。來吧親愛的，你好幾天沒要我的屁股了。」

佟九就抱著尼婭佐娃上了床。小老黃卻跑過來坐下，揚頭看著床上的兩個主人，著急似的吱吱叫。

佟九說：「去，小王八蛋，你不能看。」

尼婭佐娃說：「讓牠看吧，親愛的，牠需要長大……」

雄青雕再次飛回來的時候，佟九沒在家，捕捉小鴿子去了。那種小鴿子是野鴿子，還不會飛。佟九這時捉這種小鴿子是爲了馴養餌鴿，馴養餌鴿則是爲了捕捉海東青。

雄青雕剛剛站到鷹架上，小老黃就發現了，從小木屋裏跑到鷹架下，揚起腦袋望著雄青雕汪汪叫。

此時雄青雕的一隻雕爪裏捉了一隻長著灰黑色羽毛的幼鳥，牠正一喙一喙地撕吃這隻幼鳥。這隻幼鳥白色的胎毛已經脫去，很快就可以飛了，而且看上去比雄青雕還大。

尼婭佐娃聽了小老黃的叫聲出來看，認出雄青雕捉來的這隻大個頭的幼鳥並不是鳥，看上去像隻雕。

尼婭佐娃想到了什麼，打個哆嗦問：「親愛的你在吃什麼？牠是什麼？你不要告訴我牠是金雕，小金雕。」可是尼婭佐娃心裏知道她這次猜對了，雄青雕吃的正是一隻小金雕，是那對金雕的孩子。

尼婭佐娃不可能知道，雄青雕算計出金雕的孩子快可以飛了，牠才千方百計等到時機，在雄金雕離開打食時，飛去帽兒崖啄死一隻小金雕，捉走這隻小金雕。她還不可能知道雄青雕很聰明，懂得雄金雕懼怕這裏的網，所以牠才會在給予雄金雕如此沉重的打擊後，回到這裏。另外，雄青雕冒險襲擊金雕巢穴最主要的原因是恐懼，牠懼怕金雕成了群稱霸這一帶的天空，就沒有牠的立爪之地了。

尼婭佐娃嘆口氣，說：「親愛的，我不喜歡你了。你幹了金雕幹的事。我希望你回到從前養傷時那個樣子。」

尼婭佐娃坐在鞦韆上一直在想這件事，看到佟九從白樺林小路上走回來，跑過去告訴佟九青雕幹的事。

佟九說：「這沒什麼，大媳婦。金雕毀了青雕的家，青雕只要有一口氣也要毀了金雕的家。這才公平，但是這天下又沒有公平。」

尼婭佐娃說：「我明白了，你是對的，親愛的，這世界沒有公平。那麼有一天小鬼子來找我們來殺我們，我們就要像青雕那樣反擊。」

佟九不想提起小鬼子，說：「大媳婦，我都忘了小鬼子了。看，我捉了兩隻灰鴿子。到了草開堂的日子，我們去捕海東青，馴海東青獵天鵝。我要從天鵝的嗉子裏取到好的、大的珍珠給妳做條珍珠項鏈，在妳過生日那天送給妳。」

尼婭佐娃說：「好的，親愛的，我期待著。」

尼婭佐娃抱著佟九的手臂，一起往回走。佟九突然聽到天空上有飛動的聲音，馬上把手裏的鷹拐子舉在空中，在尼婭佐娃頭頂上舞動，大喊：「大媳婦，別怕，妳小心。」

尼婭佐娃抬頭，看見雄金雕已經撲到頭頂上，被鷹拐子舞動的影子驚了，急忙升空，在兩個人頭頂上空盤旋。

佟九喊：「走，不怕！有我哪。」

佟九和尼婭佐娃盯著空中的雄金雕，慢慢退著，直到退進小木屋前的防鷹網下，雄金雕才升空而起，落到大柳樹頂上，又一振翅下衝，直接撲向蹲在鷹架上的雄青雕。

雄青雕似乎知道雄金雕是來拚命的，此刻牠才不會撲上去和雄金雕拚命呢！牠太熟悉這裏了，牠一展翅飛下鷹架，從防鷹網的下面飛過，一頭飛進小木屋，站在了小鷹架上。

雄金雕落到鷹架下面的地上，收攏翅膀垂下腦袋，用喙碰碰被雄青雕丟在地上的小金雕，小金雕已經被雄青雕吃了一部分。雄金雕叼起小金雕的屍體掉頭飛走了。

尼婭佐娃說：「親愛的，牠傷心嗎？」

佟九說：「我想是的。」

尼婭佐娃說：「你們的人要像青雕對付金雕這樣對付小鬼子，小鬼子才懂得傷心，才知道痛。」

佟九說：「小鬼子如果找來，我會叫他們懂得傷心知道痛。」

尼婭佐娃往佟九身上靠靠，說：「親愛的，這幾天你總是想起小鬼子吧？我也是，總是夢到小鬼子。他們離我們太近了。」

佟九說：「不怕，我們沒那麼容易被他們抓到。」

尼婭佐娃說：「可是爲什麼這麼久了我都懷不上黃黑毛猴子呢？我的肚子沒有大起來的反應。我不如死去的黃狗夫人。」

佟九說：「那種事不怪妳，需要我努力。大媳婦，咱們不能急。現在山深林密，咱們是安全的。到了冬天，滿山滿野全是雪，動物們無法遁形，就到了咱們狩獵的季節了。如果小鬼子懂得這些，進山來找咱們，很容易找到咱們。咱們再懷個黃毛小孩子就更加沒法逃了。」

尼婭佐娃這才明白佟九爲什麼總是在她的體外射出種子了。她想了一會兒，理解了佟九的顧慮，說：「原來你不是怕我生出黃毛猴子才不叫我受孕的，太好了親愛的，總有一天我們會生一堆黃毛猴子和黑毛猴子的。」

佟九說：「大媳婦妳總是對的。妳想，咱們大人不能保證安全，妳怎麼能安全地生黃毛猴子和黑毛猴子呢？」

尼婭佐娃說：「是呀，是呀，那我們現在就待在這裏堅持下去，小鬼子要來就來吧。我們能對付他們。」

佟九點著頭，卻在心裏嘆氣。因爲佟九不知道外面的事，心裏就總是不能平靜。

尼婭佐娃也是這樣。正所謂怕什麼想什麼，想什麼就擔心會來什麼，這也就是佟九和尼婭佐娃此時的心理。

第五章　誘捕

1

佟九捉到的兩隻小鴿子是用鴿兜子帶回來的。

所謂鴿兜子和鷹兜子一樣，都是布做的，在一塊布的兩邊連上細麻繩，布的大小相當於鴿子或海東青脖子到屁股的身長，使用時把鴿子或鷹用兜子兜住，在兩頭綁上，把鴿子或鷹的頭尾露在兜子外面，拎手裏、掛腰間都行。

幾天之後，佟九就將兩隻餌鴿馴得聽話了。那幾天，雄青雕沒回來過，那隻雄金雕也沒有再來過，好像雄金雕和雄青雕都遠離了這裏。這裏的天空變得和以前一樣了。如果有不同，就是那對貓頭鷹鄰居趕跑了兩隻養大的小貓頭鷹，又一起在晚上出來狩獵了。

佟九在這段日子裏做了幾件事：一是用爆竹去嚇一些偷吃高粱的小鳥；二是和尼婭佐娃在草叢裏、林子裏、灌木上採集食用的各種蘑菇和幾種乾果，比如榛蘑、松樹傘蘑、青蘑、黃蘑、趟子蘑和板栗、榛子、松子等等。這些東西大多曬乾留在冬天吃。另外的一些乾果去了殼，尼婭佐娃可以把果仁和在苞米麵裏，烤製苞米麵的黃咧巴，也用蘑菇加肉做湯。

這樣的日子平靜地流逝著，佟九也把高粱和苞米收割回來了。當那一串串金黃的苞米棒子掛在小木屋屋簷下的時候，紅紅的高粱穗也破開了殼，變成了高粱粒，變成了餌鴿的食物。那時，小老黃的肩高已經長到一尺半了，可以保護尼婭佐娃了。

深秋來臨了。這是佟九每年最盼望的季節。每天，佟九都站在小木屋的外面看，等待海東青的

到來。他總是對尼婭佐娃說：「大媳婦，馬上就是草開堂了，海東青快來了。我可以狩獵了，妳就要吃到大雁的肉了。」

尼婭佐娃總說：「是的好先生，我也盼望早點看到海東青們，牠們能帶來我家鄉的氣息，還能幫我們捕捉到從我家鄉飛來的大雁。」

然而尼婭佐娃並不知道，隨著海東青的到來，她和佟九距離他們命運頂點的那個日子又進了一步……

一場寒冷的霜逝，尼婭佐娃的花園徹底荒敗了。東北大地也就進入了草開堂的時節。

佟九看著枯黃的大地說：「好了，草開堂了，大媳婦，我需要離開幾天。妳自己在家要小心，小老黃就留給妳吧。」

尼婭佐娃說：「是的，好先生。我早就知道你要離開幾天。我給你準備好了皮毛衣褲，也準備好了我的皮毛衣褲。我們一起去，你別想丟下我和黃狗小姐。」

佟九抓抓頭皮，有點急了，說：「我是去捉海東青，我要悄悄地蹲在鷹窩棚裏。妳和小老黃怎麼能去？你們忍不住性子，一動一叫海東青就跑了，我還捉個屁鷹。」

尼婭佐娃見佟九這次有些發急，就說：「放心吧，親愛的，黃狗小姐和我說好了，我們都聽你的，保證悄悄地待著，保證一動不動，保證吵不到你要捉的海東青。」

佟九說：「那你和小老黃犯了錯怎麼辦呢？」

尼婭佐娃說：「我們犯了錯，我們會馬上離開回家來，保證十天不叫你親愛的。」

佟九說：「行！大媳婦，就這麼著吧。」

尼婭佐娃準備好了皮毛衣褲，兩個人穿上，帶上小老黃，背了鷹網去捕捉海東青。按傳統，捕捉海東青又叫拉海東青，也叫請海東青。

小老黃跑過埋葬大老黃的那個山坡時，跑去大老黃的墳包前嗅嗅，趴下臥了一會兒，像是告訴媽媽，牠可以隨主人進山捕捉海東青了。

佟九和尼婭佐娃看著小老黃站起來，揚頭跑到前面。尼婭佐娃說：「親愛的，我們本來可以有一小群獵狗，可是現在只有一條。我們不能再失去什麼了。」

佟九說：「妳是對的。」

佟九帶著尼婭佐娃和小老黃穿過幾條溝岔、樹林，來到滾兔子嶺下，開始往嶺上爬。此時剛剛過了中午。他故意不去幫助尼婭佐娃，想叫她知難而退。

可是尼婭佐娃此時卻和佟九是一樣的心理，並不要佟九幫助，累了就說：「黃狗小姐，我們要加把勁，不能叫好先生找到藉口趕我們回去。」

尼婭佐娃氣喘如牛地爬上滾兔子嶺，佟九已經坐在嶺上面了。看到尼婭佐娃爬上嶺，他說：「大媳婦，妳辦到了。這麼陡峭的嶺妳能爬上來妳真行。妳張大嘴巴坐一會兒好好喘會兒吧。」

尼婭佐娃喘息著坐在草地上說：「是的，你是對的。你看到了，我是爬上來了。可我在想，我一會兒怎麼下去，往下滾嗎？那誰在下面接住我呢？」

佟九哈哈笑了起來。

小老黃在滾兔子嶺上到處跑，就像牠媽媽大老黃曾經做過的那樣。小老黃對這裏充滿了好奇心。

佟九在鷹廟前點燃三支香插在地上，跪下來拜了三拜，嘴裏嘟囔些保佑捉到好用的海東青之類的話。佟九的樣子看得尼婭佐娃想說什麼又忍住了，但是她的臉上全是笑意。

接下來就是查看蹲人住人用的鷹窩棚。佟九去年草開堂時整理過，現在幾乎不用怎麼修整就能蹲人。

搭鷹窩棚時首先要選好適合的位置，最好選擇觀察視線好，又能和四周環境一致的位置。這樣上空飛來的海東青看不出有人爲的事物，才會衝下來捕捉餌鴿，才有可能被鷹把式捉住。

佟九叫尼婭佐娃和小老黃鑽進鷹窩棚，在裏面待著別動，又提醒尼婭佐娃不要犯錯，小老黃犯錯也算尼婭佐娃的錯，他們就得滾下嶺去。聽得尼婭佐娃臉色挺難看，想咬佟九一口。

佟九把捕鷹網支好，把一隻餌鴿固定在鷹拐子的絆爪繩上，又抓一把高粱丟在地上叫餌鴿吃。做好這一切後，佟九拉著繩子鑽進鷹窩棚，說：「大媳婦，咱看著吧。其實妳來也挺好，晚上回不去抱著妳暖和。但妳不能說話不能動。」

尼婭佐娃說：「親愛的，我知道了，不過我決定了，下一次我不會來了。我不是狐狸，不能叫你在草窩裏抱我。而且，現在如果不是怕滾下嶺去，我已經帶著黃狗小姐回家了。」

佟九說：「行，要走妳就往嶺下滾吧，我比妳重，我先滾下去在嶺下接妳。我肯定能辦到。」

尼婭佐娃似乎生氣了，抱著小老黃在玩小老黃的耳朵。一時間，尼婭佐娃和佟九沒話說了。

佟九不霎眼珠地看著外面的餌鴿，看是否有海東青出現。有時那隻餌鴿趴下不動了，他就拽拽連接鷹拐子的細繩，叫餌鴿動起來，只有使餌鴿動起來，天空上飛過的海東青才能發現餌鴿俯衝下來。

時間一點點地過去，鷹窩棚外面的嶺上發出了金子般的紅光，那是夕陽下來了。夕陽向嶺下移動，天馬上就要黑了。

佟九知道，今天海東青不會出現了。他嘆口氣，出去把餌鴿兜在鴿兜子裏帶回來掛在窩棚上。餌鴿乖乖地看著佟九不住點著頭咕咕叫，似乎在說謝謝你，我又活過了一天。

佟九說：「大媳婦，咱們吃晚飯吧。」

尼婭佐娃笑了，說：「好先生，你的海東青呢？我可沒動，一動都沒動。黃狗小姐也沒動，可是你沒能捉到海東青。我太高興了。」

佟九說：「明天我能捉到海東青，能捉到好幾隻，妳看著吧。」

尼婭佐娃說：「是的，我相信。我總會相信，你知道的。」

兩個人和一條狗吃了帶來的乾糧，天就黑了。

星星閃爍在天空下，月亮也爬上了頭頂。佟九和尼婭佐娃坐在嶺上的一塊臥牛石上看月亮，尼婭佐娃有些冷了，直往佟九懷裏靠。

尼婭佐娃說：「現在，親愛的，我問你，在這樣的月亮下面，你還是想不起那句叫我一下子喜歡上你的話嗎？」

佟九想不到尼婭佐娃會突然問這個，說：「大媳婦，我想了，想了幾次了。我還是認為我那句喜歡妳的屁股的話叫妳一下子喜歡上了我，沒可能是別的什麼話。」

尼婭佐娃輕嘆口氣，很是失望，說：「也許你根本不在意對我說過的話。你是個壞傢伙。」

佟九聽尼婭佐娃語氣中在怪罪他，就抱過尼婭佐娃的臉，在她的嘴唇上使勁親一下，問：「行了嗎？」

尼婭佐娃說：「不夠，還要。」

佟九又親尼婭佐娃的嘴，親了十幾次，然後兩個人哈哈大笑。

尼婭佐娃和佟九擁一起在鷹窩棚裏待了一宿，都冷得很，熬到了天亮，吃口乾糧也就等於吃飯了。

尼婭佐娃說：「親愛的，我們跳個舞吧，我很久沒跳舞了。」

佟九說：「現在不行，咱們是捉海東青來的。」說完，他就出了鷹窩棚忙去了。

尼婭佐娃說：「我的好先生，你從前沒見過我跳舞的樣子，我也沒見你跳過舞。上次去見好鄰居你跳的狗熊舞不能算跳舞。」

佟九不回答。

小老黃跑進鷹窩棚對著尼婭佐娃搖尾巴。尼婭佐娃說：「黃狗小姐，妳的四條腿沒用，不能跳舞，妳只會陪著我對我搖尾巴。」

這時佟九整好了餌鴿，又鑽回鷹窩棚裏坐下。尼婭佐娃問：「今天再捉不到海東青怎麼辦呢？我們回去嗎？」

佟九說：「那可不行，咱們不能回去。那就等明天再捉。捉到三四隻海東青才能回去。」

尼婭佐娃想一想，嘆口氣，說：「親愛的，捉海東青可太遭罪了。沒有我陪你，你一個人可怎麼辦呢？」

佟九突然噓了一聲，叫尼婭佐娃不要出聲，盯著看餌鴿。

尼婭佐娃也看餌鴿，看到餌鴿的脖子突然變細變長，伸長脖子直直地盯著天空。天空上很藍，沒有一片雲朵。

突然，餌鴿咕咕叫著縮緊了脖子，蓬鬆了羽毛，往一邊跳。一隻海東青從空中嗖一下俯衝下來，在空中劃過一條直線。

這隻海東青卻沒有直接撲擊嚇得縮成團的餌鴿，只落在鷹網的外面，往窩棚那裏看，很冷靜的樣子。似乎牠不是爲捕食鴿子而來的，也似乎知道窩棚裏有等待捕捉牠的人。

佟九盯著這隻青色羽毛的海東青，青海東青昂頭注視鷹窩棚良久，才往鴿子那裏走一步。佟九激動了，心想再靠近點就捉住你了。可是這隻青色的海東青突然往天空上看看，在尼婭佐娃眨了下眼睛的工夫，就振翅飛去了，瞬息間就飛遠了。

尼婭佐娃的目光追著青海東青的身影，說：「就差一點，是這樣嗎？親愛的！」

佟九正暗自嘆氣，餌鴿在鷹拐子旁邊撲騰起來。他循聲看去，一隻金雕俯衝下來，探出一隻利爪就抓住了餌鴿。幾乎同時，佟九拉動繩子，捕鷹網撲下來，扣住了金雕。

尼婭佐娃喊：「捉住個大隻的。」喊完，她先於佟九往鷹窩棚外面爬，剛站起來，看見金雕已經撕碎了捕鷹網，沖天飛去。

尼婭佐娃趕過去，看到被金雕抓得血肉模糊的餌鴿，對趕過來的佟九說：「是牠，那隻雄金雕。我們的捕鷹網太糟糕了。」

佟九點點頭，說：「這隻金雕和我們叫上陣了。」

小老黃過去嗅嗅死去的餌鴿，揚頭衝著雄金雕的身影狂叫，但牠的叫聲太嫩了。接著，小老黃又做了一件古怪的事，牠挖了個小土坑把餌鴿叼進坑裏用爪子扒土埋了。

尼婭佐娃看看佟九，又看看小老黃。佟九說：「這小傢伙和牠媽媽小時候一樣，幹了同一件事。」他收拾了東西，說：「走吧，明天咱們再來。」

尼婭佐娃看著滾兔子嶺的陡坡，腳就軟了，說：「親愛的，我若真的滾下去，你能接住我嗎？」

佟九說：「我不是薩滿（**薩滿教祭祀的主持，編按**），沒有法術，我接不住妳。再說咱們回家不用直接下嶺。咱們走另一邊，走山谷鑽林子回去。我擔心金雕還會襲擊咱們。」

尼婭佐娃說：「親愛的你是對的。那隻金雕瘋了，牠真像小鬼子一樣，一隻狼試圖吃掉一隻大象。不過這隻大笨象現在還在睡大覺。」

佟九把捕鷹網綁在棒子上支撐得像柄小雨傘那樣，叫尼婭佐娃扛在肩上當防鷹網用。再用繩子拴了小老黃牽著，背了其餘的東西，提著那根鷹拐子走在前面。兩人從滾兔子嶺的後面鑽進雜樹林。從雜樹林裏走出來，佟九又叫尼婭佐娃扛上防鷹網。因爲佟九和尼婭佐娃已經走進生長著低矮灌木和草叢的山谷裏了。山谷裏沒有高大的樹木遮掩，容易被金雕襲擊。

那隻雄金雕果然從山谷上空飛過來，俯瞰著地上行走的兩個人和一條狗，只是一直沒有機會衝下去捕捉仇人。金雕並不認爲自己是無理的闖入者，而認爲自己是征服新領地的征服者，和自己作對的都是牠要攻擊的目標。

雄金雕往太陽光裏飛，那樣地上的人看牠時就會被陽光晃花了眼睛，不容易看到牠。牠盯著頭頂上沒有防護的佟九，也在盼望那條小狗不要總是走在那個人的腳邊，能跑遠一點……

2

佟九和尼婭佐娃帶著小老黃從山谷裏走上一面大草坡，草坡的上面是一大片落光了葉子的柞樹林。通過這片柞樹林，向下走到那片生長在低處的雜樹林後，就進入了濕地的邊緣。濕地和江畔的月亮灣也就是佟九每個初冬捕捉大雁和野鴨的地方。

佟九在草坡上停下，回身抬頭，手搭涼棚瞇著眼睛往天上看，在刺目的陽光裏，看到一個上下盤旋的黑點。

佟九說：「金雕還在盯著我們，如果想襲擊，牠一下就能撲下來。咱們三個靠近些，找高的樹，在樹影裏走，這樣能避免被金雕撲下來抓傷。」

尼婭佐娃說：「親愛的，這隻金雕能把我抓起來帶走嗎？」

佟九說：「這種金雕不算最大的雕，大漠草原上的黑雕是最大的雕，抓個人上天不在話下。這傢伙也許也能辦到。大媳婦妳想叫金雕抓著在天上飄一圈嗎？」

尼婭佐娃說：「好啊，那就不知道誰會傷心了。」

佟九說：「咱不給那傢伙機會，傷心可不好玩兒。」

佟九這樣說著，努力用眼睛、耳朵，不時觀察雄金雕。在快進入柞樹林時，佟九說：「這傢伙飛下來了。咱們靠一起慢慢走。」

說著佟九和尼婭佐娃靠近，那隻雄金雕看沒機會襲擊，也不冒險，在空中側飛，落到一塊凸起的青石上，盯著佟九他們三個，看著佟九和尼婭佐娃帶著汪汪叫的小狗進了柞樹林。雄金雕在青石上又一次下蹲展翅，向柞樹林上空飛去，繼續盯著牠認定的仇人。

佟九和尼婭佐娃走到濕地邊緣的雜樹林時，已經是午時了。

尼婭佐娃說：「好先生，我又渴又累又餓。」

佟九說：「想想妳烤的大河魚吧，再過不到一個時辰咱們就到家了，就可以吃大河魚了。現在還要加把勁。」

尼婭佐娃嘆口氣，說：「我可沒想到我們捕捉海東青會用上一整天和一整夜，我準備的食物太少了。」

小老黃突然對著天上叫起來——雄金雕又在空中出現了，卻不是打算襲擊佟九和尼婭佐娃，而是突然下降，從樹梢上往月亮灣那邊飛。

尼婭佐娃說：「這隻金雕離開我們了，牠走了親愛的。」她把肩上的防鷹網收下來，又說：「我的肩膀壓酸了。不過親愛的，我自己扛著這東西行，不用你幫助。」

佟九還是從尼婭佐娃手上取過防鷹網，叫尼婭佐娃牽著小老黃，引著尼婭佐娃走進雜樹林，來到濕地的裏面。從那裏可以清楚地看到整面月亮灣。小老黃又盯著前面的上空汪汪叫起來。

遠遠的一棵大榆樹上，蹲著那隻金喙、金頸、金爪，黑背、黑腹、黑翅，長著深棕色大翎羽的雄金雕。雄金雕的腦袋微微歪著盯著月亮灣對面的荒草坡，並未看佟九他們。

佟九和尼婭佐娃也看向月亮灣岸邊的那面荒草坡，距離很遠，只能看到荒草坡下面的水岸邊有起落的飛禽，但看不清是什麼飛禽。太遠了，那些飛禽看上去小得像眼前飛動的小蝴蝶和大蜻蜓。

佟九看飛禽的飛行姿態已經知道是什麼了，說：「月亮灣裏來了群野鴨和天鵝，牠們和先來的野鴨和天鵝在劃分領地。牠們要住一段日子，也會打幾天架。過幾天我帶妳看天鵝打架的樣子，妳會笑的。」

尼婭佐娃說：「是的，我看到了，小的是野鴨，大的是天鵝。我在初夏江邊的草窩裏偷過野鴨的蛋。牠們要遷徙了。」

小老黃往前衝幾步，拉緊了尼婭佐娃手上的繩索，跳起前腿汪汪叫。

尼婭佐娃說：「甜心寶貝，趁現在金雕在休息，我們要逃回家吃大烤魚。」

佟九突然說：「不對頭，那邊是一隻大鷹在追一隻大天鵝。」

尼婭佐娃仔細地又看了看，說：「我的大大的漂亮的藍眼睛比不上你的細小的黑眼睛嗎？可是我真的看不清你說的。真有醜陋的山鷹在追漂亮的大天鵝嗎？」

佟九不回答，抬腿就向前跑。尼婭佐娃和小老黃跟著追過去。跑近了些，那追逐的雙方飛進月亮灣中心地帶，離他們更近了。

尼婭佐娃終於看清了，是她的雄青雕在追捕一隻大天鵝。

那隻大天鵝像朵潔白的雲朵，把脖子伸得長長的，像一支拖著大尾巴的飛矛，努力飛行。雄青雕緊追在後，隨著大天鵝拐彎而拐彎，隨著大天鵝升降而升降，隨著大天鵝飄右飄左而飄右飄左，像有一條眼不見的線連接著大天鵝和雄青雕一起向前飛衝一樣。

佟九嘆息一聲，他看出雄青雕的飛行有問題。牠到底傷過一隻翅膀，飛行畢竟不如沒傷翅膀之前，否則雄青雕已經捕獲這隻大天鵝了。

蹲在大榆樹上的雄金雕看準了時機，在樹上飛起，貼著地面飛出一道美麗的弧形，飛到大天鵝前方，又高飛，猛然迎著大天鵝的頭部快速飛撲過去。

大天鵝看到雄金雕迎頭撲過來，看上去並不慌張，至少牠沒有亂了章法。大天鵝猛地下衝，向水面上撲去。牠伸長脖子，扇著大翅膀，張開龐大的腳蹼，在衝落水面的瞬間，跨動大腳，在水面上劈啪地踏波奔跑。跑出幾丈遠，又一展翅，衝飛而起，向月亮灣另一邊在水面上嘎嘎大叫的家族成員們飛去。

大天鵝終於因爲雄金雕的介入而死裏逃生。因爲雄金雕的目標根本不是這隻大天鵝，而是追捕大天鵝的雄青雕。

緊追在大天鵝身後的雄青雕，在大天鵝衝下水面之前就看見雄金雕了。雄青雕向上飛去，想躲開雄金雕，卻被雄金雕早一步當空截住。牠無法避開，只好迎著雄金雕衝來之勢撲去。

遠處的尼婭佐娃見此情景一聲驚叫，又馬上捂上嘴巴。

雄青雕和雄金雕在空中砰一聲相撞，雄青雕的右翅膀撞上雄金雕的左翅膀，再一次因撞擊而折斷，雄青雕被撞得向後翻身。雄金雕的那雙金色的雕爪刹那間抓進了雄青雕向上翻白的胸膛上。

雄青雕鳴叫一聲，伸長脖子鐵喙啄出，啄瞎了雄金雕的一隻眼睛。

佟九高喊：「老青，拚啊！他媽的拚了！」這喊聲帶出了哭音。

雄金雕也是一聲鳴叫，猛啄雄青雕的腦袋。雄青雕脖子上中喙羽毛飄飛，一隻眼睛又中雄金雕一啄，也瞎了。雄青雕又一聲鳴叫，扇動另一隻翅膀助力，奮力回啄，雄金雕的脖子上同樣羽毛四下飄飛。但是雄金雕抓著雄青雕的胸膛不放，雄青雕的鷹爪不及雄金雕的雕爪長大，又被雄金雕推開距離，抓不到雄金雕的胸腹部，但也抓上了雄金雕的腿部，不再放開。

尼婭佐娃看到這裏，終於捂著嘴巴哭出聲了。佟九則是急得跺腳。

雄青雕被雄金雕抓著向天空上飛去，臨死前一喙啄中雄金雕的頭部，雄金雕的另一隻眼睛隨之瞎掉了。

雄金雕眼睛瞎掉，全然沒了方向感，也失去了凶猛之氣。牠又甩不掉抓牢牠腳爪的雄青雕，便在天空中打轉，轉著轉著突然一頭撲飛下來，衝進了水裏。

雄金雕努力把腦袋探出水面，但牠的腳爪不像野鴨、大雁、天鵝那樣生有腳蹼，不可能像牠們那樣分水而行。牠落在水面上，就是選擇了死亡。

雄金雕在水面上扇著翅膀撲打水面掙扎。無奈的是，牠的羽毛不能避水只會吸水，吸足水的羽毛會變得越發沉重。何況牠的雕爪還被雄青雕抓牢不放，而雄青雕浸在水裏，更加重了牠的負擔，也加速了牠的死亡。

雄金雕無法脫離水面，牠的身邊不一會兒圍上了一群嘎嘎叫的大天鵝。大天鵝的外圈圍上一大群嘎嘎亂叫的野鴨。

要知道大天鵝不光漂亮，而且非常好鬥。牠們是不怕落進水裏的金雕的。有一隻勇敢的大天鵝，也許就是被雄青雕追捕又逃生的那隻，首先游過去，探喙過去弓下脖子，一喙拔下雄金雕翅膀上的一根深棕色的大翎羽。

雄金雕吃痛撲騰了一下，在水面上游出個半圈。那隻大天鵝跟著游個半圈，瞄著雄金雕的那隻翅膀，又一喙拔下雄金雕翅膀上的一根大翎羽。雄金雕再撲騰一下翅膀，在水面上再轉個半圈。那隻大天鵝似乎認準了雄金雕的那隻翅膀，再游過去，還去拔雄金雕翅膀上的深棕色大翎羽。

其他的大天鵝看到這隻天上的霸王此時如此不堪一擊，嘎嘎叫著圍上去，你一喙我一喙開始攻擊。

雄金雕拚命撲騰著，似乎忘記了牠也長著無比厲害的喙，只想著逃跑。隨著一根根羽毛的離體而去，雄金雕沉進了月亮灣，只留下許多黑色的和深棕色的大翎羽漂浮在水面上。

這時佟九和尼婭佐娃，還有小老黃已經跑過來，站在月亮灣岸邊上，目睹了這一切。佟九嘆息著，擦去眼睛裏湧出的淚水，說：「結束了，青雕的仇報得挺乾淨。咱們走吧。」

尼婭佐娃已經哭紅了眼圈，點點頭，說：「沒有東西在天空上威脅我們了。我們一家還是三個成員。」兩人掉頭往回家的路上走。

小老黃銜著雄青雕和雄金雕沉入的那方水面，汪汪叫了幾聲，像是和雄青雕告別……

3

接下來的兩天裏，佟九沒去捕捉海東青。他總是拎著鷹拐子，在小木屋周圍的白樺樹林裏轉，似乎沒能從雄青雕之死的傷感中回過神來。但是這只是原因之一，另一個原因是佟九在白樺樹林裏發現了一隻遠東豹的腳印，他在防範這隻遠東豹。

尼婭佐娃這兩天的臉上卻真的不開晴，總是懷想那隻雄青雕，也就總有陰霾掛在臉上。

不高興的還有小老黃。小老黃知道能夠威脅牠生命的那隻金雕死去了，牠又可以自由自在地在白樺樹林裏奔跑玩耍了。可是這兩天牠卻被佟九拴在小木屋裏，就不能再去驅逐早些天遷徙到白樺林裏的一窩黃毛狐狸了。另外，小老黃還對白樺樹林裏那隻遠東豹留下的氣味過於好奇，牠不知道那到底是隻什麼動物，也不理解爲什麼佟九不叫牠出去。

雄青雕死後的第三天早上，尼婭佐娃看佟九從白樺樹林裏回來，把小木屋前面的防鷹網收下來，又看佟九在修整被雄金雕損壞的捕鷹網，知道佟九又要去捉海東青，就準備了其他應該帶上的用具。

佟九看到這些，說：「大媳婦，明天我一大早就走。妳還跟著？」

尼婭佐娃說：「是的，好先生。」

次日，天還沒透亮。佟九和尼婭佐娃帶著小老黃從小木屋出來，沒有順小路穿過白樺樹林，而是沿著佟佳江北岸向濕地那邊走。

尼婭佐娃說：「好先生，我們這次不用爬滾兔子嶺嗎？」

佟九說：「是的，草枯黃了。上午草的上面有霜水，太滑。我怕妳爬不好滾下嶺去，我又接不住妳，咱們繞一圈吧。」

尼婭佐娃小聲笑了，說：「原來親愛的你是想偷懶，你不想先滾下來接住我。」

佟九笑笑說：「少說話吧，天太早，風鑽進嘴裏太涼。」

說著話，兩個人和一條狗來到月亮灣的邊上，那時天已經亮了，太陽升起挺高了。

在佟九和尼婭佐娃兩天前站著看雄青雕和雄金雕搏鬥的地方，佟九點燃了三支香插在地上。

佟九跪在地上嘟噥了幾句，祝願雄青雕早日重生上天翱翔，又希望日後由他獨立去面對發生的危害，保佑尼婭佐娃平平安安。

尼婭佐娃聽著雖不真切，但也明白了大概，心裏傷感，就扭過頭去不看佟九，也已經明白佟九不去爬滾兔子嶺的另一個目的，就是來看一看雄青雕的死亡之地。

等三支香燃盡，佟九站起來，說：「走吧，大媳婦。咱們今天準有收穫。」

尼婭佐娃問：「親愛的，等了這麼久，雄青雕和你都說了什麼？」

佟九笑笑，說：「青雕說牠明年草開堂時，會帶著大媳婦和一群小兒女從妳的家鄉飛回來，來看咱們。」

尼婭佐娃說：「那太好了，我們等著牠和家人們回來。可是，我的好先生，你對雄青雕說了什麼？」

佟九的臉紅了。他不想告訴尼婭佐娃他對雄青雕說的那些話，但又不想用假話搪塞過去，就「啊啊」清清嗓子說：「大媳婦，我有點上火，嗓子眼裏發緊。咱們快點走吧。早早捉到海東青，早早回家喝妳燒的那些怪味的湯。」

尼婭佐娃馬上跟上一句：「你告訴我真話，我的好先生，你和雄青雕都說什麼了？你說了，我保證你的嗓子眼裏馬上就沒火了。說吧親愛的。」

佟九說：「其實沒什麼，大媳婦，我對雄青雕真的沒說什麼。」

尼婭佐娃說：「我的好先生，你當我沒聽到嗎？我和你一樣預感到我們快樂的天空上充滿陰霾。我明白可能會發生什麼，我知道我會像青雕那樣去面對的。親愛的，你也一樣，在可能的事找上我們時，就要像青雕一樣去拚命。但是現在，你不要指望一個人去幹什麼，我會盯著你的，你最好要明白。」

佟九說：「是的，好媳婦。我會叫妳時刻盯著我的。」

兩個人穿過柞樹林，往山谷裏走。

小老黃這兩天憋壞了。佟九燒香時，牠在濕地裏追飛了一群野鴨，又嗅到那窩熟悉的狐狸的氣味，找過去，追跑了在吃一隻大雁的那窩黃毛狐狸。小老黃不想吃狐狸吃剩的食物，想找主人時，才憑氣味知道主人去哪兒了。

小老黃就一路追過來，追到山谷裏，跑到尼婭佐娃身邊叫一聲，又跑到一塊臥牛石邊上蹲下拉屎。

佟九看尼婭佐娃有點累了，把背著的一隻鹿皮大口袋放下叫尼婭佐娃坐上去歇會兒，他走到一邊背過身撒尿。

小老黃突然汪汪叫起來，快速跑回尼婭佐娃的身邊，又掉頭衝著一片奇形怪狀的亂石堆叫。從亂石堆裏無聲無息地走出一隻土黃色毛皮的動物，歪著腦袋盯著尼婭佐娃，並不怕人，看上去比小老黃還小一點。

尼婭佐娃說：「黃狗小姐，這隻是什麼動物？寶貝，妳爲什麼會怕牠？牠看上去是隻大貓啊。」

這時從那隻土黃色動物的後面、高一些的臥牛石上又出現一隻同樣的動物，只是比先出現的那一隻稍小一些。

尼婭佐娃說：「牠們挺好看的，親愛的，牠們是黃毛的大野貓嗎？」

佟九從腰上的腰兜裏掏出洋火（火柴）和一支爆竹，點燃爆竹丟過去。爆竹炸響的同時，那兩隻像黃毛大野貓的動物飛身鑽進亂石堆裏不見了。

佟九說：「牠們可不是貓，牠們是豹，俗稱大山貓，正確的名字叫朝鮮豹。牠們看上去比遠東豹小，但也是猛獸，牠們可比狼厲害多了。」

尼婭佐娃笑起來，說：「我還認爲牠們是一對大個的黃貓呢。親愛的，要是碰上老虎，你的爆竹管用嗎？」

佟九說：「老虎是不願意靠近人的，只要食物充足，老虎一般不傷人命。再說咱們這一帶是村屯的邊緣，老虎輕易不會來。」

尼婭佐娃揚起腦袋想想，問：「我們的小木屋距離周圍的村屯有多遠？距離縣城又有多遠呢？」

佟九蹲下，拿起根小樹枝在地上畫了一條彎曲的線，說：

「這是佟佳江，佟佳江從縣城的南邊流過去，流到下游和鴨綠江匯合，然後流進黃海。咱們的小木屋在靠近佟佳江中游的這裏。縣城的西關在這裏，柳條溝門在這裏，和佟佳江之間有條山脈隔開。柳條溝裏面有個小屯子，再裏面再往北，過滾兔子嶺向東去還有一個小屯子。帽兒崖背後那道大嶺下面有一個小屯子，小屯子裏有幾條岔道，向北是官道嶺，在嶺上官道邊有一個大一點的屯子。向西是邊吉溝，那是柳條溝河的上游，那裏有條出山的土路。以咱們小木屋爲中心，去哪個小屯子，一般都是一天左右，而且是我走，如果不知道路的人得轉兩三天，興許還會迷了路。咱們這裏的路都是獵人出來的小毛毛路，一個季節不走就找不到那些路了，再走就得憑記憶。」

尼婭佐娃聽得很仔細，問：「那些毛毛路就像剛剛我們走過的那種幾乎認不出來的小路嗎？」

佟九說：「是的，毛毛路就那樣。咱們小木屋周圍的路有許多是我爸和我走出來的。」

尼婭佐娃笑一下，似乎放下心了，又問：「那麼你去縣城的路呢？你拖著扒犁走的哪條路？」

佟九說：「我去縣城一般是天不亮就走。我帶的東西少就先趕到滾兔子嶺，在滾兔子嶺下邊歇一會兒，從滾兔子嶺邊的一條山溝爬上去，那上面的那道嶺是幾個老道採藥的地方。我從嶺上下去就看到柳條溝裏的小屯子了，那個小屯子只有七戶人家，都離得挺遠。過了那個小屯子，沿柳條河土路走，是平坡路，很快到了柳條溝門。老康大哥的家住在那。到了那，就算走到縣城的邊上了。我要是拖扒犁出山就費勁了。但我不用走很早，我在下夕陽時趕到帽兒崖後面的那個小屯子，在小屯子裏的大車店住一宿。那個小屯子裏有條通向大柳河、官道嶺、邊吉溝的路。然後穿過邊吉溝，繞到柳條溝出去。大媳婦今年咱們走一趟，妳過癮去吧。」

尼婭佐娃的眉頭皺起來了，看著佟九畫的點點線線的圖，說：「親愛的，佟佳江流經通化縣城，如果從佟佳江邊的山路走呢？」

佟九說：「這江的北岸多是石崖不通路，在中下游沿岸山裏，每年冬天都有木把（伐木人）伐木幹山場子活。在春夏季，他們再整木排順水面運木頭。我們可以等冬天佟佳江凍封了，能撐住人了，咱們拖著扒犁在江面上走就能走進縣城。但去不了老康大哥家，我一般不那麼走。」

尼婭佐娃說：「那麼到了冬天，佟佳江凍封了，馬能跑上去踩不碎冰了，小鬼子騎著馬抱著槍別著刀，從佟佳江上跑上來，用一兩天的時間就找到我們的白樺樹林了，是嗎，好先生？」

佟九愣一下，說：「大媳婦，我都忘了小鬼子了，妳怎麼又說起他們呢？小鬼子不可能知道咱

們住在這兒。」

尼婭佐娃說：「親愛的，我要知道，都有誰知道我們住在這裏呢？你要明白，這很重要。」

佟九說：「看妳這幾天這是怎麼了？小鬼子要來早就來了。看到我殺日本刀手的老少爺們，不會告訴日本人是一個山裏的鷹把式幹的那個事兒。」

尼婭佐娃用力甩了一下右手，加重語氣說：「我必須知道，親愛的好先生，這真的很重要。」

佟九說：「好吧、好吧，妳總是對的。我告訴妳，老康大哥知道，他兒子知道。咱們的表姐和表妹知道。還有，咱們的好舅舅霍克先生也知道。我上次去看他，他很不好，在那裏挺受氣。我告訴他想來看看咱們就買匹馬。到了冬天，佟佳江封江了，沿著江面往上游跑，一路白茫茫平整的雪路，騎馬跑起來很過癮。從早上跑到下夕陽，看到左手那邊山坡上出現白樺樹林，騎馬上坡進白樺樹林就看到咱們的小木屋了。尼婭佐娃會跑出來擁抱舅舅。」

尼婭佐娃看著佟九愣一下，又展顏笑一下，卻說：「可憐的我的大傻瓜，沒有我你怎麼辦呢？」

佟九說：「還有啊，老康父子、表姐表妹他們沒來過咱們的家，早幾年來過的都是幾個老獵人。妳放心吧，小鬼子找不到咱們這裏。」

佟九雖這麼說，但只是在安慰尼婭佐娃。尼婭佐娃現在擔心的事也是佟九擔心的事。因為佟九上次出山意外見到陳小腿才知道，縣城的外圍還有個號稱「海東青」的人在用日本刀殺日本刀手。如果日本人把殺日本刀手的這一連串的事都像陳小腿那樣看成是佟九——一個玩鷹的鷹把式幹的，總有一天日本人會找到這裏。但佟九不會讓尼婭佐娃知道這些。

尼婭佐娃說：「親愛的，我真的希望你說的都是對的，我知道你總是對的。我只是擔心你的同胞幫助日本人來找我們，這種事不論在什麼國家總會發生的。我們現在要有所準備。」

佟九說：「我可不信認識我的老少爺們會幫日本人害我。爲了妳能放心，我聽妳的。只是這種現在還沒影的事咱們怎麼準備？我進縣城再看看去？也去看看表姐和老康大哥？」

尼婭佐娃說：「我們都不去縣城，我們用海東青當哨兵在佟佳江上空替我們觀察。你能叫海東青替我們辦到嗎？」

佟九說：「這容易，大媳婦妳就看著吧。不過大媳婦，這幾天妳挺怪的。妳放心，日本人真的不會找到這裏。這裏是海東青的天下，我是這一片的海東青之王。這裏來了其他動物我會很快知道。」

尼婭佐娃笑一下，說：「親愛的，我相信你是鷹王。但你別忘了我是個逃亡上萬公里的人。照我說的做吧。親愛的，我們去捉海東青吧，我們在佟佳江封江之前還有太多的事要幹呢。」

尼婭佐娃先站起來，背了放乾糧的皮口袋，往山谷上面的雜樹林走去。小老黃警惕地吸了下鼻子，看女主人行動了，急忙跑在了前面……

4

佟九叫尼婭佐娃在滾兔子嶺上坐會兒。他整好了捕鷹網，另一隻餌鴿也拴在鷹拐子上整好了。佟九又修整了一下鷹窩棚。

尼婭佐娃說：「牠現在看上去像亂草堆，一點不像蹲人的窩棚。親愛的，你沒整錯？我們會再

次蹲一夜嗎？我這次帶了三天的乾糧，只是可憐的小鴿子只有一隻。」

佟九說：「我就是要讓這個草窩看上去像堆自生的亂草堆。大媳婦，妳不用擔心，我以前用一隻鴿子捉過七隻海東鷹，那隻鴿子還活得好好的。咱們開幹吧。」

尼婭佐娃和小老黃先鑽進鷹窩棚，佟九再爬進去。有了幾天前的經歷，尼婭佐娃進了鷹窩棚就抱著小老黃不再說話，默默等著。

時間到了下午，陽光很充足。佟九突然舉起一根手指提醒尼婭佐娃不要出聲，他盯著餌鴿看。餌鴿警覺地向天空看著，脖子慢慢伸長變細，突然縮了脖子往一邊跳去，一隻海東青箭一樣衝了下來。

佟九就拉了下捕鷹網，捕鷹網撲下來把海東青罩在下面。他飛快地撲過去，將手從捕鷹網下伸過去，順著海東青的脖子下按，將海東青拿住，用鷹兜子兜了海東青的身子，再用鷹蒙子（**鷹用的眼罩**）扣了海東青的喙——這是防止海東青啄人。鷹蒙子上有孔，方便海東青喘氣。然後，佟九把鷹兜子遞給跟著出來跳腳笑的尼婭佐娃。

接著，佟九安慰了對著佟九一個勁點頭咕咕叫的餌鴿，這是餌鴿渴望回家的表示，因爲牠誘捕一隻海東青了，應該算完成任務了。

但佟九並沒收回餌鴿，他再次整好捕鷹網，又綁好餌鴿。

尼婭佐娃說：「這一隻不夠嗎？親愛的，可憐的小鴿子不用死了吧？」

佟九說：「大媳婦，並不是每一隻海東青都能馴成獵鷹，這要帶回去馴馴再說。咱們的活接著幹。」

佟九隨尼婭佐娃回到鷹窩棚。尼婭佐娃看著這隻盯著她的海東青，說：「你的眼光可真凶，小可愛，你是我的了。」

尼婭佐娃問佟九：「親愛的，這隻海東青的羽毛是暗黃色的，上面還有斑點，牠是什麼鷹？」

佟九說：「這是隻黃鷹，是黃海東青，是海東青裏比較常見比較平常的一種。牠長得斑花多，咱們鷹把式還叫牠花豹子。這傢伙現在一歲，咱們管一歲的小黃鷹叫秋黃。這樣的秋黃好馴，容易上手，回去妳可以試試。」

尼婭佐娃說：「我當然要試試。想不到牠原來還是個孩子，原來好先生專門捕捉海東青的孩子。你是個壞傢伙。」

佟九抬手抓下耳朵，說：「這裏有凍不死的蚊子，咬我耳朵。」

尼婭佐娃說：「還有我這個大媳婦煩你的耳朵。黃狗小姐，妳看看我們家的新成員，我們叫牠什麼呢？」她想想又問佟九：「好先生，牠是小姐還是少爺？」

佟九說：「和妳一樣，沒生過蛋的小姐。」

尼婭佐娃說：「好吧，親愛的，等回家你就忙吧。我一定要你幫我生個蛋，生個黃毛的蛋。」

佟九又抓抓耳朵，說：「真有蚊子，又咬我耳朵。」

尼婭佐娃不理佟九，說：「黃狗小姐，我知道應該叫牠什麼了，我們叫牠黃鷹小姐。牠還有個姓氏，叫黃海東青。」

佟九想，這名字也用費那麼大的腦筋起，按這個邏輯，這大媳婦應該叫黃毛小姐。他偷偷笑笑，又去注意餌鴿的動靜。

這時，餌鴿又一次把脖子伸得細長，咕咕叫著往天上看。

佟九緊盯著餌鴿，等待時機。其實人在看到海東青之前，已經被海東青在更遠的地方看見了。能在海東青之前發現海東青的只有鴿子。鷹把式捕捉海東青主要是通過觀察餌鴿的反應，並及時掌握時機出手，才能捕到海東青，並要保證餌鴿活著。餌鴿也是一條命，好的鷹把式同樣愛護好的餌鴿。

這時餌鴿又縮縮脖子，低頭吃食了。這是天空中的出現的海東青飛走了。可是，餌鴿突然撲飛一下，一隻海東青落下來，在捕鷹網外面來回散步，樣子高貴傲氣，連尼婭佐娃都看傻了。

這隻海東青的頭頂和脖子是白色的，尾巴是灰白色的，肚腹是灰黑色的。佟九一陣激動，不錯眼珠盯著這隻海東青的下一個動作。但牠突然嗖一下飛走了——牠是嫌這隻餌鴿太小了，不值得牠動爪。

佟九探頭看海東青沖天而去沒了身影，嘆息著說：「這是隻白頂，頂級的白頂海東青。我沒有福氣啊。」說完嘆息不已。

尼婭佐娃說：「這隻白頂海東青會比救你的那隻白鷹還好嗎？」

佟九說：「大媳婦，海東青不能這麼比。我那隻白海東青是一隻經過馴服的鷹，也是一隻喜歡人留戀人的有靈性的鷹。其他的海東青不一定這樣，海東青的好壞在使用上分高低。像那隻雄青雕牠和白海東青、白頂海東青同樣是珍品海東青，但養雄青雕時我爲什麼不馴牠呢？因爲那隻雄青雕三十多歲了，牠是不可能被馴服的。但牠通靈，知道咱們救牠才信任咱們。告訴妳吧，大媳婦，有太多的海東青是寧死不服的。」

佟九說到這裏，不禁在腦海裏想了一下老康康鯤鵬。佟九只有康鯤鵬這一個朋友。如果康鯤鵬受到熬鷹那樣的威脅和磨難，會出賣自己嗎？佟九打個哆嗦，趕快從腦海裏趕開了這個想法，並且臉紅了。他不應該有這樣的想法。

尼婭佐娃問：「親愛的，你怎麼了？要我幫忙嗎？你打冷戰了。」

佟九搖搖頭……

夕陽降到滾兔子嶺上，染紅了這片山林。尼婭佐娃說：「黃狗小姐，看來我們又要住在這個草窩裏了。我們的好先生沒打算今晚離開。」

佟九不吱聲，拉動鷹拐子，叫餌鴿動起來，然後盯著看。時間不長，餌鴿又一次伸細脖子往天空上看。又一隻黃海東青如一支急切的箭衝下來，在餌鴿撲飛一下時被佟九的捕鷹網撲住，成了又一隻俘虜。佟九像上一次那樣用鷹兜子帶回了這隻黃海東青。

尼婭佐娃接過去說：「還是一隻黃海東青，牠比上一隻大一點。」

佟九說：「咱們鷹把式叫這種鷹潑黃，牠是換過一次羽毛的兩歲大的黃海東青。妳給牠起名字吧！牠也是位小姐。起個好聽點的名字，這隻可能是我的。」

尼婭佐娃說：「好的，親愛的，我們叫牠黃鷹大小姐吧。」

佟九一下子笑了，這是他已經想到的，說：「行，大媳婦，妳總是聰明的，妳總是對的。」

天快黑了，佟九卻沒有離開的意思。他出去取回了餌鴿。餌鴿咕咕叫，也許牠認爲可以收兵回家了，才一副挺高興的樣子。

佟九說：「大媳婦，咱們吃飯吧。」

尼婭佐娃說：「我知道，我都準備好了。好先生，你吃了飯陪我在山頂上吹風散步吧。我們現在先想想，一會兒我們談什麼好呢？」

佟九就快速地啃乾糧，喝水。他怕尼婭佐娃問他關於那句喜歡上他的話的問題。果然，在佟九陪著尼婭佐娃在嶺上吹冷風散步時，尼婭佐娃又問了那句話。

佟九說：「大媳婦，我一直在回想我說過的每一句話。可是我真的不記得是哪句話叫妳聽了一下子喜歡上了我。那句話那麼好聽，我想起來以後，我保證不對其他女人說，妳放心好了。現在妳容我再回想回想。」

尼婭佐娃說：「好吧，我總會給你時間想起那句話的，我並不怕你去講給別的小姐聽。對別的小姐那句話也許沒用。那麼現在我們說些什麼呢？」

佟九說：「只要不說那句話，妳說什麼我都愛聽。」

尼婭佐娃說：「我在我們的老窩裏找了好幾次了，那裏都是些亂七八糟的東西，就是沒有武器。有一柄火槍（火銃）都鏽成廢鐵了，捕獸夾現在還能管用嗎？動物們會把腳放進去叫它夾住嗎？我想不明白。」

佟九說：「咱們這裏我住了十多年了，狼豺虎豹們都知道這是我的領地。我和牠們捕獲的東西不一樣，也沒有誘惑牠們的食物，沒什麼衝突。其實除了好鄰居大黑熊時不時來看看咱們，咱們這一片沒其他猛獸。那些捕獸夾也早就不用了。那柄火銃還是我爸爸留下來的。妳怎麼問起了這些？」

尼婭佐娃說：「沒什麼，我還想不清楚怎麼使用那些夾腳的東西。好先生，麗達給我的那包東西你沒看過，你想知道都有什麼嗎？」

佟九說：「那是妳喜歡的東西，由妳自己保管，我又用不上就不用看了。」

佟九看著盯著自己的那雙海一樣深的藍眼睛，突然明白了，問：「我從麗達那裏帶回來的那個大皮口袋裏有武器，比妳的小破手槍威力大得多的一支步槍。你說過要用步槍射金雕的。」

尼婭佐娃笑笑說：「是啊！那是支可以百米殺人的步槍。」

佟九嘆口氣說：「有支步槍挺好。過些天我去捉大天鵝，妳抱著步槍和小老黃待在家裏我就不那麼擔心了。大媳婦，我這次願意帶妳出來是有原因的，咱們小木屋那裏出現了一隻遠東豹，那傢伙可比剛剛那對朝鮮豹大多了。妳那把小手槍對付那麼大隻的豹子沒什麼用。遠東豹不同於老虎，但這傢伙比老虎還好殺，喜歡靠近人畜襲擊牲口，也喜歡襲擊人。所以我帶妳出來，那隻豹子現在還在咱們這裏沒離開。」

尼婭佐娃說：「遠東豹會像金雕對付青雕那樣對付我們嗎？」

佟九說：「會的，我悄悄看兩天了。那傢伙一直在咱們小木屋那一帶轉悠，牠是把咱們這一帶看成牠的領地了。」

尼婭佐娃說：「難怪你這幾天變得奇怪，不允許我和黃狗小姐出去跑，自己卻拎著鷹拐子出去轉，原來來了新鄰居。那隻豹子真的很大嗎？」

佟九說：「從豹子留在樹幹上的爪痕和腳印的跨度看，那傢伙是隻成年大豹，差不多有一百三四十斤重。我看牠有可能是這山裏最大的豹子。」

尼婭佐娃說：「牠可比黃狗小姐大多了。那咱們怎麼辦呢？」

佟九說：「等咱們回去我想辦法趕走牠。」

尼婭佐娃說：「這我相信，我的好先生你能辦到的。」

佟九笑了，他終於避開了被追問的那句話……

5

佟九和尼婭佐娃並肩站在嶺上，兩個人的身高一致，一個腦袋向左歪一個腦袋向右歪，靠在一起像一個雙頭石像。

小老黃在嶺上跑夠了，過來坐在尼婭佐娃的身邊。小老黃不同於媽媽大老黃，牠對尼婭佐娃要更親近些。

佟九看著即將黑下來的天空，問：「大媳婦，現在妳在想什麼？最想幹什麼？」

尼婭佐娃說：「這個時候，我最想聽你說那句叫我一下子喜歡上你的話。」

佟九的腳不禁軟一下，心說，又來了，我怎麼問了這個？心裏真懊惱。他真的想不起那句叫尼婭佐娃聽了就喜歡上他的話。

佟九皺皺眉，從兩個人初見面時開始想，打算找出那句使他的腳發軟、使尼婭佐娃喜歡上他的話。

佟九正想得出神，小老黃站起來，往前衝幾步，站住衝著山谷裏吱吱叫。

尼婭佐娃問：「親愛的，山谷裏是什麼？你快看。」

佟九扭頭，看到山谷裏兩隻動物在撕咬一隻梅花鹿。他說：「是咱們見過的那兩隻朝鮮豹捕到了一隻梅花鹿。」

尼婭佐娃說：「梅花鹿怎麼不動？牠沒摔倒啊。牠踢啊，牠頂啊。」

佟九說：「梅花鹿的嘴被一隻朝鮮豹咬住拚命往下拉，梅花鹿肯定會支撐著四條腿往上使勁抬頭，另一隻朝鮮豹會趁機鑽進梅花鹿肚子下面掏梅花鹿的內臟。妳看吧，梅花鹿被掏開肚子也不倒，那是嚇傻了，也認命了。吃草的傢伙一旦被吃肉的傢伙捉住都這樣，都嚇傻了。」

尼婭佐娃嘆口氣，說：「在你和日本刀手對刀搏命時，老康好先生就這樣，像這隻梅花鹿一樣，他不敢幫你反抗。」

佟九說：「這不一樣，老康大哥他的腿……」

尼婭佐娃打斷佟九的話說：「快看吧，我的親愛的，你說對了。另一隻朝鮮豹在掏梅花鹿的肚子。」

這時，那隻咬住梅花鹿嘴唇的朝鮮豹放開梅花鹿，又一撲，咬上梅花鹿的脖子，用力撕扯，摔倒了梅花鹿。兩隻朝鮮豹臥下去開吃。但是，在兩隻朝鮮豹享用大餐時，又一隻猛獸從低矮的灌木叢裏走了過來。那隻猛獸的那雙閃爍的眼光和氣味先被一隻朝鮮豹發覺，那隻朝鮮豹從梅花鹿身上抬起頭，對著那隻慢慢靠過來的猛獸發威。另一隻朝鮮豹也掉頭看著新來的對手，也向新來的對手發威。

靠過來的那隻猛獸低垂下腦袋，似乎瞧不起這兩隻朝鮮豹，依舊一步步逼近。兩隻朝鮮豹做勢上撲，那隻猛獸卻撲過來，撲向左邊的那隻朝鮮豹。那隻朝鮮豹是那隻大一點的，並不示弱，撲上去和那隻猛獸閃電般撲咬幾下，卻被那隻猛獸揮掌抓中了脖子。

另一隻朝鮮豹趁機撲咬那隻猛獸的側肋，引得那隻猛獸側身迎戰，被抓中脖子的朝鮮豹才後退

逃開，另一隻朝鮮豹也趁機掉頭逃開。那隻猛獸並不追趕，走過去開始大吃起來。

佟九說：「這傢伙就是在咱們小木屋那邊轉的遠東豹，牠是我見到的最大個頭的遠東豹。」

尼婭佐娃說：「牠比朝鮮豹大了幾乎一倍，大得像隻小老虎。」

佟九說：「剛成年沒經驗的小老虎對付不了這隻大豹。」

一直站著看的小老黃這時坐下了，牠終於明白在小木屋外面嗅到的氣息是什麼東西了。小老黃發了下抖，又站起來，回到尼婭佐娃的腳邊坐下了。

從某種程度上說，狗更怕豹子。當然，這裏說的豹子不是非洲的獵豹，那種獵豹不出意外對付不了一隻勇敢的成年狗；也不是滿身土黃色毛的朝鮮豹和高原上的長尾巴雪豹，而是東北森林裏的長斑點的西伯利亞豹，也就是遠東豹。

尼婭佐娃說：「我們的好鄰居大黑熊對付得了這隻遠東豹嗎？」

佟九說：「那傢伙不會管一隻豹子，也捉不住。豹子長得再大也不會找一隻大黑熊的麻煩。黑熊和豹子碰頭都會避讓。咱們得自己對付牠，只是現在不是時機，牠的皮毛還不夠好。要下雪後牠的皮毛才是最好的，那時捕獲牠才有用。」

尼婭佐娃說：「你要殺死牠嗎？你說過要趕走牠的。」

佟九說：「我要扒下這隻遠東豹的皮，把豹皮熟好了給妳做個短氅。妳披上漂亮的豹皮短氅，就更是我的大媳婦了。這是我剛剛這樣想的。另外，這傢伙會危害小老黃。小老黃如果被這隻遠東豹盯上，連咬都不敢，會吱吱叫著縮成一團被牠吃掉。咱們獵人不光需要獵狗當幫手，也需要懂得保護獵狗。」

尼婭佐娃聽佟九這樣說就不再說什麼了，只在心裏想這隻遠東豹快一點離開這裏，因爲尼婭佐娃突然發覺她喜歡豹子。

佟九和尼婭佐娃看到那兩隻朝鮮豹並不走開，坐在一邊等，似乎想等遠東豹吃飽了走開牠們再吃剩下的梅花鹿肉。一隻朝鮮豹不住地去舔另一隻朝鮮豹的脖子。那隻被舔的朝鮮豹坐不住似的慢慢側身躺下，伸展四肢。

佟九見此情景想到，那隻躺下的朝鮮豹中了遠東豹那一掌，脖子肯定被抓裂了，牠是因爲傷重出血過多才坐不住才躺下伸展四肢發抖。這說明，那隻朝鮮豹快死了。

佟九說：「大媳婦，遠東豹皮的短氅過些天咱才能有，現在朝鮮豹皮的披肩咱先有了。」

尼婭佐娃認爲佟九開玩笑，笑笑說：「還有天鵝嗉子裏的珍珠，親愛的，我記住了，馬上也有了。」

佟九說：「沒錯，妳等著。」

佟九掉頭去取了鷹拐子。這支鷹拐子不是普通鷹把式用的那種鷹拐子，雖然看上去差不多，但佟九的鷹拐子裏面另有內容。佟九的鷹拐子是柞木做的，四尺長的圓形木棒體可以像刀鞘那樣抽下來。那個丁字形的拐子把手下面是握的柄，這個柄有八寸長，連接的是一柄直身的兩尺八寸長的細刀。刀身背厚刃窄，更像一口單刃硬質劍。

佟九把拐子刀抽出來看看，收回鞘裏從嶺上走下去。

小老黃想跟著，又回頭看尼婭佐娃。尼婭佐娃也想跟去，但她想到了什麼，展顏笑笑又站住腳站著看，小老黃也站下看。

佟九從雜樹林裏鑽出去，並不打算理睬那隻遠東豹。遠東豹自然發覺了佟九，牠離開梅花鹿的屍體，慢慢往後退，腦袋低垂著發威，四肢慢慢下蹲。

佟九握著鷹拐子慢慢向那對朝鮮豹靠過去，但是沒想到遠東豹突然騰空向佟九撲去。滾兔子嶺上的小老黃就跳起來，汪叫一聲，抬腿往雜樹林裏衝。牠這是撲下去幫忙。

佟九瞄著凌空撲向頭部的遠東豹側了下身，用鷹拐子在遠東豹的右肋上狠狠頂了一下，把遠東豹頂開。

遠東豹落地，低伏著四肢，盯著佟九齜出犬齒咆哮，慢慢退，又一個漂亮的轉身，向山谷裏跑去。

佟九又向那對朝鮮豹走去。站著的那隻朝鮮豹的尾巴收在腹下，這表示牠在恐懼。牠的四肢矮下去，一邊發威，一邊抓著草皮往後退，卻又不想離開那隻在地上掙扎、已無力起身的朝鮮豹。

小老黃這時衝過來，這條剛剛成年的小狗不愧是出色獵狗的女兒，牠越過佟九就向那隻站立的朝鮮豹衝去。

那隻朝鮮豹四肢頓一下，掉頭幾個閃跳，就跑遠了。只要是豹，牠要逃跑，就沒有四條腿的動物可以追上牠。

佟九打聲呼哨命令小老黃不用追了，小老黃這才吱吱叫著退回來。佟九用拐子刀從那隻不能起身的朝鮮豹的傷口裏伸進去，挑開朝鮮豹的喉管。朝鮮豹不再掙扎，死了。

佟九找棵樹吊起朝鮮豹，從嘴部開始，用牛角刀分離皮肉，小心地把皮扒過腦袋，再切掉四隻豹爪，把朝鮮豹成筒形地扒了皮。再開膛丟了內臟，又拎著朝鮮豹的皮和肉屍回到滾兔子嶺上。

佟九找來柔軟的茅草塞在朝鮮豹的皮筒裏，使皮筒撐得圓滾滾的——這是防止皮子曬乾時縮皮——並把朝鮮豹的皮掛在樹上。

佟九又拍拍圍著腳轉的小老黃，去找了石塊圍了堆柴升火烤豹子肉，邊幹邊吹起了口哨……

尼婭佐娃湊近火堆，笑吟吟地看著佟九，似乎她現在才理解佟九為什麼久居深山又不需要威力大的武器了。

尼婭佐娃問：「我的好先生，我需要知道，我們住的這周圍還有幾個像你這樣會用刀的獵人？」

佟九說：「大媳婦，妳是問現在還是過去？」

尼婭佐娃說：「現在，我問現在。親愛的，這很重要。」

佟九把木柴棍往火堆上加，使火燒旺一些。他說：

「現在這樣用刀的鷹把式就我一個了。大媳婦，妳高興吧？很少有鷹把式像我這樣每年七八個月住在深山裏。他們那些鷹把式都住在屯子裏，平時種地什麼的。只在到了季節才捕捉海東青狩獵，還時常聚成一幫一夥夾槍帶棒的一大堆人進山。其實只要磨煉一雙如鷹的眼睛，一雙如狼的耳朵，靈便的身手，再有獵狗和獵鷹當夥伴，是用不上火器的。」

尼婭佐娃說：「我知道了，你做到了這些，所以你才是鷹王。」

佟九說：「我可不是這一帶的鷹王，這一帶的鷹王是我的爸爸，妳的公公。」

尼婭佐娃有些意外，輕聲嗯了一聲……

第六章　走獸和猛禽

1

這是個月圓之夜，圓大的月亮掛上中天俯瞰著大地，又有閃亮的星星幫忙，從滾兔子嶺上往山谷裏看很清楚。除去不時刮一陣兒的涼風，在佟九和尼婭佐娃看來，這裏就沒有討厭的東西了。

佟九把烤熟的頭一塊豹子肉遞給尼婭佐娃，叫尼婭佐娃咬時小心，別燙了漂亮的嘴。又把第二塊烤熟的豹子肉給了小老黃。

佟九看尼婭佐娃撕肉吃，說：「大媳婦，這肉沒鹽，沒妳用壁爐烤的肉好吃。我現在烤肉不是爲了吃，是整堆火給妳取暖。」

尼婭佐娃說：「好先生，你說得對，沒鹽味的肉是不好吃。但我以前吃過豹子的肉，也吃過老虎的肉。你們的東北虎在我們那邊叫西伯利亞虎，你趕跑的這種遠東豹，在我們那邊叫西伯利亞豹。還有種大狼，叫西伯利亞狼。從西伯利亞再往北，有種會變毛色的狐狸叫西伯利亞狐。」

佟九說：「怎麼是你們那邊？那西伯利亞海參崴是咱們這邊的。我七歲那年和我爸爸的捕鷹隊去過海參崴的大山裏。那是咱滿族祖輩捕捉海東青和採海參的地方。還有往北去的庫頁島……得了，那不是你們老沙皇的錯，是咱們的朝廷太他媽軟弱。咱要還是康熙爺那會兒……唉！得了，這不說了。大媳婦，沒準我小時候在海參崴還見過妳還親過妳呢。」

尼婭佐娃把烤肉托在手心裏叫小老黃吃，歪著臉看著佟九，說：「原來你七歲就親吻過黃毛小女孩了？是真的嗎，親愛的？」

佟九說：「那不是我主動親的，是一個黃毛的小女孩跑過來親的我。嚇我一大跳，把她推了一個跟頭，她滾了一身雪。我們是在海參崴的一個屯子裏碰上的。大媳婦妳不高興？」

尼婭佐娃說：「我高興，親愛的，也許你七歲親過的黃毛小女孩就是我呢！可是那是不可能的。親愛的，我們說別的吧。」

佟九說：「好的，可是我總想那個黃毛小女孩就是妳。我還知道我永遠不會再推妳個跟頭。」

尼婭佐娃說：「那太好了。可是我不高興，你忘了那句叫我喜歡上你的話。你是個總叫我替你擔心的大笨豬。」

佟九聽尼婭佐娃又提起那句話，又一次軟了腰。好在尼婭佐娃並不接著追問那句話，卻說：「親愛的，現在在你們的東北，黃面孔矮個子羅圈腿的『沙皇』又來了。你們盼望的，新的康熙爺在哪兒呢？親愛的，你們的政府就像老康先生的長短腿，沒辦法站直，幫不了我們。我在想日本人佔領了外面，這裏就是日本人的了，我們往哪兒逃亡呢？」

佟九不順著尼婭佐娃的思路往下想，他討厭那樣想事，說：「大媳婦，妳想麗達他們了吧？還想霍克舅舅了是吧？」

尼婭佐娃說：「親愛的，我不高興你這麼說。」

佟九說：「我也不高興妳那麼說。我早想好了，小鬼子來找我們我就殺，絕不手軟。我就是擔心妳。」

尼婭佐娃看著佟九，說：「你擔心我？你想給我那麼多好禮物，原來你想叫我走？我的好先生你是頭豬，你想吃大便。」

尼婭佐娃站起來，甩手跺腳鑽進鷹窩棚裏，坐在草堆上大聲罵出一大串俄國國罵。佟九屁股動一下想追進去，卻沒行動，又坐穩了。小老黃看看佟九，又看看鷹窩棚裏的尼婭佐娃，站起來跑到鷹窩棚裏趴在尼婭佐娃腿邊，垂下腦袋。牠要睡了。

佟九和尼婭佐娃的這場冷戰持續的時間不長，兩個人堅持到頭一道晨曦射到滾兔子嶺上，冷戰也就結束了。

尼婭佐娃爬出鷹窩棚，對著晨曦活動手腳。小老黃跟著出來，在尼婭佐娃腿邊伸懶腰。

佟九在火堆邊坐了一宿。他瞄著尼婭佐娃的背說：「大媳婦，我一個人看月亮看了一宿。我在想，月亮裏的大美人叫嫦娥，她也在看我。我一點也不冷清。」

尼婭佐娃聽了這話，掉轉身，用後背對著佟九。

佟九說：「大媳婦，說實話，我從來不想妳離開我，只是……」

尼婭佐娃馬上轉身過來盯著佟九的眼睛說：「你這算道歉嗎？好吧，親愛的，我接受你的道歉，收回昨晚罵你的那些難聽的話。」

佟九說：「大媳婦，妳昨晚嘟噥的那麼一長串、好聽又像黃雀叫似的話是在罵我？」

尼婭佐娃說：「是啊！就是罵你呀！你還想聽我就再用東北話罵你一遍？」

佟九說：「我不想聽，罵人多沒意思。咱東北爺們罵人和揍人一樣不含糊。但我不罵我媳婦。」說完，佟九掉頭往鷹窩棚那邊走。

尼婭佐娃追著佟九問：「親愛的，你在生我的氣嗎？」

佟九說：「我在生秋蚊子的氣，那些小傢伙這麼冷了還凍不死，還在我大媳婦的臉上咬出一小片紅疙瘩。那是妳罵我得到的小禮物，我心裏高興就不生妳的氣了。」

尼婭佐娃有些沮喪，不理睬佟九了。佟九從鷹窩棚裏抱了些草出來，把昨晚的火堆蓋上。這是避免被海東青看到，海東青會認爲這裏有人，就不會飛下來捕捉餌鴿了。佟九又把朝鮮豹的皮從樹上取下來掛到鷹窩棚裏，開始掛捕鷹網。

佟九往鷹拐子上拴餌鴿時，餌鴿用喙碰碰佟九的手，一邊咕咕叫。這是餌鴿在提醒佟九保持昨天的水準，別叫牠今天丟了命。佟九就摸摸餌鴿的腦袋，叫牠放心。

很快，捕捉海東青的活兒又像昨天那樣準備好了。佟九對著尼婭佐娃笑笑，說：「大媳婦，我道歉了妳接受了咱們得幹活了，現在我沒時間幫妳揉那幾個小疙瘩。咱們再捉一隻或兩隻就回去，妳再慢慢忍耐一會兒。」

尼婭佐娃揉著臉上的紅疙瘩，說：「可以的，親愛的，你幹吧。你知道，我一直都聽你的。」

佟九盯著外面的餌鴿，餌鴿在安靜地吃食。過了一個多時辰，餌鴿又一次趴下不動了。佟九拉拉繩子叫餌鴿再次動起來。

尼婭佐娃說：「看來又要再住一晚了，我想你應該改變一下捕捉海東青的把戲了。我說的是真的，你們鷹把式幾十幾百上千年用同一種方法捕捉海東青，海東青都習慣了，所以你捉到的海東青都是自願下來的。這像我自願跟著你一樣。你懂了嗎？我的佟九好先生！」

佟九說：「等到中午捉不到海東青咱們就走，咱們有兩隻黃海東青也差不多了。但是大媳婦，妳想的我都懂。咱們要活著在一起，妳也懂吧？」

尼婭佐娃說：「我懂了，你也懂了。那麼好吧，我們一定辦到，你要知道，沒有我你怎麼辦呢？」

佟九不再回答，又盯著餌鴿看。太陽升到頭頂了，陽光也足了，鷹窩棚的外面氣溫回升了。

尼婭佐娃說：「真想出去曬曬太陽，親愛的，我都受潮了，你也受潮了。黃狗小姐也受潮了。」

佟九擺手不叫尼婭佐娃說話，那會引他分心。外面的餌鴿有了發現，把脖子對著太陽光伸得越來越細，突然縮脖子跳一下，佟九完全憑感覺拉下了捕鷹網，捕鷹網罩住了一隻黃海東青。

這隻黃海東青的脾氣和前面那兩隻不同，在捕鷹網下不住地掙扎撕扯。衝出去的佟九幾次都沒能拿住牠，反被牠抓破皮襖袖子，抓傷了手背。但佟九最終還是拿住了這隻脾氣大的黃海東青。

尼婭佐娃說：「親愛的，你受傷了。這又是一隻黃海東青，是更大一隻黃鷹。親愛的你的鷹全是黃海東青。來，我們需要包傷。牠的鷹爪真鋒利。」

佟九說：「這沒什麼，每個鷹把式的手臂手背上都有鷹爪抓的傷。這傢伙挺厲害，牠是隻三歲的鷹，叫三年龍，牠的鷹爪像傳說中的龍爪那麼厲害。這傢伙捕獵時懂得利用太陽光，獵物看不到牠，牠捕獵成功的機會大。咱們走了，回家了。更熬人的活兒開始幹了。」

尼婭佐娃收拾了東西背上，又抱了掛在鷹窩棚裏的朝鮮豹的皮。佟九背上大皮口袋，用鷹拐子在肩上挑了三隻腦袋上蒙了鷹蒙子、身上套了鷹兜子的黃海東青，腰間掛著那隻待在鴿兜裏不住咕咕叫的餌鴿。

能夠活著回家，這隻餌鴿是最高興的。牠知道，如果不出意外，牠可以活到明年八月份了。因爲佟九今年捕捉海東青的事算是幹完了……

2

從滾兔子嶺上過了雜樹林走到山谷裏，小老黃突然對著前面大叫。

尼婭佐娃看了一眼就笑了，說：「黃狗小姐，牠是妳媽媽黃狗夫人的老朋友，妳的媽媽不喜歡和牠散步。牠是我們的好鄰居大黑熊。牠的新衣服終於長得豐滿了。牠來晚了沒趕上正餐，卻好意思大吃遠東豹的剩餐，牠像個叫花子，叫我失望。」

佟九也在看這隻好久不見的大黑熊。他說：「這大傢伙現在最想的事除了吃還是吃，只有拚命吃肥吃胖，牠才能舒服地去冬眠。」說完他對著大黑熊啪啪地拍手。

大黑熊慢慢從梅花鹿的碎屍上抬起腦袋，向佟九這邊看。這傢伙搖了幾下沾滿血的嘴巴，慢慢站起來，直立起來看佟九。看樣子牠想過來，但牠沒吃飽，食物又可口，牠就慢慢轉圈，似乎在艱難地做決定。

就在這時，一隻肥胖的矮腿狼獾從一邊的草叢裏鑽出來，大搖大擺過去就吃梅花鹿的肉。大黑熊發覺了，把前腿放到地上，掉過肥圓的大屁股，看著狼獾吃牠的食物，像不敢管似的。

尼婭佐娃笑著說：「那小東西是好鄰居的好朋友嗎？大黑熊會怕牠嗎？牠比這個小東西大十倍。」

佟九說：「那小傢伙是狼獾，是最賴皮也最勇敢的猛獸。牠的尿別的猛獸嗅到就會避開。大媳婦妳看著吧，咱們的大黑熊一會兒就逃跑了。」

大黑熊看狼獾吃得不客氣，終於忍不住了，咆哮著猛撲一下撲咬狼獾。狼獾並不掉頭逃避，反而迎上來，從大黑熊的肚子底下飛快鑽過去，掉頭抬前掌撐在大黑熊的屁股上狠咬一口。大黑熊嚇了一跳，猛地一甩屁股，狼獾趁機跑開，再次過去吃梅花鹿的肉。

大黑熊猶豫一下，不再猛撲，也不再咆哮。牠垂下腦袋，慢慢探鼻子過去想嗅狼獾，似乎想和狼獾打商量，叫狼獾給牠留點肉，別都吃了，也別吃不了往肉上撒尿叫牠沒法再吃。

狼獾也舉起腦袋慢慢往前湊，眼看和大黑熊的鼻子頂鼻子了。頂鼻子是動物間的問候交流，這也是大黑熊想和狼獾打商量的表示。誰知狼獾突然嘴一張，瞬間咬出一口，把大黑熊的鼻子咬破了。

大黑熊縮一下鼻子，一巴掌拍下去，拍空了。狼獾又一次從大黑熊肚皮底下鑽過去。大黑熊往下坐，想用屁股壓住狼獾，也坐空了，屁股又被狼獾掉頭咬上一口。大黑熊往前躥一下，又回頭垂頭挺鼻子往狼獾鼻子上湊，似乎不甘心交流失敗，想再問候一次。

尼婭佐娃看大黑熊又用上一招不奇怪，但她想不到狼獾也用了上一招，也挺鼻子往大黑熊的鼻子上頂，看看又快鼻子頂鼻子了。大黑熊慢慢張嘴，原來牠想咬下去，回敬一口。但大黑熊沒狼獾動作快，也沒狼獾聰明，牠的鼻子又被狼獾先一口咬上，而且比上一次咬得狠，鼻孔被咬豁了，血流了出來。

大黑熊低吼一聲，甩下腦袋，又一巴掌拍下來，狼獾趴下低頭，那一巴掌從腦袋頂上拍過去，又一次拍空了。狼獾揚頭又一嘴咬中了大黑熊的下巴，把大黑熊的下巴又咬破了，並往大黑熊肚皮底下又一鑽。大黑熊又一巴掌拍空了，接著屁股往下坐，也落空了。而且大黑熊的屁股又挨了狼獾一口，往前急躥一步。

這次大黑熊沒停下腳步，也沒咆哮，徑直向前走去。狼獾卻追著大黑熊的屁股叫，大黑熊就加速，一躥一躥奔跑起來。

尼婭佐娃忍不住笑，說：「我們的好鄰居是個笨蛋，大個的笨蛋。像我的打了一連串敗仗的舅舅。」

佟九笑了，說：「這不是大黑熊笨。老虎碰上這隻狼獾差不多也是這個結果。這小傢伙捕獵不行，可以說牠抓不到任何大點的獵物，但這小傢伙可以搶到任何猛獸捕獲的獵物。」

那隻狼獾發現了佟九和尼婭佐娃，但牠一點兒也不怕，更不怕汪汪叫的小老黃。牠咆哮著在趕佟九他們走。

佟九和尼婭佐娃帶著小老黃走出幾步，尼婭佐娃回頭看，她說：「親愛的，牠在幹什麼？」

佟九看了說：「這小傢伙這是吃飽了，在往吃剩的梅花鹿屍上撒尿，這樣別的野獸就沒法吃了，牠這是要離開了。」

尼婭佐娃扭頭又往前走，突然說：「親愛的，我想到了。小鬼子並不像那對金雕，我們俄國的沙皇才像那對金雕。親愛的，你看出這隻擅長搶奪又擅長破壞的狼獾像什麼國家了嗎？」

佟九說：「那還用問，那小個頭，小短腿，猥瑣的嘴臉，奪去帶不走就破壞掉的性子，就他媽像小鬼子。」

這時陽光有了變化，天上不再是藍色的，變得灰白灰白的。

佟九說：「大媳婦，要下雨了。這場雨要是下久一點，可能會帶下雪來。咱們的海東青得快點馴了。」

尼婭佐娃說：「好的親愛的，回家我做飯，你只管馴牠們吧。」

在回小木屋的路上，佟九和尼婭佐娃往濕地的月亮灣拐了一下，去看月亮灣裏來了多少隻大天鵝。

尼婭佐娃說：「我不能想像海東青捕捉大天鵝的場面。大天鵝是我們喜歡的飛禽，牠們多漂亮。我還不能想像大天鵝的嗉子裏會有珍珠，珍珠是蚌裏才有的。」

佟九說：「這不難，過幾天妳就知道了。大天鵝喜歡吃河蚌，會把河蚌裏的珍珠吃進去，珍珠就留在大天鵝的嗉子裏。用海東青捕獲大天鵝整珍珠，咱們鷹把式幹了上千年了。對了，這種河蚌裏的珍珠叫東珠，是珍珠裏最好的一種。」

尼婭佐娃說：「是的，我知道那是東珠。你們上千年的狩獵生活雖然豐富多彩，但也是上千年的殘忍冷血。」

佟九說：「你們俄國人也一樣，都差不多。咱們的霍克舅舅就是個獵手，他講過他獵老虎的事。」

尼婭佐娃說：「是啊，沙皇的軍官誰不是獵手呢？我們的武器雖然好，卻沒有你們這裏的獵手使用的方法多。」

佟九說：「那是咱們這兒的獵人腦袋瓜子好使，一輩輩人想出來的。」

尼婭佐娃說：「我相信你的話，還有其他方面，比如食物。在幾年前，我在哈爾濱的街上吃過餛飩。很好吃啊，我還想吃，我過幾天上街去找，卻吃到了沒有耳朵的餛飩。不一樣的餡子，也少了餛飩的兩隻尖耳朵。但是沒耳朵的餛飩是甜的，我更喜歡吃。我想買回去給麗達她們吃。可是我沒帶碗。人家告訴我可以買生的回去自己煮，用水煮軟了才能吃，還告訴我這不叫餛飩，叫元宵。我才知道有耳朵的才叫餛飩。我買了一大包元宵回去煮，麗達她們都說好吃。可是親愛的，有一個問題我們沒想明白，現在問問你。元宵身上圓溜溜的沒有縫，不像圓的帶耳朵的餛飩，也不像扁的帶嘴唇的餃子。餛飩和餃子都有縫，能放進去餡子，元宵沒有縫，那餡子是怎麼放進去的？」

佟九拚命忍住笑，等尼婭佐娃說完就笑軟了。他說過幾天下雪時再告訴尼婭佐娃。後來下雪時，佟九就用塊濕的玉米麵在雪地上滾雪球，尼婭佐娃才知道元宵是在糯米粉裏轉圈滾出來的……

佟九和尼婭佐娃邊走邊說，走在回小木屋的荒野裏。小老黃一直跑在前面。在進入白樺樹林時，小老黃的神態突然變得緊張起來，牠停下腳回頭看佟九。

佟九走近小老黃，小老黃低垂著頭，嗅嗅荒草地上的氣味，又嗅前面草地上的氣味。小老黃知道，那隻遠東豹就在前面，那隻朝鮮豹也在前面。小老黃再次扭頭看著佟九，吱吱叫兩聲。

佟九在草地中的一片濕潤的地上找到一隻豹子的腳印，說：「大媳婦，咱們這裏來了咱們都認識的客人。」

尼婭佐娃說：「這個客人會是我舅舅嗎？太好了。可是佟佳江還沒凍封，我舅舅怎麼來的呢？」

說到這裏，尼婭佐娃臉色變了變，伸右手去掏她的防身小手槍，又說：「好先生，小鬼子終於來了。我們幹吧。」

佟九聽了不禁又是一皺眉。

尼婭佐娃說：「不是小鬼子？那麼你告訴我來了什麼？」

佟九說：「妳的豹皮短氅來了，就是昨晚的那隻遠東豹。」

尼婭佐娃神色頓時輕鬆下來，說：「親愛的，我不要那些禮物，你別想叫我離開。」

佟九說：「過些天大雪一降下來就冷了，妳沒好衣服穿怎麼行？我給我大媳婦禮物不是想叫大媳婦離開我，也不是叫大媳婦留下來。我大媳婦就應該和我在一起，這和禮物是兩回事。真的，沒有妳我怎麼辦呢？」

尼婭佐娃高興了，說：「親愛的，你總是對的。可是親愛的，你還有一樣不夠好。你忘了那句叫我聽了喜歡上你的話。」

佟九聞言腰跟著腳都軟了一下，心想，這黃毛好媳婦怎麼就忘不了那句他媽的雞巴話呢？我怎麼他媽的就忘了這麼要緊的一句他媽的雞巴話呢？佟九仰頭看天，抬手抓腦袋使勁想。

尼婭佐娃說：「親愛的，你現在不用想，我們周圍有遠東豹。在我死去的前一分鐘你能想起那句話就太好了。你握著我的手，對著我的耳朵再說一遍那句話，要說十遍說一分鐘。我會快樂地升到天堂上，在天堂上建座安裝上中國窗子的小木屋等你。」

佟九又往天上看，似乎想看天堂的路怎麼去，心想，我不會叫妳死在我的前面，我死後要變成一隻青雕住在海參崴的懸崖上，面對大海整個小草窩等著妳去會我……

3

佟九握了鷹拐子，在荒草地上搜索。

佟九說：「大媳婦，熱鬧了，朝鮮豹也來了。妳記得，看到豹子不要叫小老黃去追。咱們獵人需要獵狗保護，獵狗也需要咱們獵人保護。不管多麼厲害的獵狗也整不過一隻成年遠東豹，除非咱們有一群獵狗。」

尼婭佐娃說：「我明白了，發覺豹子，我就叫黃狗小姐待在我身邊。」

佟九這才招呼小老黃往前走。兩個人一條狗走到白樺樹林的深處，在那裏看不到小木屋，卻看到了那隻遠東豹，也看到了那隻朝鮮豹。佟九就叫小老黃在荒草地上臥下，拉著尼婭佐娃躲在樹後，叫尼婭佐娃注意看。

距離小木屋左邊三百步之外的白樺樹林深處，有一棵高大的山梨樹，佟九隨父親來建土屋老窩時這棵樹就在。初時佟九還能吃到山梨樹結的果子。但這幾年吃不到山梨了，也許山梨樹太老了，樹身有許多破爛的大小樹洞，有許多大樹枝枯乾了，雖有許多細小的新長的樹枝還活著，每年都長葉子，偶爾也開點梨花，但不再結果子了。

這棵死了四分之三的老樹卻是鳥兒喜歡做窩的樹，有幾種久居的鳥佔據居住在上面。還有幾種候鳥每年春天飛來在大大小小的樹洞裏爭窩打架占窩做窩，也啄出新樹洞，那是新窩。這棵老山梨樹就是一座鳥的營房。

春天，佟九的海東青都放飛了，這些鳥住在樹洞裏很安全。後來那對灰羽毛的大貓頭鷹來佔有了這棵山梨樹，這棵山梨樹才比較安靜了。除了那幾種候鳥依然每年春天來做窩外，久居的鳥都被貓頭鷹嚇跑了。

所以那兩隻老在晚上叫、尼婭佐娃總是找不到的貓頭鷹的家，就在這棵山梨樹上倒人字形粗樹杈凹進的樹洞裏。

而現在，遠東豹的一雙後腿站在那凹進的樹洞的上面，前腿直立按在樹幹上，腦袋向上看。在更高的樹杈間那隻朝鮮豹腦袋朝下站著。在地上，有一隻貓頭鷹的屍體，另一隻貓頭鷹蹲在另一棵小樹上，鷹目閃爍，一副準備隨時撲向遠東豹的姿態。

尼婭佐娃想問佟九，佟九擺擺手不讓她出聲。那隻遠東豹果然開始向樹幹上爬，樹幹上的朝鮮豹扭頭向樹幹高處看。

朝鮮豹早就知道牠已經待在最高處了，牠扭頭上看只是希望還能爬高些罷了。此時朝鮮豹的退路只有兩條：頭一條路是縱身跳下去馬上逃跑。但不行，朝鮮豹站的那個小樹杈距離地面太高，牠雖是豹子跳下來也會摔傷，傷了就更逃不掉；第二條路是撲到遠東豹守著的那個貓頭鷹的窩邊，踩在窩邊的大樹杈上再跳下去。但那裏有遠東豹擋著。

尼婭佐娃為朝鮮豹的處境著急。

遠東豹似乎並不希望朝鮮豹走頭一條路，想引誘朝鮮豹走第二條路。牠往上衝一下，又退回來。朝鮮豹四肢抖了一下，果然選擇了第二條路。但是牠的腦袋還是被遠東豹拍中一掌，不過也踩上那個大樹杈的凹窩，趁勢跳下了山梨樹。

遠東豹跟著撲下樹，牠的前掌剛剛舉起，想抓朝鮮豹的屁股，那隻一直盯著遠東豹的貓頭鷹就撲飛過來，探出鷹爪抓上了遠東豹的脊背。

遠東豹被貓頭鷹抓中脊背就急了，捨了朝鮮豹扭頭上咬，貓頭鷹奮力扇動翅膀，探出腦袋，迎著遠東豹的臉閃電般一喙啄出。遠東豹叫一聲，一甩腦袋，牠的一隻眼睛被貓頭鷹啄瞎了。

遠東豹叫著，不敢再扭頭咬背上的貓頭鷹，四爪抓地就往白樺樹林裏跑，牠想利用白樺樹的枝條把貓頭鷹從背上掃下去。

貓頭鷹奮力扇翅膀，想把遠東豹抓上天摔死牠，但這隻貓頭鷹雖然體大力大，卻不是金雕，沒有金雕那樣的霸氣，也不是青雕，沒有青雕那厲害有力的堅喙利爪，抓不動這隻大個頭遠東豹。

但貓頭鷹不鬆開鷹爪，反而努力把鷹爪往遠東豹的骨縫裏抓牢，還努力扇翅膀。遠東豹吃驚吃痛暴怒之下，用盡全身的力量在白樺樹林裏奔馳。

貓頭鷹左邊大翅膀被樹枝阻擋終於向後折斷了。遠東豹少了些阻力速度突然變快，帶著依然在努力扇動另一隻大翅膀的貓頭鷹衝進白樺樹林的更深處。

佟九嘆口氣，說：「大媳婦，妳這件遠東豹皮的短氅毀了。我昨晚幹掉這隻豹就對了，光想著等下了雪，牠的皮養得更好些再捕獲牠了。那隻貓頭鷹拚命的力量就來源於鷹的精神和脾氣，誰欺負鷹鷹就不放過誰的硬脾氣，真是寧死不屈啊。可惜咱們又沒了一對好鄰居。」

尼婭佐娃卻說：「你身上就有鷹的這種精神，否則那天你就被日本刀手殺死了。老康先生就沒有鷹的這種精神，你們的人沒有了鷹的精神就完蛋了。可是親愛的，那隻朝鮮豹倒下了，牠怎麼了？」

佟九聽尼婭佐娃又說起康鯤鵬就皺眉，但他不想說康鯤鵬，卻說：「朝鮮豹的腦袋中了遠東豹一掌，被拍碎了，牠活不了了。大媳婦，妳的黃毛豹皮的短氅有了，兩隻朝鮮豹的皮接在一起，可以做一件短氅。咱們運氣還不錯。」

佟九說著從白樺樹後走出來，遠遠看著爬起來走幾步又摔倒的朝鮮豹。他在等待朝鮮豹的死亡。

尼婭佐娃說：「原來貓頭鷹的家就在那棵老樹上，原來牠們的家裏有兩隻大貓頭鷹。牠們死得真叫意外。」

佟九說：「朝鮮豹是瞄著咱們過來的，遠東豹也是。這兩個傢伙發現了對方，一個傢伙逃，另一個傢伙追。遠東豹把朝鮮豹追急了，朝鮮豹無處可逃就近躥上了山梨樹。遠東豹體重一百幾十斤也能快速上樹。遠東豹在往樹上衝時，被朝鮮豹驚醒的貓頭鷹自然撲出來攻擊正往上躥的遠東豹。遠東豹那傢伙摟腦袋一巴掌就拍死了一隻貓頭鷹。另一隻貓頭鷹逃到樹上等機會。下面的事妳自己想吧。」

尼婭佐娃跑過去看死在山梨樹下的那隻貓頭鷹，那隻在不遠處趴著的朝鮮豹發現了尼婭佐娃，叫著掙扎著往起爬，上身剛起來點又撲倒了，又努力伸展四肢，腦袋努力向後弓，再一抖動，死了。

尼婭佐娃拎起那隻貓頭鷹，看了貓頭鷹的死因，對跟過來的佟九說：

「好先生，我想你說對了。這隻貓頭鷹的脖子折斷了，像是撞上什麼硬東西撞斷的。看來是遠東豹的掌拍的。遠東豹的巴掌真有力，幸好昨晚牠沒能拍中你。」

佟九過去拖那隻朝鮮豹。小老黃卻首先衝過去嗅朝鮮豹，確知朝鮮豹死了，又汪汪叫幾聲。

尼婭佐娃說：「我真的能穿上黃毛豹皮短氅嗎？我會很漂亮嗎？」

佟九說：「能，我保證妳能，也保證妳會很漂亮。」

尼婭佐娃說：「那麼真可惜，沒有鄰居看到我說我漂亮。那麼親愛的，那隻遠東豹呢？牠以後會怎麼樣？」

佟九說：「那隻遠東豹挺不錯，牠會越來越舒服。牠背著那麼大一隻貓頭鷹，就算在地上打滾也整不掉那隻貓頭鷹。貓頭鷹會死在牠的背上，遠東豹也就活不久了。不管多麼凶猛的猛獸，只要受了皮外傷，十有八九就死定了。受傷的猛獸的傷口會發炎發出臭肉味，牠一靠近獵物，獵物嗅到氣味就逃了，牠就捉不到獵物了。只是不會馬上死，牠會慢慢餓死或者病死。」

尼婭佐娃說：「那太好了，我不擔心你了，遠東豹的掌爪抓不到你了。唉！我們終於到家了。」

尼婭佐娃看著還在忙碌的佟九，說：「親愛的，我現在就烤朝鮮豹的肉餵你，當然還餵更辛苦的黃狗小姐，還有從此不再自由的黃鷹小姐、黃鷹大小姐。對了，佟九先生，那隻三年龍叫什麼？我不記得給牠起過名字，叫牠黃鷹先生可以嗎？我也要餵黃鷹先生吃豹子肉。」

佟九說：「叫他黃鷹先生當然行，那傢伙就是一隻雄性黃海東青。不過給海東青餵食還是我先來，妳學會了再餵。餵海東青吃食沒那麼簡單，那得看咱鷹把式的功夫。妳別笑，別不信，先看著，妳的臉被海東青啄出個洞妳怎麼辦？這三隻黃海東青和咱們那隻雄青雕可不一樣。那隻雄青雕是咱們救回來的，是隻老青雕，懂得信任咱們才接受咱們給牠餵食。這三隻黃海東青是咱們硬捉回來的，牠們受了騙都有一肚子脾氣沒處發呢。咱們侍候牠們得費些力氣才行。馴海東青其實就是叫海東青慢慢信任咱們，並不是使硬氣力把海東青馴服、懂得服從鷹把式的指令就行的。其他那些鷹把式很少有人懂這個道理，總有人傷在鷹爪下或者馴廢了海東青。他們不明白，海東青和鷹把式是一種平等又公平的夥伴關係，這種關係是用人和海東青互相間的信任聯繫的，是用心去感覺彼此的。我爸爸懂這些，所以我爸爸是這一帶的老鷹達，是真正的鷹王。我懂這些，在這一帶我不是鷹王誰敢號稱鷹王？大媳婦妳看著吧。」

尼婭佐娃看著佟九眉飛色舞連說帶比劃就嗤嗤笑說：「親愛的，你的身邊全是黃毛的夥伴，就你一個黑毛的。你就給我們黃毛的夫人小姐先生當僕人吧。」

佟九愣一下，看著三隻黃海東青、一條黃狗，再看尼婭佐娃一頭滑順的金髮，也嘿嘿笑了。

佟九用絆鷹繩拴上黃鷹小姐的一隻鷹爪，把絆鷹繩的另一頭拴在鷹架上，讓牠在鷹架上站著。黃鷹小姐只有一歲，是一般的鷹把式喜歡捉也容易馴上手的小黃鷹。牠比較安靜，歪著腦袋站在鷹架上。

佟九說：「妳是乖乖好小姐。到了明年二三月份我保證請妳離開，妳就可以找個好先生出嫁了。」

佟九又把黃鷹大小姐同樣拴上絆鷹繩，拴在鷹架上，這隻黃鷹大小姐展翅飛一下，被絆鷹繩拉住，牠再飛一下，抓住鷹架站在鷹架上，挺胸抬頭顯得挺高傲。

佟九說：「妳也一樣，明年二三月份就放妳走。」

最後，那隻黃鷹先生被佟九拴了絆鷹繩拴在鷹架上。這傢伙張著翅膀盯著佟九，佟九的手一離開牠，牠就低頭啄鷹爪上的絆鷹繩。

佟九在一邊看著，笑了，說：「你這傢伙脾氣暴，我喜歡你的脾氣，咱哥倆就慢慢熟悉做伴吧。」佟九這句話是心裏話，他喜歡脾氣大的海東青。

天空上灰白色的雲層又散開了，藍色的天又露出來，夕陽在天邊出現，紅彤彤的，映紅了山林。

佟九看著夕陽，想，明天是個好天……

第七章　熬鷹

1

鷹把式馴服海東青的過程叫熬鷹。但在捉回海東青的那天，佟九沒能連夜熬鷹，因爲還不是時候。而且在熬鷹之前，佟九還要做好別的事，其中一件事就是用大板斧劈柴燒炕。

尼婭佐娃看見佟九劈了一大堆的柴，去燒土屋老窩的炕，就問佟九：「好先生，你在幹什麼？你想和我分房睡嗎？」

佟九說：「咱倆不分開睡，我怎麼能不抱著大媳婦睡覺呢。我爲什麼這樣幹，過幾天妳就知道了。」

尼婭佐娃說：「我想也是，我們怎麼可以分居呢？那你爲什麼不趁現在告訴我？是叫我猜謎嗎？」

佟九笑笑不回答，專心燒炕，過了大約半個時辰，爐灶口不往屋裏冒煙了，煙把炕道裏的潮氣順煙囪頂出去了，也就是燒通了煙道。佟九就把一塊石板堵在灶口上，又去小木屋取了秤，去給每隻黃海東青過秤。

佟九先稱黃鷹小姐。尼婭佐娃看著好奇，走過來，看佟九稱了黃鷹小姐的重量。她說：「牠有幾斤重，你知道嗎？黃鷹小姐是我的。我要叫黃鷹小姐當我天空上的眼睛。」

佟九笑了，說：「大媳婦，妳幹不了鷹把式的活。妳好好幹別的吧。妳看咱倆這幾個月吃的都是烤得硬巴巴的麵包，喝的都是古古怪怪的濃湯。現在冬天快到了，咱倆吃的東西應該換成我們這邊

的了。」

尼婭佐娃說：「你是吃不習慣我做的飯了嗎？那你爲什麼不早說呢？我就會做我們那邊的飯，不會做你們的食物，這怎麼辦呢？好先生，你現在叫我爲難了。」

佟九說：「大媳婦妳想錯了，你們的那種吃的我吃習慣了，很好吃。我是說現在冬天快到了，咱們快有吃不完的肉了。妳就嘗嘗我做的飯吧。」

尼婭佐娃說：「那就太好了，親愛的，過了八九月到十月了，我們早早說好的，我該聽你的了。可是親愛的，吃飯的事我不關心了。但你要明白，我一定要有一隻海東青，一隻聽我的話的海東青，牠就是黃鷹小姐。」

佟九說：「好吧，就讓妳試試。黃鷹小姐還是隻小鷹，乖巧些，也好馴。沒準妳能叫牠聽妳的和妳做夥伴呢。」

尼婭佐娃高興了，說：「真是太好了。那麼黃鷹小姐有多重？你爲什麼稱牠的重量呢？」

佟九說：「這是爲了馴鷹，咱們馴鷹前都要稱一下海東青的重量，在餵養時方便掌握海東青的情況。海東青如果太肥了就不拿活……」

尼婭佐娃說：「等等，親愛的，什麼是不拿活？」

佟九說：「不拿活就是不愛出獵，見到獵物懶得去捉。這句話用在人的身上，就是說誰誰吃飽了不愛幹活。」

尼婭佐娃說：「那很好啊，和我一樣。我就不愛幹活，我每天睡醒了就得提醒自己要好好幹活，我的好先生要吃好麵包、要喝好湯，我才能有耐心愉快又鬧心地爲你這傢伙幹活。」

佟九說：「是的，妳不愛幹活就叫不拿活。但妳幹的一切活都很好。大媳婦這是真的，也是我喜歡的。」

尼婭佐娃說：「想不到還有不愛幹活的海東青，那怎麼辦呢？牠會像我一樣說服自己爲你幹活嗎？」

佟九說：「海東青不但是硬脾氣的猛禽，也是有靈性的猛禽。海東青懂得怎麼說服自己，也懂得寧死不屈。咱們鷹把式有辦法叫海東青好好拿活，那可是咱們鷹把式的絕活。首先，要控制海東青的體重。牠長肥了就變懶了，就不愛拿活了。牠長瘦了就拿不動活，拚了命牠也追不到獵物。所以想海東青多拿活多捕獵物，一是保持海東青旺盛的精力，二是不能叫海東青飽食。叫海東青明白只要牠獵到獵物，牠才有食物。海東青就愛拿活了。」

尼婭佐娃說：「我懂了，我想，你們這樣對待海東青太殘忍了。假如好先生你這樣對待不愛幹活的我，我就殺了你。」

佟九哈哈笑，說：「大媳婦，妳不懂，這可不是殘忍，這是咱們鷹把式和海東青之間建立的一種公平的夥伴關係。來吧，妳學著拿這隻黃鷹小姐，不能拿翅膀，拿翅膀會弄傷牠的翅膀，也不能捏脖子，捏脖子牠會憋死。對，托著。好，把牠放在鷹架上。咱們的黃鷹小姐有二斤一兩重。牠需要達到二斤四兩重，才可以成爲獵鷹去打獵。」

接下來稱黃鷹大小姐，二斤九兩。佟九說：「咱們的黃鷹大小姐肥了，要減去四兩肉。」

最後稱黃鷹先生。這隻三歲的黃海東青脾氣暴躁，張著翅膀在秤上不老實。佟九費了些力氣才稱了黃鷹先生的體重，牠的體重正好。

佟九說：「這三隻傢伙的失敗感還沒消去，是不肯吃食的。先餓牠們兩天，再不吃食咱們就熬鷹，那也是熬人，像小火燉豆腐。在熬鷹的過程中，鷹把式和海東青建立信任，以後才能成爲夥伴。狩獵時，你要敬重和信任你的海東青，絕不能出錯，不然很麻煩的。」

接著，佟九說：「算了，天晚了，咱們先吃飯吧。我邊吃邊給你講個海東青的故事。」

尼婭佐娃說：「好吧，我們吃飯。我期待你的海東青的故事。」

兩個人於是坐在床上小木桌前吃飯。

吃著蘑菇湯和苞米粉做的硬麵包，佟九說：

「從前有一個鷹把式，馴養了一隻黑羽毛的海東青。在一次狩獵時，那個鷹把式看著夕陽裏有一片白影，就認爲是一群在飛的大天鵝。而他的黑海東青沒有發現獵物時的表情。鷹把式以爲海東青不想拿活了，看到獵物不理會，而他又過於相信自己的眼睛，就拋出黑海東青去捕大天鵝……」

尼婭佐娃說：「等等，親愛的，人的眼睛比海東青的眼睛看得更遠嗎？」

佟九說：「人的眼睛怎麼可能和海東青的眼睛比？沒法比。我是在講咱們鷹把式出錯的事。」

尼婭佐娃說：「是的，我知道。那麼後來怎麼樣了呢？」

佟九說：「那隻黑海東青飛進夕陽，沒有看到大天鵝。黑海東青認爲牠受了鷹把式的欺騙，就突然向高空飛去……」

尼婭佐娃又插話說：「糟糕，我想黑海東青飛走了，牠拋棄牠犯了錯的主人了，不回來了？」

佟九說：「大媳婦，妳猜錯了。黑海東青飛入高空看不見了，那個鷹把式急了，仰著腦袋在天空上找。他看到黑海東青從天空上像閃電一樣俯衝下來，那對鷹爪一下抓在鷹把式的臉上，又一下把鷹把式的一隻眼珠啄出來。再一展翅，騰空而起，瞄著一塊青石撞下來，撞碎腦袋撞死了。」

尼婭佐娃嚇了一跳，說：「那個鷹把式不過犯了一次小小的錯誤啊，黑海東青怎麼能這樣？」

佟九說：「是啊，這是一次小小的失誤。但這是鷹把式的失誤，不是黑海東青的失誤。黑海東青之所以會這樣對待鷹把式，是牠認爲自己不被鷹把式信任。鷹把式和海東青這種信任一旦被鷹把式打破，那就是悲劇了。因爲在海東青看來，發現獵物之後，牠會把情況及時告訴鷹把式。鷹把式如果捕捉這種獵物，會及時打開絆鷹繩，海東青才會撲向獵物。這是海東青的權力。鷹把式和海東青的關係不是主僕關係，是精神互通的夥伴關係。鷹把式要用心去感覺、理解海東青，而不能強迫、欺騙牠。鷹把式如果強迫了一隻海東青，也就把這隻海東青逼上了死路。」

尼婭佐娃說：「那麼我問你，如果在狩獵中海東青看錯了獵物呢？或者海東青狩獵失敗了呢？」

佟九說：「大媳婦，妳聽好。在狩獵時，海東青一般不可能看錯獵物，但也有看錯的時候。如果海東青看錯了獵物，空爪而歸，牠就會拒絕進食。這時鷹把式如果不能很好地安慰海東青，使海東青恢復信心，海東青有可能一直絕食而死。在海東青看來，牠失誤了是不配接受鷹把式的侍候的。如果海東青狩獵失敗，叫獵物從鷹爪下逃脫，有可能這隻海東青就惱火地撞死了。大媳婦，這幾種海東青，除了故事裏那隻啄瞎主人的黑海東青，其他的海東青我都經歷過。我的海東青因爲失誤，撞死、餓死，或者受傷而死的，有十七隻。那隻救我的白海東青，是我侍候過的第二隻好海東青，也是最信任我又最依賴我的一隻海東青。牠最多的一個白天幫我捉到了廿七隻野雞。頭一隻好海東青是隻四歲的青海東青，牠有一天幫我捉到了四十一隻野雞。可是那隻青海東青就死在野雞身上了。」

尼婭佐娃又被故事吸引了，問：「那隻青海東青是被野雞啄死的嗎？我的親愛的，你快說呀。」

佟九說：「妳又猜錯了大媳婦。是這樣的，我那隻青海東青發現了一隻老松雞。那種松雞在冬天會把羽毛顏色變得像雪一樣白，牠年紀老就精，看見鷹牠不往雪松趟子裏鑽，而往一片杏條叢裏飛。那種杏條有手指粗細、一人多高，被屯裏人割去編筐。杏條的根上就留有半尺多長的一截立在雪地外面，被鐮刀割的刃口是斜尖。那隻老松雞就飛進那裏。青海東青追來，從天上往下俯衝拿老松雞，老松雞往杏條叢裏一鑽，青海東青撲空了。那速度多急，青海東青收不住翅膀，肚子撞到杏條的刃口上，一下就捅破了。青海東青掙扎，肚子又被杏條割開，我趕去時牠就死了。真的，大媳婦，哭死我了。」

佟九想起青海東青，又想起救自己而死的白海東青，眼圈又紅了，但他忍住了眼淚，接著說：「不光是老野雞，年老的野兔也能整死海東青。我的一隻黃海東青就是被一隻老野兔整死的。那老野兔看見黃海東青撲下來，牠假裝看不見，也不逃。那王八兔子把一根硬枝條啃斷，再抱上壓彎下面的那一截枝條，等黃海東青撲過去，老野兔一跳放開壓彎的那截枝條，枝條像弓弦似的回彈，黃海東青撞上枝條就被枝條抽個倒翻跟斗。那隻黃海東青就這樣被抽死了。我一共有四隻海東青死在老野雞身上，三隻海東青死在老野兔身上，另外還有兩隻是被老野兔蹬死的。」

尼婭佐娃說：「這個我知道，我舅舅講過。老兔子在鷹抓牠時，牠會突然翻個身，收攏四隻腳蹬鷹，能把鷹蹬死。」

佟九說：「我還有一隻叫花豹子的黃海東青是被一隻狼咬死的。那隻花豹子愛捉大個頭的獵物，牠啄死了一隻大雁，大雁墜地的地方離我挺遠。大老黃守著另一隻大雁，我趕過去就遲了。唉！」佟九嘆口氣又說：「花豹子守著獵物等我，這時來了一直奪食的狼，牠不避開，張著翅膀和狼對鬥。要知道海東青在地上威脅不到狼，牠被那隻狼撲中腦袋咬死了。」

尼婭佐娃說：「那麼我問你，什麼樣的黃海東青才是花豹子？聽起來這種海東青比較忠誠。」

佟九說：「這種黃海東青身上的羽毛有土黃的、灰黃的、暗黃的、白黃的，看上去像長滿花斑的遠東豹。脾氣凶猛又是直性子，咱們鷹把式就叫牠花豹子。花豹子捕獵時直接，勇往直前不愛拐彎也少變化，但牠速度快，捕獲了獵物又從不放棄。如果不是這種脾氣，我那隻花豹子黃海東青見到有狼來奪食，牠就不會站在地上張著翅膀撲啄狼的腦袋，而會像其他海東青那樣飛在空中威脅狼，牠就不會死了。大媳婦，妳知道嗎？花豹子咱們現在有一隻，就是黃鷹先生。」

尼婭佐娃拍下手說：「太好了，親愛的，黃鷹先生可以給我嗎？我現在叫牠花豹子黃鷹先生了。我要黃鷹先生當我的夥伴。」

佟九看著尼婭佐娃像個小孩子，就笑了，說：「妳還是先熟悉黃鷹小姐吧，妳整不了黃鷹先生。」

尼婭佐娃嘟噥佟九小氣，不理佟九。但是兩個人睡下之後，她的氣就在佟九的溫存下消失了。

尼婭佐娃在黑暗中眨著藍眼睛說：「親愛的，你有好久沒要我的屁股了，剛剛那一次不夠，再要我一次吧。這樣你開心了，也許就能快一點想起我喜歡聽的那句叫我喜歡上你的話了。」

於是，尼婭佐娃在佟九又一次進入她的身體之後，又一次愉快地叫床了……

2

接下來的四天裏，三隻黃海東青的神情依然傲慢，被捉的怨氣還是沒有發洩出來，也就不肯進食。尼婭佐娃有些著急，佟九告訴她這一切需要耐心，馴海東青沒有耐心是不行的。

在這四天裏，佟九把土屋燒得既乾燥又溫暖。因爲佟九認爲，到了冬天，小木屋裏沒有火炕只有壁爐是住不了人的，就和尼婭佐娃商量住進土屋的老窩裏過冬天。

尼婭佐娃終於明白佟九爲什麼燒土屋的炕了，說：「這樣也好，我同意。小木屋等春天回來時我們再住吧。親愛的，我總會聽你的。小木屋在冬天可以存放我們即將收穫的獵物。」

佟九和尼婭佐娃這幾天在佟佳江裏捕了些魚，佟九又在山谷裏下套捉了幾隻野雞養在籠子裏，餵海東青是需要鮮肉的。因爲海東青不喝水，鮮肉裏的血水就是海東青需要的水。如果不夠新鮮，就要用溫水泡一下再餵海東青。佟九現在做的這些是在爲馴海東青做準備。

佟九在這四天裏幹的另一件要緊的事，就是馴小老黃，叫小老黃懂得在海東青捕獲了獵物後，牠要及時出現去守著獵物。否則海東青捕獲了獵物等不到主人來，就有可能開吃，一旦吃飽了，在這一天牠就不會捕獵了。這只是小老黃的任務之一。小老黃還要學會在濕地、林子、草叢裏把獵物驅趕出來，海東青看到獵物才會捕獵，要讓小老黃懂得怎麼和海東青配合狩獵。

好在小老黃具備大老黃的遺傳特點，在佟九使用野雞馴了小老黃幾次之後，小老黃就懂得了怎樣出擊把獵物驅趕出來，也懂了從天上掉下來的獵物或者被海東青捉到帶到地上的獵物需要牠去守著了。

但還有一點，佟九必須叫海東青知道狗是牠的狩獵夥伴，否則會發生狗和海東青奪食之戰，海東青也會把狗當成獵物。

同時，在這幾天裏，佟九把那兩張曬乾的朝鮮豹的皮熟了，就是用硝或鹼把皮子上的動物脂肪拿掉，再把皮子揉軟、曬乾、梳理，使皮子可以用來製成衣服。

尼婭佐娃看到佟九整理朝鮮豹的皮子，就問佟九什麼時候她可以穿？佟九告訴她，到海東青聽指令的時候。

尼婭佐娃說：「那麼好吧，讓我們馴黃鷹小姐吧，我剛剛餵牠吃肉，黃鷹小姐吃了我的肉。」

佟九說：「是的，大媳婦，我看到了。妳辦到了。下面就到了妳和黃鷹小姐通過精神交流建立信任關係的重要時刻了。可是我的黃鷹大小姐和黃鷹先生還不行，不肯進食，我今晚就熬鷹。」

佟九給尼婭佐娃找了條鷹袖子，叫尼婭佐娃套在左小臂上。鷹袖子就是用動物原皮縫製的像半截衣服袖子樣的皮筒，套在左小臂上，是站海東青用的。否則海東青的利爪往鷹把式的左臂上站時，很容易抓破鷹把式的手臂。然後，佟九指點尼婭佐娃怎樣綁絆鷹繩。

這時的絆鷹繩是從鷹爪上連接到尼婭佐娃的手腕上。這個叫海東青能夠站在鷹把式左手臂上的過程，在馴鷹的過程中就叫「過拳」。

這一切尼婭佐娃都辦到了，看到黃鷹小姐傲然地站在自己的左臂上，尼婭佐娃開心地眉開眼笑。

佟九說：「大媳婦，這還不是高興的時候，妳才剛開始。從現在起，在黃鷹小姐沒有聽命令『跑繩』之前，妳不論幹什麼都不能叫黃鷹小姐離開妳的左臂。」

尼婭佐娃說：「那我怎麼給你煮飯呢？」

佟九說：「煮飯時也要架著黃鷹小姐。」

尼婭佐娃說：「那我去方便、去幹別的事呢？」

佟九說：「也要架著黃鷹小姐。」

尼婭佐娃叫一聲：「烏拉，我的上帝！那我睡覺呢？」

佟九說：「海東青也要睡覺，妳睡覺時，叫黃鷹小姐蹲在妳腦袋邊的小鷹架上，叫黃鷹小姐聽著妳的呼吸睡覺。」

尼婭佐娃說：「噢，上帝！那什麼時候我能自由呢？」

佟九說：「黃鷹小姐過了『跑繩』這一關，那就是妳和黃鷹小姐的信任關係建成了。那時就行了，就可以去鷹獵了。」

尼婭佐娃說：「親愛的，這太麻煩了。怎麼會這樣？一點也不自由。」

佟九說：「這也好辦，妳把黃鷹小姐餵飽，放了牠吧，妳就自由了。」

尼婭佐娃馬上說：「那可不行，黃鷹小姐是我天空中的眼睛。親愛的，你說我是你的甜心大寶貝我就有耐心，也寧願爲了你不要自由了。」

佟九說：「那不用說，妳現在、將來都是，妳總是我的甜心大寶貝。」

尼婭佐娃說：「是的，我的好先生，親愛的，我知道你會這麼說。那麼我怎麼叫黃鷹小姐『跑繩』呢？」

佟九說：「只要妳發出的叫聲，黃鷹小姐從鷹架上能飛上妳的左臂，也就是『跑繩』成功，妳和黃鷹小姐就是一對夥伴了。」

尼婭佐娃說：「親愛的，我明白了，我想我能做到。這不自由又麻煩的事就是鷹把式熬鷹。」

佟九說：「妳又猜錯了。大媳婦，妳這隻黃鷹小姐喜歡和妳親近，牠才可以接受妳餵食，妳和牠才能不用經過熬鷹這一關，直接『過拳』然後『跑繩』。我的黃鷹先生和黃鷹大小姐沒這麼容易，我就只能用熬鷹的法子對付這兩個傢伙了。」

尼婭佐娃說：「那麼好吧，親愛的，我相信你會做到。我帶著黃鷹小姐和黃狗小姐出去轉轉。」

佟九點點頭，說：「去吧，別走遠了。」

佟九看尼婭佐娃架著黃鷹小姐，叫過小老黃走向白樺樹林，他就去觀察黃鷹大小姐和黃鷹先生。這兩隻鷹盯著佟九依然傲氣凌人。

佟九說：「夥計們，今晚咱們就開始吧，你們兩個會知道和我做夥伴是快樂的事。我保證你們快樂。」

佟九又去看看晾曬的那兩張朝鮮豹的皮，那兩張皮撐開掛在白樺樹上，摸摸韌性不錯也乾透了，就取下來梳理。然後拿回土屋，坐在炕上認真計算剪去了多餘的，用精搓的細麻繩和大個頭的針鎖了皮邊，對接在一起，開始縫製短氅。在夕陽下來時，這件粗枝大葉的手工衣服縫製好了。

佟九把衣服披在肩上試試，把兩隻朝鮮豹的兩條前腿上的皮毛在胸前打個蝴蝶結，活動活動，感覺還可以，就脫下來放在被子上，去收拾了一隻野雞配上蘑菇燉在爐灶上，又餵了餌鴿食水。那隻暫時沒事可幹的餌鴿住在木籠子裏，整天得意洋洋地咕咕叫。

佟九幹完這些，就坐下等尼婭佐娃回來。那時外面夕陽落盡，天剛剛黑。

佟九乾坐著，剛剛有些著急，尼婭佐娃的聲音就傳了過來：「親愛的，你做了什麼？我是被這種香味吸引回來的。」

佟九說：「沒那麼厲害吧，也沒什麼味，沒妳做的湯好吃。我是等不急了，餓了才做了小雞燉蘑菇。」

尼婭佐娃說：「我知道的，當然是我做的湯更好吃。親愛的，離開我你怎麼辦呢？我才出去了一會兒。」

尼婭佐娃左手臂架著黃鷹小姐，用右手去拿碗筷。她那笨拙的樣子看得佟九哈哈大笑。

吃完晚飯，佟九叫尼婭佐娃先睡。尼婭佐娃拿下黃鷹小姐叫牠站在小鷹架上，甩甩舉了差不多一天的左手臂。去放被子時她看到了朝鮮豹皮的短氅，穿上試試，也用短氅上的那兩條朝鮮豹皮的前腿在胸前打個蝴蝶結，說：

「親愛的，太好了。我知道你能辦到，你居然長了一雙女裁縫的手。這是我最漂亮的衣服。」

尼婭佐娃說完回頭找佟九，佟九已經不在土屋裏了。她想想又沒出去找，自己先睡了。

佟九去了小木屋，用兩盞油燈把小木屋照得很亮，這是叫海東青誤會是白天。他把黃鷹先生和黃鷹大小姐絆在小鷹架上，開始熬鷹。

所謂熬鷹，就是人不睡覺，也不叫海東青睡覺。熬鷹也就是熬人。在熬鷹中間不能停止，也不能換人。你停止了就前功盡棄，如果換人，海東青認爲你在欺騙牠，牠死也不會信任你服從你。

3

尼婭佐娃一覺睡醒了，身邊還是空的，佟九沒回來睡覺。她就出了土屋老窩去小木屋裏找佟九，看到佟九大睜著眼睛，兩隻黃海東青也睜著眼睛。佟九還不時地碰碰黃鷹大小姐蹲的小鷹架，叫黃鷹大小姐睜開眼睛。

尼婭佐娃想到佟九這是在熬鷹，猛一下想起她的黃鷹小姐，掉頭跑出小木屋，去土屋老窩把黃鷹小姐架到左臂上，架著黃鷹小姐做好了飯。

尼婭佐娃獨自吃了飯，也餵了黃鷹小姐，再去小木屋看佟九，發現黃鷹大小姐正在吃一塊野雞肉。

尼婭佐娃說：「親愛的，你成功了。那你就吃飯吧。」

佟九說：「還不行，咱們這位黃鷹先生還不肯吃食，我得陪著這傢伙。這傢伙和我較上勁了，咱們眼珠對眼珠快一個時辰了。好在黃鷹大小姐進食了。」

尼婭佐娃把黃鷹大小姐帶出去絆在外面的鷹架上，也不去管佟九了。她還把黃鷹小姐放在鷹架上，放長絆鷹繩，嘴裏叫，叫黃鷹小姐飛向她。可是黃鷹小姐盯著尼婭佐娃看，沒有飛過去的想法。尼婭佐娃知道失敗了，只好再次用左臂架上黃鷹小姐，繼續建立她和黃鷹小姐之間的信任。此時尼婭佐娃才知道，和海東青做夥伴是不能取巧的，功夫不到是不行的。

佟九熬鷹又過了一天一夜，尼婭佐娃開始擔心佟九，因爲他又一天一夜沒吃沒喝沒睡了。但那隻黃鷹先生也是沒吃沒喝沒睡。尼婭佐娃有些好奇，想看佟九和黃鷹先生最終誰能贏得這場較量，就不聲不響地架著黃鷹小姐邊幹事邊靜靜等待。並打算如果明早黃鷹先生還不服，就叫佟九放棄，因爲佟九說過，不肯服的海東青只能放掉，否則牠就餓死了。

第三天晚上，佟九看到黃鷹先生半夜時眼睛閉上了。此時蹲在另一架小鷹架上的黃鷹大小姐蓬鬆著羽毛早早睡了。佟九對著黃鷹先生說：

「兄弟，你想像黃鷹大小姐那樣睡一覺，行，你吃肉咱哥倆一塊睡。以後咱哥倆就是夥伴，到了開春我再放你離開。」

佟九就碰碰小鷹架，黃鷹先生被驚醒，睜開眼睛，盯著佟九，還是很有精神。

佟九說：「兄弟，你不和我搭伴咱就這樣對著幹。我上一隻夥伴是隻白海東青，牠和你現在一樣也是三歲，我和牠熬了四天四夜，最後我倆成了夥伴。我希望你和我也來個四天四夜，那你就是厲害的黃海東青。」

時間一點點在走，又過了兩個時辰，黃鷹先生又一次慢慢閉上眼睛，佟九又碰碰小鷹架驚醒了牠。

黃鷹先生把腦袋昂起，斜視著佟九。這一盯又是小半個時辰，天快亮了。黃鷹先生的翅膀抱不住身體了，鬆了勁垂下來，脖子上的羽毛也蓬鬆翹起，脖子也往下縮，眼睛又閉上了。

佟九知道黃海東青的精神差不多熬倒了，把準備的野雞肉割下一條，放在嘴裏用口水泡泡，泡得有了水分，有點溫了，拿出來托在手上驚醒黃鷹先生餵牠。黃鷹先生精神一振，盯著佟九手上的野雞肉遲疑起來。

佟九嘴裏叫著，托著那塊野雞肉保持不動。黃鷹先生盯著佟九看看，突然一喙叼起佟九手裏的那條野雞肉，一點一點吞了下去。黃鷹先生服了。

佟九還不能睡。他在手臂上套上兩隻鷹袖，右邊手臂上架著黃鷹大小姐，左邊手臂上架著黃鷹先生，在小木屋裏晃悠到天亮。這也就是「過拳」。

天才濛濛透亮，尼婭佐娃就醒了。她起來的第一件事就是架上黃鷹小姐跑出來看佟九。看到佟九架著兩隻黃海東青對著她笑，她說：

「親愛的，你真行。可是我的黃鷹小姐不『跑繩』。」

佟九說：「那是妳功夫不到。」

尼婭佐娃說：「我知道，我在努力。可是好先生，你看上去精神好極了，不像一個兩天三夜沒睡沒吃的人。我真幸運，我的甜心是鐵打的男人。」

4

那幾天，佟九和尼婭佐娃的手臂上都架著黃海東青，帶著小老黃每天出去轉。

而在這一天，尼婭佐娃無意中發現佟九總是和黃海東青嘟噥著說話，她無法聽清佟九和牠說什麼，就問佟九：「親愛的，你總是和海東青說悄悄話，爲什麼不叫我也聽聽？難道海東青能知道你說的是什麼？」

佟九笑著說：「當然了，大媳婦。海東青是有靈性的飛禽，叫牠們熟悉你的聲音，這也是和牠們互相信任的一種法子。妳也應該和黃鷹小姐試試。」

尼婭佐娃還是有些不能理解，問：「那我和黃鷹小姐能說什麼呢？問黃鷹小姐有沒有找過漂亮甜心嗎？」

佟九說：「行的，妳和黃鷹小姐說什麼都行。」

尼婭佐娃看到佟九和她說話時，黃鷹先生和黃鷹大小姐都歪著腦袋注視佟九，像在聽佟九說話。她說：「牠們真在聽你說話，難怪你可以把好鄰居從林子裏召喚出來。你懂野獸的語言。可是你有這麼好的語言能力，怎麼就忘了那句我喜歡上你的話呢？」

佟九剛剛生出的滿足感一下子消失了。他想，我一定要記起那句話，否則尼婭佐娃的心裏會永遠存著這個疙瘩，會悄悄不開心的。

佟九就說：「大媳婦，我們去江邊走走。再過幾天，大天鵝和大雁飛來得就更多了，牠們在這裏只是過路，錯過了妳就看不到咱們的海東青搏擊大天鵝的場面了。」

尼婭佐娃說：「好的，我們現在就去江邊吧。我打水時看到許多野鴨在游水，還有灰羽毛的大雁，但我沒看到大天鵝。」

那時已經進入十月了，也就是一九三一年的十月，九一八事變剛剛過去。尼婭佐娃和佟九在這片山林裏躲了大半年了。這時和真正進入冬季就差一場雪。這個時候冬眠的動物會盡可能地吃多一點、再多吃一點，在體內儲存足夠多的脂肪爲牠們進入嚴酷的冬季做準備。

佟九的那隻大黑熊好鄰居，這時也在盡可能地多吃。牠此時吃的是魚。

佟佳江裏此時有幾種大魚在陽光充足時從水底游上來取暖，因爲進入冬季時江水是從水底向上開始冷的，水底的水先變冷。冬季來臨時，水底的水溫才超過水面的溫度，大魚們才進入水下。那時江河冰封，水下則是另一個世界。而到了春季，江河一夜開河，水底的魚們會再次上來，因爲那時水是從水面開始變溫的。

大黑熊就趁著這樣的機會，在這兩個季節裏在江邊、江裏捉魚吃。

小老黃跑到江邊就發現了在上游不遠處的大黑熊，叫了幾聲，但大黑熊不理睬。小老黃還看到了那隻狼獾，這傢伙居然一直跟蹤大黑熊，奪大黑熊的食物。小老黃就坐下來看。

大黑熊下了江，似乎想游到對岸去。跟隨在屁股後面的狼獾揚起腦袋注視著大黑熊，也不理會遠處叫了幾聲的小老黃。

大黑熊在江裏游水，突然嘩嘩又游回江邊。在淺水區，大黑熊用前掌拍暈了一條兩尺多長的大魚，叼上了岸。牠剛剛把大魚丟在鵝卵石地上，還沒來得及開吃，狼獾就嗷嗷叫著衝上來，在大黑熊的眼皮底下奪去了這條大魚。

大黑熊坐下來，愣愣地看著一邊衝牠嗷嗷叫一邊大口吃魚的狼獾，好像不明白發生了什麼事，也好像在認真計算究竟被狼獾搶去了多少食物。

尼婭佐娃和佟九也看到了。佟九說：

「那條魚好像是條年幼的鱘魚。在我們這裏有人捕到過上千斤重的鱘魚。鱘魚能長到一百多斤就有一百多歲了，那條鱘魚有二尺多長，差不多有二十斤重，也活了有十幾年了。這種魚也叫鰉魚，是皇上吃的貢品。在以前尋常百姓捕鰉魚或吃鰉魚是要砍腦袋的。便宜這隻狼獾了。」

尼婭佐娃說：「我知道這種鱘魚，牠們成年時生活在我們的海裏。牠們的仔做成魚子醬是貴族們食用的。可是這隻狼獾真是吃定我們的好鄰居了，我們怎麼對付這隻像小鬼子的狼獾呢？」

尼婭佐娃盯著遠處的狼獾，眉頭都皺成大疙瘩了。

佟九說：「過幾天吧，等咱們的三隻海東青馴熟就捉了這隻狼獾。這傢伙的皮毛比狼皮還厚實，做成腰圍墊子，咱們坐雪地裏一晚上屁股也不受寒。」

尼娅佐娃說：「我要黃鷹小姐像白海東青對付日本刀手那樣對付這隻討厭的狼獾，我太恨這個傢伙了。可是，好先生，我可以把黃鷹小姐暫時放一邊嗎？我忍不住想回去用我的槍殺死這隻喜歡搶奪的狼獾。」

佟九說：「妳的小手槍沒在身上嗎？妳用一隻右手可以開槍的。」

尼娅佐娃說：「我說的不是那支小手槍，我說的是那支步槍。它們被分解放在那只背袋包裏了。」

佟九說：「我看還是叫這傢伙再活幾天吧。大媳婦，我們不去想牠像小鬼子就不會煩牠了。」

尼娅佐娃說：「我不這樣想怎麼行呢？我不但要說這隻狼獾像小鬼子，我還要說牠像那個強盜一樣的噁心的鬼子政府。而你們的政府太好笑了，太像這隻大笨熊了。」

佟九看尼娅佐娃認真起來，就笑了，說：「那妳現在想一下，如果像無賴小鬼子的狼獾死了，妳會不會高興些？」

尼娅佐娃這樣幻想了一下，說：「真的，親愛的，你是對的。我這樣想一下，真的很開心。」

尼娅佐娃看著佟九又說：「不過我終於懂了你們民族的精神和耐心了。你們在苦難中生活，卻有一種幻想出來的快樂，你們的這種幻想使你們在苦難中也能快樂地生活。親愛的，可是不行，那種幻想是假的。我擔心你在面對小鬼子的刀槍時，你會忘了用鷹的精神和力量反抗。親愛的，沒有我在你身邊你怎麼辦呢？」

尼娅佐娃甩甩飄飛的金髮，輕輕嘆氣，她真的發愁了。

佟九說：「放心吧，大媳婦。苦難總有一天會過去的，我們待在這裏是安全的。我們回去吧。」

佟九招呼小老黃往回走，尼婭佐娃一邊往回走一邊回頭看狼獾和大黑熊。她的眉頭還皺著。

日子又過去幾天，在江邊捕魚吃的大黑熊向上游去了。那隻狼獾也就沒了，好像跟著大黑熊去了。佟九和尼婭佐娃馴海東青也向下一個步驟進行了，「跑繩」，也就是使海東青主動飛到鷹把式的左臂上來。

訓練海東青「跑繩」的那天中午，陽光很好，晴空千里，風也不大。黃鷹先生、黃鷹小姐、黃鷹大小姐蹲在鷹架上，風從牠們身後吹過，吹動牠們的羽毛。

小老黃在一邊坐著，一雙耳朵向下垂著，半張著嘴看著三隻黃海東青。

尼婭佐娃想先叫黃鷹小姐「跑繩」，佟九卻說，還是我先來。黃鷹小姐看到黃鷹先生和黃鷹大小姐「跑繩」了，也許會跟著「跑繩」。

尼婭佐娃說：「你就一定能叫黃鷹先生和黃鷹大小姐『跑繩』？親愛的，我不大相信，但我期待著。」

佟九把絆鷹繩放長，距離鷹架三丈左右，對著黃鷹先生地叫。黃鷹先生直起鷹爪，腦袋下傾，一雙鷹目盯著佟九，微張翅膀，突然展翅飛起，落在佟九抬起的左臂上，昂首而立。黃鷹大小姐緊接著也飛過來，落到佟九伸出的右臂上。黃鷹先生和黃鷹大小姐目光相接，都盯著對方張張翅膀，神色自若。

尼婭佐娃看著好不羨慕，因爲她的黃鷹小姐幾次對她做出飛過來的動作，但最後總是沒能向她的左臂飛過來。這次還是那樣。用佟九的話說，尼婭佐娃還差功夫，而且黃鷹小姐叫尼婭佐娃養嬌氣了，牠不想早早「跑繩」然後辛苦去鷹獵。

佟九抬頭向天上看看，說：「大媳婦，咱們的海東青搏擊大天鵝的日子到了。」

尼婭佐娃說：「是啊！日子到了。我的黃鷹小姐怎麼辦呢？親愛的，你能把黃鷹大小姐借我用幾次嗎？」

佟九看著笑盈盈的尼婭佐娃說：「我需要我的大媳婦在我鷹獵時能幫我架一隻海東青。我的右手臂有別的用處。」

尼婭佐娃說：「我就知道會是這樣。」

佟九看著尼婭佐娃的笑臉，心想，這個黃毛大媳婦真叫帶勁……

第八章　使刀的海東青

1

馬副營長和大蘭子的婚事沒辦，只是請了媒婆下了聘禮。因為通化縣城這一陣子比較亂，馬副營長遇上一堆事，整得他很鬧心。

日本人以連續出現刺殺日本刀手的事件為藉口，以保護日本僑民為名，在通化縣城增派了一支騎兵中隊。這個日本騎兵中隊在柳條溝門外北側，二道河北岸，倚山面河拉起口字形的鐵絲網，駐紮下來。

這個駐紮點控制了十字街從北向西的一條街和從南向東的那條官道，和馬副營長的馬刀營只隔著龍泉河岸邊的那片居民區。日本兵營裏架起的三架探照燈可以直接照射到馬副營長的馬刀營裏。

這一天，馬副營長在晚飯前到兵營裏走了一圈，順著木梯爬上警崗，從警崗上可以看到日本兵營裏的情況。日本兵在營房的操場裏做晚操，喊叫聲不時傳過來。

馬副營長看了一會兒，從警崗上下來，對守在下面的一連長老三說：「小鬼子行，那操做得整齊，一百多人像一個人似的。你小子從今晚起不能犯懶了，叫弟兄們也練操，都使勁喊。我看這一仗免不了了。」

老三答應著，說：「大哥，兄弟們早想幹小鬼子一傢伙了。咱也使勁喊，喊整齊不瞎喊。可是咱們喊什麼呢？咱是民國正規軍，也喊正規軍出操那些玩意兒？」

馬副營長想想說：「咱不喊正規軍的那一套，咱喊『操他媽，小鬼子』。」

老三笑了，說：「行，上邊不叫咱們和日本人起衝突，遇事吃點虧也得忍著。他媽的，可沒叫咱別喊操。這樣喊操又不指名道姓，誰能說咱是罵日本小鬼子。大哥，你這點子高明。」

馬副營長笑笑，離開兵營去了大蘭子的包子鋪。這一陣子馬副營長晚上都住在大蘭子家。此時包子鋪像平時一樣早早關門歇業了。大蘭子和小蘭子收拾好飯菜，都在等馬副營長來吃飯。

馬副營長叫開門進來，大蘭子幫馬副營長脫了外面的軍裝。馬副營長洗了手臉在飯桌前剛坐下，外面「操他媽，小鬼子」的喊操聲就傳了過來。小蘭子跑到門口開了門去聽，馬副營長哈哈笑了起來。

大蘭子說：「你叫你的兵喊的？」

馬副營長說：「好聽吧？大蘭子，這陣子他媽憋死我了。上邊嚴令忍，違令殺，但沒說喊『操他媽，小鬼子』者殺頭。怎麼樣？我那幫兄弟喊得整齊吧？這幫傢伙幹正規軍那些事不行，好幾年了還水了吧唧的沒個骨頭。喊這個行，多帶勁。」

小蘭子回來坐下，說：「姐夫，所以你們這樣的屌兵還是鬍子（即土匪），穿上軍裝那骨子裏還有鬍子的骨頭。」

馬副營長看看小蘭子，眨巴眼睛想想說：「當這樣的縮頭王八兵，真不如幹鬍子去殺小鬼子了，那樣多痛快。」

大蘭子說：「那你們爲什麼非要讓著小鬼子呢？你們這些吃糧的兵打不過那些鬼子兵嗎？」

馬副營長說：「大蘭子，妳是女的，妳不是兵妳不懂。我是男的，我是兵我他媽也不懂。我不明白三四十萬東北國軍在自己的家裏會打不贏三四萬日本關東軍？連咱們大帥都被人家炸死了，可咱們少帥還在裝瞎子和啞巴。明擺著是日本人幹的，就是不敢幹。就我這個馬刀營，雖他媽只有一百三十七個兄弟，兵力就是一個連，但咱們就敢拉出去和日本騎兵中隊幹一仗。日本騎兵的馬好、槍好、刀好咱不怕他，可是上面中了邪似的就是叫忍。咱現在是兵，咱不能不聽。」

小蘭子說：「上面是誰，誰那麼混蛋？是你們旅長嗎？」

馬副營長說：「旅長也得聽他上面的，咱少帥還得聽少帥上面的。現在咱是民國的國軍。」他端起酒杯喝了杯酒，就匆匆低頭吃飯。

大蘭子問：「老馬，我叫你打聽的那個事都多久了，你問了嗎？」

馬副營長明白大蘭子叫他打聽的是什麼事，他也在辦這個事，而且辦得更加認真了，現在還不能對她說。

馬副營長裝糊塗，抬頭看大蘭子，說：「我這一陣兒忙迷糊了，妳叫我問什麼事了？我可能忘了。」

小蘭子插話說：「就是殺了四個日本刀手的那件事，可我聽說又有好幾個日本刀手被一個叫『海東青』的人殺了。我姐叫你去問關大隊長到底知不知道是誰一而再地殺日本刀手。『會用刀的海東青』到底是誰？你呀，白吃包子不幹活。」

這個時候康良駒從外面回來，在外面敲門。大蘭子去開了門，康良駒進門就說：「乾媽，我去看了我爸爸，我爸爸沒了。」

大蘭子嚇一跳，急忙問：「你爸爸沒了？好好的一個人怎麼沒了呢？」

小蘭子說：「你爸爸怎麼死的？真死了嗎？」

康良駒說：「小姨，看妳聽話也聽不明白。我爸爸是沒了，不是死了。他是獨個跑了。我就知道他準是跑了，我就回來了。」

小蘭子說：「是你這臭小子像老康大哥，連話也說不明白。說人沒了不就是說人死了嗎？」

康良駒不理小蘭子，來到飯桌前坐在馬副營長身邊，對他說：「乾爸，我去給你當兵得了。像小不點哥哥那樣跟著你拿槍騎馬掄刀打天下，那多牛。」

馬副營長說：「去，洗了臭手再吃飯。這事我說你多少遍了，你還沒槍高當個屁兵。小不點那臭小子沒你命好，他沒爸沒媽小叫花子一個能和你比嗎？這院子裏就倆女的，多你個臭小子正好，有點事你能跑個腿報個信就行。當兵是以後的事，乾爸記著呢。」

大蘭子說：「就是，這孩子現在不能去當受氣的國軍。良駒，你快說說你爸是怎麼沒的？」

康良駒說：「妳叫我給我爸送些包子吃，我就回家了，我爸不在屋我就出去找，鄰居家裏沒有，他們還都說有日子沒見我爸了。於是我又回家等，就知道我爸沒了——我爸的被子都落一層灰了，說明沒人睡。我就回來了。」

小蘭子插話說：「那你帶去的那小筐包子呢？你吃了？」

康良駒說：「我能吃那麼老些包子嗎？我一個包子也沒吃。我提著小筐回來，在日本兵營那兒看到兩個日本兵抓了一個小叫花子，叫小叫花子在地上學狗爬。小叫花子學不好又不想學就挨揍。我躲一邊看一會兒，看小叫花子太難受，又不敢哭，我就在懷裏藏了三個包子，把那小筐包子送了那兩個日本兵換了小叫花子，我們就走了。那三個包子小叫花子幾口吃完沒和我說話就跑了，我就回來了。」

小蘭子嘆口氣，說：「咱們什麼時候能不受日本人的氣呢？」

大蘭子說：「別說那鬧心的事了，快吃飯吧。老康大哥能跑哪兒去呢？」

康良駒說：「我爸說過，他沒了叫我別找他，也不找老九叔。我爸說他沒了老九叔也就沒了。可我還找了大老黃，大老黃快下崽了，大老黃也沒了。」

馬副營長問：「你老九叔是佟九表弟？是那個鷹王？他和你爸一起沒了？」

大蘭子著急了想岔開話，但來不及了。

康良駒說：「是啊，老九叔就是咱這疙瘩的鷹王。我想去山裏找老九叔當鷹把式，我爸不叫我去。」

馬副營長看看大蘭子，大蘭子臉上挺不自然。

小蘭子說：「臭小子，你快吃。就你話多，這些事你怎麼不早說？」

康良駒說：「小姨妳也沒早問我啊。我爸沒準和老九叔去關內做事去了，他倆在一塊保準沒事。」

四個人默默地吃了飯，小蘭子收拾了桌子，就叫康良駒快去睡覺。

小蘭子看康良駒走了，就說：「姐夫，你眨巴眼珠想什麼呢？我和我姐早想和你說臭老九的事，我姐看你太忙才沒對你說。」

馬副營長說：「這麼說，佟九就是殺四個日本刀手的那個鷹把式了？」

小蘭子說：「對呀！臭老九這事幹得太叫人高興了。但不是臭老九殺了四個日本刀手，臭老九殺了一個，臭老九的鷹撞死了一個，臭老九的黃毛媳婦殺了一個，另一個是被個北方人用一鍋油燙死的。」

馬副營長說：「大蘭子，我告訴妳。咱是一家人就不能瞎瞞事，我知道了好想辦法對付。我說妳一個開包子鋪的大老娘們，爲什麼那麼關心那個事？我能想不到和妳有牽連嗎？我真叫人打聽了，公安大隊的人在領著日本人轉著圈瞎找，在給日本人使絆子。妳表弟只要不落日本人手裏就沒事。另外，最近這幾次殺日本刀手的事和妳表弟沒關係，妳放心吧。」

大蘭子紅了臉點頭，又想起馬副營長曾說過要找個刀手殺日本人的事，就想問，但看看小蘭子就不問了。馬副營長想說時自然會告訴她的。

馬副營長問：「這麼說，臭老九和老康一起跑了？」

大蘭子說：「這事可吃不準。八成是老康大哥自己躲起來了。老康大哥對日本人和公安大隊的人說了瞎話，他把康良駒放這兒也就是準備好去躲事的。老九和他的洋媳婦八成現在還躲在山裏。」

小蘭子說：「老康大哥會不會也進了山，和臭老九在一塊？」

大蘭子說：「老康大哥那腿腳進不了山，不可能和老九在一塊。可是老康大哥能跑哪兒去呢？」

馬副營長說：「我想這兩個傢伙都不來報個信，是怕連累你們姐倆。妳姐倆別管這事了，我有招對付。」

大蘭子說：「行，你留心點就行。我不是想瞞你，幾次想對你說叫你幫忙，又不能說。那關係到老九的小命。」

馬副營長說：「我懂，以後瞧我的吧。」

那一晚大蘭子對馬副營長特別溫柔，高興得馬副營長直嘟噥，這他媽才是我的好媳婦……

2

馬副營長第二天回到兵營遇上點小麻煩。副縣長兼騎兵營營長來了，告誡馬副營長國難當頭是應該好好演操，但不能喊那句「操他媽，小鬼子」。人家日本人又強烈抗議了，也就是自認是小鬼子了。人家說咱們挑釁，要咱們後果自負。

最後，這傢伙告訴馬副營長，說馬副營長一身匪氣那不行，帶的兵也不能不叫營長不叫名字瞎喊吧，什麼大哥、老三、老五、老四的，太不像話。從東北軍到國軍當下來都幾年了，一個個還像穿軍裝的土匪、兵二溜子。現在是忍耐的時期，一旦不再忍耐了，這些土匪兵對付日本兵管用嗎？他還悄悄告訴馬副營長，不日他會調往省城，他不會再當這個掛名營長了，馬副營長就是馬營長了。

馬副營長沉默著送走這位上司，叫勤務兵劉二奎牽了他的蒙古紅馬過來，他在兵營裏騎上馬跑圈——這是馬副營長思考問題時用的方式。馬副營長的兄弟都瞭解，歪歪扭扭地站一圈看。

馬副營長跑了幾圈勒住紅馬跳下馬背，把馬韁繩丟給另一個勤務兵三虎子。看著站得歪歪扭扭的兵笑笑，問：「兄弟們穿這身軍裝幾年了？」

一圈的兵嘿嘿笑。一個兵說：「大哥，這也能忘？咱們兄弟跟隨大哥下山穿這身軍裝都快五年了，咱們有點老了。」

馬副營長說：「是啊，快五年了。可咱們怎麼不變變樣呢？我他媽的也沒怎麼變樣，和以前整事差不多，老被旅長點著老子的名臭罵，我還不在乎。但是現在不變變樣不行了。小日本的兵來咱這

疙瘩駐紮了，堵門口上了，咱們就不能站沒站相坐沒坐相了。現在咱不能和他們真刀真槍地幹，那咱們幹什麼呢？我剛剛想明白了，現在咱就和日本兵比一樣，就比看誰能站直了。聽明白了嗎？」

那些兵愣了，一個個臉上都像寫著「迷糊」兩個字。

一個兵說：「大哥，日本兵我見了，他們長得矮，像矮腳兔子，腿大多是羅圈的。咱們兄弟怎麼站也比他們站得直溜。這是咱們的種好，和日本兵比站直了，那不是欺負日本兵嗎？」

馬副營長知道這些兵沒明白，他說：「我告訴兄弟們一件事，什麼事呢？我觀察日本兵一排三十幾人站溜齊，兩個時辰紋絲不動。咱們行嗎？躺炕上兩個時辰不動都他媽不行。兄弟們，咱就和日本兵較這個勁，從我開始，都他媽站直了。」說完，馬副營長直接走到旗杆下面，立正站好，目不斜視站著不動了。

一連長老三和二連長老五也站過去。其他的官兵還笑嘻嘻地認爲他們的大哥又無聊地在和大夥玩花樣兒，就嘻嘻哈哈看。

有的兵喊：大哥，有蒼蠅圍你腦袋轉圈，準是嫂子身上的味兒引來的。

有的兵還喊：大哥，你冒汗了，多累，你別玩兒了。

三連長老四說：三哥、老五，你倆和大哥較什麼勁，不知道大哥有了嫂子弱了氣力腿腳軟嗎？你倆他媽的滾過來。

可是一個時辰過去了，這些官兵終於知道他們的大哥、營長不是玩兒，是動真的了，於是一個個兵都過去，在那面飄揚的民國旗幟下站成一排，每個人都一動不動。

兩個時辰以後，馬副營長出列，看著這些兵說：

「兄弟們，脊梁骨軟了吧？腳麻了吧？腿酸了吧？我和你們一樣，都累夠嗆。但是日本兵的腿不酸、腳不麻、脊梁骨不軟。咱們怎麼辦？」

幾個兵喊：咱們練下去。

幾個兵喊：咱是騎兵，馬上見高下嘛，幹什麼玩這個？這站著不能動像他媽一個個大傻子。

馬副營長說：「什麼他媽大傻子？胡扯。以後早晚都這麼練一個時辰。日子久了，兄弟們就明白了。我和你們一起練，咱們都他媽要站直了，只有站直了，來日對付小鬼子才不會那麼容易被幹趴下。」

馬副營長練兵的這些天，他沒住在大蘭子家。大蘭子是寡婦，還沒成親就和新男人同居，臉皮薄也就沒去馬刀營看馬副營長。但是大蘭子從時常過來問事的勤務兵三虎子嘴裏知道馬副營長在幹什麼，也知道馬副營長升官了：從國軍少校副營長升到國軍少校營長了。但不是掛名副縣長，副縣長由關大隊長升任。

成了騎兵馬刀營營長的馬營長的兵還是一百三十七個人，還是一個騎兵連的人數。馬營長似乎吃騎兵營的軍餉吃習慣了，也不招兵加強實力。

大蘭子這些天帶著康良駒總在街上轉悠著找康鯤鵬。康良駒知道的康鯤鵬有可能去的地方都找遍了，也沒有康鯤鵬的消息。大蘭子和康良駒就只能認定康鯤鵬悄悄逃往外地去了。

這一天上午，一場小雨過後，大蘭子帶著康良駒從西關老城街的一家雜貨店避過雨出來，又轉去震陽街積盛和藥店買藥，並叫坐堂的老郎中給看看她生了什麼病？坐堂老郎中給大蘭子把了脈，就告訴大蘭子，她得的不是病，是喜脈。

大蘭子給前夫當媳婦三年，獨個當寡婦七年，從沒懷過孩子。這一下得知懷了孩子是又驚又喜，就想馬上跑回去把這個好消息告訴馬營長。但大蘭子又有些遲疑，覺得不好開口說。大蘭子就帶著康良駒離開藥店。時值中午，康良駒邊走邊閒看，卻一下子看到李廣富從身邊迎面晃過去。

康良駒愣一下，叫大蘭子停下，扭頭指著李廣富的背說：

「乾媽，我見過這個公安大隊的哥哥。那天他沒穿公安大隊的衣服，往我們家送了一大馬車好東西，叫我爸待在家裏吃閒飯哪兒也不准去。他還給了我十塊大洋錢。這個哥哥叫我有事找他，我爸爸卻叫我把他忘在腦袋瓜子後面。乾媽，妳說他知道我爸在哪兒不？」

大蘭子說：「那咱過去問問他？」說完領著康良駒去追李廣富。

李廣富走著走著，叫過一個托著小木盤賣香煙的小姑娘，丟下一張紙幣拿起一盒香煙又走。大蘭子喊：「這位公安大兄弟，你等一等。我有個事問你。」

李廣富停下，扭頭看不認識，說：「你快說事我忙著呢。」

大蘭子說：「你認識這孩子嗎？」

李廣富看一眼看著他笑的康良駒，皺下眉頭說：「這妳兒子？我不認識，我認識這小子有屁用啊？瞎扯。」扭頭就走。

大蘭子又追問一句：「那你認識康鯤鵬嗎？在大劇院街口賣肉的那個老康？大號叫康鯤鵬。」

李廣富停了腳，轉身回來，問：「妳幹什麼的？和老康什麼關係，妳住哪兒？妳叫什麼？」

大蘭子這時覺得不對頭，就說：「我是打聽老康想給他牛肉錢，我是賣包子的，老康給我送過肉。」

李廣富說：「那妳的錢留著自己花吧，日本人在找老康。這傢伙猴子似的猴精，早他媽跑沒影了，興許死了吧？」說完他轉身就走。

康良駒想叫住李廣富，被大蘭子制止了，大蘭子拽著康良駒趕緊走。康良駒還嘟噥：「這哥哥怎麼忘了我呢？他給過我大洋錢的。」

大蘭子感覺不對，叫康良駒跟她快走。

李廣富吸上了煙，又走幾步，腳步放慢了，想起什麼似的，掉頭找大蘭子，街上看不到大蘭子。李廣富就追了過去。

李廣富的腰間別著一把槍，這把槍和被陳小腿搶去的是一個品種，是他自己出錢買的，沒敢告訴胡長青他的槍被搶的事。

李廣富追出震陽街，還是沒看到大蘭子和康良駒。他站在十字街頭左右看看，似乎想不準往哪條街去追。想了一會兒，李廣富放棄了，抓著腦袋急匆匆往回走去。

這時，大蘭子和康良駒從街口一家高麗人開的雜貨店出來。

康良駒問：「乾媽，他怎麼又追咱們？我爸會叫日本人抓住整死了嗎？」

大蘭子說：「你爸現在沒事，你爸要有事了，日本人還用抓他嗎？良駒你記著，你不能亂跑了，也不能對別人說你爸了。」

康良駒吸下鼻子說：「我懂了乾媽，我現在不想我爸了。乾媽，我知道妳有喜了是怎麼回事。」

大蘭子的臉羞紅了，說：「小孩子別瞎說。」

康良駒說：「我不瞎說，妳和大老黃一樣，肚子裏有崽快下崽了。」

大蘭子就抬手敲了康良駒的腦袋……

3

大蘭子和康良駒剛剛走出震陽街街口，馬營長就帶著勤務兵三虎子，騎著他的蒙古紅馬跑進了震陽街。康良駒看到了，叫大蘭子快看他乾爸爸。大蘭子看時，馬營長和勤務兵三虎子已經騎馬過去了。

馬營長在野味居門前的臺階下了馬。野味居的小夥計迎上去，接過兩匹馬的馬韁繩把馬牽去拴在絆馬石上。

馬營長整理了下軍裝，對三虎子一擺手，說：「咱進去，興許請客的沒到咱吃客先到了，有點意思。」說著，就帶著勤務兵三虎子走上三級臺階進了野味居的門。

今天請馬營長吃酒席的是關副縣長。關副縣長沒到，陪酒的胡長青先到了。馬營長進野味居時，胡長青從雅間迎出來，和馬營長打了招呼，引著馬營長上了二樓。

胡長青請馬營長在主賓位坐下，他也坐下，並往門口看。

馬營長說：「兄弟，你行啊。當了公安大隊副大隊長了你這小鬍子還那麼好看。你怎麼整的？我這鬍子就不行，怎麼長都那麼幾根，沒屌上的毛多。」

胡長青笑笑，沒說話。

李廣富急匆匆進來，他是來聽吆喝的。他進來向馬營長問了好，就急忙倒了茶水，又走出去，站在雅間門口等著聽吆喝。在李廣富對面，馬營長的勤務兵三虎子站得溜直，冷著臉目不斜視。這是馬營長這一陣子練兵的結果。

胡長青請馬營長喝茶。

馬營長說：「喝什麼茶，我是來喝酒的。先整一肚子茶水進去就裝滿了，還喝個屁酒，那就便宜老關了。這老小子怎麼還不來？」

胡長青笑著說：「關副縣長出門時有個朋友突然到訪，他打發了那個朋友就會趕過來。馬營長有我先陪著不是一樣嗎？」

胡長青說這話時，目光平靜，不似騙馬營長。

馬營長說：「兄弟，咱倆在場面上喝過幾次酒，但不太熟，就是沒怎麼坐一塊嘮嗑。但我知道兄弟你是條漢子，日本人在這疙瘩整不明白的事，你一下子就整明白了。我挺佩服你的。」

胡長青不清楚馬營長說的佩服他是指什麼，就問：「不會吧？兄弟沒什麼叫馬營長佩服的。馬營長倒是叫兄弟佩服，也叫兄弟開了眼界。」

馬營長說：「我有叫你佩服的好事？瞎扯！我佩服你那可不是假話，我是佩服兄弟你這麼快就查出是什麼人殺了四個日本刀手。我聽說又死了好幾個日本刀手，全是被人用刀殺死的。那人是誰呢？」

胡長青說：「只怕馬營長的消息有假吧？我那幫兄弟到現在也查不出連續殺日本人的那個人是誰，馬營長有消息能不能透露一點給兄弟？兄弟感激不盡。」

馬營長抬手指著胡長青哈哈笑，說：「你小子跟我耍滑頭。」

胡長青也哈哈笑，突然收了笑容，皺了眉頭說：「馬營長你可能有所耳聞，專殺日本刀手的那個傢伙給兄弟我招惹了太多的大麻煩。日本人整天向我要人，兄弟我又找不到那個人。馬營長若肯幫忙，就幫兄弟我一把。」

馬營長笑著說：「你小子又給我耍滑頭，這破事不關我的事，兄弟我幫不上忙。我只是好奇又趕巧在這疙瘩看見你才問問你。我可不信你小子真不知道是什麼人幹的那事，你小子會是個吃乾飯的笨蛋？開我玩笑。」

胡長青說：「我不瞞馬營長，我是查出了日本人沒查出來的事。我設想那個人是個玩鷹的人，是個鷹把式。」

馬營長說：「兄弟，你那設想我看有大毛病，你憑什麼設想那個人是個鷹把式？鷹把式憑什麼專殺日本刀手？」

胡長青說：「兄弟可不是瞎設想，兄弟在頭一起殺日本刀手的現場找到幾根羽毛，認識那幾根羽毛就是白海東青的羽毛。兄弟還設想那個鷹把式又連續做了後面的幾次案。馬營長你想，為什麼被殺的那四個日本刀手身邊有幾根鷹毛出現？為什麼後來在山城鎮、輯安、柳河、快大茂子街死的日本刀手的耳朵眼裏都有白鷹的羽毛？這幾起案子之間不可能沒聯繫。」

馬營長說：「那麼兄弟你認為殺日本刀手的人是一幫鷹把式，還是只有一個鷹把式呢？」

胡長青說：「兄弟現在想，應該是一個假的鷹把式在冒充真的鷹把式在跟日本刀手鬥刀殺人。兄弟把這個案子叫做『海東青殺人事件』。但是日本人是不知道兄弟的這些設想和已經查清的這些事的。兄弟這麼說，馬營長你信嗎？」

馬營長說：「這個名目叫得好，『海東青殺人事件』，好。海東青就是指殺日本刀手的那個人吧？那可就是一隻會用刀的又會飛的海東青了。兄弟你厲害，但你瞞日本人瞞得有毛病，你也瞞不了日本人。」

胡長青說：「不瞞馬營長，我在這個案子發生後，一直在想那隻會用刀殺人的海東青會不會是你馬營長？兄弟想，你馬營長就是那個假裝成鷹把式的殺日本刀手的海東青。」

馬營長愣一下，哈哈笑說：「是啊！我也在想怎麼不是我幹的呢？我要去殺日本刀手，我也整幾根白海東青翅膀上的大羽毛給日本刀手用上，叫你們公安大隊的人迷糊，那他媽多爽。兄弟，你小子給我說實話，你們公安大隊和日本人現在抓了幾個鷹把式了？」

胡長青說：「馬營長不愧是馬營長，猜到兄弟幹的這些事瞞不過日本人。也是，我身邊就有和日本人通氣的人，還不止一個。我上午查出來的事，不用過中午日本人都會知道。但是日本人到現在一個鷹把式也沒抓。可日本人爲什麼假裝不知道還逼著我們去查案呢？是日本人需要把這件事擴大，等日本人達到這個目的，日本人自己就動手抓那隻『會用刀的海東青』了。到那時，那隻海東青不管他是幾個人，是什麼人在他背後撐腰，他都跑不了。」

馬營長說：「兄弟說的我聽著有點道理，你們公安大隊跟日本人做戲爲的是保護這隻殺日本人的海東青。日本人也和你們做戲就是爲了把這個事件擴大，他媽的看來日本人現在贏了，他們的一個騎兵中隊堵在我的營門口了。咱們堂堂國軍幾個營的營門前都有日本兵小隊在堵著，上面還不叫咱們動手叫咱們忍著，真他媽憋氣。」

胡長青說：「這就是我懷疑你馬營長是那隻殺日本刀手的海東青的原因，你叫你的兵那麼喊操罵小鬼子，就是想和日本人對著幹。這是我這個小人物佩服你的地方，也是日本人看重你的地方，但咱們這一邊的大人物更看重你。」

馬營長聽不大明白，問：「什麼你們、咱們？大人物、小人物？咱們還不都是民國的兵嗎？還分什麼你們咱們的？」

胡長青笑笑沒再往下細說，看著馬營長說：「馬營長，你告訴兄弟，你真不是那隻『會用刀的海東青』？或者兄弟這樣問，那隻『會用刀的海東青』是不是馬營長你這個人？這地面上誰不知道你馬營長是馬刀王的孫子，是新一代的馬刀王。別人都知道馬刀王的刀法是馬上騎兵的刀法，但兄弟我瞭解到馬刀營的那些兵的刀法在地上與人搏擊一樣厲害無比。」

馬營長瞪起了眼睛，說：「我的馬刀營的刀法厲害那沒錯，都是我教的，那怎麼樣？你小子怎麼和關副縣長一個德行？就想叫我認了這一連串殺日本刀手的事？行，他媽的，我就替那隻會殺日本刀手的海東青頂了這事，那四個日本刀手和後面的幾個日本刀手都是我殺的。真是我用唐刀殺的，就是我自己去殺的，你怎麼著吧？」

胡長青哈哈笑說：「馬營長，這麼說兄弟我就知道你不是那隻用刀的海東青了。而且這裏有個誤會。那個賣肉的老康講述的那個殺日本刀手的真漢子和你太像了，那隻用刀的海東青殺後面那幾個日本人時也有人看到，他們講述起來還像你馬營長。我是一個公安，我知道即使不是你也得問問。但馬營長，兄弟我是真希望那隻用刀的海東青是你，那以後你在咱們滿洲國東邊道這一帶就名聲在外了。」

馬營長抓抓下巴上的幾根鬍子，斜視胡長青，想想說：「滿洲國？這東邊道地面是民國奉天省的轄區，怎麼成了你們的滿洲國？你們是誰？滿洲國他媽在哪兒？」

胡長青看著馬營長微笑，說：「你怎麼還不知道？咱們這裏就叫滿洲。」

馬營長說：「那是日本人的叫法。他媽的咱這裏是民國的東三省。你是民國地方上的公安大隊長，你他媽的也這麼叫？這個酒席埋汰了，不吃也罷，走了。」

馬營長站起來就走，胡長青站起阻攔。兩個人正爭執間，李廣富的聲音傳進來：「報告副大隊長，關副縣長到了。」

關副縣長人沒到笑聲先到，接著人才快步走進來，和馬營長打哈哈說笑。

胡長青說：「縣長，我差一點得罪了馬營長。馬營長，兄弟一會兒罰酒三杯致歉，請馬營長原諒兄弟。」

馬營長說：「你這是什麼屁話？這事就怪老關，你他媽請的什麼雞巴客。你老關毛一個什麼玩意兒。」

關副縣長臉上紅光滿面，被馬營長罵也不生氣，坐下打起了哈哈。胡長青對李廣富打個手勢，李廣富就去招呼上菜。

馬營長的勤務兵三虎子突然喊：「報告營長，你該上茅樓（廁所）了。」

胡長青和關副縣長都愣一下，扭頭看馬營長。馬營長說：「兄弟去茅樓上藥，腰上長顆瘡。你倆別瞪著眼珠瞎想，我老馬的瘡可不是花柳病。」

關副縣長和胡長青都笑了。

馬營長出了雅間去了旁邊的便所。但他並不是上藥，他的腰上也沒長什麼瘡，這是三虎子有事報告。

馬營長撒了尿，問：「三虎子，你發現什麼了？」

三虎子說：「大哥，那縣長老小子是從挨著的那個雅間裏悄悄出來的，那雅間裏還有幾個人。我背對那個雅間，但我的耳朵聽不錯。大哥，那幾個人好像說什麼滿洲國，聲音太小了聽不清，你和姓胡的說話嗓門又太大。就這些了。」

馬營長警惕起來，說：「今天這酒太埋汰，但大哥我不能不吃。三虎子你仔細了，咱可不能陰溝裏翻了船。」

三虎子說：「大哥，咱什麼陣仗沒幹過？兩把二十響大小機頭全翹著，要幹大哥就咳嗽一聲，蒼蠅也跑不了一隻。再說劉二奎那小子在外面盯著，放心吧大哥。」

馬營長沒洗手就回了雅間，愣了，雅間裏多了四個人。有一個人馬營長認識，是日本駐通化縣領事館分館主事原田小五郎，一人是個低眉順眼的日本女人。另外兩個日本人是原田小五郎的隨從，站在原田小五郎的身後。

關副縣長說：「老馬，今天真巧。原田先生和夫人也來這裏吃那道名菜『水淹七軍』。聽說你老馬在場，咱們一起聚聚。相邀不如偶遇，都是爲品嘗這道菜來的，咱和原田先生好好喝一喝。」

原田小五郎起身向馬營長彎腰點頭，用日本人的禮節問好打招呼。

馬營長說：「咱倆是老相識了，你點腦袋我不能跟你也點腦袋，咱倆握個手，今天你是我的好朋友。」

原田小五郎的表情看上去挺開心，伸出手和馬營長握手。關副縣長和胡長青都以爲馬營長去便所處理腰上的瘡，也認爲馬營長得的不是瘡而是花柳病，又看不出洗過手的樣子，就轉過臉去不忍心看原田小五郎和馬營長握手。

馬營長又把手伸向日本女人。他說：「這大老娘們是原田夫人？眉清目秀長得真他媽的好看，原田先生你小子真有福氣。」

原田小五郎點頭，很不情願地看著他的夫人和馬營長握了下手。關副縣長尷尬地笑了笑，還一個勁皺眉。

胡長青見機忙說：「原田先生知道『水淹七軍』是怎麼一道菜嗎？這是這家館子剛剛推出的一道美味，可是一絕啊。」

這時菜一道道上桌了。原田小五郎看著桌上的幾道菜，說：「我是中國通，我自然知道『水淹七軍』的典故，但我不曉得這道『水淹七軍』的名菜。請胡大隊長指點。」

胡長青說：「那我就先賣個關子，等原田先生品嘗了再說。」

馬營長說：「你這小子就是不爽快，這多他媽急人。一道用野雞、野鴨、野鴿子三道野玩意兒熬湯入味，配上馬、牛、羊、豬四種畜生的肉加幾塊爛蘿蔔，熬到時候再把那些乾的整出去，就留下湯，就是一盆爛蘿蔔湯，有什麼顯擺（炫耀）的。先給我來一盆野豬肉燉粉條，我餓了老半天了。」

胡長青神色卻不尷尬，笑笑說：「馬營長你這傢伙堂堂國軍少校，卻長了個裝粗糧的肚子。」

他就打響指叫李廣富給上野豬肉燉粉條，馬營長端起酒杯就喝酒，用筷子夾起菜就吃，嘴裏還嘟噥：「餓了，餓了，別怪兄弟不客氣了。」

剩骨頭。

胡長青不禁皺起眉頭，關副縣長也皺起了眉頭。

只有原田小五郎平靜地看著低頭一個勁吃的馬營長。

馬營長頭不抬，眼睛也不看別人，盯著桌面，一口氣吃了一大堆菜，一條小鱘魚也被他吃得只剩骨頭。

馬營長突然抬頭看著幾個人，說：「你們怎麼不吃？請我來不就是吃飯嗎？光我一個人吃算什麼玩意兒？來來，你們都吃啊。」

馬營長用筷子在其他剛上來的菜裏劃拉劃拉，又用嘴吸一下筷子頭又伸進去劃拉幾下，招呼幾個人快吃。這幾個人都現出噁心的表情，原田小五郎的漂亮夫人更是扭過頭去不看了。

馬營長說：「你們真不吃？我可不客氣了。咱當兵的是窮肚皮，什麼破玩意兒都能裝進去。我叫你們見識見識什麼是當兵的肚皮。三虎子！」

三虎子應聲進來，站得筆直。

馬營長說：「這些破玩意兒他們不吃，你吃吧。剩了可惜，叫他們知道不能糟蹋吃的東西。」

三虎子說：「是，謝營長，謝謝幾位長官。」

三虎子往靠門口坐的胡長青身邊一靠，不用筷子，用手抓著就往嘴裏塞。二三下就吃一盤菜，而且嘴裏還不住地嘟噥：媽的這小茄子（海參）好吃，這小母雞（野鴿子）好吃……

這幾個人就看傻了。

三虎子吃完了乾的菜和半乾的菜，就瞄上那盆「水淹七軍」的湯，嘿嘿笑笑說：「嘴裏有點鹹，這湯水我喝了。」

三虎子把湯盆端起來，一口氣就通通喝進肚了，放下湯盆還用眼睛在桌上找能吃的東西，眼睛發光，像條惡狼。

三虎子的樣子一下子看笑了原田小五郎的漂亮夫人。胡長青見過的女人當中，就數這日本女人最漂亮，胡長青後來一直這麼想。

馬營長說：「沒吃飽回去吃大餅子，我這屌兵真他媽丟人，丟了老子的臉。哥幾個，兄弟酒足飯飽，告辭了。」

馬營長站起來，整整軍裝，又向原田小五郎伸出手，說：「馬某人不懂客氣，馬某人改天接受原田先生的邀請登門拜訪原田先生和夫人。馬某人祝福你的夫人啥時候都這麼好看。我也祝願原田先生不要日夜不分拚命地和她幹，身子骨要緊要緊的幹活。」

馬營長說的話莫名其妙，說完話收回手，抬腳就走出雅間的門。他覺得來尿了，就拐進了便所。

等他從便所裏出來，看到原田小五郎夫婦和關副縣長、胡長青也出來了。幾個人說著話出了野味居，馬營長走下臺階時還說：「你幾個不是走吧?送送兄弟我就得了，你們沒吃什麼玩意兒，回去接著吃去。兄弟告辭、告辭了。」

馬營長在臺階下回身抱抱拳轉過身，剛走向紅馬，一個叫花子唱著要飯的小曲蹦跳著過來，往臺階下撲身一跪，抬頭仔細看原田小五郎的臉，張嘴就唱：「老爺太太行行好，明年生十個大胖小……」

胡長青擺手叫李廣富把叫花子趕走。原田小五郎的夫人卻攔住了李廣富，從隨身小包裏取出幾張紙幣，叫一個隨從去給了叫花子。

叫花子接了紙幣說：「謝謝好心的太太，太太妳今天走運了，真的走了好運了。」叫花子嘴裏嘟嘟噥噥地把紙幣往懷裏揣，手再從懷裏抽出來就多了一支二十響匣子槍，揚手跳起來對準向馬營長抱拳送別的原田小五郎就開火。原田小五郎連續中槍倒地。胡長青一個虎撲撲倒原田小五郎的夫人，抱著她滾下臺階去。

那叫花子又是一槍，擊中了原田小五郎的一個想掏槍反擊的隨從，又一槍擊中給他遞錢的那個日本隨從。這個日本隨從應聲倒地。叫花子又在他身上補射了一槍。

叫花子把槍對準蹲在地上抱了腦袋的關副縣長遲疑一下，又看一眼已經走到紅馬前的馬營長和手握雙槍看著他笑瞇瞇的三虎子，他知道三虎子不會向他開槍，否則他已經中槍了。

叫花子垂下槍掉頭向空中踢了兩腳，甩飛腳上穿的開花鞋——那鞋太破爛掛不住腳跟——然後光著腳丫開始奔跑。

馬營長看得清楚，那叫花子身體矮小，但跨動兩條短腿跑動起來快如奔馬，不一會兒就跑出街口，鑽進一條胡同沒影了。

那麼，這個叫花子一連串的動作中，爲什麼其他人沒開槍反擊任由叫花子跑掉呢？

在這些人裏，最應該開槍的是李廣富。李廣富掏槍也快，位置最好，就站在門外的牆邊。但他一下就聽出這個叫花子是搶了他的槍、叫他數一千個數的那個人。李廣富腦筋轉悠一下就想不能開槍，怕打死這個人洩漏他丟槍的事。他就一撲撲倒在野味居門外臺階下面的牆角不動了。就在此時，那個叫花子的槍就射向原田小五郎了。

再一個有機會開槍的是胡長青，但是胡長青抱著原田小五郎的夫人滾下臺階，抱緊這個日本女人趴在地上沒起來。也許是這種機會難得，胡長青不想起來，興許也想替這個漂亮的日本老娘們挨一槍。

另外一個可以開槍的是關副縣長，但他的位置不好，正面對著那個人，關副縣長只好抱了腦袋蹲下等死。在那個叫花子逃跑時，關副縣長還有機會開槍，但不知爲什麼又放棄了。

三虎子湊近馬營長悄聲說：「大哥，劉二奎跟上去了。」

馬營長小聲說：「你也去，帶那小子回來見我。」

馬營長又對關副縣長喊：「這飯吃得算怎麼回事？快送這傢伙去日本領事分館！沒準能救活呢。」

關副縣長和胡長青才忙著去救原田小五郎……

4

馬營長騎在馬上慢慢往回走，還在心裏回想那個叫花子的每一個動作，想到那個叫花子先甩飛爛鞋才光著腳丫逃跑就嘿嘿笑了，想，這個小子又冷靜又大膽又莽撞，是個可造之才。就是槍法太爛，像剛會拿槍的兵。這小子爲什麼要殺原田小五郎？他是哪個山頭的？

馬營長一路想著，來到大蘭子包子鋪的門前停下馬，但他只是翹翹屁股並沒下馬，而是夾了下馬腹，從大蘭子包子鋪門前跑過去，直接回了馬刀營營房。在營房的操場上騎馬轉圈，這是馬營長在思考問題，這種時候，別人是不敢過去問事的。

一連長老三、三連長老四都看看，又都忙自己的事去了。二連長老五去旅部打聽消息還沒回來。

馬營長邊縱馬轉圈跑邊想，胡長青真是瞄上他了。他還從胖子縣長那裏瞭解到，胖子縣長知道是佟九殺了日本人的。那爲什麼胡長青不去抓佟九？難道他會聽胖子縣長的，在佟九殺人事件上和日本人玩虛的？他不會利用這件事去討好日本人？

馬營長又想，難道胡長青真是要故意放過佟九？那爲什麼非要瞄著他？至少胡長青對待前後鬥殺日本刀手的事件應該都是不會認真對待的。那麼今天胡長青和關副縣長請吃飯想搞什麼呢？滿洲？滿洲國？咱們？你們？他們？大人物？小人物？這幾個詞從馬營長的腦海裏跳出來，馬營長又把這幾個詞從腦海裏趕開，那不是馬營長現在能想明白的事兒。

馬營長想，不管怎樣，殺日本刀手的招法真的用對了。用白海東青的羽毛插在日本刀手耳朵眼裏當記號，把佟九殺日本刀手的事件引到一邊去，他做到了。

其實，在馬營長頭一次住進大蘭子屋裏的那天，他和大蘭子談四個日本刀手被殺的事時，他就懷疑大蘭子和殺日本刀手的人有關係，否則大蘭子不會那麼緊張。

馬營長就在一天晚上悄悄去柳條溝門找了康鯤鵬，自然知道了佟九殺日本人的事，只是康鯤鵬不肯說出佟九住在哪座山裏。馬營長用槍頂上康鯤鵬的腦門康鯤鵬也沒說。當時康鯤鵬氣呼呼地告訴馬營長，他知道大蘭子喜歡馬營長，馬營長興許能幫上臭老九的忙，他才告訴馬營長這些。這些事不重要，公安大隊的人下下工夫就會知道，公安大隊的人知道了，日本人也就知道了。但你馬營長別想知道臭老九住在哪座山裏，這是死了也不能說的。

馬營長辦的這些事，連大蘭子也瞞著，因爲大蘭子沒對馬營長講佟九的事，馬營長也在等大蘭子開口告訴他，在馬營長看來那才是真正信任他。

後來，在馬營長準備好動手殺日本刀手時，才突然想到用白海東青的羽毛迷惑公安大隊和日本人，爲的是叫這些人懷疑有人故意把殺日本刀手的嫌疑轉嫁到某個或幾個鷹把式身上，而不去關注某個鷹把式。

現在看來，不管怎樣，馬營長一連串殺死幾個日本刀手之後，已經把嫌疑從佟九身上引開了。

當然，這只是馬營長單方面的想法，他並不知道胡長青和關副縣長把所有日本刀手被殺事件攪成一團都推向他的真正目的，也不知道今天關副縣長那麼古怪地請他吃飯的真正目的。

馬營長的腦袋在馬背上晃晃，似乎想亂了，所有的事處處有毛病處處是漏洞，又處處挺合理。

馬營長長嘆口氣，就停下馬，跳下馬背，把馬韁繩往一個士兵手裏一丟，大步去了營部……

第九章　三個半鬼子

1

當天下午，胡長青回到公安大隊不久就知道原田小五郎沒死，原因是叫花子的槍法太臭，近距離射擊也沒能成功。再一個原因是原田小五郎命大。

刺殺原田小五郎的叫花子是陳小腿。至於陳小腿爲什麼刺殺原田小五郎，慢慢大家就會明白……

陳小腿在范記大車店和佟九分手之後，在外面躲了幾天，見沒人來范記大車店抓他，他才相信佟九不會害他。他在這幾天裏也整明白了怎樣使用二十響匣槍，但又不敢多開槍練習射擊，怕打沒了子彈沒地方整去，所以陳小腿的槍法不可能好。他找到機會，仔細確認了仇人，才來刺殺原田小五郎。

陳小腿的第一槍擊中了原田小五郎的肚子。那顆子彈在原田小五郎的肚子裏遊走，連腸子都沒碰斷，只留下一個對穿的小眼，就打在野味居的門柱上了。第二槍擊中了原田小五郎的左胸，這本來是致命的一槍，但是那顆子彈被原田小五郎揣在左胸兜裏的銀製懷錶擋住了。陳小腿開第三槍的時候，原田小五郎正往下倒，子彈從原田小五郎的脖子右邊穿過去，飛進野味居裏打碎了一盞高掛的燈籠。

陳小腿沒算白費勁，他打死了一個人，就是遞給他紙幣的原田小五郎的隨從之一，那傢伙中的兩槍都是要害，當時就死了。另一個原田小五郎的隨從右肩上中了一槍，倒下了，陳小腿認爲他中槍摔倒死了……

胡長青得知消息後，馬上帶著李廣富去日本領事分館探望原田小五郎。胡長青叫李廣富在門外等他，他自己進去了，卻沒能見到原田小五郎，而是被日本人粗暴地趕了出來。胡長青明白日本人爲什麼這樣對待他，他知道到了必須向日本人交出一個刺客的時候了。只是這一連串刺殺日本人的刺客到底是誰？他怎麼交出去呢？這還是個疑問……

胡長青舉著雙手跑到領事分館的門外才站下，整理了被日本人扯亂的衣服，拍去了屁股上的一個鞋印，自嘲地笑笑，招呼神色吃驚又尷尬的李廣富走上了老城街。他抬頭看看縣城盡頭出現的夕陽，對李廣富說：

「這一天快過去了，你小子怎麼沒開一槍呢？」

李廣富想說什麼，也嘟噥了一句什麼話，就垂下腦袋不吱聲了。胡長青又說：

「是啊，你是不服。咱們誰也沒開槍，咱們誰都不想開槍。這件事看上去和馬營長沒關係，但不等於馬營長和那個叫花子沒關係。那個叫花子用的二十響匣槍和馬營長的勤務兵用的一樣。但他馬營長又不可能知道原田小五郎才是安排這次酒席的真正主人，你小子也不可能事先知道原田小五郎希望和馬營長見面的事，只有我和關副縣長知道。我想不明白原田小五郎爲什麼如此看重一個小小的國軍少校營長。這地面上又不止他一個少校營長，其他國軍營長、團長都比馬刀營人多槍好。馬刀營充其量是一個加強連的騎兵，能翻起什麼大浪？小鬼子的心眼咱們就是摸不透。」

李廣富對日本人爲什麼看重馬營長沒興趣，說：「長青哥，我一直想，會不會是原田小五郎自己找個叫花子給自己整三槍？那叫花子的三槍射得太巧了吧？一槍從肚腸之間穿出去，連腸子骨頭都

沒撞上。一槍打中了懷錶，還是隻大個頭三兩重的銀懷錶，像故意用銀懷錶來擋子彈似的。還一槍把脖子燙傷點皮。這不可能啊。那叫花子多冷靜，準是久經訓練的殺手。他打日本隨從那兩槍可準極了，都射中了要害。」

胡長青說：「日本人什麼事都能幹得出來，整出個苦肉計也不奇怪。我在奇怪原田小五郎怎麼會帶夫人出面見馬營長。」

胡長青此時的語氣有些醋意，腦海裏不由想起了原田小五郎的漂亮夫人，嘴唇不禁抿了一下。在抱著原田小五郎的夫人滾下臺階後他親吻了那夫人的嘴唇，當時腦袋就暈了一下。原田小五郎的夫人看著他的眼睛，那雙漂亮的眼睛裏閃出一道光，使胡長青打個冷戰，那一刻他像看到了一隻憤怒母狼的眼睛。

胡長青回想著那個漂亮的日本女人，輕輕嘆口氣，說：「不管怎樣，咱們有招應對。事情發生了就不能後悔。走，去『洋人的家』樂一樂。我有點想羅烈娃了，看那女人跳舞的感覺好極了。」

李廣富說：「這就對了，長青哥，日本人的事咱就得跟他們拐彎整。」

胡長青說：「現在這樣對付日本人還行，過一陣子就不行了。咱們這片天地要變了，現在我也在摸著石頭過河。」

李廣富說：「天再怎麼變你長青哥也不怕，你只能越變官越大。我人笨，就跟著長青哥混了。」

胡長青不再說話。兩個人走到大劇院門前那條街，李廣富想起一個事，說：「長青哥，你知道爲什麼你和馬營長喝酒那會兒我會去晚了嗎？」

胡長青扭頭瞪了李廣富一眼。

李廣富笑笑說：「是我遇到一個女的和一個小破孩。那個女的問我認不認識小破孩，她還打聽老康。我當時沒認出那小破孩，後來我記起那個小破孩是老康的兒子，我就追回去，可那女的和老康的兒子都沒了。所以我才去晚了。」

胡長青說：「老康那傢伙待在監獄裏幾個月好吃好喝還長肉了。但那傢伙是個漢子，他就是不說佟九藏在哪座山裏。」

李廣富嘆口氣，說：「這他媽的一堆破事都是那個屌雞巴鷹把式惹出來的。雞巴縣長還叫偷偷保護他。要不咱把那屌鷹把式交給日本人去頂了這些事，咱們一大幫人都沒煩心的事了。」

「那可不行，那傢伙是咱這裏的鷹王。把他交給日本人？你爸我爸這兩個玩鷹的老傢伙會生吃了咱哥倆。是我拐了幾個彎才叫胖子縣長上了套，默許咱們瞞著日本人保護佟九，我整的這一切事都是想叫佟九待在山裏別出來。我現在最怕那傢伙在山裏待煩了，拖一大扒犁野雞跑出來找老康，再被日本人捉了，那就更麻煩了。咱們去爽一下再去問問老康，叫老康明白咱們找到佟九是爲佟九好。」

李廣富說：「我看老康什麼都能說，就是佟九貓在哪兒他是死也不會說，咱去了還是白去。長青哥你下了多少功夫了，打、矇、餓、騙全用過了，都不好使。咱用個老騙子和老康成了獄友和老康整天喝酒套話也不好使。除非……他媽的那招損了點。」

胡長青說：「你是說用老康的兒子強迫老康開口？」

李廣富說：「長青哥，我就是隨便一想。說到底，老康還是咱倆拜過的乾爸爸。他兒子也就是咱倆的乾兄弟，那招咱們不能用。」

胡長青說：「是不能用，那招挺損，但可以試試。你明天找個小叫花子，剁根手指頭去嚇嚇老康。」

李廣富說：「行，咱就怎麼幹。可是長青哥，咱爲什麼非要知道佟九住哪兒呢？日本人不認識佟九。他們現在只知道有一個或幾個人用刀殺他們的刀手。在現場死屍的耳朵眼裏雖有鷹毛也不能聯想到是咱這疙瘩的鷹把式殺的人，就算聯想到，也不知道是佟九啊。我可想不明白了。」

胡長青沒說日本人現在知道的比李廣富想到的多得多，也沒說他想控制佟九的真正用心，只是看著李廣富說：「明天你照我說的去幹吧。」

李廣富說：「行，我明天一早就幹。小叫花子街上多得是，我找個好看的瘦點的剁根手指頭嚇老康。」

胡長青和李廣富進了「洋人的家」，就覺得這裏太冷清，也沒有舞女笑著迎出來。因爲「洋人的家」出了事突然不開張了。但胡長青是不能怠慢的。於是那個曾經的貴夫人就和霍克把胡長青請進去坐下奉上茶，那位貴夫人就用手帕擦眼睛，抽抽搭搭地哭了起來。

胡長青覺得鬧心，他不是爲看一個俄國老娘們的淚水而來的。何況俄國女人一旦過了四十歲，身體、皮膚就不能看了。

胡長青看眼李廣富就皺眉。霍克說：「胡先生，請諒解夫人的失態。我們剛剛經歷了不幸，馬羅夫主人中風不能動了。夫人很傷心。」

那貴夫人細聲細氣叫一聲，就哭出聲了。

胡長青站起來就往外走，他不敢看那貴夫人的那張臉，所有欲望全都沒有了。霍克送了出來。

李廣富說：「你們這兒什麼時候能和以前一樣？那老娘們哭的功夫真他媽厲害，我的那玩意兒都縮回肚子裏了。」

霍克說：「對不起李先生，明天，或許後天就會好的。我保證。」

李廣富說：「你保證？你保證個屌，你是看大門的。」

霍克說：「是的，李先生你是對的。我從前是看守大門的老霍克。可現在不是了，我在協助夫人主持這裏的一切。」

李廣富說：「挺好，真挺好。你個老小子乾脆整死那個半死的馬羅夫，娶了那黃毛老娘們得了，你就當家做主了。」

霍克說：「李先生的話我聽不明白。」

李廣富說：「操！你裝大尾巴鷹吧？我不信你老小子不這麼想。」

胡長青插話說：「霍克先生，你這幾個月見過尼婭佐娃嗎？」

霍克看上去吃了一驚，說：「天啊！你有我可憐寶貝的消息？太好了胡先生。請把我的外甥女還給我。」

胡長青說：「我是問你尼婭佐娃回來過嗎？」

霍克表情失望極了，說：「她被人綁架了，你們沒有辦法幫助我。我要掙一大筆錢雇你們公安大隊的人去找她。」

李廣富推了霍克一把，說：「老糊塗蛋，哪跟哪都分不清楚。滾你的蛋吧！」

李廣富隨胡長青走到街口，說：「長青哥，咱怎麼辦？我的那玩意兒真縮回肚子裏了。那老娘

們哭就哭唄，還化上厚厚的妝哭，她哭起來真他媽難看。」

胡長青嘆口氣，沒說他也一樣……

2

馬營長在營部裏一邊等二連長老五一邊和一連長老三下象棋，一口氣連輸了三盤，不服氣又叫著下第四盤棋，卻被外面傳來的聲音吵煩了。馬營長問剛從旅部回來的二連長老五：

「老五，小鬼子在出操？他們今天出操喊什麼喊這麼響？」

老五說：「我回來就上警崗上看了，小鬼子在練劈刺。他們小鬼子的馬刀好，馬也好，劈刺準確有力，可跟咱們馬刀營比劈刺，他們的功夫還差一大截，小鬼子那劈刺盡使笨力氣，太蠢。」

馬營長聽了這樣的話不但沒高興反而鬧心了，推開棋盤不下了。又問二連長：「老五，你去旅部沒新的命令吧？打聽出什麼了？」

老五正點煙，停頓一下說：「旅部的上邊也沒有新命令，我是白去一趟。不過大哥，我可聽說旅長去省城了。」

馬營長說：「旅長老去省城，他大老婆在省城，這有什麼奇怪的。」

老五說：「大哥說的也是，那不奇怪。可是大哥，你沒聽說咱們這疙瘩要變天的事嗎？」

馬營長說：「變天？下雨？下雨有什麼？這天離下雪還有一個月呢。」

老五嘿嘿笑，說：「這他媽扯哪去了？我聽說咱這疙瘩要脫離民國成立滿洲國了。是旅部的王參謀偷偷告訴我的。那咱們民國政府能答應？大哥，我看咱們過一陣兒說不定要和什麼軍隊在這疙瘩幹仗了。」

馬營長猛然想起胡長青說的關於滿洲、滿洲國的話，就抬手敲腦門，想到關副縣長請他和原田小五郎拐個彎見面吃飯的事了。他也想到關副縣長和胡長青可能都不算民國的地方官了，也就後悔把中午的那頓飯攪了局了。現在想來，至少他應該聽聽關副縣長和原田小五郎對他能說什麼，這滿洲國是怎麼回事吧？

馬營長敲著腦門說：「媽的，這腦袋瓜子變笨了。怎麼沒想到想知道別人要幹什麼得聽別人說完話呢？」

一連長老三說：「真的，大哥，你說對了。咱們現在都變笨了。這疙瘩表面看起來還平靜，那是暴風雪快來前的平靜。我總覺得這縣城裏變得不對味兒，像要發生什麼事。這感覺像咱們以前爭山頭打仗似的，挺鬧心還奇奇怪怪地挺激動。我還聽人說山城鎮的老邵最近和小日本走得賊近乎。老邵後天的壽宴大哥還去嗎？老邵會不會投了日本人？」

馬營長說：「別瞎說，老邵和日本人走得近那是假的。別人還傳我和日本人走得近呢。老邵的壽宴咱們每年都去，這次不去不好。這樣，現在形勢不對頭，我自己去會老邵，你倆和老四留下看家。」

老三說：「這也行，大哥速去速回，估計也沒什麼事。」

老五說：「這要是真成了滿洲國，咱們這疙瘩的國軍算什麼呢？這滿洲國準有小鬼子撐腰，上面又不叫咱和小鬼子幹。萬一小鬼子的騎兵中隊找一天給咱來個偷襲，咱就吃大虧了。」

馬營長想，這是可能發生的事。他還想，並不是他的腦袋瓜子變笨了，而是不明白上面在幹什

麼，他心裏沒底了。

老三說：「我防著小鬼子呢！我加了暗崗盯著小鬼子，他們一動咱們就知道。我的一連動作快，一刻鐘就能衝出去幹小鬼子。」

老五說：「咱們二連行動慢，就斷後打接應。可是真要和小鬼子幹起來，這疙瘩是滿洲國了，誰是咱們國軍，誰是滿洲國地方軍咱都整不清楚。咱們打起來怎麼辦呢？」

馬營長看一連長老三、二連長老五和三連長老四都看著他，便敲下腦門說：「問我？我他媽問誰呢？這事想想真麻煩了。胖子縣長和前副縣長早早走了，我現在想他們是早知道大事不好先逃去關內了。不過老三老五老四，咱們軍人就是打仗的，給我好好盯著小鬼子的騎兵中隊，咱就算沒有命令，看苗頭不對咱們就搶先整了小鬼子的騎兵中隊。我明天去山城鎮正好去摸摸老邵的底。」

馬營長在兵營裏吃過晚飯，出去檢查崗哨，又爬上警崗往日本兵營裏邊看，卻看到三虎子和劉二奎合騎一匹馬從龍嶺街口跑回來。他看他們沒帶回那個刺殺原田小五郎的叫花子，就在警崗上往下大聲喊，叫三虎子和劉二奎先去吃飯，一會兒營部裏再說事。

警崗上的哨兵說：「營長大哥，你不能老爬這上面來，人家日本中隊的那個大尉中隊長就不像你似的總往警崗上爬。你被人家一槍報銷了，咱們馬刀營怎麼辦？」

馬營長說：「現在還沒事，小鬼子不敢給我一槍。再說距離遠，步槍射這麼遠就不準了。你小子別他媽忍不住先揍小鬼子的那哨兵，現在要盯著。小鬼子這一天有新鮮事嗎？」

哨兵說：「有啊！剛剛二連長來查哨我報告二連長了。小鬼子的兵營裏剛剛進去十幾輛馬車，馬車上用綠色大布蓋著，看不出是什麼東西。二連長說晚上叫一個兄弟摸進去摸摸是什麼。」

馬營長拍拍哨兵的肩頭就順著木梯下了警崗，在兵營裏又轉了一圈，去看了兩百來匹戰馬，馬都在吃草料。他把每匹馬都拍拍，見餵養得挺好，才回了營部。

三虎子和劉二奎已經吃完飯，臉對臉坐著吸煙吹牛呢！見馬營長進來都丟下煙立正站好。

馬營長說：「坐下說，二奎，你不跟那叫花子去了嗎？沒追上那小子？這不可能，你是飛毛腿啊！」

劉二奎是個瘦骨嶙峋的漢子，也是馬營長的勤務兵。平時馬營長外出時劉二奎總是悄悄去打前站。這是馬營長久居草莽養成的習慣，成了國軍少校營長這習慣也沒改。

劉二奎說：「大哥，我可他媽見識什麼是真正的飛毛腿了，那個叫花子的那雙光腳丫子跑起來飛輪似的。我就想和他較量較量，我瞄著叫花子就追，我想跑上五里地那小子就不行了。可是大哥，我想錯了，我一下子追了十五里地也沒追上那小子。我看著那雙黑鐵皮似的腳底板一翻一翻跑在我前面，咱們兩個轉幾個圈鑽十幾條胡同跑出了縣城，跑上快大茂子街了。我想再跑上十五里地，那小子準趴下。可是大哥，又追了十五里地，我趴下了，那小子的腳丫子還劈啪地跑在我前面，咱們中間的距離不但沒縮短又他媽拉長了。我喊那小子停下，我說我想和他交朋友沒惡意。這小子喊什麼雞鴨不同床，後會無期。我實在追不動了，在路邊躺了半個多時辰，三虎子才趕來。後面的事叫三虎子說吧。」

三虎子說：「我在縣城找了好幾圈才打聽出一個叫花子和一個兵一追一逃跑出縣城向西去了。我騎馬追出去，看見二奎正趴山路邊上喘氣。我騎馬又追，可我連那小子的影都沒看見。我倆慢慢歇會兒走會兒再坐會兒馬才回來了。大哥，馬也累壞了。」

馬營長哈哈大笑，說：「沒緣分，那小子和我沒緣分，算了。二奎，咱們明天一早去山城鎮，你怎麼樣？騎馬走行吧？」

劉二奎說：「當然。大哥，我想那小子是個南方人，他殺日本人那會兒是故意說北方話的，是想叫人認爲他是北方人。可那小子一句『雞鴨不同床』洩底了，南方人才睡床啊。再說他那雙腳丫子那麼抗磨，準是從小不穿鞋在地裏幹活磨出來的。」

馬營長說：「你小子的仔細勁我就是喜歡，但你小子不知道，說話一口地瓜味的北方人也睡床，那小子就是闖關東來的北方人。我現在回去看我老媳婦，你倆明早去接我。咱們一大早就走。」

劉二奎說：「大哥，咱們的白鷹毛就剩一根了，去山城鎮殺多了日本刀手就沒的用了。我想了一個招，這回咱不用白鷹的毛當信號了，咱改改，咱用豬尾巴，殺了日本刀手咱把豬尾巴插在日本刀手的屁股裏。怎樣？」

三虎子說：「二奎這招挺好，用海東青的毛給日本人當陪葬，那是埋汰了咱的神鷹。大哥，二奎腿軟了，我去整幾根小豬尾巴明天帶上。」

馬營長哈哈笑著說：「你兩個小子別胡鬧，我用白海東青的毛給日本刀手陪葬另有原因。知道嗎？公安大隊的那些王八犢子和小鬼子叫咱們『會用刀的海東青』，把咱們殺日本刀手的事叫了『海東青殺人事件』。咱們明天不是去山城鎮殺日本刀手，咱們是去赴老邵那傢伙的壽宴，是去喝酒，碰不上日本刀手咱就不殺。你倆到了老邵的地頭就可勁吃肉吧，那傢伙是個壞種，偷著買賣大煙比咱們富。」

馬營長笑著出了兵營，快步去了大蘭子家。可馬營長和大蘭子親熱了一回，剛剛睡著，三虎子就跑來敲開門把馬營長叫回了營部……

3

馬營長回了營部，見營裏的主要人物都在，一個個臉上都挺嚴肅，就坐下問：「這是怎麼了？老五你怎麼也哭喪臉了？」

二連長老五說：「大哥，日本關東軍在瀋陽動手了。咱們剛接到上級的命令，不准抵抗，馬上撤進關內。我還剛剛得到消息，東邊道鎮守使姓于的那老小子投靠小日本了。這王八犢子下令東邊道各縣府地方部隊和各縣公安大隊放下武器，接受日本軍隊改編。大哥，咱們是國軍，整不好咱們就會陷進地方僞軍和日本軍隊的包圍圈裏，怎麼辦？」

聽著老五的話，馬營長一連串愣了好幾次神。

一連長老三說：「大哥，咱們馬刀營在旅長眼裏一向姥姥不親舅舅不愛，咱們平時能忍就忍了。可這麼大的事兒，那些王八犢子肯定是最後才想起告訴咱們的。咱們的家就在這疙瘩，咱們憑什麼去關內？咱們這塊地面就他媽這麼讓了？我操！」

馬營長擺擺手轉身走出營部，在操場上轉圈。這個命令太意外了，東邊道鎮守使投靠日本太意外了，國軍東北軍各部撤出東北太意外了。

許多人記住了這個午夜，一九三一年九月三十日，九一八事變後的第十二天……

馬營長此刻不管怎麼轉圈也想不出好的應對之策，也不知道他的一百三十七名騎兵此時已經走不了了。

馬營長跺下腳又回了營部，被營部裏的煙嗆得流出了眼淚，說：「都他媽少抽點煙，這都開鍋了。」

劉二奎就去推開窗子。一連長老三說：「大哥，咱們兄弟商量了，意見不一樣。我的意思咱們營留在這疙瘩。咱們不當僞軍、不投小日本。咱們有槍有馬豎大旗拉部隊占山爲王打小日本。憑咱們馬刀營馬刀王的名聲，只要大哥豎起大旗，不出十天就能組成馬刀團。」

二連長老五說：「大哥，我看咱們先從通化縣城撤出去，先走一步看看。」

三連長老四只顧吸煙不吱聲。

又有幾個人開始吵，他們中大多數人希望留下來。馬營長聽著每個人的意見，似乎拿不定主意。

這時，一個穿便衣的士兵急匆匆跑進營部。他是二連長老五晚上派出去探察日本騎兵中隊運來了什麼的那個士兵。他帶回了日本騎兵中隊的消息。可能太著急了，他連「報告」都忘了喊，闖進營部就喊：「二連長，五哥，我回來了。」

老五問：「你看見什麼了，慢點說，說仔細了。」

這個士兵說：「五哥、大哥，我看見鬼子兵營裏多了一個中隊的步兵。還有十幾挺小碗口粗的炮，是從馬車上整下來的。大哥，小鬼子的一小隊騎兵悄悄往西山口那邊去了。有一隊步兵在擺弄那些炮，那些炮坐在地上，兩尺長的炮筒向天斜著，炮彈上有十字鐵片似的尾巴，半尺多長。我就看到這些，就回來了。」

老五問：「誰知道小鬼子那是什麼炮？能打多遠？」

沒有人回答，這些人都看著馬營長。馬營長一下子醒悟了，說：

「你們聽著，老三，你馬上叫醒一連的兄弟帶足彈藥悄悄撤出去，撤向龍泉河口。聽到咱們的喊殺聲你帶一連過龍泉河從官道繞過去，揍小鬼子兵營的屁股。老四，你去帶上後備三連，帶上彈藥糧食從營後門出去，上大頂子山口等咱們。老五你帶二連跟我走，咱先繞出去幹小鬼子一傢伙。」

老五問：「咱們這就跟小鬼子幹？」

馬營長說：「別廢話，快行動，遲了小鬼子的炮彈就砸腦袋瓜子上了。記得都他媽悄悄的不能出聲。」

老三、老五和老四出去準備。馬營長把那把在這幾個月裏殺掉七個日本刀手的唐刀掛在武裝帶上，整整軍裝從營部出來，看著一連五十幾個騎兵背著槍，別著馬刀，牽著馬順牆角一個隨一個悄悄從營門走出去。二連的四十幾個騎兵隨著老五也走到了營門口。只有三連長老四麻煩點，正帶著五十幾個老弱騎兵往馬背上綁東西。

馬營長透出口氣，心想可能還來得及，就牽著蒙古紅馬往營門口走。

正在這時，他聽到了一串哨子似的聲音，抬頭看去，看到十幾發炮彈從頭頂飛過去落下。十幾聲巨響之後，一連、二連剛剛離開的營房就被摧毀了。

馬營長看著火光沖起滾出濃煙的營房笑了一下，心想，真是剛剛好，多虧老五派的那個機靈的兄弟，要不全完了。

馬營長牽馬快步往營門口走，腦袋頂上突然亮了，是日本兵營的探照燈照了過來。馬營長一躍

上馬，大喊：「上馬，衝出去！」

這時，馬營長聽到剛剛出去往龍泉河口聚集的一連已經和日本兵交火了。馬營長的心顫了一下，想，一連可能中了小鬼子的埋伏。

二連長老五喊：「大哥，快！」三虎子抬手甩了蒙古紅馬一鞭子，蒙古紅馬嘶叫一聲，向營門口跑。三虎子和劉二奎縱馬跟上。

這時，又一排十幾發炮彈落下來，把營部周圍炸了個亂七八糟。隨後又有十幾發炮彈落下，老四的後備三連行動慢，大多數人員馬匹沒能逃出後營門就死在炮火之下了。逃出去的三連長老四和十幾個兄弟也沒能活著趕到大頂子山口，在半路就被日本一個騎兵小隊截住，經過小半個時辰的戰鬥，全部陣亡……

馬營長隨著二連衝出營門，大聲命令全連向右拐，不能去偷襲日本兵營了，要隨在一連的後面衝過去，支持一連衝出日本兵的埋伏。

馬營長隨著二連四五十騎一陣風似的衝到龍泉河口的周邊，二連長老五派人過來報告，前面的一連反擊的衝鋒聲消失了，問馬營長怎麼辦？

馬營長縱馬跑過去，路邊不時出現一連兄弟的屍體和馬的屍體。馬營長說：

「小鬼子沒用，他們的騎兵中隊跟咱們一連幹一仗，而是把一連引到這裏用輕重機槍伏擊。他媽的，一連全完了。」

二連長老五說：「大哥，咱們怎麼辦？回頭衝出去？」

馬營長說：「來不及了，咱回頭正好撞到小鬼子的槍口上。那是居民區的街道，咱們不可能頂著機槍子彈衝出去。咱們只有往前衝，順河道衝進龍嶺山裏去。」

二連長老五說：「他媽的，小鬼子爲什麼不和咱們馬刀營來一次騎兵對騎兵的拚殺？大哥，我他媽的死也不服。大哥你跟上。小不點，你小子機靈點，跟住營長別亂跑。」

小不點急忙答應一聲：「是！」

二連長老五帶過馬頭揮舞馬刀帶著三十幾個騎兵吶喊著，向前面龍泉河口的河道衝過去，試圖沿龍泉河道衝進龍嶺山裏。

日本兵營悄悄調來的一個步兵中隊布成馬蹄鐵的形狀正守在河道那裏，二三十挺輕重機槍齊聲吼叫，二連長老五帶三十幾個騎兵像一連一樣，很快一個一個中彈撲倒在龍泉河冰冷的河水中。二連的衝鋒聲也消失了。

馬營長知道今日大勢將去，這和他想過無數次的死法都不相同。他想不到日本騎兵並不同他號稱「馬刀王」的騎兵營交鋒，而是把他的馬刀營可能突圍的路線堵住，用輕重機槍對付他的騎兵。如果有突圍出去的馬刀營騎兵，日本騎兵自然會去截擊。這是全殲馬刀營騎兵最好的戰術。

馬營長命令身邊的十幾個人不再縱馬強行突圍，那是白白送死，而是把馬匹放倒，在河灘上組成一個方陣。他此時想的是盡可能使用步槍多殺幾個日本兵。

馬營長說：「兄弟們，咱們全營上下一百三十八個人，咱殺一百三十八個鬼子才剛剛夠本。兄弟們幹吧！」

日本兵從四周圍上來，品嘗了馬刀營這些鬍子出身的東北國軍的厲害。馬營長的這些兵不只是刀法厲害，槍法一樣厲害。尤其三虎子和劉二奎，四支二十響大肚匣子幾乎百發百中。

三虎子說：「大哥，我數了，我幹掉十一個小鬼子了。」

劉二奎說：「大哥，我幹掉了九個。」

馬營長說：「操！你倆比我強，我才幹掉了六個。你們呢？」

一個兵說：「我幹掉三個小鬼子，有一個小鬼子被我打趴下又爬起來打個滾滾跑了。操！算幹掉兩個吧！」

一個兵說：「我也整死了三個，有兩個小鬼子被我打中了他媽的鐵帽子，揍趴下了，也可能沒死。就算三個吧。」

一個兵說：「大哥，我瞄著戴布帽子的小鬼子的腦袋打，幹掉了兩個。」

一個兵說：「那他媽叫日本鋼盔，什麼鐵帽子？戴鋼盔的才是他媽的真的日本小鬼子。戴布帽子的是二鬼子，他們幫小鬼子打咱們，更壞。我幹掉了四個二鬼子，打傷的三個小鬼子不算。」

叫小不點的兵年紀小，個頭也小，只有十五歲，是二連長老五在街上看到領進兵營的小叫花子，也是二連長老五一手教出來的兵，他聽別人報數沒吱聲。

馬營長問：「小不點，你呢？打死了幾個？」

小不點說：「營長，我的槍騎馬跑時沒拿住跑掉了。一會兒鬼子兵上來，我用馬刀砍鬼子兵的頭。」

馬營長哈哈大笑，說：「行，小子，咱們就這麼幹。小鬼子知道咱們的槍法厲害不硬衝了。你們說我這營長大哥多他媽笨，咱要是早點用這招對付小鬼子，老三老五他們就不用死得那麼難看了。」

日本兵退了下去，貓著腰跑出來一個人，躲在一棵樹後，探出半個腦袋遠遠地喊話，叫馬營長投降。

馬營長聽聽說：「這狗東西不是日本人，是說東北話的中國人。三虎子，你用步槍把這個狗東西斃了。」

三虎子要過一支步槍，探頭出去瞄了瞄準，一槍射出，那個傢伙叫一聲，從樹後栽倒了。

戰場上出現了短暫的平靜，這時臨近黎明，天邊透出了紅光。

日本兵的輕重機槍又響了。馬營長他們那一圈起沙包掩體作用的戰馬早就被打死了，戰馬的身上又中了一發發機槍子彈。有幾個兵抽冷子探頭射擊，被日本兵擊中，中彈陣亡了。

劉二奎說：「大哥，咱們喘氣的還有九個兄弟，咱要是都死了，馬刀營就絕種了。三虎子，你帶大哥爬進那邊的草溝裏，咱們衝一下引開小鬼子，你保大哥逃出去，再拉人馬給兄弟們報仇。」

三虎子說：「我看行，你小子腿快，大哥要是跑不動了，你可以背大哥快跑。我帶兄弟們引開小鬼子。」

馬營長伸手從一個兵的衣兜裏掏出包煙，抽出一支叼在嘴上，又拿下來，說：

「他媽的要死了還吸什麼煙呢？兄弟們，咱們馬刀營一會兒就絕種了，你們都跟著我，咱們二十年之後再幹小鬼子。」

小不點細聲細氣地哭了起來，惹得幾個兵哈哈大笑。

日本兵不再用步兵上去圍擊，用了炮。幾炮轟下來，馬營長把腦袋從沙土裏抬起來，吐出嘴裏的沙土，抹去臉上的沙土，把撲在身上炸飛半個身子的三虎子推開。向四周看看，幾個兄弟都沒動靜了。人的胳膊、腿，馬的四肢雜物飛得到處都是。馬營長卻沒中炮，只是軍裝被彈片劃出幾個口子。馬營長把唐刀拔出來，聽聽日本兵上來了，喊一聲：「沒死的都爬起來，站他媽直了，跟大哥衝。」說完跳起來，迎著日本兵衝過去。

在另一堆沙土裏鑽出了小不點，又站起了劉二奎。劉二奎站起來又摔倒了，他的一條腿炸飛了，倒地後很快就死了。

馬營長揮唐刀大步如飛往前撲，渴望讓他的唐刀再嘗嘗小鬼子的鮮血。可是日本兵不給馬營長用刀搏殺的機會，一排槍射過來，馬營長頓時停住了腳步，他的腰弓下去——他的肚子上右臂上中了三彈。

眼看馬營長站不住快要倒下了，他突然大喊一聲，右手的唐刀舞出一個刀花，唐刀刀尖向下，「嗤」的一聲，從右腳面上插進去，用唐刀把自己釘在地上，使自己能夠站穩不摔倒。

圍上來的一群日本兵一愣，又一排槍打過來，馬營長透過腳背的刀鬆動了。因爲馬營長的腳下是大東北鬆軟的沙土，雖有堅硬鋒利的唐刀支撐也不能使他站立住，更不能使他站直。馬營長向後倒了下去……

日本兵圍上了衝到馬營長身邊的小不點。小不點右手裏的馬刀垂下來垂在右腿邊，看著倒下的馬營長扁著嘴哭。

一群日本兵放心了，似乎還想拿這個哭鼻子的馬刀營小兵開心一下。一個日本兵挺刺刀過來對小不點的肚子哇哇叫著虛刺。

小不點吸了下鼻子，突然揮起馬刀跨動雙腿打了個轉，躲開日本兵的虛刺，轉到那個日本兵身前，手中的馬刀一個斜劈，那個日本兵的腦袋就飛離了脖子，血沖天噴出去。

小不點喊：「一個鬼子！」

小不點兩條腿又一個打轉，馬刀劈出，又一個還在發愣的日本兵的腦袋飛離了脖子。

小不點喊：「兩個鬼子！」

小不點再一個側身扭腰，躲開一個日本兵前刺的刺刀，手中的馬刀卻刺進那個日本兵的肚子裏。他抬腳一腳踹在那個日本兵的肚子上，借力拔出馬刀，大喊：「三個鬼子！」

小不點又一個飛身，躲開兩把從後面刺過來的刺刀，前衝一大步，扭下腰閃開一個日本兵刺向前胸的刺刀，一刀砍向那個日本兵的腦袋。那個日本兵向後退，小不點這一刀砍偏了，砍掉了那個日本兵托槍的右胳膊。

小不點愣一下，喊：「半個鬼子！」

小不點這一愣之下，後背就被兩個日本兵的刺刀捅進去，刀尖從前胸透出來。他一下頓住，低頭看著胸口的刺刀尖，吸了下鼻子，嘟囔：「營長大哥，三個半……」

隨著那兩把刺刀的離體而出，小不點向前撲倒，他的手裏依舊緊緊地握著馬刀。小不點是馬刀營裏唯一一個用馬刀幹掉三個日本兵、砍傷一個日本兵的騎兵……

4

馬刀營全營陣亡的事件幾天之後就淡化了。日本人佔領東北的目的是同化東北、經營東北和奴役東北。這塊富饒的黑土地在日本人的鐵蹄下，開始了長達十餘年的呻吟……

胡長青被關副縣長叫到縣府談了幾句，就帶上李廣富隨關副縣長和關副縣長的隨從韓文奎一起去日本領事館駐通化分館看望原田小五郎。

原田小五郎已經可以在病床上坐起來了，精神也挺好。他的夫人、那位漂亮的日本女人陪著原田小五郎。她的目光在胡長青的臉上停滯一下，才彎下腰請關副縣長和胡長青坐下。

胡長青從看到這位日本女人起，呼吸就緊了，惴惴不安小心地坐下，努力控制住自己，提醒自己不能看這個日本女人。

原田小五郎首先對胡長青說：「胡君，你是我的好朋友，我感謝你救了我的夫人。我非常感動。」

胡長青看著原田小五郎，說：「我很抱歉沒能幫助原田先生，我自責得很。」

關副縣長說：「原田先生可謂福大命大，用我們的話說，就是大難不死必有後福。」

原田小五郎說：「不、不、不，不是我命大，是那個叫花子命大，他跑掉了。我不能開心。」

關副縣長扭頭看看胡長青。

胡長青說：「那個刺客跑不掉，我想很快會抓到他的。原田先生可以放心，那種事不會再發生了。」

原田小五郎說：「抓那個叫花子是小事，我相信你們可以抓到他，『海東青殺人事件』才是大事。胡君，『會用刀的海東青』你什麼時候交給我？在東邊道地區、通化縣城，不能有人過於關注這隻『會用刀的海東青』。我們要找到他，徹底消滅他。我知道海東青是東方的神鷹，在滿洲具有特殊的精神意義。但是那種鷹的精神，不是我們需要的，胡君你要明白這一點。」

胡長青說：「原田先生，你可能理解錯了。海東青不過是咱們滿族人用來打獵的一種鷹，像貴國獵人使用的獵犬一樣，只是工具。當然在民間海東青被視爲一種精神圖騰，但那是虛幻的，對我們不是威脅。」

原田小五郎說：「不、不、不，你不明白，你錯了。這種鷹的精神不能爲我們所用，就不允許存在。」

關副縣長說：「原田先生，海東青就是好幾種鷹的通用俗稱，比如白羽毛的鷹、紅羽毛的鷹、黃羽毛的鷹、青羽毛的鷹、黑羽毛的鷹等等。牠們身上又都生有別的顏色的小羽毛，看上去花花的挺好看。不過不算大，大的才三斤左右。都是來來往往的候鳥，真沒什麼。原田先生想要玩海東青，我可以給原田先生整個十隻八隻的玩……」

關副縣長看著原田小五郎的臉色越來越黑，不禁閉嘴了。

胡長青說：「原田先生，『海東青殺人事件』不關海東青的精神的事，只不過殺人者使用海東青的羽毛當記號而已。海東青是鷹，鷹殺不了人。殺人的還是人，和海東青的精神沒有關係。」

原田小五郎說：「胡君，海東青不只是隻鷹那麼簡單。牠還是一種不允許在這裏存在的精神。『海東青殺人事件』的那個人在利用這種精神，我們要抓到這個人，同時消滅這個人的肉體和他的精神。胡君你要明白這個的重要性。」

胡長青看著原田小五郎，原田小五郎的夫人給他遞過來一杯茶，他伸手去接，手抖了，茶水灑上了褲子。胡長青急忙站起來，問那夫人燙到手沒有，原田小五郎的夫人彎下腰行禮說抱歉。他一下子又不知道說什麼好了。

關副縣長說：「我看『海東青殺人事件』可以結案了。」

原田小五郎擺手叫胡長青坐下，說：「胡君，我的夫人給你準備了一份小禮物，你回去慢慢地看。關君，你說『海東青殺人事件』可以結案了，我的同意。那麼，那隻『會用刀的海東青』你要馬上交給我。」

關副縣長咧嘴一笑，說：「我和胡大隊長今天的來意一是看望原田先生，二就是向原田先生交代『海東青殺人事件』。長青你來說吧。」

胡長青控制了一下情緒，說：「原田先生，『海東青殺人事件』真的可以結案了。」

原田小五郎往上坐直了些，他的夫人過去把靠背的墊子整理一下，在原田小五郎的背後悄悄用眼睛瞄胡長青，臉上現出柔美的微笑。胡長青感覺到那道目光和那種微笑，腦門上快冒汗了。

胡長青把腦袋往下低低，努力不去看原田小五郎的夫人，說：「原田先生，經過我們的不懈偵辦，我們確認了『海東青殺人事件』的真正凶手。可是出了一點意外，我們現在無法把這位真凶交給原田先生了。」

原田小五郎表示理解似的點點頭，要胡長青往下說。

胡長青說：「因爲這個真凶已經死了，他就是馬刀營的馬營長。幾天前馬刀營挑釁貴軍，被貴軍全殲，全營無一倖免。」

原田小五郎連連搖頭，說：「胡君，我對你很失望。馬營長不應該挑釁皇軍，被皇軍消滅是馬刀營自不量力的結果。這個結果我很遺憾，馬營長是個真正的軍人，他沒能選擇和我們合作是他的不幸。但是馬營長不是那隻『會用刀的海東青』，『海東青殺人事件』的真凶是個鷹把式，是個鷹王，他叫佟九。胡君，你快快地把他交出來。另外，那個欺騙我們的、賣肉的拐腳騙子失蹤了，你要找到他，一併交出來接受懲罰。」

胡長青心裏咯噔一下，臉一下子變白了。關副縣長輕輕咳嗽一聲，意在提醒胡長青，然後抓起茶杯喝茶。

原田小五郎說：「胡君，這個事我志在必成。否則，日本駐通化的守備隊可以出動，把東邊道區域所有的鷹把式、海東青全部抓起來一起消滅。胡君，那不是我想看到的，你要明白。」

胡長青抬手擦一把腦門上冒出的汗水，說：「這病房裏真熱。」

關副縣長說：「是啊！馬上就到下雪的節氣了。原田先生，這病房裏不能太熱，太熱就有凍不死的秋蚊子，那東西吸血又傳病，對原田先生傷口不好。原田先生，『海東青殺人事件』就是馬營長一手幹的，不關這裏的什麼鷹把式的事。鷹王？我這個副縣長都不知道這疙瘩有個鷹王。那是民間無知草民亂吹牛。原田先生，『海東青殺人事件』結束了，馬營長死了，這地方上也不會再有人有本事用刀專殺貴國別刀的武士了。過些日子滿洲國成立，誰還記得『海東青殺人事件』的真凶馬營長呢？」

原田小五郎盯一眼關副縣長，不回答關副縣長，卻對胡長青說：「胡君，你把『海東青殺人事件』的真凶交給我，他是鷹王，他叫佟九。拜託了。你不可以叫我一而再地失望。」

胡長青知道這句話是威脅，也是送客的意思，他看一眼關副縣長，和關副縣長站起來告辭。原田小五郎的夫人抱起個綠色紙盒子送給胡長青，說是感謝胡長青救命之恩，送件親手做的禮物相謝。

胡長青看著原田夫人的小臉，雖然腦袋有點迷糊，但不抬手接，搖頭表示不收。還是關副縣長接過來，遞給胡長青，示意胡長青收下。

胡長青一手抱著那個綠色紙盒子，一手又抹把腦門上的汗，隨在關副縣長身後往大門口走。

關副縣長扭頭小聲說：「長青，咱們身邊有日本人的眼線，他會是哪個王八犢子呢？」

胡長青小聲說：「是啊，內奸會是誰呢？日本人連佟九的名字都知道，這是我想不到的。日本人還有什麼事不知道呢？」

胡長青和關副縣長快步從日本領事分館大門走出去。胡長青把手裏的綠色紙盒子丟給候在大門外的李廣富。

李廣富說：「給我的？是日本米飯糰？」

李廣富招呼關副縣長的隨從韓文奎過來吃，打開盒子，他叫了一聲，沖口說：「他媽衣服，不是日本米飯團。」

李廣富把衣服拽出來抖開，說：「日本和服？長青哥，我不穿這玩意兒。假鬼子才穿，大袖子甩甩的多他媽難看。」

胡長青沒想到原田小五郎的夫人會送他件日本和服，他愣了愣，看著關副縣長苦笑。關副縣長叫李廣富快收起來，別他媽亂叫。

關副縣長和胡長青邊往前走，關副縣長邊小聲說：「長青，日本人要滅咱們的精神。我操他祖宗。那日本娘們就不該救她，她死了，小鬼子原田就沒精神盯那隻殺日本人的海東青了。」

胡長青扭頭往日本領事分館的樓上看，又扭回頭小聲說：「咱們怎麼辦呢？用什麼招對付過去呢？」

關副縣長說：「這他媽的世道還能怎麼辦？有關係的政府人物都跑關內去了，幹什麼、當什麼官都不耽誤。他們還他媽會說，說那不是逃跑，是拒絕當漢奸。怎麼不說他們拋棄了東北，拋棄了咱們？留下咱們這些土生土長的傻狍子頂坑。咱們只能忍，跟日本人磨。人家是刀俎咱們是他媽魚肉。不忍不行、不磨不行。咱們得學勾踐臥薪嚐膽。」

胡長青說：「唉！如今日本人盯上了佟九，認定他是『海東青殺人事件』的真凶，咱們不能把佟九交出去。日本人是想利用佟九這個鷹王和『海東青殺人事件』滅咱們的精神，咱們不能叫日本人得逞。可怎麼讓佟九『沒影』呢？」

關副縣長停下腳步，往街邊走幾步。胡長青跟過去，對跟在身後的韓文奎和李廣富擺擺手。韓文奎和李廣富轉身離開幾步，關副縣長扭頭看看胡長青的眼睛，在腦袋裏想胡長青說的「沒影」這兩個字。

關副縣長明白了胡長青的用意，小聲說：「海東青具備寧死不受辱的精神氣節。萬一咱們這隻『鷹王』沒海東青的膽識，落到日本人手裏挺不過去，一旦他媽屈服了，小鬼子就達到目的了。這個險咱們不能冒。咱們……這麼辦，小鬼子要活的『鷹王』，想利用活的『鷹王』整那個事，但若小鬼子面對『鷹王』的屍體，最多會說他們殺死了那隻『會用刀的海東青』，小鬼子的目的就他媽的達不成了。」

胡長青小聲說：「佟九是鷹王，說他是『海東青殺人事件』的真凶也不爲過，至少這件事是他引起的。咱們把這件事轉嫁給馬營長，也是想借馬營長結束『海東青殺人事件』。可沒想到日本人不上當。關縣長，我想你對日本人還是忍爲上，我對日本人磨爲主。萬一挺不過去了，咱們就叫佟九

『沒影』，總之，咱們海東青的精神不能讓小鬼子操！」

隨著這句話的出口，胡長青暗暗嘆口氣，想，不能讓那個原田夫人再待在腦袋裏了，那是隻美麗的母狼……

胡長青急匆匆回到公安大隊，把部下全叫進他的辦公室，叫大家坐下，不准說話不准動。他自己也不說話坐著不動。這一堆大大小小的公安大隊的成員都莫名其妙，大眼瞪小眼齊齊看著胡長青，看不出胡長青想幹什麼。

沉默了一個時辰之後，胡長青放棄了在部下中找日本人耳目的想法。而有的公安大隊成員坐久了睏了，就睡著了，有兩個人還打起了呼嚕。

胡長青突然喊：「都坐這兒幹什麼？都幹事去。」這些公安大隊的成員一頭霧水地被趕了出去。

胡長青剛一個人想靜一會兒，卻發現李廣富只一小會兒的工夫往門裏探了五次腦袋。

胡長青喊：「滾進來。」

李廣富進來把一隻綠色紙盒放在胡長青的辦公桌上。胡長青以為還是那件原田小五郎夫人送的和服，就說：「丟櫃子裏，放這找罵啊。」

李廣富說：「長青哥，這不是那件難看的和服，是好看的東西。你看。」

李廣富打開盒子，胡長青看下去，盒子裏是一雙日本女人穿的木屐，花裏花哨真的挺好看。

胡長青蓋上盒子，問：「哪來的？」

李廣富說：「原田家的女下人送來的，說原田夫人剛剛忘了交給你了。是送給你夫人，就是我大秀子嫂子的。」

胡長青說：「丟櫃子裏吧。」

李廣富拿著盒子有些猶豫，想走不走的樣子。

胡長青說：「你想要？給誰穿啊？」

李廣富說：「我……我想叫小翠穿上。你想長青哥，小翠那雙白白小小的腳丫子穿上這玩意兒，那就絕了。我叫小翠翹起腳對我晃，還不像個日本小娘們似的嗎？我要不小心再想像那麼一小下，小翠那小抽子不就變成原田小五郎的老婆了嗎？我還不整得那小娘們嗷嗷叫？」

胡長青臉上的肌肉抽搐了一下，說：「這玩意兒小抽子穿正合用，一甩就上炕，多方便。」

聽見這話，李廣富嘻嘻笑著，抱著綠紙盒子跑出去了……

次日下午，胡長青穿著便衣，帶著同樣穿著便衣的李廣富去監獄看老康。

李廣富邊走邊頂著涼風張大嘴巴打哈欠。胡長青看著煩，說：「抽了大煙了？你這屌樣的你煩不煩？」

李廣富說：「長青哥，你還說呢！這不就怪昨天那雙日本女人的木屐嗎？我一看小翠穿上木屐的小腳賊他媽好看，真像那個原田夫人，這個高興就別提了。我一宿忙了三四回。長青哥，我那玩意兒一個月肯定舉不起來了。」

胡長青說：「該！整小抽子能那麼瞎想嗎？不自己騙自己嗎？活他媽該！」

李廣富說：「長青哥，咱不說那個事了。你說老康怎麼一眼就能認出那根小叫花子的手指頭不是他兒子的手指頭呢？」

胡長青說：「你兒子的手指你也認識。你小子整的什麼破事，你整的那根小叫花子的手指還是彎的，老康更能認出不是他兒子的。」

李廣富說：「這你就不知道了，我記得我給老康兒子大洋的時候，老康兒子接大洋的左手上那根小手指就是向外彎的。這錯不了。我爲找那樣向外彎的小手指費老鼻子勁了。我沒白要小叫花子的小手指，我給了小叫花子十塊大洋。好幾個小叫花子都伸手賣手指。長青哥，不行我再去整根直的手指，再騙騙老康。腳趾和耳朵什麼的也行，肯定能整到。」

胡長青想想說：「這麼說，老康有可能認爲咱們真的抓了他的兒子?向外彎的小手指有可能騙過了老康，老康不服軟是在硬挺。咱們一會兒到了先不提他兒子的事，看老康著不著急。」

李廣富說：「我看這樣行。長青哥，咱找個館子坐會兒，喝點小酒，我他媽的一個勁腿軟。」

胡長青說：「走著吧，活該你腿軟。」

李廣富嘟噥說：「人家省城像你這樣的公安大隊長有小汽車，你在破縣城不行，我也跟著累腿。」

胡長青抬腿踢了李廣富一腳，李廣富往前蹦一步。

胡長青和李廣富進了監獄，胡長青叫獄長在外面等著，他帶著李廣富往關押康鯤鵬的監號走，還沒走到，就聽到康鯤鵬在監號裏大聲和獄友白話的聲音。康鯤鵬說他以前是整條震陽街的主人，是康家大少爺，家裏養著三個鷹把式，他左臂架兩隻海東青，右手牽三條大獵狗進山去打獵，一口氣打死了三隻大老虎。一個獄友不信，問他，你那雙長短腿能進山架鷹打獵？吹死你得了。康鯤鵬說，怎麼他媽不能，你小子別不信，我架的鷹也是長短腿的鷹。那些獄友聽了都哈哈大笑。

李廣富聽著也笑了。但是胡長青聽了，卻突然停下腳步，掉頭出了監獄。

李廣富跟著胡長青走在回去的路上，忍不住了，問：「長青哥，你怎麼到了地又不問老康了呢？」

胡長青說：「這幾個月我瞭解老康了。老康認出那根彎的小手指不是他兒子的小手指，咱們再問也問不出什麼了，也沒意思。興許老康說的是真的，他兒子和佟九在山裏當鷹把式。你看到的那個女人和老康的兒子也是真的。那就是佟九在幾天前帶老康的兒子進縣城了。佟九不方便出面找老康，才叫那女人帶老康的兒子出來找老康。咱們以前怎麼放過找佟九在城裏的女人呢？現在咱們做兩件事：一是找出那個和佟九有關係的女人；二是你找幾個可靠的跑腿的人，叫他們去山裏的屯子找幾個鷹把式進山找佟九。找到佟九的住處別驚動佟九，叫他們畫個線路圖用鴿子送出來。」

李廣富說：「長青哥，這好辦。可我上哪去整會帶信的鴿子呢？」

胡長青說：「你去問你嫂子要，你嫂子的一群鴿子都會送信，記得多要幾隻。鴿子飛回來你嫂子會告訴我。」

李廣富說：「行，我和我嫂子最好了。我要七八隻鴿子備用。長青哥，帶著老康兒子的那個女的說她是賣豆包的。賣豆包得進縣城裏賣，這樣的女人比較好找。」

胡長青點點頭。

5

馬營長遇難之後，大蘭子就躲在家裏不出門了，也不讓康良駒和小蘭子出門，大蘭子包子鋪也不開了，打算過過風頭再說。大蘭子的家底比較豐厚，本身不缺錢，即使什麼也不幹坐著幹吃，沒有意外也能吃上十年八年的。另外，大蘭子又懷上了孩子，馬營長也快有後了。但是小蘭子這一陣兒沒了笑模樣，總是一副心事重重的樣子。但她不閒著，天天幹些平時沒時間幹的亂七八糟的雜活。

這一天，小蘭子看到夕陽下來了，就找個理由去了雜貨店，買了香燭和燒紙回家。她是要去龍泉河口燒紙祭祀那些馬刀營的官兵，因爲今天是馬營長他們死後的頭七。

大蘭子一直在冷眼旁觀，見小蘭子整了紙錢要出門，說話了：「妳個死丫頭不能去，咱們還像出事那晚在後院燒燒紙就行了，我都整好了。這也是妳姐夫希望的，他泉下有知，能理解咱們不能出去生事的苦衷。」

小蘭子說：「我剛剛出去看見了，有好幾個馬刀營的親屬都去那了，咱們的幾個鄰居老人也去了。日本兵和公安大隊的人不在那裏守著，他們不會再理這個事了。姐，妳家待著不用去，我去。姐夫、老五他們連個墳塋都沒有，就埋成一個大土包，我們不能管，我們去燒點紙錢去看看還不行嗎？」

小蘭子說著要哭了。

康良駒說：「乾媽，我也去，我去看看小不點哥哥。別人說小不點哥哥砍死了三個鬼子兵，是最後一個被鬼子兵殺死的。我也去給他燒炷香。」

大蘭子看看小蘭子，看看康良駒，想起馬營長，鼻子一酸，眼淚下來了，掉頭進了睡房，取了一身男人的衣服丟給小蘭子。

小蘭子明白了，把衣服換了，又找頂馬營長的便帽戴上，看上去像個濃眉大眼的小夥子。她出門時對著康良駒勾勾小手指，康良駒看乾媽在哭，就溜出去和小蘭子去了龍泉河口。

龍泉河口已經沒有了那場伏擊戰之後的明顯痕跡，日本人收拾得比較細緻，把馬刀營近百人埋成一座大墳堆。有幾個老年人正蹲在大墳堆前一邊燒紙，一邊嘟嘟噥噥地和陣亡的官兵說話。

小蘭子和康良駒也走過去上香燒紙。旁邊的一個瘦老太太看眼小蘭子，說：「小蘭子，妳來給妳姐夫燒紙就不怕被小鬼子抓了去？妳不能來這疙瘩。」

小蘭子嚇一跳，說：「我穿了男人衣服劉大嬸妳還能認出我？」

劉大嬸說：「起初妳走過來我一打眼真以爲是個小夥子。可再一瞧妳那小細腰，妳那大屁股蛋子就知道妳是個大姑娘。我一想就猜到妳是小蘭子，是替妳姐來看妳姐夫的。妳姐懷上了吧？快告訴馬營長，叫馬營長高興高興，讓他在地下保佑她們娘倆。」

小蘭子說：「劉大嬸，這事妳也知道？」

劉大嬸張嘴還沒發出聲音，一旁的另一個老太太搶著說：「這事怎麼瞞人呢？妳姐哇哇吐，小臉黃黃的。再說，馬營長是條好漢子，是咱東邊道的真爺們，告訴妳姐，這事不丟人。妳姐和馬營長不是已經說了媒下了聘禮嗎？這年月這麼亂，那就算明媒正娶了。不是我說妳小蘭子，妳得回去和妳姐商量商量，找個地方躲躲。我老頭子妳大伯這幾天看見有不住咱這疙瘩的老爺們老在咱這疙瘩轉悠。咱們幾家早早通過氣了，一旦覺著不好，就告訴你們姐倆快跑。可萬一咱們來不及告訴你們姐倆呢？日本人要知道妳姐是馬營長的媳婦，能不來抓妳姐嗎？乾躲在家裏不出來也不行，不是個事兒。」

小蘭子說：「張大娘，這不能吧？這都過好幾天了，日本人怎麼不來抓我姐呢？我姐夫總住我家這不是瞞人的事啊！日本人那麼恨我姐夫，他們會不知道？」

在一邊聽了半天的一個老漢說：「興許日本人知道但沒理會，一個當兵的光棍老去找一個寡婦雖說不好聽，但想想就那麼回事，這又沒什麼。就怕咱們這的埋汰人把妳姐妳姐夫那層紙給日本人捅破，到時候日本人能不來抓人嗎？興許公安大隊的人也會來。我可聽說咱這疙瘩快算什麼滿洲國的一個縣了。馬營長是民國的軍官，又和日本人幹了架，這兒要真不算是民國了，公安大隊的人能不來抓妳姐嗎？妳回去快和妳姐想個法子。咱們是老鄰居，又敬服馬營長，會幫妳姐倆看著家，過一段日子沒人記得這個事了，你們再回來。小蘭子，命的事可是大事。開春二月那會兒，在十字街口開洗衣鋪的桃子姑娘，就叫一個小日本的矮個子強行禍害了。桃子姑娘失了身，人也被小鬼子打得沒了人樣兒，就上吊了。妳和妳姐萬一落小鬼子手裏還能有個好？妳快帶這小子回家吧。這紙咱們替妳燒給馬營長。」

小蘭子被幾個老人說得心裏沒了底。她就和康良駒給大墳堆跪下磕了三個頭，對幾個老人道了謝，拽著不想回來想去河灘找馬刀的康良駒回了家。

大蘭子正急得在屋裏轉圈，聽小蘭子和康良駒回來叫門了，她急忙去開了門放他們進來，才放下心來。小蘭子進屋直愣愣地瞧著大蘭子，說：「姐，咱跑吧！咱要是落小鬼子手裏就完了，我挺害怕的。」

大蘭子想一想說：「小蘭子，姐也怕呀！整晚都睡不著。咱明天一早悄悄走，去山裏找老九，先在老九那裏躲一陣子吧。」

小蘭子說：「臭老九的老窩咱們怎麼去?姐妳找得到嗎?」

康良駒吸了下鼻子搶著說：「乾媽，小姨，我知道老九叔的老窩怎麼去。那得翻老些個山頭了。大老黃帶我走過，走挺遠也不到，天黑了我不敢走了，又帶大老黃回來了。我知道怎麼去。」

大蘭子說：「這個咱們不用愁，姑姑在時姑夫帶我去過。我記得是從柳條溝進山，從滾兔子嶺翻下去，過條大山谷，再過幾片林子找到一大片白樺樹林就找到土屋了。我仔細想想能找到路。」

小蘭子說：「姐，就算妳能找到路也不行啊，咱們到了老林子裏天黑了又找不到臭老九，碰上老虎和狼追咱們，咱們怎麼辦?」

大蘭子說：「姐這幾天一直在想往哪兒躲一躲，姐也有準備。妳姐夫的聘禮裏有一支匣子槍，姐也學會用了。咱們再帶上些爆竹，少背些東西上路，天黑找不到老九就放爆竹，來了老虎也能嚇跑。小蘭子，除了老九那兒，咱們沒地方去了。」

小蘭子說：「是啊!縣城裏的那幾戶親戚家是不能去了。他們和咱們很少走動了。可是咱們跑進山，連個人也看不見，也煩。姐，咱倆命挺苦的。」說到這兒，小蘭子眼圈就紅了，大蘭子也開始嘆氣。

小蘭子想想又笑了，說：「姐，妳說臭老九的黃毛媳婦現在生了黃毛小猴子了吧?我有黃毛嫂子陪著玩兒也挺好。」

大蘭子說：「咱們去住一陣子，咱們早晚還要回來呢!」

小蘭子說：「是啊!等日本人忘了姐夫了，咱們就回來。」

康良駒說：「乾媽，我爸興許在老九叔的老窩裏，我想現在就去。」

大蘭子說：「現在天黑了，不好走。明早一大早就走。咱們從官道嶺的山裏翻過嶺繞進柳條溝的山裏。小蘭子，收拾東西吧！」

大蘭子和小蘭子開始收拾東西，把細軟打包帶上，再帶上衣服用品，帶不走的貴重東西在後院挖個坑埋上。這一切幹完已經是午夜了，康良駒睏了先去睡了。大蘭子和小蘭子又燒火蒸了些乾糧準備路上吃。等一切都準備好，姐妹倆躺在炕上都睡不著了，在黑暗中各自想心事。

大蘭子輕聲嘆口氣，說：「睡不著吧？姐當初不答應老馬就沒這個事了，妳也不用跟著姐遭罪了。」

小蘭子說：「遭罪我不怕，姐夫是好樣的，給他當媳婦姐妳不虧。我現在想，我答應嫁給老五當他媳婦就好了，哪怕當一天也好，就不會這麼難受了。明天進了山，我更當不成媳婦了。」

大蘭子愣一下，問：「老五？二連長？老帶小不點來咱鋪子一口氣能吃二十個大包子的二連長老五？妹子妳瘋了？那是個一腳踹不出半個屁的男人，他那樣的男人要娶妳？」

小蘭子說：「老五沒說要娶我，可我知道他就是要娶我。我一直等他說，可他一直也沒說。但他不是一腳踹不出半個屁的男人。他和姐夫一樣，是個真正的東北好爺們。這疙瘩沒有比他和姐夫更像漢子的男人了。」

大蘭子嘆口氣說：「原來妳喜歡他，可他不知道妳喜歡他，原來妳今晚是去給他燒紙錢。妹子，咱們保準能回來，到時姐幫妳找個好男人當媳婦。」

小蘭子翻個身不吱聲了。大蘭子知道小蘭子在悄悄哭……

第十章　追殺

1

這天晚上，午夜過後下了一場比較大的霜。樹木的枝條上、枯黃的草上都掛上了毛茸茸的白霜。

清晨，天邊剛剛發白，尼婭佐娃就開門從土屋老窩裏走出來，站著門前，抬頭對著天空打了兩個大大的哈欠，拍拍嘴巴，取了木桶挑肩上，去佟佳江邊挑水。回來時，看見小老黃正坐在小路邊的枯草上看著她。

尼婭佐娃說：「黃狗小姐妳早，妳怎麼不多睡會兒？我一想到馬上要去鷹獵我就激動得睡不著了，所以一大早就起來了。妳和我一樣，也是第一次出去鷹獵，我們要好好幹，不能叫佟九先生笑話。我們的好先生起來了嗎？」

小老黃跳起來，對著尼婭佐娃左撲右撲蹦跳幾下，掉頭跑到前面去了。尼婭佐娃挑著木桶上了坡，看到佟九已經把三隻黃海東青架在鷹架上，開始劈柴。

尼婭佐娃走近了說：「親愛的，今天我比你起來得早。我挑了水了。」

佟九把大板斧掄起，「喀」的一聲，劈開一根柴瓣子，直起腰說：「那就再挑一挑水，咱們今晚用水多，還要燉大雁的肉吃。」

尼婭佐娃說：「好的，你是對的，我總是聽你的。」

尼婭佐娃再次挑水回來，佟九已經劈了一堆柴瓣子，整齊地把柴瓣子擺放在土屋門前了。

尼娅佐娃說：「來洗臉吧。水可真涼，手指都冰麻了。在我們老家，現在早就是白雪的世界了。你們這裏下雪太晚了，但你們這裏冷到了骨頭。也不對，親愛的，是涼，涼到了骨頭。」

尼娅佐娃說著給佟九端來洗臉用的木盆，注入水，看佟九翹起屁股彎下腰用手抄起水洗臉。她撓了兩下佟九的屁股說：

「好先生，你又是好多天沒要我的屁股了。難道你真不想我生一隻黃毛小猴子？」

佟九往前跳一步，從木盆上跳過去，說：「癢，大媳婦，別鬧。」

尼娅佐娃看佟九輕輕一跳就挺遠，說：「親愛的，我想我們只能生小猴子，只有猴子一跳才那麼遠。可你不努力，我怎麼生小猴子呢？」

佟九說：「大媳婦，等日本人走了，咱們安全了，我保證妳生一大堆猴兒子、猴女兒，背一個抱一個領一個，脖子上再吊一個。咱們再整一座大的木屋住，能燒一圈大火炕的大木屋，再整七八架鞦韆給小猴子們玩兒。現在就得先憋著。」

尼娅佐娃蹲下來，手托著腮，看著佟九說：「那時候我就不能睡懶覺了，每天都要像今天這麼早起來，要烤一大堆黃麵包給小猴子們吃。還要教他們唱歌跳舞，帶他們修理花園的籬笆牆。對了，還要種馬鈴薯、紅菜和苞米……親愛的，我們真不能養一群羊嗎？小猴子們沒有乳酪吃可真不幸。」

佟九說：「咱們那時可以搬進屯子裏住，屯子裏可以養羊。」

尼娅佐娃說：「還可以在城裏住，再把麗達和舅舅找來當鄰居。他們比我們這裏的那隻鄰居好多了。」

佟九說：「對，妳總是對的。還要找來老姐和小蘭子，還有老康大哥和他兒子。大家住一起多熱鬧。」

尼婭佐娃說：「是呀、是呀！我想小蘭子了，小蘭子一定找到她的甜心了，我想她現在會叫床了。」

佟九哈哈笑了起來。

尼婭佐娃說：「可是親愛的，日本人什麼時候能走呢？他們要是不肯走了呢？我們的黃毛小猴子就不生了嗎？」

佟九說：「這樣我也想了，咱們生，怎麼能不生？大媳婦，咱們躲過這一冬，開春離開這裏去黑龍江邊，對岸就是妳的老家。那裏的屯子裏像咱倆這樣的夫婦肯定多，咱不顯眼。咱找個小屯子待著，那時咱就生幾個黃毛小猴子養著。」

尼婭佐娃說：「好吧，我開始期待春天了。」

尼婭佐娃去準備了飯，兩個人和一條狗吃了早飯。

尼婭佐娃看佟九把幾塊黃咧巴包好裝進皮口袋裏，知道要出發鷹獵了，就去把自己的大皮口袋拽出來，拎到炕上，從大皮口袋裏翻出一隻長形的皮桶，打開繫的繩結，從裏面取出幾樣鐵製、木製的東西，喀喀組裝在一起，端在手裏，說：

「親愛的，我用帶上它嗎？」

佟九回頭看一眼，嚇一跳，說：「這就是妳說的那支好槍？這是什麼槍？比我以前用的那杆火銃還長。」

尼婭佐娃說：「這是我舅舅他們的軍隊用的步槍，是步兵使用的最好的武器。它能在遠處一槍把咱們的黑熊好鄰居送去見上帝。它也比日本兵現在端著嚇你們的日本式步槍好多了。」

尼婭佐娃說著，用步槍瞄了一下佟九，說：「害怕了吧，親愛的，這支步槍現在是你的了。」

佟九臉色變了變，打了個哆嗦，卻不伸手接槍。

尼婭佐娃說：「親愛的，你怎麼了？你怕槍嗎？它能保護我們。」

佟九掉過頭，說：「沒事，我不用槍。」

其實佟九心裏有個秘密，他對槍有種深深的恐懼。早先，佟九十六七歲時，喜歡用槍（火銃），拎著槍滿山跑著打獵。有一次，佟九披著夕陽拎著槍從山裏回家，在柞樹林裏看到一隻大狍子站在草叢裏。他靠過去瞄著大狍子的屁股就給了一槍。可是那隻大狍子中槍就開始喊叫了，因爲那不是一隻大狍子，是佟九的爸爸。

原來，佟九的爸爸穿著狍子皮大棉襖彎著腰在草叢裏下捕獸夾，卻被佟九當成大狍子打中了，半個屁股連帶右肋中了幾十粒鐵沙。佟九的爸爸後來就死在這槍傷上了。

佟九的爸爸死前說，他是一個鷹王，他做夢也想不到會像隻狍子那樣死去。佟九從此就不用槍了，並練出了幾招古怪的防身刀法，那種對槍的恐懼也從那時在佟九的心裏生根了。

尼婭佐娃不知道這些，見佟九掉頭去收拾別的東西，就把步槍分解開又放回去了。

佟九說：「大媳婦，妳去餵餵黃鷹小姐。黃鷹大小姐和黃鷹先生不能餵。咱們趕早去月亮灣的那片濕地。」

尼婭佐娃說：「好的，我的黃鷹小姐總是對我叫，對我扇翅膀，就是不肯對我飛過來。牠還是不肯『跑繩』。」

餵完了黃鷹小姐，兩個人在左臂架上黃鷹先生和黃鷹大小姐往外走。尼婭佐娃回頭看看蹲在鷹架上盯著她的黃鷹小姐問：「就叫牠一個蹲在鷹架上嗎？親愛的，會不會有野鷹來抓去我的黃鷹小姐呢？」

佟九說：「牠沒事，妳回來會看到牠好好地蹲在鷹架上等妳。」

說著佟九擺下手，小老黃甩甩腦袋跑在前面。佟九和尼婭佐娃踩著凝結雪霜的荒草地走進了白樺樹林。

尼婭佐娃說：「這草地上有霜，走上去滑滑的。真費勁。」

佟九低頭看尼婭佐娃的鞋，說：「穿這種皮靴子走這種路不行。」

佟九蹲下來，在口袋裏翻出一雙狍子皮的鞋套，叫尼婭佐娃抬起腳，把鞋套套在她的靴子底上，再繫緊。

尼婭佐娃在草地上走了幾步，說：「親愛的，好多了。我總是有麻煩，你總是準備著給我解決麻煩。」

佟九蹲在地上整理自己的鞋子站起來，看眼左臂上的黃鷹先生。黃鷹先生正斜視著天空，脖子、身上的羽毛收得緊緊的，這是海東青發現獵物時的天然神情。原來天空上有一群大雁排成人字形在飛。

佟九說：「黃鷹先生，咱們還要等等，咱們今天先捉大天鵝。」

尼婭佐娃說：「親愛的，你看，黃鷹大小姐這是怎麼了？」

佟九說：「黃鷹大小姐發現了獵物，牠想去捕捉。」

尼婭佐娃說：「那然後呢？」

佟九說：「如果捉那獵物，就解開絆鷹繩叫黃鷹大小姐去鷹獵。」

佟九邊說邊往前走。

尼婭佐娃又說：「是這樣嗎，親愛的？」

佟九回頭看，見尼婭佐娃已經解開了絆鷹繩，黃鷹大小姐正在尼婭佐娃的左臂上下蹲，鼓翅欲飛，想阻止已經來不及了。

尼婭佐娃伸出左臂，說：「去吧！去鷹獵吧，你會成功的，我期待著。」

黃鷹大小姐展翅而去。

佟九說：「我操！大媳婦妳終於學會給我搗亂了。」

尼婭佐娃說：「別說話，我們悄悄地看黃鷹大小姐是去捉大雁還是要逃跑。」

黃鷹大小姐並沒有直接衝過去捕捉大雁，而是飛進剛剛出現的晨曦裏，飛得遠遠高過大雁。

尼婭佐娃瞇縫了一下眼睛，說：「看不到黃鷹大小姐了。好先生你終於失敗了，黃鷹大小姐逃跑了。至少不再像我的黃鷹小姐那樣乖乖地蹲在鷹架上了。親愛的，你應該再試試黃鷹先生會不會逃跑，黃鷹先生的脖子都伸細了。」

佟九說：「大媳婦，妳應該盯著那群大雁看。妳要像小老黃一樣做好準備。我在妳後面放黃鷹先生，就不是放海東青獵大雁了，就變成放海東青去獵海東青了。黃鷹先生會撲向黃鷹大小姐，妳可要記住了，這很重要。」

尼婭佐娃說：「好吧，好先生，我總會聽你的。可是你要黃鷹大小姐能回來，我才相信你的話。」

尼婭佐娃正說著突然跳一下，驚叫一聲——黃鷹大小姐披著晨曦的光，從高空突然俯衝下來。那群大雁正昂著腦袋伸長脖子扇動翅膀飛行，沒能發覺來自高空的危險。排在第九位的大雁飛得有點慢，和前面的第八隻大雁之間拉開了一點距離。這隻大雁比另外的大雁疲憊，而發現弱者捕獲弱者是所有食肉類猛禽捕捉飛禽時的首先選擇。

黃鷹大小姐以三百公里的時速，從高空俯衝下來，探出一雙鷹爪，抓在第九隻大雁腦袋和脖子的連接處，站在大雁的脖子上，鷹喙啄去，那隻大雁鳴叫一聲，一隻眼珠已經被黃鷹大小姐啄出，吞入腹中。那隻大雁悲鳴著拚命扇動翅膀，但已經飛離了隊列。

飛在前面的頭雁急切地鳴叫起來，叫大雁們保持隊形，一隻一隻首尾相接，這是大雁對付空中猛禽時自保的一招。大雁們向月亮灣裏快速降落下去。

黃鷹大小姐張著翅膀牢牢地站在那隻大雁的脖子上，再次一喙，啄出大雁的另一隻眼珠吞吃下去。此時牠的鷹爪也已經抓斷了大雁脖子上的那塊頸骨。然後，黃鷹大小姐放開大雁，大雁還沒死，在空中亂扇翅膀，但屁股朝下，從空中往下墜落。

尼婭佐娃突然想起一件事，喊：「親愛的你別動，這可是我的黃鷹大小姐捉到的大雁。黃狗小姐我們快去！」

尼婭佐娃看黃鷹大小姐隨著下墜的大雁往下降，就抬腿瞄著方向，隨在小老黃的後邊，像那隻亂扇翅膀的大雁那樣扇著兩條手臂跑過去。

佟九喊：「妳慢點跑，別摔倒了。」

尼婭佐娃突然停下腳，轉過身，張著雙臂笑著跑回來，撲在佟九懷裏在他的嘴唇上使勁親一下，推一下佟九的前胸，說：「混蛋！」然後，尼婭佐娃轉身，張著手臂，又向小老黃追去。

佟九抿下嘴唇，想不明白尼婭佐娃爲什麼跑回來親他又罵他。他笑一笑，搖搖頭，也追過去……

尼婭佐娃追到大雁墜下的那片樹叢邊上，聽到小老黃在汪汪叫著，黃鷹大小姐忽上忽下地翻飛，似乎在和地上的小老黃搏鬥。

尼婭佐娃大喊：「兩個黃都是乖寶貝，不可以打架。」

尼婭佐娃急切地從樹叢間鑽過去，眼前的情景卻不是她剛剛想的那樣，而是那隻狼獾拖著那隻大雁想跑，被小老黃截住。小老黃卻不敢和狼獾交鋒，只是糾纏狼獾不叫牠拖著大雁逃開。黃鷹大小姐則更勇敢些，不放棄自己捕獲的獵物，忽上忽下撲擊狼獾。狼獾的背上已經中了黃鷹大小姐幾喙了，但狼獾的皮毛厚實，即使被黃鷹大小姐扯去了些毛也不放棄搶來的大雁。

尼婭佐娃看到這種情況，使勁跺下腳，想在地上找粗些的樹枝當棍子上去參戰。而那隻狼獾看到尼婭佐娃也不怕，放下嘴裏的大雁，掉頭就咬得小老黃轉圈逃跑，又趁機一個轉身拖起大雁往樹叢裏鑽。

尼婭佐娃大聲咒罵：「混蛋！蠢豬！小鬼子！」

尼婭佐娃一時間沒找到粗些的樹枝，彎腰摸塊石頭就往上衝。

佟九及時跑過來說：「等會兒，大媳婦，叫狼獾拖走吧。這傢伙咬過的東西有毒，咱們人和狗都不能吃。」

佟九伸出右臂，對著黃鷹大小姐叫幾聲。黃鷹大小姐飛下來，落在佟九的右手臂上，但牠不肯安靜。

佟九說：「黃鷹大小姐耍脾氣呢！我以爲叫牠下來得費些事，還行，牠的脾氣不那麼大。」

尼婭佐娃說：「親愛的你看不到嗎？我也發脾氣呢！我的快樂全叫無賴的狼獾破壞了。牠搶去了我的第一個獵物，就像搶去了你一樣。這多嚴重你知道嗎？」

佟九說：「妳馬上還會有獵物，再說我是搶不走的，妳放心吧。咱們走吧。」

尼婭佐娃說：「這可不行，親愛的，我生氣了。我不去和你捕捉可憐的大天鵝了，黃鷹大小姐和黃狗小姐都不去了，你和黃鷹先生去吧。你回來的時候，會看到我乖乖地在土屋老窩裏等你，像黃鷹小姐蹲在鷹架上等我一樣。去吧親愛的，可憐的大天鵝們在等你。」

尼婭佐娃從佟九的右臂上拿下黃鷹大小姐，放在自己的左臂上，握緊了絆鷹繩，對佟九擺下手說：「再見佟九先生，祝你晚一點回來。」說完尼婭佐娃掉頭就往回走。

小老黃看看佟九，又看看尼婭佐娃，不再猶豫，尾隨尼婭佐娃去了。

佟九說：「大媳婦，妳別亂跑，我晚上就回來。」

尼婭佐娃說：「好的親愛的，你知道我總是會聽你的。你快去捉大天鵝當我的禮物吧，太陽都出來了。」

佟九看著尼婭佐娃的背影越走越遠，就轉身向月亮灣濕地走去。他想不到這一次尼婭佐娃不會聽他的了……

2

尼婭佐娃在樹叢間回過頭向佟九看，看不到佟九了。她蹲下來，看著小老黃說：「寶貝，下面的事全靠你了。我不打算聽我們的好先生的了。你明白嗎？就不聽這一次。如果我們的行動快，我們會在好先生回來之前趕回來，好先生捉到大天鵝一高興，就不會發現我們沒聽他的。走吧，我們現在需要拿上那支步槍。」

尼婭佐娃站起往土屋老窩的方向跑，小老黃跑到了前面。

尼婭佐娃在土屋老窩裏取出那支步槍，重新組裝好，又校正了準星，說：「我們還需要什麼呢？」

小老黃看著尼婭佐娃不能回答。黃鷹大小姐在尼婭佐娃校槍時，一下一下挪著鷹爪從左手臂上挪上去，蹲到了尼婭佐娃的左肩膀上，牠也不能回答。

尼婭佐娃想想說：「對了，我們需要一口短刀，扒狼獾皮的短刀。我太恨這隻像小鬼子的狼獾了。」

尼婭佐娃又找出一口短刀插在靴筒裏，說：「我們三個黃毛的組成一支黃毛獵殺行動小隊，我們出發，現在去獵殺狼獾。」

等尼婭佐娃帶著黃鷹大小姐和黃狗小姐回到剛剛狼獾逃跑的那片樹叢，狼獾已經不在那裏了。在一個樹叢下面，黃狗小姐叼出了那隻大雁的腦袋，丟在地上叫尼婭佐娃看。

尼婭佐娃說：「牠一下子吃掉了一隻差不多十斤重的大雁？那真是太好了，牠吃得大了肚子怎麼跑遠呢？黃狗小姐我們快去追上牠，殺死牠。」

小老黃在周圍草叢裏轉圈嗅嗅，就沿著一條荒草小溝向柞樹林裏跑去。

尼婭佐娃左臂平端架著黃鷹大小姐，右手拎著步槍跟著小老黃鑽出那條荒草小溝。她有點累了，就停下喘息。尼婭佐娃看一眼蹲在左臂上的黃鷹大小姐說：

「就妳不用跑，可是我這樣托著妳追狼獾更麻煩。我的左臂都累酸了。把妳放在哪兒呢？」

尼婭佐娃想一想，把黃鷹大小姐舉到肩頭上，說：「妳像剛剛我校槍時那樣蹲在我的肩上吧，要不妳會影響我射擊。」

小老黃在前面叫，尼婭佐娃跑過去，看見小老黃在這邊草叢裏嗅嗅，又跑那邊草叢裏嗅嗅，這樣來來回回嗅了好幾圈，小老黃坐下了，揚著腦袋似乎在思考難題。因爲小老黃拿不定主意應該往哪個方向追那隻狼獾了。小老黃在這片草地的多個地方都嗅到了狼獾的氣味，不明白這裏怎麼多了好幾隻同樣氣味的狼獾。所以，小老黃需要坐下來思考一下。

尼婭佐娃跑了半天早累了，見小老黃在荒草地上坐下了，不明白這是小老黃把狼獾跟丟了。她說：「好的，黃狗小姐我們是應該休息一會兒了。我們比不上好先生，他從來不知道休息的。當然，除了和我晚上睡覺。」

尼婭佐娃找了根倒在地上的樹剛坐上去，就想起佟九說過在樹林裏可以坐石頭不可以坐木頭，又一下站起來，害得黃鷹大小姐在她肩頭上扇了幾下翅膀，才又站穩。黃鷹大小姐的右邊翅膀劃痛了尼婭佐娃的臉。

尼婭佐娃揉著左邊臉說：「難怪佟九先生要把妳放在左手臂上，原來那是方便妳扇翅膀。」

尼婭佐娃看到塊大青右露在荒草外面，就走過去，怕黃鷹大小姐站不穩再扇翅膀，就慢慢坐下。看著荒草和樹枝上的白霜在太陽的照射下化成亮亮的霜水了，就抬腳把靴子上的那雙狍子皮鞋套取下來，順手掛在身邊的樹枝上。

尼婭佐娃喘順了氣，看著掉光了葉子顯得通透又荒涼的樹林說：

「黃狗小姐我歇夠了，我們再追狼獾吧，否則牠會逃遠了。妳說，狼獾知道我們在追殺牠嗎？怎麼了？黃狗小姐妳為什麼又轉圈呢？」

尼婭佐娃不知道找狼獾這種動物為什麼麻煩。狼獾的肩高體長都不如狗，也不如狼。成年的狼獾會長得像狗像狼那麼壯，腳爪和牙齒都鋒利。如此小身子又不起眼的狼獾為什麼能坐上猛獸的位置呢？這是因為狼獾是猛獸中的無賴，是猛獸中的刺客，更是猛獸中的獨行大盜。狼獾還是猛獸中最聰明、最狡猾、最勇敢的猛獸，牠的聰明不是狼可以相比的，牠的狡猾不是狐狸可以相比的，牠的勇敢不是獵狗可以相比的。

除了聰明、狡猾和勇敢，狼獾還具備很好的耐力，還是猛獸中最大膽的猛獸。狼獾爬樹像豹子一樣靈活，可以從狼、熊、豹子、老虎嘴下奪取食物，也可以把一個獵人耍得團團轉，並能識破獵人設置的陷阱，成功偷走獵人捕獲的獵物。獵人有幸碰上狼獾往往自嘆倒楣，這也是佟九不太在意狼獾的原因。

狼獾唯一的缺點就是不會、也不能捕獲比自己大一些的、跑得更快的獵物，因此狼獾培養出了搶奪一切猛獸食物的諸多能力。只是這種動物並不常見，一向獨來獨往。牠的皮毛太厚實缺乏透汗性，因此只生存在寒冷的區域。

尼婭佐娃仔細觀察小老黃的反應。小老黃在荒草坡上轉了幾圈又坐下，看向尼婭佐娃的目光裏有自責和討好的意味。尼婭佐娃終於明白小老黃把狼獾追丟了。她過去拍拍小老黃的腦袋說：

「妳的鼻子傷風了嗎？妳要明白我們不能放棄。絕對不能放棄，儘管牠像小鬼子那樣狡猾，我們也要找到牠，殺死牠。否則我們怎麼對付那些來捉我們的小鬼子呢？黃狗小姐，我預感到小鬼子快來捉我們了。我們快一點加油幹吧！」

小老黃搖搖尾巴，開始在叢林間大面積搜索，終於發現了線索，汪叫一聲，向柞樹林外面跑去。尼婭佐娃鼓鼓勁緊緊跟上。

小老黃引著尼婭佐娃跑出柞樹林，又過了松樹林，跑上一面荒草坡。牠又一次轉圈嗅嗅坐下了。荒草坡的另一邊，有一群狍子在灌木叢裏啃吃灌木的皮，那群狍子的旁邊還有一小群吃草的梅花鹿。

尼婭佐娃用步槍支撐著站住身體，喘順了氣，說：「黃狗小姐，我們不殺狍子，也不殺梅花鹿。我們就殺狼獾。妳不可以這樣看我，妳的眼睛告訴我妳又一次追丟了狼獾。我會生氣的，妳要明白我在責怪妳。」

小老黃對著尼婭佐娃做出左撲右撲的動作討好她。尼婭佐娃說：「我想，妳還是小。妳媽媽黃狗夫人如果還活著，也許狼獾就逃不掉了。」

小老黃臥下，看著尼婭佐娃搖尾巴，想告訴她牠的媽媽大老黃也追不到狼獾，否則帶著成年獵狗的獵人就不怕碰上狼獾被狼獾偷去獵物了。

突然小老黃又跳起來，神色變得緊張，靠近尼婭佐娃吱吱叫著，又掉頭向一邊的樹叢那面看，快步向幾塊大青石後面跑。

尼婭佐娃被小老黃整得挺緊張，跟著小老黃轉到幾塊大青石的後面，想想又爬上了一塊大青石。小老黃一跳也躥上大青石，靠著尼婭佐娃的腿坐下，把身體緊靠在她的腿上。尼婭佐娃感覺小老黃在顫抖。

尼婭佐娃說：「黃狗小姐，妳怕了？可我不知道妳怕什麼，這裏只有幾隻不用怕的梅花鹿和狍子啊。」

尼婭佐娃扭臉看黃鷹大小姐，黃鷹大小姐勾著鷹喙，正斜著腦袋看幾叢低矮的樹叢。她側下身，也像黃鷹大小姐那樣斜看那幾叢矮樹，矮樹的不遠處就是那群梅花鹿。

梅花鹿沒什麼啊，爲什麼小老黃會怕呢？尼婭佐娃收回目光又看去那幾叢矮樹。這一次，尼婭佐娃看到一隻龐大的黃毛黑斑紋的動物，放低四肢臥在草地上，躲在矮樹叢的後面，幾乎是趴在荒草上一點一點向梅花鹿群潛過去。

尼婭佐娃吃了一驚，她在老家時見過這種龐大的動物，知道這是東北虎。尼婭佐娃的腦袋瞬間空白了一會兒，不禁握緊了右手裏的步槍，但卻全身發軟。

那隻東北虎加快爬行速度，突然衝出了矮樹叢。梅花鹿群發覺東北虎驚群逃跑，那幾隻狍子還扭頭看，似乎不明白梅花鹿爲什麼跑。但牠們也發現了東北虎，也開始逃跑。

被東北虎瞄著撲去的那隻梅花鹿慢了一步，牠猛拐一個彎想甩開東北虎。東北虎卻隨著梅花鹿拐出一個漂亮的彎，再一撲撲至梅花鹿的後腿處，一隻前掌瞄著梅花鹿的後腿掃過去。那隻梅花鹿就在空中翻了個跟頭摔倒了，剛剛收縮四肢挺起脖子往起爬，東北虎已經撲至，一口就把梅花鹿的脖子咬住不放。

過了一會兒，梅花鹿不掙扎了。東北虎鬆開梅花鹿的脖子，伸舌頭舔嘴站了起來，低頭舔梅花鹿屁股上的毛，準備開餐了。

小老黃就在這時不合時宜地叫了一聲，東北虎的耳朵轉一下，扭頭看到了站在大青石上的尼婭佐娃和小老黃。蹲在尼婭佐娃肩膀上的黃鷹大小姐盯了一眼東北虎，扇了下翅膀。

尼婭佐娃和東北虎對上目光，身上的力氣就逃走了，也握不住槍了，步槍從手上往下滑，槍托滑到大青石上。在槍身從尼婭佐娃手指間往大青石上倒時，尼婭佐娃的手指鉤住了槍管。

東北虎慢慢轉一下身體，低頭看看獵物，又抬頭看看尼婭佐娃，似乎也奇怪這三個黃毛的動物想幹什麼？不過牠沒有表示出攻擊尼婭佐娃的表情，而是低頭叼起梅花鹿向樹叢裏走。從樹叢裏鑽出兩隻小東北虎，跟在東北虎的後面在樹叢裏消失了。

尼婭佐娃發了半天呆，突然說：「牠可真漂亮！牠還是位黃毛的母親。可我現在還不是母親，還不能生黃毛小猴子。」

尼婭佐娃又發了一陣兒呆，又說：「都怪小鬼子，他們不叫我現在當母親。黃狗小姐，我們還要找到那隻狼獾，一定殺死那隻狼獾。」

3

小老黃抖抖嚇得收緊的背部的毛，跳下大青石，來到剛剛衝出東北虎的那幾叢矮樹邊的草地上，在那裏牠一下子嗅到了狼獾的氣味。小老黃追出那面草坡，對著前面的亂石灘汪汪叫了起來。

尼婭佐娃也看到了那隻狼獾在亂石間一會兒消失，又一會兒出現，她舉了幾次槍也沒能扣下扳機，因爲狼獾不但不跑直線，也不停下，而是沿著石頭的邊緣或樹的遮擋位置跑。尼婭佐娃每當舉起槍就會發現有棵樹或石塊正好阻擋了視線。

尼婭佐娃隨著小老黃追過亂石灘，狼獾不見了。小老黃又在草叢樹叢草地上嗅狼獾的氣味，急得吱吱叫，又不知道怎麼去追這隻狼獾了，因爲同一種氣味在這裏重複出現。

尼婭佐娃跑過來，沒再責怪小老黃，抬手擦擦腦門上的汗，抬頭看看，說：「我知道這裏，這裏是帽兒崖，青雕的家就在帽兒崖的上面。黃狗小姐，妳的兄弟的屍骨也可能在上面，牠們是被金雕捉去的。金雕霸佔了青雕的家。」

小老黃又往前追，尼婭佐娃又鼓勁跟上，距離帽兒崖越來越近了。小老黃又在草叢樹叢間轉圈到處嗅，尼婭佐娃知道狼獾又一次在小老黃鼻子底下消失了。

尼婭佐娃說：「黃狗小姐，妳不用急。我們應該坐下來想想了。我感覺現在不是我們在追狼獾，而是被狼獾牽著鼻子走。我和我舅舅逃亡時，我舅舅就用過這樣的招把追我們的一支騎兵隊拖垮了。我舅舅逃亡的學問比他的酒量好。」

尼婭佐娃說著，一屁股坐在草地上。肩頭上的黃鷹大小姐又扇了幾下翅膀，抓穩尼婭佐娃的肩膀，也抓痛了尼婭佐娃。小老黃的眼睛裏含著沮喪的表情，過來靠在尼婭佐娃腳邊臥下，張著嘴伸出舌頭喘氣。牠也累壞了。此時太陽升高過了頭頂，午時也就過去了。

尼婭佐娃說：「我們三隻黃毛的就黃鷹大小姐不累。」

尼婭佐娃把黃鷹大小姐拿下來放在伸直的腿上，說：「黃狗小姐，那隻漂亮的黃毛虎媽媽如果和我們的好鄰居碰上怎麼辦呢？好鄰居打得過虎媽媽嗎？」

小老黃揚頭四下看，對於尼婭佐娃的問題，牠只是甩甩耳朵。

黃鷹大小姐的腦袋、脖子、身上的羽毛慢慢收緊了，探出脖子看山坡下的那棵大松樹。

尼婭佐娃說：「黃鷹大小姐，妳的樣子告訴我妳看到了獵物。可我現在不能放妳去鷹獵，除非妳去抓狼獾。」

尼婭佐娃順著黃鷹大小姐看的方向看去，那棵大松樹距離她並不遠，此刻大松樹上正有一隻動物頭朝下往樹下爬。那隻動物爬的方式挺奇怪，在樹身上轉著圈像下旋轉樓梯那樣往樹下爬。

尼婭佐娃說：「原來妳看到了一隻大野貓，黃鷹大小姐，我們現在不抓大隻的野貓。」

小老黃卻突然汪一聲，跳起來就往山坡下衝。

尼婭佐娃喊：「回來，寶貝。妳也不可以去抓野貓，大隻的野貓也不捉。別以爲我不知道，現在的妳只敢去欺負野貓和兔子。」

小老黃停下腳，扭頭看著尼婭佐娃急得吱吱叫，再扭頭看著那隻快要爬下大松樹的動物。那隻大野貓爬下大松樹，卻並不跑掉，揚起頭對著尼婭佐娃的目光看。

尼婭佐娃說：「大野貓在看我們，牠長得真像我們在追的那隻狼獾！」

隨著這句話出口，尼婭佐娃突然「呀」地大叫一聲，抓起步槍，瞄上那隻看她的動物，嘴裏大喊：「混蛋！笨豬！王八犢子！我錯過了最好的機會。」

大松樹上下來的那隻動物就是尼婭佐娃追的那隻狼獾。狼獾看到尼婭佐娃舉槍，迅速躲到大松樹的後面不見了。

尼婭佐娃就放下槍，先把黃鷹大小姐拿起放在肩頭上，再爬起來，命令小老黃去追。

尼婭佐娃拎著槍往山坡下跑，跑過那棵大松樹，看見小老黃又一次轉圈嗅嗅找找跑向剛剛走過的亂石灘。小老黃在亂石灘裏追出了幾隻兔子和山老鼠，又一次在草叢裏坐下了，看向尼婭佐娃的眼睛裏沒有了沮喪，而是徹底失敗的表情。

尼婭佐娃過去拍拍小老黃的腦袋說：「黃狗小姐，這次是我的錯，我不知道狼獾居然會爬樹，而且會轉圈爬一棵大松樹。我們的好先生可沒說過。他說過太多太多沒用的話。但他終於還是說了那句我喜歡上他的話，可是我們的好先生是個笨蛋，不知道就是那句話。現在我們吃飯吧。」

尼婭佐娃在石頭上坐下來，再一次把黃鷹大小姐拿下來讓牠站在腿上。她去翻皮口袋，沒翻到希望的東西，就把皮口袋底朝天把裏面的東西倒出來，仔細地翻找著。

翻了半天，尼婭佐娃雙手向上一揚，說：「烏拉，瞧我都幹了什麼？黃狗小姐，我們沒帶乾糧，連水袋也沒帶上。我們吃什麼呢？我開始想念親愛的佟九先生了。他是對的，我們不該偷偷跑出來，沒有我們的好先生我們一團糟。但我不認爲殺那隻狼獾是錯的。我們要加勁幹下去。」

黃鷹大小姐又一次表示出看到獵物希望去鷹獵的神色，尼婭佐娃卻沒發覺黃鷹大小姐的變化，她在看小老黃去捉一隻大個的兔子。

小老黃這時也餓了，牠去追一隻被牠從亂石灘趕出來跑進草叢的大兔子。好不容易把大兔子趕進一處草窩，小老黃一撲咬下去，突然哀嚎一聲跳起來，跑到一邊抬前腳揉鼻子。

原來小老黃撲上去咬大兔子的腰部，那隻大兔子翻個身用了救命絕招，收攏四肢蹬出去蹬破了小老黃的鼻子。

小老黃揉揉鼻子掉頭跑回來對著尼婭佐娃吱吱叫，尼婭佐娃看小老黃的鼻子滴答流血，就給牠擦拭說：「我和妳一樣，第一次出獵都失敗了。但我們馬上鼓起勇氣幹第二次。妳休息一下再去捉小點的兔子吧。」

這時黃鷹大小姐站在尼婭佐娃腿上扇翅膀，勾著鷹喙瞄著山坡下的草叢。尼婭佐娃說：「這次叫黃鷹大小姐去抓兔子吧，牠看上去著急了。黃狗小姐妳需要認真學習。」

尼婭佐娃放開絆鷹繩，把黃鷹大小姐放飛。黃鷹大小姐低低地向山坡下飛去，先飛升高，然後俯衝下去，鷹爪探出，就抓住了那隻只顧埋頭吃草的兔子飛上半空。

尼婭佐娃叫著跳起來，努力了幾次才發出的叫聲，並向黃鷹大小姐揮左手。黃鷹大小姐抓著兔子飛下來，鬆開兔子，落在尼婭佐娃的腿邊。牠斜眼看著黃狗小姐，絕對傲慢的一副樣子。

黃狗小姐卻把腦袋扭到一邊去，不看黃鷹大小姐，沮喪又不服氣。

尼婭佐娃查看那隻兔子，發現兔子的脊椎骨已經被黃鷹大小姐抓斷了。她從靴筒裏掏出短刀扒下兔子的皮，又掏出兔子的內臟丟開。先從兔子的胸脯上割下一條肉餵給了不時張一下翅膀、探腦袋看兔子肉的黃鷹大小姐，才將整塊兔子胸脯上的肉割下來餵給垂著腦袋又忍不住悄悄看的黃狗小姐。第三條肉是兔子腿上的，又餵了黃鷹大小姐。

黃鷹大小姐吃飽了，不再盯看兔子肉，勾著鷹喙整理羽毛。尼婭佐娃才想起給黃鷹大小姐拴上了絆鷹繩。然後，尼婭佐娃拍下手說：「黃鷹大小姐吃飽了，我要開飯了。黃狗小姐還可以吃兔子的骨頭。」

尼婭佐娃在肩膀上架著黃鷹大小姐，去撿了些枯樹枝和枯草，她想烤兔子肉吃。準備點火時，她拍了一下腦袋，嘟噥道：「好先生，沒有你我怎麼辦呢？」

原來尼婭佐娃沒帶來洋火，她只好割了一塊兔子肉放在嘴裏嚼，閉上眼睛努力咽下去。閉上嘴巴忍了一會兒，她說：「我吃飽了，我們找狼獾吧。黃狗小姐，妳的鼻子破了有可能更好用了。」

小老黃引著尼婭佐娃再次走過靠近亂石灘的那棵大松樹，又爬上通向帽兒崖的那面山坡。牠的鼻子告訴牠那隻狼獾就應該在這一帶，可就是找不到狼獾躲在哪兒，因爲狼獾的氣味在幾個方向都有。

小老黃邊嗅邊找，轉向帽兒崖後山坡去了，尼婭佐娃的背影也隱在了帽兒崖後面。

那隻狼獾卻再次在那棵大松樹上出現了，還像剛才那樣順著樹幹轉圈爬下了樹，直接跑向尼婭佐娃剛剛離開的那塊石頭，吃到了尼婭佐娃丟棄的兔子內臟和掛肉的骨架。狼獾似乎沒吃飽，牠揚起腦袋向帽兒崖那邊看，似乎在想下一步的行動。片刻，牠不再猶豫了，順著尼婭佐娃留下的氣味追了過去。從這一刻起，被追蹤者變成了追蹤者。

尼婭佐娃被小老黃引進了一片完全陌生的區域。她不知道小老黃爲什麼顯出了興奮的樣子，還認爲小老黃終於追蹤上了狼獾，卻不知道小老黃帶著她在追蹤一隻身上散發出爛肉氣味的豹。這隻豹就是傷在貓頭鷹爪下的那隻遠東豹。

當白茫茫的霧氣從林間出現的時候，天氣變冷了。山裏開始降霜，樹枝、岩石、枯草上結霜了，尼婭佐娃的牛皮靴底踩上去就發滑了。她想再次套上那雙狍子皮的鞋套，才想起鞋套被她脫下時順手掛在了樹枝上，丟在那棵樹上了。

尼婭佐娃說：「黃狗小姐，我們這是往家裏走還是在追狼獾？這裏我沒來過，我記得妳也沒來過。我們不熟悉這裏怎麼回家呢？」

小老黃不能回答，依舊在前面的林間草叢裏走走停停嗅嗅走走。

尼婭佐娃此時不可能知道，她前面的山谷就是邊吉溝口，從邊吉溝口出去就是柳條溝的深處，再順著向南的一條彎曲的山谷走進去，就能通向滾兔子嶺。尼婭佐娃如果認出了滾兔子嶺，就可以知道回家的路了。

小老黃引著尼婭佐娃，在邊吉溝口追上了那隻遠東豹。那時夕陽將盡，天色即將暗下去。小老黃的背部突然抖動了一下，背上的鬣毛直立，四肢抓地停下，探頭對著躲在草叢裏的遠東豹汪汪狂叫。遠東豹一路逃到這裏逃不動了。牠背上的那隻貓頭鷹已經被牠咬著拽下去了，只是貓頭鷹的鷹爪抓出的傷口爛成了幾個洞，洞之間的皮毛也爛沒了，牠被貓頭鷹啄瞎的那隻眼睛也已經爛成了黑洞，此時遠東豹已經虛弱之極，兩排肋骨凸出體外。

遠東豹看看小老黃，又看看尼婭佐娃，站起來慢慢轉一圈，又在草叢裏坐下，放棄了掙扎，把腦袋歪向一邊，牠在等待死亡的到來。

看到遠東豹，尼婭佐娃猛然打了一個哆嗦，她這才明白，追了半天，小老黃追蹤的目標改變了。尼婭佐娃說：「黃狗小姐，這個錯不可以原諒。牠不是我們追蹤的目標，牠不能威脅我們了，讓牠慢慢等死吧。」

尼婭佐娃不忍心殺死這隻走向死亡的遠東豹，她命令小老黃隨她離開了那裏，才發現自己迷路了。她拎著步槍帶著小老黃走出山谷，腦海裏回想佟九講過的那幾條可以走出去又可以回家的路。

尼婭佐娃離開後不久，遠東豹更加不安地在草叢中站起來，因為狼獾來了，並發現了遠東豹。

狼獾就放棄了尼婭佐娃，牠盯著受傷的遠東豹，慢慢坐下來，等待遠東豹倒下去。

遠東豹似乎想努力再逃一程，也這樣做了。但是狼獾慢慢地跟在牠的屁股後面，遠東豹的命運也就注定了……

4

尼婭佐娃把黃鷹大小姐放到樹枝上蹲著，她爬上一棵高大的白楊樹，想在樹上看到印象中的物體，希望能識別出回家的路。她站在樹上往西邊看，遠遠地看到一點像燈光似的昏暗光亮，那應該是一戶人家。尼婭佐娃又往南邊看，一下就看到了遠處黑乎乎的滾兔子嶺。

尼婭佐娃下了樹，說：「我知道了，從這裏向西去是柳條溝，向南去是滾兔子嶺。好樣的黃狗小姐，妳帶著我在山林裏轉了一個大圈，好在我們大約在天亮時可以回到家。可是沒有火把沒有燈籠我們怎麼走呢？看來今晚要住在這裏了。」

尼婭佐娃從樹枝上拿下黃鷹大小姐，發覺黃鷹大小姐老實多了，就把牠抱在手臂裏，說：

「黃狗小姐，我們的黃鷹大小姐快睡覺了，天一黑我們就用不到牠的眼睛了。今晚就讓好先生擔心一下吧，以前我總是擔心他。天黑了，誰也沒辦法走出山谷。」

尼婭佐娃在山谷裏找了一處避風的土坡，用短刀砍些樹枝墊在地上，抱著步槍背靠土坡、肩上架著黃鷹大小姐坐在樹枝上，說：

「我和我舅舅逃亡時總在野外過夜，那時是一幫人，現在就我一個人，黃狗小姐妳不能睡，今晚妳是哨兵。」

小老黃在尼婭佐娃身邊臥下，搖一下尾巴。

尼婭佐娃太累了，把衣服裹緊，抱著步槍不久就睡著了。小老黃也把腦袋埋在兩條前腿之間，不過牠的耳朵總是不時轉動一下。

今晚的月亮非常圓，因爲今夜是陰曆十六，是一個月中月亮最圓最亮的一夜。

夜深了，尼婭佐娃被凍醒了幾次，但她睡意未消，一次次盡力收攏四肢，迷迷糊糊地睡著。

小老黃在貓頭鷹的叫聲中悄悄抬頭向山谷的另一邊看，卻不是找貓頭鷹，牠看到那隻遠東豹垂著腦袋慢悠悠走在空曠的草叢裏，後面跟著那隻狼獾。小老黃掉頭看一眼收攏成一團的尼婭佐娃，又看一眼縮著腦袋蹲在尼婭佐娃肩膀上的黃鷹大小姐，沒驚動他們，又扭回頭看那隻狼獾。

狼獾往前躥一下，用鼻子頂一下遠東豹的尾巴，遠東豹就快走幾步。遠東豹現在已經無力回頭捕殺狼獾了，反而像一隻被狼獾押上刑場待宰的俘虜。小老黃似乎看明白了，狼獾是用這種方式趕遠東豹走動起來，加快耗盡遠東豹的體能，讓牠早點死去。小老黃開始同情這隻遠東豹了，看看遠東豹順著山谷向這邊走來了，就用鼻子碰尼婭佐娃握著槍的右手背。牠濕熱的狗鼻子一下就把尼婭佐娃整醒了。

尼婭佐娃睜開眼睛先抬頭看天上的月亮，被小老黃又碰一下她右手背時才低頭看小老黃，小老黃輕輕吱叫一聲，掉頭再看遠東豹。尼婭佐娃也就看到了垂頭喪氣走在空曠山谷裏的遠東豹，又仔細看，看到一隻狐狸大小的動物探著腦袋緊跟著遠東豹。

她還是沒能認出盯住遠東豹的動物就是她辛苦追蹤的那隻狼獾。她揚起腦袋一連打了兩個大哈欠，輕聲嘟噥：「爲什麼不讓可憐的豹子安靜地死去呢？」

尼婭佐娃把槍橫放在腿上，把雙手放嘴上哈氣，再把雙手互搓活動一下凍得發僵的手指。然後，她把步槍順直，推上子彈，瞄著那隻狼獾，扣動扳機。砰！一聲槍響，那隻狼獾跳了一下，就一頭撲倒了。

遠東豹被槍聲嚇得往前猛躥一下，腳軟似的也撲倒了。尼婭佐娃肩膀上的黃鷹大小姐被驚得飛撲而起，卻被絆鷹繩拽住了鷹爪，一下跌到地上。小老黃向狼獾快跑過去。

尼婭佐娃卻喊：「回來！黃狗小姐，妳不可以去欺負那隻可憐的豹子，我們也不要那隻臭臭的狐狸。難道妳還不懂嗎？牠們不是我們的目標！」

小老黃掉頭又跑回來，想恭喜尼婭佐娃終於打死了狼獾，衝著尼婭佐娃搖頭晃腦地吱吱叫。

尼婭佐娃抱住小老黃說：「妳的毛上全是霜，我的身上也是霜。我抱著妳吧，我們抱一起再睡一會兒天就亮了。黃鷹大小姐就叫牠蹲在地上吧，剛剛牠一定把我的肩膀抓破了，我感覺我的肩膀流血了。可憐的黃鷹大小姐連槍聲也怕。」

小老黃無奈了，汪叫一聲，把耳朵也垂下來了，牠實在是沒有辦法叫尼婭佐娃明白，她打死的那傢伙不是狐狸而是狼獾。那隻遠東豹已經爬了起來，在舔食狼獾的血。小老黃的鼻孔收縮幾下，放鬆了精神，乾脆連眼睛也閉上了……

5

尼婭佐娃伸展雙臂挺胸昂頭對著天空打出了一個大哈欠。天已經亮了，晨曦衝開濃霧射下來，山谷裏一片片土地的本來面目逐漸顯現了出來。

尼婭佐娃說：「我們的好先生一定急壞了，我準備忍受好先生的咒罵了。但我想，好先生在咒罵之前會先擁抱我。兩個黃毛，我們走吧。但願我們能快點到家吃上好先生做的美味熱餐。」

尼婭佐娃已經認出了回家的路，不用招呼小老黃引路，伸左臂架上黃鷹大小姐，右手拎著步槍，向山谷南邊走。

小老黃本來跑在尼婭佐娃的前面，卻在跑出幾步時掉頭往回看，並聳起背上的鬣毛汪汪叫幾聲。

尼婭佐娃扭頭，看到那隻遠東豹在草叢裏一躍跳上一塊臥牛石，揚頭用一隻獨眼正向她看。她吃了一驚，遠東豹的精神好多了，不似昨晚奄奄一息的樣子了。她想不通遠東豹怎麼可能恢復得如此之快，就搖搖頭，招呼小老黃掉頭又走了。

遠東豹看著尼婭佐娃走遠，才回頭叼起狼獾的碎屍向山谷深處走去。

這隻遠東豹是幸運的。受傷之後，由於傷口發炎有氣味，牠一旦靠近獵物，獵物就會嗅到氣味先行逃脫，牠捕不到獵物只能慢慢等死。但是尼婭佐娃打死的狼獾幫了牠的大忙，吃到食物的遠東豹就有可能再堅持十幾天不死。如果天氣馬上冷下來，冷天氣可以緩解牠的傷勢和氣味，牠就有能力捕捉到獵物了，牠活下去的希望就會增大……

遠東豹隱入山谷裏不久，山谷的外面走來一個左臂架隻黃海東青的老鷹把式。老鷹把式的後面跟著背著幾個大包袱的大蘭子、小蘭子和康良駒。

大蘭子他們三個人昨天在山裏轉了一天，繞到柳條溝口天就黑了。本來想連夜再走的，卻在柳條溝口碰上了這個老鷹把式。老鷹把式住在柳條溝裏，是柳條溝裏最早的一戶住戶，每年初冬都會住進柳條溝的地蒼子裏抓野雞。他認識康鯤鵬也見過康良駒。

老鷹把式看兩個女人帶康良駒晚上往山裏跑覺得奇怪，就勸大蘭子在他的地蒼子裏住一夜再走，晚上進深山老林太危險。

大蘭子有些遲疑，又看到小蘭子害怕摸黑進山林，就隨老鷹把式去了他的地蒼子借住了一夜。在閒嘮嗑時，大蘭子聽老鷹把式問康良駒你爸好不好？臭老九好不好？才知道老鷹把式不但認識康鯤鵬，還和佟九是忘年交。

大蘭子就沒瞞老鷹把式，說了進山找佟九避難的事。

老鷹把式聽完，表示他不會洩漏這個事，他告訴大蘭子，柳條溝的屯子裏早幾天有二溜子樣子的城裏人來打聽佟九，但沒人理他。老鷹把式還答應明天一大早送他們去找佟九。

老鷹把式又停下點上煙鍋吸了一口，說：

「我仔細想了，日本人能叫二溜子（無正當職業的小混混）挨屯打聽，看來臭老九也躲不久了。臭老九是好樣的，比我比他爸都強。大蘭子妳放寬心，我送妳到了地頭，我馬上去後面幾個屯子告訴大夥別洩了臭老九的底。咱們不能幫著公安大隊的人和日本人害咱們自己人。」

大蘭子道了謝。但是大蘭子沒有想到有許多事都是好心人辦壞的，正是老鷹把式的這個舉動改變了佟九的命運。

老鷹把式熟悉道路，他在滾兔子嶺邊上拐個彎往西走，沿山脈的一條小山溝下去，再轉向東走一會兒，就進入那片柞樹林了，這是柞樹林的另一邊，不是濕地的那一邊。穿過柞樹林就是生長著大片白樺樹林的那面山坡，進入白樺樹林，也就到了佟九的家了。這條路線走起來比尼婭佐娃的路線快了整整一個半時辰。

其實，老鷹把式走的這條路尼婭佐娃也走過，她隨佟九在三月份進山時就走過。只是尼婭佐娃早就忘了那條根本不能算路的路，甚至連條小毛毛路都算不上，那只是條被幾個獵人記住的「路」而已。

很快，老鷹把式帶大蘭子他們找到了白樺樹林裏的小木屋。

小蘭子叫起來：「多好看的小木屋，臭老九真厲害了。」她甩掉包袱又喊一聲：「黃毛嫂子，我和我姐看妳生的黃毛小猴子來了。」

小蘭子跑過去，看到小木屋在外面拴著門閂，沒人，但她不死心，拉開門閂開門進了小木屋，不一會兒出來說：「沒人，真沒人。姐，臭老九是不是聽了信帶黃毛媳婦逃跑了？」

康良駒也跑進小木屋看一眼，掉頭回來說：「我就知道老九叔和我爸一起跑了。乾媽，這木頭房子挺好，咱住下等吧。」

大蘭子懷著孩子，早累得全身發軟，聽說佟九不在，心裏起急，扶住棵白樺樹才沒摔倒。

老鷹把式走進小木屋看看，說：「臭老九的能耐大了，這樣的木頭房子我都沒見過。大蘭子妳放心，這疙瘩有人住，臭老九沒離開。」

老鷹把式的眼力自然不同，他看看周圍就知道這裏有人住。

康良駒圍著小木屋轉了一圈，看到了被小木屋擋在後面的土屋老窩，就跑過去喊：「乾媽，老九叔沒離開這窩。老九叔的鷹還在鷹架上蹲著呢！」

於是，大蘭子和小蘭子進了土屋，坐在炕上歇息。

老鷹把式告訴大蘭子，臭老九興許去鷹獵了，他去濕地轉轉，那濕地是臭老九的獵場，要是找到臭老九就一起回來住一宿明早再走，找不到臭老九他就直接走了。

老鷹把式從鷹架邊走過去，拍一下康良駒的腦袋，看一眼在鷹架上蹲了一天一夜的黃鷹小姐，說：「臭小子，這小黃鷹馴壞了，不會是臭老九馴的鷹，白養著玩兒吧。過年你爸要是回來了，叫你爸去爺爺家喝酒。」

康良駒點頭，只顧看著黃鷹小姐，顧不上和老鷹把式道別。

小蘭子歇了一會兒，肚子餓了，天已過了午時，就在土屋裏找了些乾野菜洗乾淨，兌上苞米麵引火做了飯。一鍋菜粥做好了也沒等到佟九和尼婭佐娃回來，小蘭子、大蘭子和康良駒就先吃了。

土屋老窩裏的爐子燒著，屋裏逐漸暖和了起來，這三個人也睏了，歪炕上不一會兒都睡著了……

尼婭佐娃頂著漸漸暗下來的天色，從白樺樹林裏走出來，看到了土屋老窩。她把腰彎下去，撐著步槍喘粗氣，等喘順了氣，說：「煙囪在冒煙，好先生在做飯。他不去接我們居然在屋裏做飯。黃狗小姐，我們發不發脾氣呢？」

小老黃卻警惕地看著土屋的門，牠嗅到了陌生人的氣息。小老黃揚起腦袋汪叫一聲，向土屋老窩的門跑去。

尼婭佐娃說：「我想，是我們錯了，我們還是乖乖地主動認錯比較好。好先生一定急壞了。」

小老黃撲到土屋的門上汪汪咬起來。尼婭佐娃遲疑一下，才鼓勁往土屋老窩走。小老黃把土屋裏的三個人吵醒了。

康良駒以爲是大老黃回來進不了門才咬，就爬起來喊：「大老黃，哥們我來了，妳下了幾個崽了？」

康良駒開了門，小老黃往後退幾步，對著康良駒汪汪叫，把康良駒嚇了一跳，說：「妳不是大老黃？」

小蘭子也從土屋裏走了出來。尼婭佐娃一眼看過去，叫一聲：「寶貝！」

她跑過去張開手臂想擁抱小蘭子，身子一晃，黃鷹大小姐在她的肩頭上直扇翅膀。

尼婭佐娃只好收住腳步，把步槍放在一邊，說：「等等小蘭子，我一會兒才能擁抱妳。我要先解決一個麻煩，一個不小的麻煩。」說完，尼婭佐娃把黃鷹大小姐放到鷹架上，用絆鷹繩綁好。

小蘭子跟過來，吃驚地喊：「妳會架鷹了？」

尼婭佐娃說：「當然，這很容易。妳來了太好了，可以和我說話了。我們這裏的鄰居都是不能說話的野獸。我總是不停地和黃狗小姐說話，佟九先生不太喜歡說話。我還得餵過黃鷹大小姐才能好好和妳說話。」

小蘭子說：「行，以後我天天陪妳說話。」

尼婭佐娃說：「那太好了。」

尼婭佐娃從小罈子裏抓出一隻活著的地鼠，俐落地扒了皮餵了黃鷹大小姐。黃鷹小姐一點點從鷹架上挪過來，歪著脖子看著尼婭佐娃扇翅膀，牠兩天一夜沒吃東西了。

尼婭佐娃並不知道黃鷹小姐餓得很了，想不餵牠又不忍心，說：「妳總是想著吃肉，又不肯『跑繩』，好吧，好吧，寶貝，這就到妳了。」

小蘭子看著尼婭佐娃和海東青說話直笑。

尼婭佐娃餵完了黃鷹大小姐和黃鷹小姐，才回身張開手臂擁抱小蘭子，說：「讓我瞧瞧妳把誰藏在屋裏？我想妳和甜心一起來的。好樣的小蘭子，小寶貝，妳終於可以不討厭叫床了。」

小蘭子猛一下想起悄悄喜歡的二連長老五，眼圈紅了。她輕輕推開尼婭佐娃，把臉低下去。

尼婭佐娃意識到她說錯話了，馬上說：

「那麼我說抱歉！好吧！好姑娘，我知道妳的甜心很快會從天上掉下來的。妳一定要接住，這種事不能只靠上帝，上帝管不了妳沒找到甜心的事。」

尼婭佐娃衝著土屋裏喊：「好先生，我回來了，我不小心走丟又找回來了。我的肩膀被黃鷹大小姐抓破了，流血了，因爲你沒給我在肩膀上墊上厚的皮墊子，也沒說把鷹放在肩膀上不方便。」

尼婭佐娃說著走進土屋，看到大蘭子正看著她笑，愣一下說：「見到妳太好了。佟九呢？他找我去了嗎？」

大蘭子告訴尼婭佐娃，說他們來了半天了，沒看到佟九。小蘭子又七嘴八舌說了發生的事和他們的來意。

尼婭佐娃嘆口氣說：「原來賣鮮肉的老康先生失蹤了，這個總想接近黃狗小姐的小夥子是老康先生的兒子，他比老康先生長得漂亮。英雄軍官表姐夫陣亡了，可憐的表姐又成了寡婦。原來你們的公安大隊幫著日本人在抓我們，我們全是逃亡者了。這沒什麼，我們習慣逃亡了。我有預感，預感到大麻煩找上我們了，因爲我沒能殺死那隻像小鬼子的狼獾。帶你們來的老鷹把式不會爲了錢出賣我們吧？這一點那位老先生保證了嗎？」

小蘭子點點頭。

小老黃對著尼婭佐娃汪汪吱吱叫幾聲，尼婭佐娃不知道小老黃在告訴她，昨晚她用槍殺死的不是一隻狐狸，就是那隻狼獾。她還認爲小老黃在吵著要吃的，就餵了小老黃菜粥，自己也喝了碗菜粥。

時間已經很晚了，土屋老窩外面嗚嗚地刮起了風，像在人的腦袋頂上哭嚎。

大蘭子說：「要變天了，今晚可能下雪。老九怎麼還不回來？」

尼婭佐娃嘆口氣，甩了下手，說：「是啊！他在外面是找不到我的，我已經回來了。現在我們能怎麼辦呢？」

尼婭佐娃此時並不知道佟九遇上了大麻煩，才一直沒能回來……

第十一章　拐子刀，日本刀

1

佟九在叢林裏走得挺慢，進入濕地時，就臨近中午了。

佟九在月亮灣的邊緣停下，向月亮灣周邊看看，從皮口袋裏取出一隻小銅鈴，繫在黃鷹先生的尾巴上。這種小銅鈴叫鷹鈴，是確認海東青飛落的地點用的。海東青鷹獵時，小銅鈴發出的聲音也可以起到震懾獵物的作用。

佟九又從腰間拔出鷹拐子，把一隻筒狀的小木筒插在鷹拐子的尖上固定好，再在小木筒裏放進一隻比較長的爆竹——兩個響的「二踢腳」。

幹完了這些，佟九又往月亮灣裏看。月亮灣的水面在中午時有了些溫度，水底的魚會游上來，十幾隻大天鵝、二十幾隻大雁和一大群野鴨正趁機進行一天中的第二次覓食。陽光很足，照射在水面上，波光粼粼，如同美麗的幻境。

大天鵝、大雁和野鴨每年這個時期都會遷徙到佟佳江流域，在這裏待一段時間，在下雪前才會飛往更南的南方。不論在這裏待幾天還是待十幾天，牠們都會搶佔地盤。尤其是大天鵝，牠們搶佔地盤的願望十分強烈。牠們的數量雖然比較少，但不論是在水裏還是在濕地裏，牠們都會憑藉身體上的優勢去佔據食物豐富的地段。而且，大天鵝是以家庭爲中心形成群落的，群落和群落之間總會產生戰爭。

佟九觀察那十幾隻大天鵝時，天空中又飛來了一群大天鵝。這群大天鵝臨近水面時，一隻隻張著大翅膀伸出大腳掌，在水面上踏波奔跑，然後收攏翅膀游在水面上。

這群大天鵝的到來引起了騷亂，因爲牠們闖進了先來的大天鵝佔據的領水裏。先來的那群大天鵝引頸高歌，這不是和新到的同類打招呼問候，而是示威和驅趕。新到的那群大天鵝同樣引頸高歌，這是不屈服的應戰之歌。

先來的那隻大天鵝中的首領伸長脖子，張開翅膀，收放著金黃色的大腳掌踏波而去，去驅趕闖入者；闖入者中的首領同樣伸長脖子，展開大翅膀，踏波而來，向對方靠近。

佟九樂了，心想，尼婭佐娃如果看到如此喜歡鬥架的大天鵝還會喜歡大天鵝嗎？他不再看了，劃著洋火點燃那隻「二踢腳」。「二踢腳」的頭一聲響炸響在鷹拐子上的小木筒裏，然後從小木筒裏借力飛射出去，又炸響在那兩群正開戰的大天鵝的上空。

大天鵝們不打架了，一隻一隻高聲叫著，展翅騰空飛起。牠們知道，獵人來捕捉牠們了，全都努力往濕地上空飛去。

佟九抬頭看飛過頭頂的一群大天鵝，解開絆鷹繩，把左臂向空中甩去，黃鷹先生沖天而去，帶出一串悅耳的鷹鈴聲。憑藉耳朵出色的聽力，佟九不用看就能知道黃鷹先生飛去的方向和出擊的位置。他握著鷹拐子就往濕地裏跑。

黃鷹先生瞄著一隻大天鵝俯衝下去，牠的速度極爲迅猛，衝至那隻大天鵝的頭頂，探出鷹爪抓去，抓住大天鵝的腦袋和脖子連接的地方，展翅蹲在大天鵝的腦袋上。瞬息間鷹喙啄出，啄去了大天鵝的一隻眼睛。那隻大天鵝的頸骨雖被黃鷹先生的鷹爪抓裂，但牠仍舊猛力地扇著翅膀，掙扎哀嚎著飛行。黃鷹先生又啄去吞食了牠的另一隻眼睛，才放開了那隻大天鵝。

大天鵝眼睛瞎掉沒了方向感，脖頸又已斷裂，在空中亂扇了幾下翅膀就搖搖擺擺地向濕地墜下。黃鷹先生也隨著大天鵝跟著往下飛落。

佟九奔跑過去，伸左臂對黃鷹先生打個手勢，嘴裏叫兩聲，命令黃鷹先生再去捕獲另一隻大天鵝。黃鷹先生知道夥伴不滿足只獵獲一隻大天鵝，就飛一個盤旋，帶出一串細小的鷹鈴聲，又向天空飛去。

佟九右手拎起墜落的大天鵝，左手握著鷹拐子，順著鷹鈴聲再次追去。這一次黃鷹先生是從後面追逐一隻大天鵝。可是佟九卻聽到了另外一串鷹鈴聲。佟九心裏一動，想，這裏怎麼會又有一個鷹把式在鷹獵？佟九把手遮在額頭上往天空上看，看到天空中出現的另一隻黑羽毛的海東青，就咒罵一聲，急忙向前跑。

此時黃鷹先生已經追到了那隻大天鵝的身後。那隻大天鵝飛得並不高，貼著叢林的尖梢飛，試圖鑽進叢林裏去。黃鷹先生追到那隻大天鵝的屁股上面，正要探出鷹爪抓那隻大天鵝的腦袋，牠的上空就衝下了那隻黑羽毛的海東青，這隻黑海東青不是抓大天鵝，而是襲擊黃鷹先生。

這就是驅使海東青去鷹獵另一隻海東青的把戲：一個鷹把式在另一個鷹把式放出海東青之後，再故意放出他的海東青，他的海東青就會準確無誤地去獵殺前面的海東青。

好在黃鷹先生及時發現了黑海東青。在黑海東青撲下來的剎那間，黃鷹先生飛個側旋，雖躲過了黑海東青的那一爪，但還是被黑海東青的鷹爪抓掉了右邊翅膀上的幾支大翎羽，羽毛四處飄飛。

黃鷹先生鳴叫一聲，向天空上急升，黑海東青隨後又追。邊跑邊仰著腦袋看的佟九又咒罵了一聲。

黃鷹先生是隻脾氣暴烈的黃海東青，牠失了先機被黑海東青追得逃不脫，就發了脾氣。牠在空中突然飛出一個空翻，黑海東青追得太過急切，就從黃鷹先生的身下衝了過去。

黃鷹先生翻轉過來正好飛在黑海東青的身子上邊，牠一喙啄出，啄中了黑海東青的脊骨。這一下挺狠，黑海東青發出一連串的哀鳴，扇著翅膀就逃。黃鷹先生不依不饒，展翅拚命追了過去。

佟九看到黃鷹先生反敗爲勝，仍不能放心。因爲海東青雖有強弱之別，但都具備鷹應有的霸氣，牠們生性喜歡獨來獨往，爭鬥起來不分輸贏絕不甘休。

佟九看著兩隻海東青一追一逃變成了兩個小點，就加快速度奔跑追去。佟九跑到濕地的另一片，那是丘陵地帶的一片荒灘。看到一個挺高挺壯的鷹把式，正在前面的草叢裏時隱時現地奔跑，手裏拎著一口麻袋和一支火銃。佟九就瞄著這個鷹把式急步追過去。

這時，佟九又聽到空中傳來了兩串不同的鷹鈴聲，他往天空上看，看到黑海東青和黃鷹先生追逐著飛過來。

黑海東青看上去被黃鷹先生追急了，在黃鷹先生追到身後時，牠突然一個側飛，黃鷹先生撲空了，擦著黑海東青飛撲過去，黃鷹先生的脖子上就中了黑海東青一啄。黑海東青卻不趁勢撲擊，迅速向那個鷹把式抬起的左臂飛落下去。

黃鷹先生鳴叫著飛個掉頭，隨後又追過去。

那個鷹把式把右手的火銃一抬，對著撲下來的黃鷹先生就勾響了火銃。「轟」的一聲，火銃射出的鐵砂距離太遠，沒能擊中黃鷹先生。黃鷹先生卻受了驚，急速向天空上飛去。

佟九叫罵一聲，向天空急速揮動手臂。黃鷹先生在天空中看到了佟九，卻不肯飛下來，一聲聲哀鳴著飛到佟九頭頂上空，一圈圈盤旋。

佟九知道不好，急忙拔出拐子刀削下大天鵝的腦袋，拿在右手裏一下一下往天空上拋起接住再拋起……這是叫黃鷹先生飛下來吃肉。可是黃鷹先生依舊盤旋哀鳴，突然展翅向高空飛去。

佟九大叫：「不！老黃！」

只見黃鷹先生急速向地面俯衝下來，佟九叫著奔跑過去，試圖接住從天空衝下來的黃鷹先生。但是黃鷹先生俯衝下來的速度太過迅猛，「砰」的一聲，撞在了一塊大青石上。等佟九撲過去，黃鷹先生的翅膀只是扇了扇，鷹爪伸了伸，就趴在大青石上不動了。黃鷹先生的腦袋撞碎了。

佟九暴怒了，抓起鷹拐子，爬起來掉頭衝向那個嘻嘻笑的鷹把式。

那個鷹把式見佟九衝過來，知道有架要打，他也不懼，收了笑臉，甩左臂甩飛黑海東青，又放下拎在手裏的麻袋，急忙往火銃裏裝火藥鐵砂，試圖用火銃反擊。

佟九哪容這個鷹把式反擊，右手下探，拔出右腿綁腿裏的短刀，瞄著那個鷹把式的胸口甩手拋出去。

那個鷹把式身手也不差，見來不及裝鐵砂，就把火銃一橫，佟九的短刀扎進了火銃的木製柄上。那個鷹把式咒罵一聲，甩掉火銃，從綁腿上拔出一口短刀，迎著佟九撲上來，叫罵著揮短刀就刺。

佟九把拐子刀拔出來，快速地刺出又纏削了一下，那個鷹把式右手的尾指、無名指和手裏的那柄短刀就被拐子刀切下來落到了草地上。他咬著牙把右手握的拐子刀甩起削向那個鷹把式的腦袋。

那個鷹把式一屁股坐在草地上，喊：「你殺人?!」

佟九愣了一下，頭腦清醒了，把拐子刀收回來。他盯著那個鷹把式罵了一聲，上躥一步，一腳踢出，那個鷹把式臉上中腳，向後翻了一個跟頭。

佟九又躥一步，又一腳踢在那個鷹把式的左肋上，那個鷹把式哼了一聲，又翻了一個跟頭。佟九再躥一步想踢第三腳，突然把腳停住，他的耳朵聽到奇怪的、很多隻動物輕微的奔跑聲。

佟九的左邊耳朵又動了動，他聽出這是一群狼在奔跑著圍過來。

佟九喊：「操你媽，快躲了。」喊完佟九掉頭往黃鷹先生那裏跑，跑過去抓起黃鷹先生的屍體，就瞄著一塊高聳的青石跑去。

那個鷹把式反應也快，爬起來得也快。這傢伙不抓起火銃，卻用左手抓起放在一棵樹下的那口麻袋，尾隨佟九跑到那塊大青石下，看佟九已經爬上了大青石，他抬起右手喊：「拉我上去。」

佟九在大青石上趴下，拽著那個鷹把式受傷的右手，把他拉上了大青石。此時在大青石的正面，奔跑著圍過來一群毛茸茸的青狼……

2

那個鷹把式在大青石上坐穩了，用左袖子抹一下臉上的血，看看左袖子，又抹一下臉上的血，再擤出一把帶血的鼻涕甩在大青石下面，把右手往佟九眼前一伸，說：

「快他媽給我包上，痛死我了。你他媽的不認識我了？」

佟九聽這話奇怪，從狼群那裏收回視線，看那個鷹把式的臉。那個鷹把式把嘴唇翻裂的臉對著佟九揚揚，叫佟九辨認。

佟九說：「我好像認識你，你姓武，是三道江的鷹把式。你和你爸十幾年前來過這裏。你腦門上有塊青斑好記。」

那個鷹把式說：「是啊，我姓武，我他媽的叫武海青。我和我爸十幾年前看上這片濕地，想占了當獵場，來和你爸爭獵場。咱們爺倆和你們爺倆比鷹獵，輸給了你們爺倆，咱們爺倆就回了三道江。我這次來可不是找你的麻煩，我爸也死了，早年那件事就過去了。我這次趕巧從你這路過，正好看你鷹獵，放海東青獵你的海東青就是開你個玩笑，你他媽的下手也太狠了吧？兩根手指的仇，這事咱們沒完。」

佟九幫武海青包好了手指，上上了鷹把式隨身帶的治外傷的藥，卻反手給了武海青一個大耳光，說：「你這傷活他媽該！我真想宰了你他媽的。」

武海青說：「我信，我他媽的真信。你小子快他媽動手，我皺皺眉頭就不是我爸養的。你現在不動手，等我走脫了，我遲早回來找你削掉你的四根手指賠我的兩根手指，沒準我會殺了你。你他媽的馴海東青那兩下不怎麼樣，比不上你爸。你他媽的用刀真比你爸強。他媽的你馴的那隻海東青是海東青嗎？吃點虧就他媽衝下來撞死。我他媽下次揣支二十響匣子槍來幹了你他媽的，痛死我了。」

佟九看著武海青痛得齜牙咧嘴，開心地哈哈笑了兩聲。但看一眼撞死的黃鷹先生，心裏又傷感又冒火，說：「操你媽，你他媽的懂個屁海東青，你馴的海東青還是海東青嗎？叫你馴得沒了海東青的脾氣和精神。牠成了什麼？成了他媽的沒感情的活用具。海東青和鷹把式是夥伴，鷹把式有鷹把式的脾氣和手段，海東青有海東青的精神和尊嚴。咱們鷹把式和海東青是互相信服的夥伴。你他媽的是個鷹把式，你不懂這些，就別和我提海東青，再說海東青我掐死你。」

武海青說：「不說就不說，但我他媽的還要再說一句，海東青就是鷹把式的活用具。你別不服，我的海東青就是比你的海東青聽招呼。你不信，一會兒我叫我的海東青去抓那隻大頭狼的腦袋給你看看。你那破海東青行嗎？你小子別吹，你玩海東青你真不行。和海東青做互相信服的夥伴，吹吧你……」

佟九忍不住甩手又給了武海青一個挺響的耳光，嘴裏喊：「混蛋！有你這麼使用海東青的嗎？你他媽的氣死我了。你再說一句這種狗屁話，我丟你下去餵狼。」

武海青一下子在大青石上放倒身子，對著天喊：「沒準咱倆他媽的一塊餵狼呢！他媽的龜孫子龜田小次郎要是先給我一支二十響匣子槍我就先殺了你了。你小子快點把我餵狼啊，狼吃了我你小子就能逃命了。你別以爲我不知道你他媽的就是這麼想的。」

佟九忽略了武海青提到的龜孫子龜田小次郎。他說：「他媽的，你放心吧。這樣整死你埋汰了我的手。」

武海青聽了佟九的這句話，一下子坐起來，說：「我信你，咱鷹把式不說假話。那我以後找你報仇就不殺你，也不要你的四根手指，只削掉你兩根手指就行了。他媽的，這狼是你這疙瘩的，你怎麼對付呢？」

這是武海青和佟九直到現在說得最現實的一句話。

佟九說：「這群狼是狼吉溝的狼。牠們每年冬季都會去江岔溫泉活水那一帶圍獵狍子。咱們獵的獵物不一樣，從前沒衝突。今天這幫傢伙這是怎麼了？」

武海青眨著眼睛看著佟九不吱聲，卻抬左臂招下了落在樹上的黑海東青。

佟九看看黑海東青，說：「你這隻海東青傷得不輕。你他媽的不是東西，牠沒精神了，快死了。」

武海青說：「你那隻海東青傷得不重，牠早就死了。」他說完往一邊躲，怕佟九再給他一個耳光。

佟九嘆口氣，沒再對武海青動巴掌。他看著大青石下面的那群狼，那群狼有十七隻之多，都是成年大公狼，除了一隻大公狼坐在高點的草叢裏放哨警戒之外，其他的狼都安靜地在草叢、石塊旁邊臥下待著。

佟九奇怪，這時還不是狼結成群集中獵食的季節，而且就算狼群比往年早了點結群，也不應該只有大公狼出來圍獵。再說狼不出意外牠不會主動攻擊人。

佟九又一隻狼一隻狼地觀察，認出了一隻母狼，牠是隻高壯的青花臉母狼，長得比一般的公狼要高大。而且這隻母狼在這些公狼裏面顯得最不平靜，不時對著大青石上的人吸鼻子呼氣。有一隻大青狼是頭狼，牠不時地伸嘴輕咬母狼的脖子，舔舔牠的嘴，這是在安慰青花臉的母狼。

佟九想不清楚是怎麼回事，就從皮口袋裏掏出乾糧吃。

武海青除了那隻麻袋，其他的東西都沒來得及拿上大青石。他就拽過佟九的皮口袋掏出乾糧也吃。佟九的乾糧是尼婭佐娃用苞米麵加野菜、蘑菇和松子仁、榛子仁、野核桃仁摻入鹽像烤麵包那樣烤的，又硬又有咬頭。尼婭佐娃叫這種食物黃咧巴。

武海青把手裏的一塊黃咧巴咬一口下來，嚼嚼，說：「鹽味的大餅子，有菜葉有乾果仁。操！你小子真他媽會吃。你快趕狼啊，用爆竹。再扛下去天就黑了，狼衝上來了，咱倆就完了。」

佟九抬頭看看天空，說：「一兩個爆竹管屁用。這是一群狼，牠們圍咱倆好像有別的事。」

武海青說：「狼圍人除了吃人哪有別的事？沒準這群狼是來找你報仇的，你小子的獵場和狼的領地連成一片，你能少打狼了？」

佟九不吱聲，留心觀察狼群。

天色黑下來時，狼群互相的位置變了，分出幾隻大公狼圍向大青石的後面。那一雙雙在黑暗中閃著光的眼睛像晃動的燈火。

佟九看狼群似乎準備攻擊，也緊張了，點了爆竹甩出去。狼群卻不離開，對著大青石嚎叫。

佟九說：「真是怪了，牠們要幹什麼？幸虧今晚月亮圓，要不狼群突然衝上來，咱倆看不見就更糟糕。」

等月亮上到了頭頂，那群狼對月嚎叫聲落下去之後，佟九就拔出了拐子刀，他認爲狼群的襲擊馬上就開始了，並叫武海青小心。可是狼群依舊圍而不擊。

這一夜佟九在大青石上和狼群對峙了一夜。武海青流血挺多，天氣又冷，但這傢伙不停地吃佟九的乾糧，硬挺著熬到了天亮。

佟九隱約想到狼群圍而不擊是爲什麼了。他看著武海青，武海青身上沒什麼。佟九又看武海青帶上大青石的那隻麻袋，說：「你行啊，有這麼好的麻袋用。那裏面是什麼？」

武海青說：「就是兩隻死兔子，大個的。你別瞎想，這麻袋是從龜孫子那用皮子換的。」

佟九說：「把兔子給狼吧，狼吃了兔子興許會走。」

武海青一把拽過麻袋說：「這是我的，你他媽別動。」

佟九說：「我摸摸是什麼，是死兔子我就不動。」

武海青說：「行，你隔著麻袋摸，就讓你摸一下。」

佟九撲上去摁住武海青，硬奪下了麻袋。

武海青臉色變白了，喊：「操你媽，你害死我了，你別動啊，我他媽的好事全叫你破壞了。」說著他撲過來搶麻袋，臉被佟九擊中一拳，向後面跌去，又被佟九一把拽住，才沒跌下大青石。大青石下面的兩隻大公狼瞄著武海青的後背要撲，在頭狼的嚎叫聲中又退了回去。

武海青喊：「你不能看。」

佟九卻看到那隻急躁起來要衝過來的母狼一雙眼睛緊盯著佟九手裏的麻袋，齜牙咆哮。

佟九明白了，說：「操你媽的你也配是鷹把式，我他媽的差點陪你一起死掉。這他媽的是兔子？操你媽！你他媽的找死掏狼窩。」

武海青揮著拳頭喊：「不能給狼，一給狼就撲上來了。我操你媽，你真他媽是個大笨蛋，你也配叫鷹王？」

佟九解開麻袋，並沒把麻袋裏的兩隻狼崽直接放下大青石。他想確認狼崽是不是還活著。如果狼崽死了，大青石下的狼群就會瘋狂地衝上來把兩個人撕碎。佟九認爲狼崽已經死了，因爲這兩隻狼崽半天一宿沒叫也沒動。

可是，佟九摸摸兩隻狼崽，狼崽身上是熱的，小肚皮也一鼓一鼓地喘氣，卻不叫也不動，就奇怪了。他抬頭看武海青，問：「你怎麼整的？叫牠們還在睡覺。」

武海青說：「你小子也有不懂的？操！這是我給狼崽吃了藥，龜孫子給我的藥。別說狼崽，就算給你吃了那種藥，我用刀割你的肉你也不知道痛。」

佟九說：「是迷藥！你他媽的真給鷹把式長臉，一會兒我叫你拐著腿回家。」

武海青說：「有本事你叫狼崽叫啊！還他媽的迷藥？沒見識的屌人，那是小日本國的麻藥，不到時候就不醒。」

佟九卻不信，用鹿皮口袋裏的冷水對著兩隻狼崽的鼻子澆，不一會兒，兩隻狼崽就醒了，也叫著動起來。

佟九回頭瞪一眼武海青。武海青滿臉驚訝，說：「按說再有大半天才能醒啊！」又「啊」一聲說：「狼的鼻子和狗鼻子差不多，用冷水澆上去自然有用。你小子整醒了狼崽又怎麼樣，你敢下去把狼崽還給狼嗎？」一句話說完又一下愣了。

只見佟九拎著麻袋，跳下大青石，那群狼中的十幾隻大公狼立刻圍上來，一隻隻齜出犬齒盯著佟九。

武海青說：「你他媽快上來啊！你找死啊！」

佟九沒上大青石，把麻袋裏的兩隻狼崽從麻袋裏倒出來。那兩隻狼崽已經不算是幼狼了，再過一個月左右就可以跟著狼群行動了。

這兩隻狼崽從麻袋裏一出來就叫著向那隻母狼跑去，那隻母狼撲上來嗅嗅這隻，舔舔那隻，打轉地親這兩隻幼狼。然而，這兩隻狼崽的父親、那隻青毛大頭狼齜著牙齒盯著佟九，突然往前衝去，卻不是攻擊佟九，而是一躍躥上一丈多高的大青石去攻擊武海青。

武海青打個滾從大青石上滾下來，又一轉身靠到佟九身後喊：「用刀啊！他媽的被你害死了。」

武海青的肩膀在滾下大青石時被頭狼咬了一口。佟九拔出拐子刀，護著武海青，靠著大青石和狼群對峙。

那隻青毛大頭狼站在大青石上要往下攻擊，另外的大公狼慢慢往佟九身前靠，有的狼準備攻擊佟九的左面和右面，有的狼準備攻擊佟九的下面和上面。

佟九知道這一次真他媽的完蛋了，就用左手肘往後搗一下抓住他的背部不放的武海青。

那隻母狼及時地嚎叫一聲，引著兩隻幼狼先退去了。那隻青毛大頭狼見狀從大青石上一躍而下，嚎叫一聲，引著狼群走了。看來，這次狼群的聚集是臨時性的，是為救那兩隻狼崽而來的。

武海青從佟九身後鑽出來，說：「狼群走了。你小子壞了我的好事，那兩隻狼崽是兩支二十響匣子槍啊……」

武海青話沒說完，就被佟九甩腦袋用出了一招「羊頭」，頂中了下巴，武海青向後摔倒。

佟九問：「你他媽說，是我救了你還是我壞了你的事？」

武海青從地上爬起來，吐出兩顆門牙，說：「兩根手指兩顆門牙，你給我記住了。操你媽你是救了我，可你也害了我。你害我在先，要不是你他媽的昨天不在這疙瘩鷹獵，我沒看見你，能他媽有這個事嗎？」

佟九聽武海青這樣說氣得笑了。

武海青又說：「明人不做暗事，我他媽的告訴你吧，操你媽的。老子住的三道溝去了一夥日本人。他們架著一大串馬車，用洋火、燈油、布匹換咱們的皮子。他們還帶著三條日本國的叫狼青的狗，有點像咱們這疙瘩的青毛狼狗，這種狗身上的毛短，長得細高，也挺強壯。咱們鷹把式沒到鷹獵的季節沒正事幹，就聽了日本人的招呼和他們鬥狗。咱們的青毛狼狗要是輸了咱們給皮子，日本的狼青狗輸了他們給火藥。這多好啊。咱們這疙瘩的青毛大狼狗多厲害，日本人的狼青狗毛短腿細跑得快，但咬合力不行。三場鬥狗下來，咱們的青毛狼狗就贏了。日本人眼饞了，就要換咱們的青毛狼狗，用什麼東西都行……」

佟九說：「你這屌樣子的蠢人就換了？」

武海青說：「我有那麼傻嗎？咱們用黃毛柴狗換還可以，換咱們的青毛狼狗可不行。後來日本人不知道怎麼知道咱們的青毛狼狗是狗和狼配交整出來的。他們來了興趣，找到我，叫我開出條件。我想要兩支二十響匣子槍把日本人嚇跑。可是那個日本人的頭，叫龜田小次郎的傢伙一口就答應了，只是要我再告訴他怎麼叫狗和狼生狼狗。我就說了，能不說嗎？那可是兩支二十響匣子槍啊！我就說，用陷阱抓一隻公狼養著，再用一隻母狗拴公狼邊上叫公狼看著，有點距離，別叫公狼咬死了母狗。等母狗掉秧子了，公狼也看順眼了，叫公狼和母狗交配就行了，等著下狼狗崽吧。」

武海青看一眼佟九，又說：「龜田小次郎不知道什麼是狗掉秧子，我就告訴他，狗掉秧子就是母狗發情了想和公狗交配了。龜田小次郎又問，還有沒有其他的辦法能整到更大更厲害的狼狗？我說有啊！進山裏掏兩隻狼崽，把兩隻狼崽養大，和兩隻狗交配生出兩窩狼狗崽。在狼狗崽長到兩個月大時，把牠們關在一起不餵食，過個把月二十天的，那些狼狗崽餓了就會互相咬死對方吃掉。活下來的那隻狼狗崽就是最厲害的狼狗崽。龜田小次郎聽了他媽的樂壞了，當時加我二百發子彈，叫我整兩隻狼崽給他。咱是鷹把式，咱答應了就得整最好的狼崽。我才鑽進狼吉溝去掏青毛大頭狼的狼崽。可是

我他媽不該轉到這疙瘩來，更不該碰上你小子。我只要從這裏渡過江消了氣味，狼群就找不到我了……」

佟九又一個大耳光扇過去，並說：「狼群追到這裏找不到你就會找我的麻煩了。你他媽的配是鷹把式？你他媽的怎麼這麼壞！」

武海青說：「我故意的，怎麼的？誰他媽叫你瞎白話你是什麼屌鷹王，鷹王是你爸爸。鷹王的兒子就他媽是鷹王？屌吧你！鷹王還怕叫狼群盯上？我走了，你不殺我就等我回來找你算賬。我他媽用二十響匣子槍轟死你。」接著，他捂著被佟九揍得不再像人臉的臉掉頭走了。

佟九對著武海青的後腦勺說：「我等著你，幫小日本做事，下次你來我就宰了你。沒準你他媽會變成個瘋狼，叫狼咬了你不瘋沒個好。」

武海青啊一聲，掉頭看著佟九，往草地上吐出一口血痰……

佟九看武海青走遠了，被草叢遮沒了身影，他爬上大青石拎起黃鷹先生的屍體，卻看到武海青的那隻黑海東青倒在大青石的石縫裏，拿起來看看，這隻黑海東青也死了，死在黃鷹先生啄中脊椎的那一啄上。

佟九嘆口氣，由此又想到了武海青，想想武海青一身血氣，怕武海青有傷在身被狼襲擊，就下了大青石，悄悄跟著武海青，直到武海青走出了這片區域，拐上了山谷另一邊的那個自己出山住的屯子，才往回趕。

佟九去了滾兔子嶺，此時已是下午。他把黃鷹先生和黑海東青埋在了鷹廟下面，邊想黃鷹先生邊往滾兔子嶺下看，卻看到尼婭佐娃帶著小老黃走在荒坡上。看到尼婭佐娃用槍當拐杖撐著地走，佟九就認爲尼婭佐娃是出來找他的，並累得很了。

佟九就追過去，他不能喊尼婭佐娃，因爲尼婭佐娃聽不到。用「二踢腳」可能可以，但是「二踢腳」昨晚嚇狼時用沒了，現在只好用腳追。他也就錯過了和那個老鷹把式在月亮灣碰頭的機會。然而佟九不知道，尼婭佐娃並不是出來找他的，而是餓著肚皮回家。他從遠一點的區域繞過去，想截住尼婭佐娃，怕尼婭佐娃找他走遠了，這就和尼婭佐娃錯過去了。

佟九頂著黑乎乎的濃霧，帶著一身夜晚的寒霜，走到了土屋老窩的門前，看到土屋的窗子透出了昏暗的燈火。

佟九才鬆了口氣，喊：「大媳婦，妳怕了吧？我因爲不小心碰上了回不來的事，所以現在才回來。妳不生氣好嗎？」

聽到佟九的聲音，小老黃先從土屋老窩的門裏衝出來。尼婭佐娃大叫著後衝出來。

尼婭佐娃看到佟九就喊：「親愛的，我沒出去，我們誰也沒出去，我們一直在屋裏等你。可算把你等回來了。」

佟九愣了一下，不明白尼婭佐娃爲什麼這麼說。他正想問，康良駒出來了喊了一聲「老九叔」。佟九驚訝地說：「臭小子你來了？你爸呢？他那樣的腿腳是爬來的吧？」

康良駒說：「原來我爸也沒和你在一塊？」

這時小蘭子也在門口出現了，喊臭老九。佟九一時間有點發蒙。

尼婭佐娃抱上佟九的胳膊說：「親愛的，你累壞了吧？我們有菜粥餵你。表姐也來了。我們要有大麻煩了……」

3

大蘭子對佟九說了以往發生的事，佟九安慰了大蘭子幾句，就喝菜粥吃了飯，幾個人擠在一張炕上就睡了。

次日，這三個連日累極了的女人都沒能在太陽升起的時候爬起來。康良駒也累了，也沒能爬起來。

佟九早早就起來了，小老黃抬頭看他一眼，又低下腦袋睡覺。他輕手輕腳地出了門，去白樺樹林裏伐倒一棵白樺樹，去掉樹冠，把樹身拖了回來。

佟九在土屋老窩門前喘了幾口氣，就動手扒去白樺樹的樹皮。他整出的聲音把小蘭子吵醒了。小蘭子起來走出門，歪著腦袋看著佟九直皺眉頭。

佟九說：「妳皺什麼眉頭？我可是妳哥，妳那眉毛太粗了，皺不成柳葉眉，只能皺成個黑毛疙瘩，真難看！我要圍了這院子，妳好皺著黑毛疙瘩養野雞殺野雞包野雞肉包子賣野雞肉包子。」

小蘭子說：「這破地方能養個屁野雞，還包包子？包了包子賣給狼吃。我在這養你和狼還差不多。」

小蘭子就掉頭回屋去做早飯了。尼婭佐娃和大蘭子聽了聲音也就醒了。

尼婭佐娃跑出門找佟九，看到佟九拖回一棵挺粗挺長的白樺樹，在翹著屁股扒白樺樹的皮，就過來蹲下說：「好先生，你好像不知道累。你現在這麼勞累，等你老了累得弓了腰彎了手腳，我怎麼辦呢？」

佟九說：「幹活累不死活人，老了的事老了再說。妳幹什麼不多睡會兒？用肩膀扛著黃鷹大小姐，撐著條破槍鑽山過嶺沒累著？」

尼婭佐娃愣一下，知道佟九在山裏看到她了。她看著佟九說：「親愛的，昨晚我想告訴你真話，我怕你怪我，我就沒說，親愛的你在生氣嗎？」

佟九說：「妳出去找我，我不會怪妳，妳能走出去那麼老遠又能找回家我挺高興的。不過下次我再不能趕回來，妳最好在家裏等我，不要再跑出去找我，那樣做太危險了。」

尼婭佐娃聽佟九這麼說放心了，也高興了，說：「是的好先生，我想你是對的。我保證下次不這樣了。可是親愛的，我沒有看到黃鷹先生，黃鷹先生牠去哪兒了？」

佟九不想說黃鷹先生的事，說：「黃鷹先生在天上飛呢！」

尼婭佐娃笑一下說：「原來你的黃鷹先生不聽話拋棄你飛走了。那真是太好了，你就不用去捕殺倒楣的大天鵝了，牠們可是從我的家鄉遷徙來的。親愛的，你應該理解我這麼說，我喜歡大天鵝。可是親愛的，你看上去很沮喪。你是追黃鷹先生一直追到昨天晚上嗎？」

佟九不想說遭遇武海青和狼群的事，那會叫尼婭佐娃擔心。他說：「是的，大媳婦，妳總是一下子就能猜出來。現在你幫我的忙，叫上那臭小子把屋裏的捕獸夾和地箭全搬出來。我們得用牠們了。」

尼婭佐娃說：「我知道我們現在需要那些夾腳的東西防範敵人，親愛的，你決定使用它們是對的。」

佟九說：「咱們不光是防範來抓咱們的人，還要防範狼群。再過些天大雪就封山了，狼群會聚集起來，也許會來襲擊咱們。咱們這裏的人多了也有可能引來狼群。」

尼婭佐娃說：「好的先生，我們一起幹吧！」

尼婭佐娃回頭喊：「小夥子，你應該起來了。你應該像好先生那樣不知道疲倦才行，你是幹起活就不停下來的東北小男人。」

康良駒被大蘭子硬叫起來，他還沒睡夠，揉著眼睛從屋裏出來，皺著眉頭被尼婭佐娃支使著從土屋老窩裏往外搬捕獸夾，他也不好好放那些捕獸夾，硬往地上一摔，整得叮噹亂響。

佟九說：「臭小子，瞧你那個小屌樣兒。這是學本事，學當鷹把式在山林裏討生活的本事。給我精神點。」

康良駒說：「我再睡一會兒才能精神，再說我也餓了。」

佟九就不再理會康良駒，把白樺樹截成四段，再用大板斧破成木條。他用這些木條不是圍院子，而是做成木排子裝在窗戶外面擋窗戶，這是爲防止狼扒破窗戶……

山裏的日子過得快，轉眼時令就進入十一月了。山裏已經降下了十幾場大雪，佟佳江封江了，江面上就能跑動物了。

那些水上的飛禽，早在佟佳江封江之前就南飛遷徙走了。而佟九這段時間忙著把土屋前後的窗戶用木排子加固，又把二十幾具大大小小的捕獸夾拖進白樺樹林裏安放好，他就沒再去鷹獵。

這天一大早，佟九去白樺樹林裏查看那些捕獸夾，有一架捕獸夾夾住了一隻狍子，狍子還沒死。佟九把狍子砸死背回來丟在院裏的白樺樹皮上，進屋看看大蘭子還沒做好早飯，又出去準備安放地箭，可是，那些地箭少了三支。

佟九就問這幾天和小蘭子擺弄地箭的尼婭佐娃，那三支地箭哪兒去了？

尼婭佐娃卻說：「放心吧，親愛的。我和小蘭子把三支地箭放在最應該放的地方。你只要不從江岸低坡那裏進白樺林就射不到你。」

佟九說：「妳是在瞎整，還和小蘭子？那破丫頭除了蒸包子，她懂什麼？」

剛剛扒了狍子皮，正在收拾狍子內臟的小蘭子聽了，甩甩手上的血水，衝過來瞪著佟九說：「臭老九，你懂，就你懂。你整的那些捕獸夾都是防野獸捉野獸的，這怎麼行？咱們整的地箭是防人的。人才是最應該防範的。」

尼婭佐娃說：「這次我支持小蘭子，我和小蘭子是同盟軍。」

康良駒也湊過來說：「我也是黃毛老九嬸和小姨的同盟軍，小老黃也是。」

小老黃卻不領情，牠衝康良駒叫了一聲。不知爲什麼，小老黃不喜歡總是試圖討好牠的康良駒。

佟九說：「兩個女笨蛋、一個小笨蛋和一條狗笨蛋，就隨你們瞎整吧。」

這時大蘭子出來喊吃飯，幾個人進屋吃了飯。飯後，佟九把拐子刀和幾把短刀、牛角刀拿出來蘸水用磨刀石磨。

小蘭子說：「臭老九，這水多涼，我洗了會兒狍子肉手指都快凍掉了。你等會兒，我燒熱水給你磨刀用。」

尼婭佐娃說：「小蘭子寶貝，我不能理解妳的哥哥。我們明明有槍，而且還是好槍，可他卻喜歡用刀。刀能贏過槍嗎？我想我應該替他擔心，他沒有我怎麼辦呢？」

康良駒說：「黃毛老九嬸，妳不對，我也喜歡用刀。刀多厲害，我乾爸用刀是馬刀王。小不點哥哥用刀殺了三個鬼子兵，鬼子兵怕咱們的刀，老九叔就應該用刀。我也應該有把刀。」

尼婭佐娃說：「所以會用刀的他們都死了，怕刀的鬼子兵還活著。小夥子，你的將來會很長，你要學的東西還有很多，否則在你的這一代你們也不一定能趕走日本人。你好好想想吧。」

佟九聽見他們的對話卻不說什麼，一個勁地磨拐子刀。感覺頭上落雪花了，才抬頭看晴朗的天空，晴朗的天空上卻真的飄下了大朵的雪花。

尼婭佐娃也往天空上看，說：「會下大雪嗎？看來是的。天邊上來灰色了，又一場大雪要來了。」

尼婭佐娃似乎想起什麼事需要幹，她走到鷹架下面抬頭看著黃鷹大小姐和黃鷹小姐。現在的尼婭佐娃比較喜歡黃鷹大小姐。她問：「我可以把黃鷹大小姐放到屋裏嗎？快下大雪了，我怕淋到可憐的黃鷹大小姐。」

佟九沒吱聲。

康良駒過來揚起脖子看，他想動手拿黃鷹小姐又不敢伸手。

尼婭佐娃又看黃鷹小姐，卻看到黃鷹小姐展了下翅膀，腦袋看著天空，脖子、身上的羽毛都收縮緊了。她知道這是黃鷹小姐看到天空上有獵物想去鷹獵。黃鷹大小姐也作出了看到獵物的反應。

尼婭佐娃猶豫一下，說：「你們好久沒去鷹獵了。黃鷹小姐一直沒去鷹獵過，好先生說妳快成玩物了。那麼好吧，黃鷹大小姐等雪真正下大了就進屋避雪。黃鷹小姐妳剛剛吃飽了，妳去飛吧，飛走不用回來了。我可不想妳慢慢變成我的玩物。好先生幾次想放妳飛走，都被我阻止了。但我現在改變主意了。」說完，尼婭佐娃解開黃鷹小姐鷹爪上的絆鷹繩。黃鷹小姐下蹲一下，展翅衝起，向天空中飛去。

尼婭佐娃抬頭看著黃鷹小姐遠飛的身影，說：「去吧，去找個甜心。要不妳就和小蘭子一樣變成沒有甜心要的老姑娘了。」

尼婭佐娃沒看到小蘭子瞪著她生氣的眼睛，只聽康良駒說：「黃毛老九嬸，小黃鷹飛沒影了。牠還會飛回來嗎？」

尼婭佐娃說：「我可不希望黃鷹小姐飛回來，我擔心牠變成不再會捕獵的海東青了。如果我們在春天放牠而牠還沒學會捕獵，牠就會餓死。不過你不可以叫我黃毛老九嬸，要叫我老九嬸。」

康良駒抓抓鼻子說：「我就應該叫妳黃毛老九嬸啊，這是小姨說的。她說妳是俄國人，妳姓黃毛，叫黃毛母猴子。但那不是我能叫的，小姨就叫我叫你黃毛老九嬸。還說等妳生了老九叔的兒子，叫我叫那小子黃毛小猴子，妳聽了會高興。我叫錯了嗎，老九嬸？」

佟九聽了笑起來，在院裏挺著肚子轉的大蘭子也笑了起來。小蘭子也不再瞪著尼婭佐娃生氣了，掉頭就往土屋老窩裏跑。

尼婭佐娃叫一聲，說：「我就知道是這樣，我要揍她了。」說著就追進土屋老窩裏，不一會兒，小蘭子的求饒聲就響了起來。

康良駒過去看，小蘭子又驚叫一聲。康良駒跑出來對佟九說：「老九叔，老九嬸摁倒小姨在打屁股，是扒了小姨的褲子打白白的光屁股。」

佟九說：「那你不能看，看了你小姨會打你的光屁股。」

這時小蘭子紅著臉，扁著嘴，一副要哭的樣子出來了，接著用刀一下下分解那隻狍子。

尼婭佐娃笑嘻嘻地出來，說：「小蘭子保證叫我嫂子，不叫我黃毛嫂子了。」

大蘭子說：「妳早該揍她一頓叫她知道大小了。」

康良駒說：「老九嬸，小姨在心裏叫妳黃毛嫂子呢！」

尼婭佐娃說：「你是怎麼知道的？」

康良駒說：「我想罵揍了我的大寶子二寶子他們，又不敢叫他們知道，就在心裏罵他們是小烏龜王八蛋。」

尼婭佐娃說：「你們這裏的人真是奇怪。可是心裏的事我聽不到，我不生氣。」

尼婭佐娃過去蹲下看佟九磨刀，問：「好先生，我需要知道，你在心裏罵過我是黃毛母猴子嗎？」

佟九把凍僵的手插進腋窩裏暖和暖和，看一眼尼婭佐娃說：「我在心裏也說妳是黃毛好媳婦。」

尼婭佐娃挺高興，看著佟九微笑。

小蘭子卻說：「嘴上抹了蜜蜂屎似的，我要吐了。」

康良駒卻喊：「老九嬸，小黃鷹飛回來了，牠抓了隻鳥。」

尼婭佐娃跳起來去看落到鷹架上的黃鷹小姐，黃鷹小姐的左爪裏果然抓著一隻挺大的鳥。她說：「這隻鳥和我們的餌鴿長得一樣，是灰羽毛的鴿子。黃鷹小姐妳抓了獵物還肯回來，這需要好好獎勵。來，讓我幫妳吃鴿子。」

尼婭佐娃從黃鷹小姐的爪下取下灰鴿子，灰鴿子已經被黃鷹小姐抓斷脊椎死了。她在灰鴿子的右腿上發現了一個製作精巧的小袋子，說：「這隻鴿子是信鴿，牠在送信。黃鷹小姐，妳打劫了一個信使。我們不應該打劫信使，這樣幹不道德。」

尼婭佐娃皺著眉頭往天上看，又扭頭問佟九：「好先生，你確定我們這裏沒有和我們一樣的鄰居嗎？」

佟九說：「是的，大媳婦，這可以確定。」

尼婭佐娃看著小口袋，想打開又遲疑，說：「那麼這隻鴿子是往什麼地方送信的呢？親愛的，我很爲難，我看不看呢？我擔心我們的敵人找到我們了。」

佟九站起來甩甩手上的水，過來伸手從鴿子腿上取那個小口袋。

尼婭佐娃推開佟九的手說：「不用你，你手上有泥太髒了。」

尼婭佐娃又說：「爲了我們的安全，我來看吧。」

尼婭佐娃又看看圍過來的小蘭子和大蘭子，又笑笑說：「也許是一封情人相會的愛情信。」

小蘭子說：「妳快打開看吧，這山裏有狗屁情人。」

尼婭佐娃打開小口袋，從小口袋裏取出一張小紙條，展開看一眼，說：「是幅你們這裏的線條畫，這畫的是什麼？我看像幅小地圖。」

大蘭子接過去看也沒看懂，說：「怎麼沒有寫字？」

大蘭子舉著叫佟九看，佟九也看不懂。

小蘭子說：「我看，我看。」

大蘭子說：「妳也看不懂，光會瞎叫。」

小蘭子把小紙條接過去，皺著眉頭看得很仔細，然後慢慢蹲地上，低腦袋看。

康良駒湊過來也看清了，說：「這條曲曲線上長了一大片樹，像咱們這疙瘩的這大片白樺樹林。」

大蘭子說：「你們兩個四六不懂的人別胡說八道，這可不是鬧著玩兒。」

小蘭子說：「這條彎了四道彎的線是咱們的佟佳江。」

佟九蹲下叫小蘭子把小紙條放地上，他也低下腦袋看。佟九知道小蘭子和康良駒沒看錯，小紙條上畫的兩條彎曲的長線一條是佟佳江，一條是佟佳江北岸的山形走勢，在表示山形的那條線上畫了表示樹的標記，在表示樹的標記的中心點上畫了個小三角……

佟九現在不可能瞭解胡長青爲什麼急於找到他，才叫李廣富找人進山找幾個鷹把式帶上信鴿找他的住處。而那個找到佟九住處的鷹把式不識字，也只能畫個簡單的圖叫信鴿送出去。而且那個鷹把式帶的不是一隻信鴿，而是三隻信鴿。

佟九把小紙條拿起來撕了丟掉，說：「我想起來了，這是鷹把式叫同行去江上游圍獵的信號。好多年不用鴿子送信了，我也忘了。大媳婦妳再放開黃鷹大小姐，叫牠也飛一圈。」

尼婭佐娃放飛了黃鷹大小姐，過來看蹲著繼續磨刀的佟九，悄悄問：「親愛的，你確定是你們鷹把式聚集的信號嗎？你不可以騙我。」

佟九抬頭看一眼放心下來的大蘭子和小蘭子，又看著尼婭佐娃笑笑，說：「大媳婦，妳變傻一點更是好媳婦。但我不打算去和那些鷹把式們圍獵，我還要在家裏做好多事，這些事每一樣都需要妳幫忙。」

尼婭佐娃說：「好吧，好先生。你騙我吧，這一次我可不信你的了。但我幫你的忙，沒有我你怎麼辦呢？」

佟九就笑了，臉也紅了。

康良駒喊：「大黃鷹回來了，牠什麼也沒抓著，站在鷹架上發脾氣呢！」

4

尼婭佐娃說對了，這場雪慢慢下著就變成了大雪，一口氣下了兩天兩夜，就把山川封死了。

佟九在後來的幾天裏說話明顯少了，幹的事卻多了。大蘭子和小蘭子沒去注意佟九，在她們姐妹倆看來，佟九本來話就不多，也不願意閒著，這和平時沒什麼兩樣。可是尼婭佐娃不一樣，她似乎並不去關注佟九在幹什麼，但佟九幹什麼，尼婭佐娃都悄悄地觀察。

這一天，佟九一大早就起來了，在土屋老窩的外面清除了小院裏的積雪，就找出兩雙滑雪板開始修理。

佟九的滑雪板其實就是一雙比鞋子大上一倍左右的木鞋底樣子的滑雪鞋，滑雪鞋的木製尖上翹。這雙鞋子是冬天在雪地裏狩獵用的，可以當滑雪板在雪地上快速滑行，也可以在雪地上跨步行走，滑雪鞋的著力點大，就不容易陷進雪地裏。

尼婭佐娃穿著佟九的狍子皮襖，戴上狐狸皮平頂帽子，從屋裏走出來，把手插進袖筒裏，站著看佟九修好了一雙滑雪鞋。她就一屁股坐在雪地上，把一雙滑雪鞋穿在鞋子上，綁緊帶子，站起走出幾步。在佟九喊她別摔倒時，她已經笑著叫著滑出土屋老窩前的小院，順山坡往下衝了。小老黃也跟著跑進兩尺多深的雪地裏，一跳一跳地在雪地上跳躍著去追尼婭佐娃。

佟九擔心尼婭佐娃摔倒受傷，急忙穿上另外一雙滑雪鞋，綁緊帶子，跑幾步衝出平整的小院，向山坡下面滑去。

隨後出來的康良駒正好看到這一幕，這小子在後面跳腳啊啊叫著追著看。

佟九看著前面的尼婭佐娃張著雙臂，像隻飛行的燕子似的滑行到了江岸邊。江岸邊有道雪坡高出江岸，那道雪坡像座跳板，尼婭佐娃衝上那個雪坡，身體就飛了起來。佟九想，完了，大媳婦這一下就摔死了。他趕緊滑過去，衝上雪坡，身體也飛起來向江面上落去，卻看到尼婭佐娃落到江面上，在江面上滑出一個大彎，就站住了。

佟九滑過去，說：「大媳婦，妳太厲害了，滑得和我差不多。」

尼婭佐娃說：「你有這麼好玩兒的滑板怎麼不早拿出來給我玩兒?在我的老家，我用的滑雪板比這種滑雪板長許多。」

佟九說：「是的，妳的總是好的。咱快回去，我還有事，去捉野雞呢！」

尼婭佐娃說：「我要和你一起去，你不可以丟下我。」

佟九說：「行，咱去捉幾十隻野雞回來凍起來，以後吃野雞野菜湯。那些糧食要省著吃，還要留出種子開春種地。」

尼娅佐娃說：「親愛的，我們能住到明年開春嗎？外面的敵人看到那張圖不會來找我們嗎？我可不信他們只有一隻信鴿送信，又剛好被我們的黃鷹小姐捉到，就沒有這種巧合的事。我的好先生，你不要再告訴我那是鷹把式的圍獵圖。這是我的家，我不允許別人來破壞它，我有權知道你是怎麼想的。說吧親愛的。」

佟九說：「是的，大媳婦，妳想的對。來找咱們的人不可能只帶一隻信鴿，可能他們馬上就會來抓咱們。可是現在咱們走不了，咱們就等著他們來，我會殺死他們。妳就放心吧。」

尼娅佐娃說：「是的，我知道你能辦到。現在大雪封山了，我和你能走出去，大蘭子走不出去。可是我們什麼時候才能離開呢？」

佟九說：「咱們堅持到春天，老姐生了孩子咱們就可以走了。再往深山裏走，去深山裏找個地方住下，在那裏種地狩獵過日子。快了，那一天一眨眼就到了。現在，來抓咱們的人遇上這種節氣，沒那麼容易找到咱們。」

尼娅佐娃說：「我們就這樣幹吧，你總是對的。大蘭子真是幸運，她可以生孩子。親愛的，我們安全了我也要生孩子！」

佟九說：「當然，我保證妳生孩子。咱們還要開馬戲團呢！」

尼娅佐娃過來抱住佟九的右臂說：「你能記的我們將來幹什麼可真好。」說完拍一下跑過來的小老黃的腦袋，先行向雪坡上走去。

尼娅佐娃和佟九帶著小老黃和黃鷹大小姐去捉野雞，到了晚上還沒回來。

小蘭子做好了飯，說：「姐，咱們現在老吃野菜和肉湯，我上便所可真叫費勁。黃毛母猴子說咱們以後還要吃幾個月的野雞肉野菜湯。這飯容易做卻難吃，這過的是什麼日子嘛！」

大蘭子說：「可能咱們快斷糧了吧？妳將就些吧。」

康良駒也說：「乾媽，我也是，拉屎拉不乾淨，都是吃肉吃的。我可知道肉不好吃了。咱們裏面就老九嬸和小老黃吃肉不麻煩。」

大蘭子說：「再熬熬吧，等日本人忘了咱們，咱們再回家。」

大蘭子出了門看看外面全黑了，又馬上退回來，說：「這天冷極了，比縣城裏冷。妳嫂子可能會凍壞。唉！良駒你大點就好了，你就能去接你老九叔老九嬸了。」

小蘭子說：「黃毛母猴子的老家比咱這冷，她才凍不壞呢。她這人就是煩，一步也不肯離開臭老九。這種破媳婦多煩。」

大蘭子看眼小蘭子，想起了死去的馬營長，嘆口氣。小蘭子也許也想到了老五二連長，也嘆口氣。兩姐妹都不吱聲了。在兩姐妹等睏了想睡覺的時候，佟九和尼婭佐娃掛著滿身雪霜，踩著吱嘎響的雪，帶著小老黃回來了。

佟九進屋把一大口袋野雞放在地上，摘下結滿雪霜的狼皮帽子，抹去眉毛、鬍子上成串的雪霜，用帽子摔打去身上的雪霜，說：「老姐，黃鷹大小姐拿活，咱們這一天捉了三十一隻野雞，真過癮。」

尼婭佐娃把黃鷹大小姐放在屋裏的小鷹架上，摘下帽子摔打去身上的雪霜，就去看另一個小鷹架上的黃鷹小姐，黃鷹小姐正對著她扇翅膀，她說：

「我的好樣的黃鷹小姐，妳不要這樣子，下次還不能帶妳去，妳不可能像黃鷹大小姐那樣喜歡拿活，也不可能抓到在冬天會變羽毛顏色的松雞。妳現在應該像餌鴿小姐那樣乖乖睡覺了，明早才能餵妳肉吃。」

尼婭佐婭又掉頭擁抱一下小蘭子，說：「我這一天在雪地裏跑著收穫野雞，快凍死了，也快累死了，還摔倒了十七八次。我一路回來一路想，我下次不想去了。可是沒有我跟著，好先生就得一個人又放鷹又收穫野雞可怎麼辦呢？所以我下次還得陪著好先生一起去，妳說對吧？」

小蘭子打個哈欠說：「對，嫂子，臭老九沒有妳怎麼辦呢？他再去捉野雞就累死了，也有可能一下子摔傷爬不回來凍死了，沒有妳跟著他真不行。再說，咱們幾個沒本事的人沒有妳管著怎麼辦呢？咱們幾個什麼也辦不了，更別說正兒八經的窩窩頭大餅子了，連野雞湯也沒得吃了，妳太厲害了。妳快坐下喝湯吧。」

佟九在一邊咧嘴笑，大蘭子也在笑。康良駒正忙著幫小老黃抹乾身上的雪霜，沒注意小蘭子說了什麼。

尼婭佐婭卻說：「小蘭子妳說的對極了，好先生沒有我怎麼辦呢？你們沒有我怎麼辦呢？現在，我們吃飯吧。」

幾個人吃了飯就睡了。尼婭佐娃真累壞了，睡著後像男人那樣打起了鼾……

佟九和尼婭佐娃命運發生大拐彎的那個日子越來越近了。

這天，佟九從土屋老窩的天棚上取出一個布口袋，布口袋裏是兩件用大天鵝羽毛編織縫製的大氅，這東西不是穿身上取暖用的，而是在雪地裏埋伏打獵用的。

佟九把那件小的大氅套在小老黃的身上，叫小老黃往雪地上一趴，除了牠黑黃毛的腦袋，小老黃的身體看上去和雪地是一種顏色，就不容易被發覺。

小老黃的樣子看得康良駒哈哈大笑。

尼婭佐娃說：「好先生，你的寶貝可真不少。你要穿上這種東西去捉野雞嗎？」

佟九說：「是的，大媳婦這次妳又猜對了。」

可是，尼婭佐娃看著佟九的眼睛，就知道這次她又猜錯了，因爲佟九這次還是沒說實話。

佟九每天都披上大天鵝羽毛的大氅，在白樺樹林後的大雪坡上訓練小老黃潛行撲咬的功夫，也訓練黃鷹大小姐在天空上一旦搜索到有人出現，就作出反應的功夫。教獵狗和獵鷹做這樣的事，對於佟九來說太容易了。

佟九又用茅草紮個草人，給草人穿上衣服戴上帽子，用兩張黑紙包了兩團肉做成草人的眼睛，讓黃鷹大小姐飛撲過去，抓下草人的帽子啄草人的眼睛。但是後來，在黃鷹大小姐基本可以做到時，佟九又放棄了。因爲佟九認爲如果他命令一隻海東青去做這樣的事，他就不配是海東青的夥伴，也不配是叫海東青信任的鷹把式了，他也就和武海青一樣了。

另外，在那段時間裏，佟九明明知道尼婭佐娃每次看他出去，就拎著那支步槍悄悄跟著他，悄悄在遠處看，他也不說破。他知道，他不可能叫尼婭佐娃放棄跟蹤他，只想一旦行動了，能甩開她就行了。但這只是佟九一廂情願的想法……

那個命運大拐彎的日子終於到了。那天佟九和往常一樣，吃了飯收拾好了，穿上滑雪鞋，帶著小老黃，背上一隻口袋，左臂上架上黃鷹大小姐，右手拎著鷹拐子出了門，頂著寒風從白樺樹林出去，上了那片大雪坡。

他在大雪坡上坐下來，看看天空，時間快到中午了。他吃了點乾糧，把黃鷹大小姐放上天，叫黃鷹大小姐在天空上翺翔。又從口袋裏取出大天鵝羽毛的大氅給小老黃穿上，自己也穿上，把口袋掖在腰兜裏，就趴在大雪坡上往下面看。佟佳江在大雪坡的下面彎曲著順山勢爬向兩邊，像一條沒有頭尾的雪色絲帶。

佟九在小老黃的提醒下，看到尼婭佐娃又一次悄悄來了，而且把一件白裙子套在身上當僞裝。他就想悄悄轉過去，捉住正往幾棵楓樹下面的雪地裏躲藏的尼婭佐娃，告訴她，她身上的僞裝太好看了。但佟九忍住沒有動，他的心裏只剩下了深深的感動。

此時天空已下來夕陽了，佟九翻個身坐起來，把眉毛、眼睫毛上掛的雪霜抹去，抬頭看太陽，太陽向西邊去了，五光十色的夕陽在雪地裏反射出奇幻的色彩。佟九想是不是該去叫尼婭佐娃起來，因爲時間不短了，趴在零下三十四五度的雪地裏，尼婭佐娃可能凍得爬不起來了。他睇了一下眼睛正想爬起來叫上尼婭佐娃回去，小老黃突然輕聲吱了一聲，牠看到黃鷹大小姐飛向佟佳江的江面上空，在那裏轉小圈盤旋。

佟九知道黃鷹大小姐用轉小圈的方式在向小老黃傳遞信號，小老黃提示他，黃鷹大小姐看到有人從佟佳江江面上來了。

佟九站起來，把身上的大氅查看一下，又查看了小老黃身上的大氅。再緊緊腳上的木底滑雪鞋，左手拎起鷹拐子，扭頭看那幾棵依然掛著星星點點幾十片火紅楓葉的楓樹，衝那裏擺擺手，又揮揮手再比劃一個圈。那是叫尼婭佐婭快回去，他從下面轉一圈就回去。

佟九起腳走幾步，彎下腰，向大雪坡下面滑去。小老黃一躥一躥地在雪地裏跳躍，跟著佟九向大雪坡下面跑。

尼婭佐娃拎著步槍從楓樹下面爬起來，看眉目她在生氣，也沒有凍壞。她沒有掉頭回去，而是跟過來了。她看見佟九已經滑下了大雪坡，滑進江邊的大片楓樹叢裏了，再從楓樹叢那裏滑下去，就到了佟佳江的江面。尼婭佐娃也把腳上穿的滑雪鞋緊緊，滑下了大雪坡。

佟九在佟佳江岸邊的楓樹叢裏慢慢滑行到江岸山坡的上緣，盡力小心不要驚飛楓樹叢裏的小鳥。

佟九看到了五個人。有一個戴狗皮帽子穿老羊皮襖的人應該是頭目，因爲他坐在一架五條狗拉的扒犁上，狗拉扒犁上還拉著幾個圓鼓鼓的麻袋。跟在扒犁後面走的那兩個人和那個頭目穿著一樣，但他們背著在佟九看來是火銃樣子的步槍。走在最前面的人是個高個子，戴一頂短耳狼皮帽子，穿著狍子皮大氅，他應該是管狗拉扒犁的人。在高個子的另一邊，走著一個人，這個人腦袋上圍了條圍脖，肩上披了件老羊皮襖。佟九一眼就看到他腰間的那一長一短兩口日本刀，佟九才會下手那麼快速和決然。

五個人離佟九趴的江岸近了些，插兩把日本刀的那個人對高個子說了句什麼，扒犁停下了。那個人走向另一邊，在江面的雪地裏踩出個雪坑蹲下拉屎。佟九命令小老黃趴在江岸的山坡上不要動，如果是順風，那五條在雪裏坐下的扒犁狗是可以嗅到小老黃的氣味的。小老黃如果就這樣衝出去，身上雖有僞裝，即使不是順風也會被那五條扒犁狗發覺。

但是佟九觀察了一下，還是命令小老黃順風從江岸山坡上悄悄跑下去，再向江的上游跑，吸引五條扒犁狗的注意，他好衝下去突然襲擊。

小老黃晃下尾巴，披著天鵝羽毛的僞裝悄悄爬下江岸山坡，從江邊向上游跑去。那五條扒犁狗果然看到了小老黃，汪汪叫著跳了起來。

那個高個子看一眼小老黃，沒認出披著滿身大天鵝羽毛的小老黃是什麼動物。他在那個頭目的大聲喊叫下，哈哈笑著，解開兩條扒犁狗，命令牠們去追小老黃。但他想想有些不放心，又解下一條扒犁狗去幫助那兩條扒犁狗。

三條扒犁狗汪汪叫著被小老黃順江面引走了，另外兩條扒犁狗揚起脖子在看。四個人，包括拉屎的別日本刀的人也都揚脖子看那三條追出去的扒犁狗。佟九就從江岸山坡上悄悄又迅速地滑下來，他首要的目標就是那兩個抱著步槍的人。但是佟九還是被剩下的那兩條扒犁狗發現了，牠們扭頭看到身上披著大天鵝羽毛的佟九似乎愣了一下，才汪汪叫起來。

佟九也就在那兩個抱步槍的人掉頭看時衝到了那兩個人的跟前，把拐子刀拔出來，揮出一刀，「喀」一聲，一個抱步槍的人的叫聲剛喊出一半，他的腦袋就離開了脖子，包在狗皮帽子裏，從肩膀上滾下去，砸進雪裏。一支血箭噴了出去，雪地立刻紅了一片，像一片片火紅的楓葉。接著，無頭屍體轟然倒下，再噴出的血就星星點點落在雪地上，像一片片紅梅花瓣。

佟九腳下滑出一個轉身，拐子刀「噗」一聲捅進另一個抱步槍人的肚子裏，再用肩膀撞去，把這個人撞開向後坐進雪地裏，順勢拔出了拐子刀。那個人肚子裏的血沒噴出來，都流進自己的褲襠裏了。緊接著，佟九撲向扒犁上的那個人，因爲這個人已經拔出了一把小巧的手槍。

佟九飛身上躍，一刀削掉了這個人握槍的手掌，手掌和手槍一起落在扒犁上，線狀的血射出來，這個人慘叫著用另一隻手捂上斷腕。佟九的左腳滑雪鞋躍起踩上了扒犁，又借勢一個轉身跳下扒犁，把拐子刀後掃。這個斷手的人腰部被佟九的拐子刀砍開，慘叫著撲倒在扒犁上。

佟九又是一個滑步，挺拐子刀去捅高個子的肚子，那傢伙及時喊出一聲：

「佟九，你他媽的……」

佟九看清了那個高個子是武海青，他把拐子刀橫甩，借前衝的力量用左肩膀把武海青撞得雙腳離地向後摔進雪裏，又一刀砍在撲過來的一條扒犁狗的腦袋上。那條扒犁狗的腦袋被砍開，撲倒在雪地裏掙扎，眼見不能活了。另一條扒犁狗由於身上的繩索連接在扒犁上，太短，無法撲擊，牠四肢撓動雪地，盯著佟九汪汪狂叫。

這兩條扒犁狗這一阻擋，佟九無法再撲向在雪窩裏站著的那個別兩口日本刀的人。他就停下腳看著那個人。

那個人看著佟九並不驚訝，從容地點點頭，甩開老羊皮襖，快速地繫好褲帶。

佟九又滑幾下，繞過那條汪汪叫的扒犁狗。

那時武海青已經從雪地上爬了起來，大罵：「你他媽的這是幹什麼？真認爲我他媽的找人來殺你？咱們這是進山捉活狼配狗崽吶。操你媽的我轟了你。」

武海青的右手缺兩根手指不靈活，用左手掏出一支二十響匣子槍，再用右手的三根手指扳匣子槍的機頭。但此時武海青還不能熟練地使用這支他拚了命也想得到的匣子槍。他盯著佟九的後背，嘆口氣，沒舉起手裏的槍射向佟九。

此時悄悄滑下大雪坡、在江岸山坡上趴著的尼婭佐娃舉著步槍也沒射向武海青。但是武海青的小動作卻影響了佟九。

佟九露在狼皮帽子外面的耳朵聽到了武海青整出的輕微的動靜，剛側下身想反手給武海青一刀，又聽到一種刀瞬間出鞘劈過來的聲音。他揮刀向左側脖子那裏擋去。一聲刀與刀相撞的聲音響過，佟九揮刀左擋右掃，轉身後擋，再滑出一個滑步，躲過了那個人迅猛的兩劈一刺又一砍。

佟九和那個人的第一回合結束。

那個人對佟九伸出大拇指，又看一眼飛低下來，在佟九腦袋上空盤旋，盯著他的黃鷹大小姐，用生硬的東北話說：

「我，大日本九洲的武士，我叫池田一郎。你，會用刀的那個海東青，幸會！」

佟九現在不知道他說的那個「會用刀的海東青」是什麼意思，但他點點頭，看著池田一郎雙手握刀斜舉，腳在厚厚的雪裏慢慢滑行。

佟九腳上的滑雪鞋太大，與一個日本刀手近身搏鬥有些不靈活，但他沒時間脫去滑雪鞋。這時江面上突然起風了，風從江面上呼嘯著順江面奔跑，揚起塵霧般的雪粉。

池田一郎的位置好，是側面迎風。池田一郎「呀」地大叫一聲，舉刀衝向被雪粉衝得瞇縫了眼睛側身避雪粉的佟九。

江岸山坡上的尼婭佐娃心中暗罵一聲該死的風。上帝，完了。她才知道，她錯過了射擊那個人的最好時機，而且好的射擊角度被佟九擋住了。

尼婭佐娃叫一聲爬起來舉著步槍滑下江岸山坡，匆忙間沒看到她的右腳前面是一塊大半埋在雪裏的凸起的石頭。她右腳滑雪鞋上的木頭尖撞上去，衝力太大，頂得又正，她的右腳腳尖就向後面轉過去，腳後跟轉過來朝了前。

尼婭佐娃滾下江岸山坡滾到江面上，不顧自己的腳也沒放開手裏的步槍，順步槍要瞄準那個衝向佟九的池田一郎時，池田一郎已經倒下了……

原來池田一郎借助風勢衝上來時，舉刀從上向下砍佟九的腦袋。佟九的眼睛看不清刀勢，耳朵卻聽得清。佟九極快地轉了下身，背朝池田一郎，躲開了池田一郎的這一刀，把拐子刀刀尖反手回刺，刺穿了池田一郎的前胸。要不是池田一郎長得矮，佟九這一刀會刺穿他的肚子。

佟九從池田一郎的胸膛裏拔出拐子刀，轉刀頭看著武海青。武海青臉色連變，嘆口氣，說：「他媽的，你的刀使得真比你爸好。池田一郎的刀法凶猛，把咱這疙瘩練把式的武師都砍死好幾個了。」

武海青又抬頭看一眼飛得更低的黃鷹大小姐，又說：「你架海東青還是比不上你爸和我爸，你也比不上我。」

佟九沒回答，見尼婭佐娃沒爬起來急忙跑過去看。看到尼婭佐娃的右腳轉了半個圈，腳後跟朝了前，他就笑笑蹲雪裏，脫下她的滑雪鞋和皮靴子，握住她的腳，說：「不是叫妳回去嗎？妳都跟了幾天了？為什麼還跟來？破媳婦妳笨了吧唧的，怎麼這麼不聽話。」

尼婭佐娃已經痛得鼻涕眼淚流滿臉了，聽佟九還在責怪她，就喊：「沒有我你怎麼行呢？我痛死了你還怪我？」

佟九說：「大媳婦，我想起妳想聽的那句話了。」

尼婭佐娃愣了，問：「太好了！真的嗎？」

佟九說：「一點也不好，是假的。」

就在尼婭佐娃分心的瞬間，佟九把尼婭佐娃的右腳又用力扳轉回了原樣。

尼婭佐娃痛得從嗓子眼裏衝出了尖叫聲，滿臉冒出了冷汗，但看一眼腳說：「太好了，腳尖又轉回來了。」

武海青過來看看說：「得，用我的扒犁吧。這黃毛老娘們的這隻腳丫子走不了道了，更滑不了雪了。」

武海青掉頭打聲呼哨，把那三條追上小老黃圍著卻不咬的扒犁狗叫回來。因爲這三條狗都是黃毛公柴狗，不是絕對聽從命令的獵犬，牠們不會去咬一隻看上去長了滿身亂七八糟大天鵝羽毛的漂亮小母狗。

武海青把三條狗拴在扒犁上，解下死在佟九刀下的那條狗，嘆口氣推到一邊。又看著扒犁上的那個死人嘆口氣，說：

「龜田小次郎先生、池田一郎武士，你們四個日本人的命不好。你們碰上了專殺日本刀手的叫佟九的海東青。我命挺好，你們的刀槍子彈全是我的了。」

說著，武海青把龜田小次郎身上的東西都翻出來，又把池田一郎身上的東西翻出來，還把其他兩個日本人身上的東西也翻出來，連同兩支步槍都裝進一隻麻袋裏。再把四個日本人身上的四件老羊皮襖扒下來，說：「都是新皮襖，有點洞有點血洗了縫上還是新的。」

武海青把一件染血最多的老羊皮襖丟給佟九，說：「給你黃毛大媳婦披上，她冒老些汗了，這天太他媽冷，別傷了風。怎麼？怕那皮襖上的血？你小子還怕小鬼子的血，我真看不出你會是那隻專殺日本刀手的海東青。上他媽扒犁，你扶著你黃毛大媳婦，咱們走了。」

尼婭佐娃說：「這四個屍體會洩漏我們的，要埋了再走。」

武海青說：「你不懂，這叫狼葬。過不一會兒，一群狼就過去吃光了，沒準還不夠狼吃的呢。」他吆喝一聲，趕著狗拉扒犁就走。

尼婭佐娃靠在佟九的身上，回頭四下看，看了半天也不見有狼來吃那四具小鬼子的屍體。

佟九說：「放心吧，這傢伙說得對，狼天黑前會從山裏下來吃那四個小鬼子，咱們走沒影了狼才會下來。」

武海青沉默著走了一會兒，回頭看看佟九想問什麼，又沒問，又沉默著走一會兒，終於忍不住了，才問：「姓佟的，你怎麼會知道咱們一幫會在今天進山捉狼呢？我想破了腦袋也想不明白，你小子莫非是個鬼？」

佟九聽武海青叫龜田小次郎，才知道他今天殺錯人了，這幾個日本人不是來捉他的。聽武海青這麼問，就說：「是趕巧了，真是趕巧了。」

武海青說：「是他媽趕巧了，咱倆不該生在同一塊地皮上。我他媽看見你一回就倒一回楣。」

尼婭佐娃說：「你問你，你爲什麼不向佟九開那一槍呢？」

武海青說：「唉！妳以爲我不想轟死這個臭傢伙？可我就是幹不出來。這傢伙在那天狼群退了以後，悄悄送我走出老遠，見我沒事走向屯子了才往回走。我那晚睡不著覺就想，算了，兩根手指兩顆門牙，一招『羊頭』、十七八個大耳光都算了。再也不要碰上他就當他死了吧。可是呢，我養好傷那龜田小次郎又去三道江找我，這回那龜孫子大方了，先給了我一支二十響匣子槍，我就答應他了。我們一起去了通化縣城，置辦了進山的東西就進山捉狼，還打算最好捉當年的小狼。後面的事就他媽這樣了。我和這姓佟的傢伙就是天生的冤家對頭。」

尼婭佐娃扭頭看著佟九，說：「那晚你沒回來原來碰上了狼群，還和這位好先生打了架。親愛的，你居然騙我。」

佟九的臉一下子紅了。

武海青卻說：「我媽呀，我操！妳那小聲真他媽的甜，再叫一聲親愛的，我簡直就要尿褲子了。黃毛老娘們，咱這疙瘩不興女的叫男的親愛的。咱這疙瘩的女的叫男的咱的老爺們、咱家當家的都行，當然叫死鬼也行。那是老娘們高興了喊的愛稱。」

尼婭佐娃瞧著佟九說：「死鬼，你騙我老些回了。」

佟九笑笑不看尼婭佐娃，低著頭不吱聲。

尼婭佐娃說：「但我知道，你是怕我擔心才騙我的。你也知道，親愛的，我總會原諒你的。」

武海青說：「我媽呀！這小聲甜死我了。我不行了，你倆等會兒，我去那邊撒泡尿咱們再走。」說著他果真掉頭跑一邊往雪地上撒尿去了。

佟九和尼婭佐娃都笑了……

第十二章　別了，海東青

1

武海青用狗拉扒犁把佟九和尼婭佐娃送回了土屋老窩，這傢伙不想歇氣，打算連夜走。佟九看看天色完全黑了，就要武海青住下明天再走。

武海青看看大蘭子和小蘭子，嘿嘿笑笑就同意住下了。他從麻袋裏掏出兩隻鹿皮口袋，又掏出一個大的油紙包。掉頭看到康良駒從另一隻麻袋裏拽出那口長的日本刀，就說：

「臭小子，你別他媽亂翻，這是我的刀。那兩條步槍也是我的。這扒犁上的東西都是我的。」

康良駒笑嘻嘻地說：「那這些東西都不是我老九叔的？大叔，我就想有一把小不點哥哥用的那種馬刀。」

武海青放下手裏的東西，從康良駒手裏奪過日本刀放回麻袋裏，扭頭看康良駒還是一副不死心的樣子。

武海青想了一下，說：「他媽的你這小子像個小偷。得了，我怕你悄悄偷我的好玩意兒，給你這把刀，這把日本刀短些，別你腰上正好。」

武海青把那把短的日本刀拽出來，看看摸摸，嘆口氣給了康良駒。看著康良駒拔出日本刀呀呀叫著亂砍，就笑了說：「你老九叔沒教你那幾下破刀法？你小子現在耍個狗屁，瞎比劃，什麼用也沒有。」

康良駒提著刀瞪了武海青一眼，吸吸鼻子招呼小老黃進土屋了。

武海青又取了生肉餵了四條扒犁狗，抱著那兩隻鹿皮口袋和那個油紙包進了土屋。看佟九在給尼婭佐娃的右腳脖子上抹藥膏，就說：

「臭老九，你大媳婦那傷整的邪乎，一百天好了就不錯了，先別抱著揉了。來，咱哥兒倆喝酒嘮嗑。我剛剛看了，那大丫頭做的野雞湯挺好，一會兒我能喝兩碗。」

佟九說：「你等會兒，我就好了。」

小蘭子過來推開佟九，接了藥碗給尼婭佐娃上藥膏。

尼婭佐娃說：「我也要喝酒，好死鬼！我記不清多長時間沒喝過酒了。」

佟九聽尼婭佐娃叫他死鬼就皺眉。

武海青說：「喝酒好，活血，妳那傷好得快。」說完就在桌子上找碗，想給尼婭佐娃倒一點酒。

佟九一把拽過一隻鹿皮口袋，掂一下，說：「才兩斤半。你小子小氣勁兒，你和日本人進山才帶這點酒？」

武海青說：「不少了，四整袋，十斤。龜田小次郎他們那幾個日本人喝酒不行，一兩酒三個人分著喝，像喝毒藥似的，看得我一勁兒想撒尿。那個池田一郎還行，能喝三四兩，喝了酒就啊啊唱小曲，破鑼嗓子挺鬧心。」

佟九往一個木盆裏倒了熱水，把兩隻鹿皮口袋丟進去溫酒，說：「去，還有兩袋，都拿來溫上。」

武海青一愣，說：「就你？和我比酒？我操！我拿過來兩口袋還是大著膽子拿的，想著我自個兒喝大半口袋，你和兩個老娘兒們兒一個大丫頭喝一口袋。怎麼的？好！臭老九，你贏了我，我認你是鷹王，你輸了怎麼辦？」

佟九說：「快去拿酒去，廢什麼話？我輸了你也不是正兒八經的鷹把式，就沒你這樣的屌鷹把式。你還不服？好，我輸了我大媳婦那支步槍你拿走，你輸了把龜田小鬼子的小手槍留下給小蘭子防身。」

武海青哈哈一笑，說：「太行了，我他媽的今晚走運了，又多一支步槍了。」

武海青出去又拿進來另外兩個鹿皮口袋酒，丟木盆熱水裏溫上，然後就笑呵呵地拿起尼婭佐娃的那支步槍，看著看著就嘿嘿樂出聲了。

尼婭佐娃說：「我們家終於有了不是野獸的客人了。武先生，這支步槍還有四十九發子彈，一會兒你把我的好死鬼喝趴下了就可以帶走了。」

武海青說：「我知道，現在你後悔也來不及了，知道嗎？後悔藥沒處買去。我輸了也一樣。臭老九咱倆開喝。」

佟九摸摸酒燙溫了，就拎出鹿皮口袋。大蘭子把酒碗、野雞湯都放炕桌上擺好了。武海青把鞋一脫，在炕桌的一邊坐下，等著佟九給倒酒。

佟九先把一隻鹿皮口袋遞給了尼婭佐娃，又丟給武海青一隻，自己拿一隻。他上了炕在武海青的對面坐下，說：「用碗多麻煩，咱倆對著口袋喝酒，那才過癮。」

武海青愣了一下，說：「你他媽的用大奶子嚇唬小孩子，當我怕你。來吧，咱倆就他媽這麼喝。」說著，他氣呼呼拔開鹿皮口袋的木塞，和佟九碰一下鹿皮口袋，就往嘴裏倒酒。

兩個人喝了一會兒，武海青把那個大油紙包打開，說：「臭老九，你吃肉。這可是縣城裏劉回回做的醬牛肉，有十斤。大姐、大妹子、臭小子你們也吃。」

小蘭子給尼婭佐娃遞過去幾塊醬牛肉，說：「嫂子妳慢點喝，沒人跟妳搶。這是酒，又不是人參湯。」

武海青回頭瞅一眼，嚇了一跳，尼婭佐娃的那個鹿皮口袋已經扁了，裏面的酒有一大半沒了。

武海青就扭過身子問尼婭佐娃：「妳個大老娘兒們瞎整，那可是酒。妳說妳把酒倒哪兒了？」

小蘭子嗤一聲就笑了，說：「你那是酒嗎？不是酒吧？我嫂子喝起來像喝白開水似的，滋滋地幾口就下肚了。」

武海青拍一下腦袋，扭回頭對佟九說：「臭老九，我是和你賭酒的，不是和你媳婦賭酒的，對吧？我聽說俄國人別管男女，都喝酒不要命。見你媳婦這樣，沒想到還是真的。你媳婦醉死了沒我的事啊。來，臭老九，我看你不行了。」

佟九笑笑說：「這是縣城裏李家燒鍋的酒，六十五度，好酒。你別老往下巴上淌，我看著噁心。」

武海青舉起鹿皮口袋看看又晃晃，說：「還有七八兩，你的呢？」

佟九說：「還有四五兩，你小子快點，要不你就輸了。」

武海青晃晃頭，說：「沒事，你小子蒙我。我懂你愛整虛的。」

兩個人嘮著嗑，又喝了一會兒。武海青突然不說話了，坐不住似的下了炕，光著腳晃悠悠地走向土屋的門，伸手開一下門又關上了，在門口低著腦袋摸褲腰。

佟九和大蘭子、小蘭子不知道武海青要幹什麼，看著武海青發愣。

武海青卻嘟囔：「我記著我是穿著褲子睡的覺啊，他媽的我的褲子呢？」

小蘭子和大蘭子都笑了。佟九知道武海青喝醉了，就下炕過去把武海青推到炕上，武海青不一會兒就睡著了。

佟九又去看尼婭佐娃，尼婭佐娃喝了滿滿一鹿皮口袋的酒，也睡過去了。她的腳脖子腫得像球，整隻腳到小腿都又青又紅。

大蘭子說：「老九，帶你媳婦進縣城看郎中吧。這樣扛著可不行，再耽誤下去這腳就廢了。」

小蘭子說：「我可服了嫂子了，痛那樣也不叫喚。可是咱們敢進縣城嗎？」

這時康良駒早睡了。佟九嘆口氣，叫大蘭子和小蘭子也睡覺。他坐在炕桌的一邊，一個人慢慢喝酒，想事，一直喝到天亮……

武海青在太陽光射進屋裏時就醒了，坐起來揉揉眼睛，看著佟九發了陣兒呆。看佟九還在一口口滋滋喝酒，就用眼睛數鹿皮口袋，又找另一隻昨晚沒打開的鹿皮口袋。

佟九說：「你找什麼，都變成尿了。」

武海青拍拍腦袋，找了鞋穿上，戴上帽子出去，再進來就把龜田小次郎的小手槍和四隻彈匣放在了炕桌上，說：

「臭老九，我想了，你這疙瘩不安全，日本人要找你遲早能找到這裏。這周圍屯子裏的獵人保不準哪個壞了良心帶日本人來找你。你跟我去三道江吧，那疙瘩是老深山，那兒的十四戶人家全是咱們滿族本家兄弟，你們往那疙瘩一待，有事大夥幫忙，比你這疙瘩保險。」

佟九說：「行，過幾天看看不行了我就去三道江找你。」

武海青說：「臭老九，咱可說定了，我回去等你。我幫日本人整狼崽就是爲了整槍，咱有槍也是防著日本人。我走了，你他媽的真能喝酒，你這些本事哪兒學的？我怎麼看你都不像是個人。」

佟九穿戴好，拎上鷹拐子送武海青走出挺遠，回來時去了雪坡，在那裏扒開厚厚的積雪想找幾種治骨傷的草藥。但他沒找到起活血作用的海山奇，也沒找到能治骨傷的野三七。佟九嘆口氣往回走，那時快到中午了。

佟九剛走進白樺樹林，就聽到小老黃在佟佳江邊汪汪叫。他急忙往佟佳江邊跑，跑出白樺樹林，來到江邊的雪坡上。佟九看到一個戴狗皮帽子、穿老羊皮襖的人正扭著康良駒的胳膊，另一個戴狗皮帽子、穿老羊皮襖的人握把匣子槍對著汪汪叫的小老黃比比劃劃的。兩個人的身後站著兩匹身上結滿雪霜的紅馬。

原來康良駒早上起來吃了早飯，在院裏叫著玩日本刀。在院裏玩煩了又想滑雪，就悄悄穿上尼娅佐娃的那雙滑雪鞋，又披上小老黃的大天鵝羽毛的大氅，別著日本刀在江面上呀呀叫著滑雪玩兒，摔了十七八個大跟斗。

康良駒正玩著，猛然看到兩個騎馬的人從佟佳江下游江面上跑過來，他想跑但已經來不及了，就穿著滑雪鞋往雪坡上跑，跑不利索又滑下雪坡摔倒了。康良駒剛爬起來，就被一個人從馬上撲下來摁住，拽起來扭了手臂。那個人就哈哈笑了起來。

小老黃在雪坡上看見康良駒被人抓了，叫著衝下來，又不敢撲上去咬，另一個人有心驚動別人，就握著匣子槍逗小老黃使勁叫。

佟九看到這些，知道那兩個人是在引他出現，就著雪往雪坡下走。

康良駒看到佟九就哭著喊：「老九叔，你快跑，他們是公安大隊的人，來抓你的，你快跑啊。」

逗小老黃的那個人把手裏的匣子槍插回腰間的槍匣裏，對著佟九揚起雙手，這是告訴佟九他手上沒槍。佟九就走了過去。

那個人又叫同伴放開康良駒，對佟九說：「我是通化縣公安大隊副大隊長胡長青，他是李廣富，咱們和這小子是兄弟。他爸爸康鯤鵬和咱們的爸爸早年是拜把兄弟，你佟九和咱們算起來也不是外人。咱們借一步說話。」

佟九點頭，跟著胡長青往江岸邊的一棵柳樹下走。

李廣富放開康良駒，對康良駒身上穿的大天鵝羽毛的大氅挺好奇，伸手拽下一根大天鵝羽毛看，被康良駒照腿上踢了一腳。小老黃也衝著李廣富汪汪叫。

李廣富退一步，笑笑說：「你小子是怪我上次在縣城裏沒認出你？那他媽能怪我嗎？在你家看見你那會兒，你小子長得那小屌樣像棵小豆芽菜。那回在震陽街看見你你就不像小豆芽菜了，像棵小黃瓜了。我當然一下認不出你了，可我又回去找你們了，你們跑了。帶你的那女的，你那屌乾媽也在這裏吧？我找到你乾媽住的包子鋪了，他媽的你乾媽明明是開包子鋪的還騙我說是賣豆包的。這破寡婦跑什麼？馬營長的事算不到她頭上！不就和馬營長跑了幾個月破鞋嗎？馬營長整過的老娘兒們海了去了，咱們他媽抓得過來嗎？」

康良駒說：「你放屁，你乾媽才跑破鞋，你乾媽天天跑破鞋，跑老鼻子破鞋了。」

李廣富說：「你他媽的小屌樣兒，你和老康一點也不像。你小子站好了，當心我一腳踹死你。」

康良駒瞪著李廣富，吸吸鼻子，說：「你們抓了我爸爸是吧？你們打我爸爸了是吧？我爸爸怕痛，他怕了才告訴你們怎麼找我老九叔的是吧？我就知道是這樣，我爸爸那拐子腿是跑不掉的。」

李廣富笑了，眨著眼睛說：「對，你爸爸康鯤鵬真他媽的丟人，咱們好吃好餵地養了他幾個月，他裝牛，問什麼也不說。咱們就揍他了，這一揍你爸爸痛了就老實了，他全說了。這不是賤皮子嗎？咱們就來了。要不咱們能這麼容易找到這疙瘩，能這麼容易找到你乾媽的包子鋪？瞧你小子要哭的小屌樣兒，有那樣的屌爸你就應該哭。可我看你還不如你屌爸呢！」

康良駒忍住在眼眶裏打轉的淚水，瞪著李廣富。

大蘭子和小蘭子在雪坡上出現了。大蘭子喊：「良駒他是誰？他是幹什麼的？」

康良駒喊：「他們是兩個屌雞巴人，都是雞巴公安大隊的屌人，一個跟老九叔在那邊說話呢！」

小蘭子喊：「你快過來！」

李廣富一把拽住康良駒，抬頭看著雪坡上的小蘭子說：「沒事，這是我小兄弟，咱們不找你們，咱倆玩兒呢。」

李廣富又問康良駒：「那大姑娘長得挺俏，是你老九嬸？」

康良駒瞪一眼李廣富，說：「她是我小姨。我老九嬸虎了吧唧的賊厲害，一會兒要是出來，一槍就崩了你這屌雞巴樣的。」

李廣富笑笑說：「我是誰？誰他媽敢崩我？小子，你小姨她像個黃花大姑娘，她沒嫁人吧？」

康良駒說：「我小姨嫁狼也不會嫁你，你比不上狗更比不上狼，你這狗頭狗臉的屌人比公狼母狼都差遠了，你打光棍吧你。」

李廣富說：「那就叫你小子的小姨嫁給狼吧，貓在這種破地方也就得嫁給狼了，真是白瞎了。」

李廣富又瞅瞅雪坡上的小蘭子，嘟噥：「沒女人味，長得俏也沒意思，小奶子、小細腰，屁股不夠大也不夠風騷。」

康良駒說：「你媽屁股才大才夠風騷，叫你媽操大黑熊去……」

李廣富抬手給了康良駒一個耳光。

小蘭子把小手槍一舉喊：「操你媽的打小孩子，我一槍崩了你。」

李廣富往康良駒身後躲，也去掏槍。

胡長青和佟九正好回來。胡長青喊：「混蛋，走了。」

李廣富扭頭問：「長青哥，這就完了，不抓這鷹把式走？」

胡長青對佟九抱抱拳，說：「明天下午見。」

佟九點點頭，看著胡長青和李廣富縱馬順江面雪道去遠了，他才拉著康良駒上了雪坡……

佟九告訴大蘭子，公安大隊並不想來抓人，叫小蘭子和大蘭子先回土屋。小蘭子告訴佟九，尼婭佐娃酒喝得太多，現在還睡著沒醒。

佟九叫康良駒脫了滑雪鞋和大天鵝羽毛的大氅，帶著康良駒進了白樺樹林，在一塊空地上停下，佟九拔出了拐子刀。

康良駒說：「老九叔，你要教我刀法嗎？」

佟九點點頭。

康良駒又說：「你也教我當個鷹把式嗎？」

佟九說：「鷹把式的手段只是在山裏討生活的一種手藝。現在咱們沒辦法在山裏過平靜的日子，你也不能想著當一個鷹把式。我要教你成爲一隻『會用刀的海東青』，你要成一隻厲害無比的海東青。」

康良駒站直了，吸了吸鼻子，也拔出了別腰上的那口短的日本刀。

佟九說：「丟掉那把破刀，咱們用咱們自己的刀。」

康良駒遲疑一下，又吸了下鼻子，看眼佟九嚴肅的臉，丟掉了手裏的日本刀。看著佟九揮拐子刀做了幾個動作，康良駒接過佟九的拐子刀。

佟九說：「你記住這幾個動作，每天拔刀三百次，劈刀三百次，側步刺刀三百次，扭身反手後刺三百次，下蹲推刀橫掃三百次。小子，你以後不管多冷的天，也要把耳朵露在帽子的外面，留心聽所有的聲音，留心分辨你聽到的聲音，你的耳朵就會變成比你的眼睛還管用的最重要的一個夥伴。在老林裏行走，你就不會怕擅長偷襲的老虎和豹子。眼睛無法看到所有的東西，但耳朵能聽到所有的聲音。你記住了。」

康良駒點頭，看著佟九。佟九突然一個耳光扇過去，把康良駒扇個跟斗摔在雪地上。

康良駒爬起問：「老九叔，你怎麼打我？」

佟九說：「你記著，在你偷懶的時候，你就摸摸臉，想一想老九叔今天對你說的這些話。」

康良駒感覺到了什麼，用力吸鼻子，眼睛裏流出了淚，問：「老九叔你要走了嗎？是我爸出賣了你，我知道就是這樣。」

佟九說：「你不能這樣想，你爸爸不會出賣你老九叔，我這就去找你爸爸，叫你爸爸去找你們。小子，明天會有人來接你們和老九嬸。你們跟著那人走，先在那人家裏躲一陣子，等沒有了老九叔的消息，你們就可以回家賣包子了。」

康良駒抽了下鼻子，問：「那我什麼時候告訴我老九嬸和乾媽呢？」

佟九說：「晚上吧。」

佟九又說：「小子，把拐子刀握緊了。記住，第一隻用刀殺日本刀手的海東青是你乾爸馬營長，第二隻用刀殺日本刀手的海東青才是你老九叔。你是第三隻會用刀殺日本刀手的海東青！」

康良駒說：「我知道，我記住了。」

佟九又蹲下拍拍坐一邊看的小老黃。小老黃舔舔佟九的手，搖了搖尾巴……

2

次日，天剛剛透亮，霍克趕著一架馬拉扒犁悄悄離開「洋人的家」，出了通化縣城，跑在了佟佳江的江面上。霍克圍著一件老羊皮襖，坐在馬拉扒犁上，把馬拉扒犁趕得飛快……

澡。

而那時，佟九正從「洋人的家」裏走出來，在老城街街邊的一家剃頭鋪子門前轉悠。轉到太陽升起老高了，街上行人多了，那家剃頭鋪子才開了門。佟九進去剃了頭，又去老城街李記澡堂洗了澡。

佟九在澡堂裏睡了一覺，做了個噩夢突然驚醒了，就穿戴好從澡堂裏出來，那時已是中午了。

佟九去了震陽街的野味居，要了一份野豬肉燉粉條，喝了兩斤酒，吃了兩大碗米飯。看看天色快下來夕陽了，就離開野味居去了柳條溝門康鯤鵬的家。康鯤鵬當然不可能在家，佟九在這個時辰來康鯤鵬的家，是來見胡長青的。

昨天中午，佟九從胡長青嘴裏知道，胡長青是按兩隻信鴿帶回去的圖找到佟九住的地方的。是什麼人找到佟九住的地方畫了圖並放走了三隻信鴿，胡長青沒說，佟九也沒問。胡長青仔細說了因佟九而起的「海東青殺人事件」的全部過程。佟九也就知道日本人認定那隻「會用刀的海東青」是他佟九，不認可「會用刀的海東青」是已經陣亡的馬營長；也知道胡長青關押康鯤鵬的目的就是在「萬一」的情況發生時，用康鯤鵬來交換佟九；還知道了胡長青找他佟九的目的，就是不想他佟九活著落在日本人的手裏，就是要用他佟九的一條命去結束日本人步步緊逼的「海東青殺人事件」。

這樣的結果既是胡長青的無奈，也是別有用心的佈局。如果胡長青能用馬營長在日本人那裏結束「海東青殺人事件」，他布在康鯤鵬身上的這個局就不會使用。

但不幸的「萬一」還是出現了。

佟九聽懂了胡長青的用意，他沒叫胡長青失望，接受了胡長青的三個條件：一、他認命出去赴死，胡長青放了康鯤鵬。二、不追究尼婭佐娃和大蘭子、小蘭子。三、不讓他死在日本人的刀下，就是不要讓日本人用日本刀殺死他佟九。

所以，佟九來到柳條溝門康鯤鵬的家是來送死的。他決定死在自己人的槍下，來換出康鯤鵬，來結束「海東青殺人事件」，不能使日本人再趁機鬧下去連累更多的人。這也是解脫那些佟九愛著的人的唯一選擇……

佟九在康鯤鵬家的院門外猶豫了一下，瞬息間想了許多的事情，心裏也酸了一下。他感覺這個院子太靜了，而且院裏的積雪也都清除了，看痕跡是剛剛掃的。

佟九壓下心酸，想，難道胡長青把老康放回來了，老康才能清了雪？能讓我和老康見一面告個別、再被一槍打死，也挺好。

佟九心裏又一翻個兒，想到尼婭佐娃，熱血沸騰，又是一陣悲傷。如果他能治好尼婭佐娃的腳，如果大蘭子不是個懷著孩子的大肚子，如果康鯤鵬早早逃了……這一切的如果都不可能是事實。胡長青說日本人已經控制了全東北，東北即將脫離民國變成一個受日本人控制的滿洲國。所以他這個「會用刀的海東青」帶著女人和孩子是逃不掉的，而且康鯤鵬會死得很慘。佟九的心裏雖有太多的不服，但這是事實。好在有點安慰的是，他佟九不是死在日本人的手裏。

佟九從懷裏取出兩團草紙，放嘴裡弄濕嚼碎了，捏成兩個團團塞在露在狼皮帽子外面的耳朵眼裏。他不想聽到聲音做出什麼反應，就靜一點死吧。

佟九進了康鯤鵬家的院門，佟九的耳朵雖然塞著，但還是感覺到了周圍的柴垛、屋側藏著幾個人。他想，胡長青還在大動干戈，他不信我會來，他怎麼還不開槍？

佟九走近房門，抬手把塞耳朵的紙團掏出來丟掉，聽到眼前兩扇對關的破舊房門的後面有兩個人喘氣的聲音。

佟九在心裏大大嘲笑了胡長青一番，嘴角還笑了一下，喊：「臭傢伙，我來了。」就推開兩扇木門，走進了屋門。

佟九左右兩邊的肋部猛然間遭到了重擊，佟九倒了下去，狼皮帽子也摔掉了。兩個人撲上來摁住佟九，反臂綁上了佟九，再拽他起來。

佟九往屋裏看去，灰濛濛的屋裏站著兩個握日本刀的人。胡長青和李廣富坐在另一邊的條凳上，在他們兩邊站著兩個握手槍的人。佟九瞬間瞪圓了眼睛，想，他被胡長青騙了？

一個穿戴考究的小個子咳了一聲，走過來。看到這個小個子的臉，佟九愣了一下，感覺這個小個子應該是個死人。這傢伙太像被陳小腿用熱油燙死的那個日本矮個子了。

這個小個子就是養好傷的原田小五郎，他走到佟九的面前，抬頭看佟九，說：

「鷹王佟九先生，我叫原田小五郎，幸會！不過你和我想像的那隻『會用刀的海東青』不太一樣，你的刀呢？」

佟九說：「你在問我的刀？前天，我殺日本刀手時我的刀斷了。過幾年我的刀會重新接上，你這幾年若能不死，你會見到我的刀的。」

原田小五郎笑一下說：「又有日本人遇害了？我怎麼不知道？」

佟九說：「沒有人知道，他們中的一個是個武士，叫池田一郎，另一個叫龜田小次郎。他們一共是四個人，現在連屍體都不會有了。」

原田小五郎說：「我知道龜田小次郎，我也認識他的武士朋友池田一郎，原來你在山裏殺了四個收山貨的日本商人。」

佟九說：「他們不是商人，他們是帶著刀槍的四個日本人，你們日本人在咱們這裏就沒有真正的商人。」

原田小五郎掉頭對胡長青說：「胡君，你幫了我大大的忙。我要好好的感謝你，明天晚上請你野味居吃『水淹七軍』。這個人就是我要的那隻會用刀的海東青，我的非常感謝你。」

原田小五郎抬手拍拍佟九的臉，說：「鷹王先生，我帶你回去，我們去玩個熬鷹的遊戲。」

胡長青看著瞪著他的佟九，急忙說：「原田先生，這個人是我方抓到的人，你不能帶走，他應該由我方帶走。在確認他是『會用刀的海東青』之前，不能交給你。」

原田小五郎說：「胡君，這個問題我們不用再爭論了，大日本國民的尊嚴不容輕視。帶他走。」

胡長青從凳子上跳起來，抬手掏槍，卻被一邊那個握槍的日本人用槍柄砸後腦勺上砸昏了。

李廣富看胡長青倒下，帽子滾一邊去了，跳起來抬手想掏槍又沒敢，但他喊：「操你媽小鬼子，這傢伙你們帶走，打什麼人？你媽的……」

話沒說完李廣富的腦門上也挨了身邊的日本人一槍柄，他也趴下了，帽子也滾一邊去了，人也暈了。

佟九看著胡長青和李廣富被揍的狼狽樣，咧嘴嘿嘿笑，說：「裝！你媽的，小鬼子的兩條狗。」

佟九被日本人帶出了康鯤鵬的屋子，日本人還順手關上了屋門……

李廣富被日本人砸破了腦門，昏迷了一會兒，屋裏太冷就凍醒了，爬起來。他腦門上的傷口已被血封死了。

李廣富看胡長青臉朝下趴著，摸一把胡長青的後腦勺，沒破皮也沒出血，只是鼓起個大包。他就給胡長青扣上了帽子，自己也撿起帽子戴腦袋上，背著胡長青往診所跑。

在半路上，胡長青就醒了，叫李廣富放下他，兩個人扶著走。胡長青揉著後腦勺上的腫塊皺著眉頭想事。

李廣富捂著腦門說：「長青哥，你說小日本怎麼會事先守在老康家抓了咱倆呢？還他媽的給清了院裏的雪。佟九那隻傻狍子看到那麼乾淨的院子就應該跑，他算什麼鷹王？真他媽的傻，他就想不到咱們約好碰頭，誰有那閒心清雪？我怎麼想也想不明白這件事怎麼會拐了個大彎。」

胡長青說：「我也在想，我知道你不會出賣我，不會是內奸。你仔細想想誰問過你，你無意中說過這事沒有？」

李廣富急了，甩了下手說：「這可是他媽的大事，我再迷糊也不會說出去。從山裏回來，我沒離開你，也沒見過別人呀！你別以爲我不知道輕重，小日本要佟九不單是佟九殺過小日本，是什麼『會用刀的海東青』。小日本還想利用佟九這個鷹王滅咱們的精神，那不行。我來時還想了，你見了佟九不忍心開槍我就開槍，然後把屍體交給小日本，小日本就沒招借機發揮了。咱們死的不過是個殺了日本人的殺人犯，那就不關咱們海東青的精神的事了。長青哥，你也快想想你自己吧，就咱倆知道的事，看起來洩密的不是你就是我。反正不是我，你要我背黑鍋沒事，反正我本來就想背上殺鷹王的

黑鍋。」

胡長青在路邊蹲下，一邊揉著後腦勺，一邊掏煙吸，一邊想事。

李廣富說：「天黑了，街上沒人了。長青哥，小日本肯定會到處傳說是咱倆幫日本人抓了那隻『會用刀的海東青』。這疙瘩的老百姓知道了，沒準兒有人悄悄打咱倆的黑槍，整死咱倆。」

胡長青說：「沒錯，日本人會這麼幹，也會有人打咱倆的黑槍。但那是以後的事，現在咱們要找出那個給日本人報信的內奸。」

李廣富笑了，說：「這事多他媽容易，那個內奸不是我就是你。興許咱倆都是那個內奸王八犢子。」

胡長青說：「會不會是關副縣長？」

李廣富嚇一跳，蹲下看著胡長青被煙頭映得一亮一閃的臉，說：「你那天去關副縣長那兒，你告訴那縣長了？」

胡長青說：「是啊，能不告訴他嗎？他現在是咱們這個縣的主官。我想內奸不是關副縣長就是他身邊的隨從韓文奎。因爲關副縣長不知道我關押了老康，所以日本人也不知道是我關押了老康，還認爲老康逃跑了。監獄裏犯人太多，也沒人注意老康，除了你別人不知道我關押了老康。」

李廣富嘆口氣，坐地上說：「你說起韓文奎我想起一件事。咱從山裏回來，你去找關副縣長。我在外面坐著等你，我沒事幹就在兜裏掏，就掏出那根大天鵝的羽毛玩兒，我忘了什麼時候揣兜裏的。韓文奎過來給我煙，問我玩什麼不好玩鴨毛。我說這不是鴨毛，是大天鵝的毛，我在一個小傢伙披的大天鵝大氅上拽下來的。韓文奎說難怪找不到你，你去山裏了？等你忙完海東青的案子，咱們小翠家好好聚聚。我說行，明天下午我去柳條溝門辦了事，那案子就忙完了，咱們聚聚。長青哥，現在想想，我就是那個壞了事的王八犢子了。可韓文奎也太精了，他是關副縣長的貼身隨從，咱們這邊的人。我想不到啊，我就這樣不小心說出去了。可是小日本就憑我這幾句話就能想到咱們去幹什麼了嗎？」

胡長青看一眼李廣富，他在心裏嘆息，他的身邊除了時常糊塗一下的這個笨蛋，沒有其他人可以信任。

胡長青說：「你以後要多個心眼，咱們先除掉韓文奎給日本人個顏色，然後想個法子叫佟九快一點死。」

李廣富說：「原田小五郎要用佟九熬海東青？那是什麼意思？」

胡長青說：「『海東青殺人事件』發生以來，會用刀的這隻海東青成了日本人的心病，卻成了咱們民間的英雄。海東青又是咱們東北民族的神鷹，是咱們的精神象徵。所以日本人要找出這個象徵海東青的英雄，征服他，然後毀滅他，也就是征服咱們心裏的精神象徵，使咱們從心理上服從他們。」

李廣富說：「這麼一來可他媽壞了。佟九落日本人手裏要遭老鼻子罪了，他要是服了小日本，小日本到處宣揚這件事，咱們就沒的玩了。我是明白了，佟九死了，小日本就沒的玩了。長青哥，我去整死韓文奎，再想個招找到佟九，殺了佟九，佟九死在咱們手裏比死在小日本手裏強多了。」

胡長青說：「行，你去幹吧。小心地幹，精神點去幹。我去找關副縣長，要他去找日本人要出佟九。」

李廣富說：「這辦不到吧？」

胡長青說：「是的，關副縣長是辦不到，誰也辦不到。但咱們能趁機見到佟九，叫他早點自殺。」

李廣富說：「他媽的，我的腦袋一個勁兒暈，這他媽是什麼事？咱他媽的上上下下都叫小鬼子操遍了，小鬼子又操起咱們的精神來了，他們沒完沒了了，操他媽的小鬼子，這還有個頭嗎？」

李廣富拽起胡長青，兩個人互相扶著走路，他們感覺到腳下凍得比石頭還硬的東北大地其實是鬆軟的，自然的，這路是走不穩的……

3

佟九被關在日本領事館駐通化領事分館後院的一間高大的房子裏，這間大房子以前是間庫房，現在是個監室。

佟九被帶進這個監室，看到監室裏面的東西挺熟悉，心裏挺奇怪。

原田小五郎指著一個門字形的木架說：「海東青先生，想必你知道這是什麼架子吧？」

佟九說：「我看是鷹架，大鷹架。」

原田小五郎笑了，說：「是的，海東青自然認識那是大鷹架，是在白天蹲海東青用的大鷹架。」

原田小五郎又指著一個長條小架子說：「那個呢？海東青先生？」

佟九說：「它是晚上蹲海東青用的小鷹架。那個是鷹兜子，那個是鷹袖子，那個是鷹罩子，那個是鷹拐子。那根粗麻繩是絆鷹繩。不過都太大了，你的海東青是一隻幾十斤重的大海雕，還是草原上的大黑雕？牠在哪兒呢？」

原田小五郎看著佟九笑得滿臉神采，說：「海東青先生，你不久就會見到我的那隻大鷹了。我問你，你殺日本人你後悔嗎？」

佟九以前想過這個問題，從沒後悔過。他反問：「你們日本人來我們的大東北你們後悔嗎？」

原田小五郎說：「我們是來幫助你們的，這個不容懷疑。」

佟九說：「你們日本人別著日本刀端著刺刀槍在我們的地方、在我們的街上亂晃亂闖，動不動就傷人、殺人、欺侮女人是幫助我們？王八犢子龜孫子，我現在只後悔殺你們小鬼子殺少了。」

原田小五郎擺擺手，說：「你是海東青，你不要罵人。我們不說這個問題，你不懂我們的目的。我叫你見一個你的老朋友。」

原田小五郎拍拍手。兩個日本人推進一個綁著四肢的小個子，小個子一蹦一蹦地蹦進來，小個子被打得挺慘，身上、臉上全是皮外傷。

佟九看著小個子的臉，那臉上傷痕累累又腫又青，他沒認出是誰。

小個子卻說：「操！是你啊！玩鷹的大哥，咱倆又他媽見面了。俺和你一起陪小鬼子玩幾天，真他媽好。」

佟九說：「你是陳小腿？小鬼子怎麼抓了你？」

陳小腿說：「大哥你別問了，俺殺這個鬼子頭兩次，兩次都沒能殺死這個狗東西。太丟人了，俺不說了。」

原田小五郎說：「好兄弟相聚沒有酒肉怎麼行，不洗澡怎麼行？海東青先生早早洗乾淨了。陳先生比較糟糕，帶陳先生去洗澡。」

佟九不知道原田小五郎想要幹什麼，但既已被抓也就不抱活下去的念頭了，小鬼子想怎麼樣就怎麼樣吧。但是看著陳小腿一蹦一蹦像隻被綁住腳的海東青，佟九又改了主意。

佟九看見原田小五郎的一個護衛離他很近，他的手被綁著，腳沒被綁著。他就衝上去一步，用了一招「狗撒尿」，這一腳踹得實在。

原田小五郎的那個護衛看上去應該會點日本空手道，要不怎麼當護衛？但他反應太慢，左肋上中了佟九這一招「狗撒尿」。那傢伙叫一聲，飛起來，摔進牆角就勾成團了，又一挺腰就沒聲音了。

原田小五郎的其他手下撲上來擊打哈哈大笑的佟九，被原田小五郎制止了。

佟九說：「這是我踹得最實在的一腳，這地面上又死了一個小鬼子。」

原田小五郎擺擺手，幾個人撲上來把佟九摁倒，但佟九在被摁倒之前又踢傷了兩個日本人。佟九的腳像陳小腿那樣被綁上了，動一步只能走五寸。

原田小五郎說：「一隻海東青嘛，被抓住總會發脾氣的。海東青先生，這個鷹房我準備挺久了。熬海東青是鬥殘忍的藝術，是海東青的精神和人的精神的較量，我完全掌握了。」

佟九說：「你這小鬼子懂個屁！熬海東青是咱們鷹把式的手藝，不是什麼狗屁殘忍的藝術。是人的精神和海東青的精神通過耐心的交流得出的互信關係，不是海東青的精神和人的精神的什麼較量。海東青的精神不可征服，就像人的生命一樣不可征服。這都不懂，你熬個屁海東青。不錯，你可以把一隻海東青馴成只聽你的話的獵鷹，也可以把某個人變成個不在乎生命的殺人工具。但你不懂尊重海東青，不懂敬畏海東青，不懂海東青和人同樣都有一條命，不懂人和海東青是互信平等的夥伴，你馴不出我佟九這樣的海東青。小鬼子，咱們不廢話，你快殺了我。我不會幫你馴服那隻大鷹，你他媽的那小屌樣兒不配架海東青。」

原田小五郎哈哈大笑，說：「你不懂，世間的一切生命都是可以征服的。海東青先生，這由不得你，我們一會兒見。」

原田小五郎出去了，房子裏只剩下佟九一個人了。佟九一蹦一蹦四下看房子裏的東西，沒能找到幫助他割斷繩子的東西。佟九不知道，他一蹦一蹦地走，就像一隻巨大的海東青。

陳小腿被帶回來，也被洗乾淨了，衣服也給換了身厚的黑布棉襖。

幾個日本人進進出出搬進來桌子、椅子，又端進來許多酒菜和四個大火盆。看來是要開飯了。

陳小腿一蹦一蹦蹦到佟九的身邊，說：「玩鷹的大哥，你比俺有面子。小鬼子看人下菜碟，從沒給俺吃這麼好過。小鬼子就是給俺吃飽，然後揍俺，然後治傷，再揍俺。但大哥你不夠意思，明明你就是用刀的那隻海東青，你上次怎麼不認？你信不過俺？」

佟九說：「你現在知道也不晚啊！」

陳小腿說：「也是，咱倆真是有緣。俺被小鬼子抓住，俺想就俺一個人死了，沒個人一起上路這挺難受。俺真難受了幾天，這種難受比挨小鬼子的揍難挺。你就來了。太好了，俺和你一起上路，下輩子都變成殺小鬼子的海東青。」

佟九說：「好！我陪著你一起上路。」

陳小腿說：「今晚的飯八成就是斷頭飯了。俺猛吃一頓，當個飽死鬼。俺聽說去陰間的路老長了，不吃飽了怎麼有勁走呢？大哥，你也猛吃。」

佟九笑笑，想起尼婭佐娃，心裏發酸，嘆口氣，沒吱聲。

這時，原田小五郎和幾個日本人走了進來，他們的後面還跟著兩個花枝招展的日本女人。那兩個日本女人的臉抹得白白的，眉毛畫得黑黑短短的，整得看不清本來面目。不過，她們整體看上去真挺漂亮的。陳小腿看著兩個日本女人的臉咧嘴笑了笑。

原田小五郎說：「海東青先生，我們開飯了。」

那兩個日本女人每人端起一隻盤子，夾上幾塊肉，扭扭捏捏地端過來。一個女人夾起塊肉餵陳小腿，一個女人餵佟九。

陳小腿把一塊肉吞下去，說：「再來一塊，要那塊肥的。」餵陳小腿的那個日本女人笑出了聲。

佟九掉過頭不吃，餵他的那個日本女人說：「海東青先生你吃吧，這是牛肉。」

佟九不能吐一個女人一臉口水，即使她是一個日本女人也不能吐。他就閉著嘴搖頭。

原田小五郎說：「海東青第一天是不吃食的，算了吧。」

原田小五郎和另外的日本人開始吃喝，陳小腿只吃到了兩塊肉。那個日本女人也不餵他了，也去坐在桌邊開吃了。

陳小腿問：「大哥，你怎麼不吃？你不吃俺也沒得吃，小鬼子這是想幹什麼？真他媽的小氣。」

佟九終於想明白了，他就是原田小五郎準備熬的那隻大鷹，這座鷹房就是給他準備的。佟九又看著鷹房裏的一切，張口就笑了。

原田小五郎說：「海東青先生，你現在明白了？很好。那麼請你上鷹架吧，你早應該明白早應該上鷹架了。」

幾個日本人把佟九架上了那個大鷹架，佟九的雙手被分開綁了手腕掛在屋頂的梁上，雙腳被綁著固定在鷹架上。佟九站不起來，也蹲不下去，只能靠雙腳踩在鷹架上，保持著展雙臂蹲槓的姿勢。

原田小五郎吃飽了，過來抬頭看佟九，問：「海東青先生，你冒汗了。你後悔殺日本人了嗎？」

佟九說：「你去問問剛剛被我踹死的那個小鬼子，你問他後不後悔來東北。你問了他，你就知道我的回答了。」

原田小五郎說：「不錯，井上一夫已經死了。我不能叫一個死去的人再說話，但我可以叫你說話，我的時間多多的，只要海東青先生說後悔殺日本人，你就可以從鷹架上下來，去出任狩獵隊隊長，你將會帶領一大群鷹把式，爲我們去鷹獵。」

佟九說：「這可太好了。我是隻大的海東青，你正在熬我，咱們就試試。我的精神不會和小鬼子交流，我瞧不起小鬼子，我和你來一次精神的較量，誰先倒了精神趴下，誰就是娘們。」

原田小五郎說：「很好，那麼我去休息了，我們明早見。」

佟九愣一下，說：「怎麼，你要走？你不留下來和我這隻海東青較量嗎？你媽的你這就算是熬鷹？海東青的幼雛都瞧不起你。」

原田小五郎說：「我知道鷹把式怎麼熬鷹，但我不會那麼做。我的方法就是征服海東青，讓海東青變成我的工具，鷹王先生，我希望你能挺到明天早上。」

佟九說：「海東青瞧不起你，死也不會服你。你在海東青的眼裏是一隻小小的麻雀，滾吧小麻雀。咱們明早見！」

原田小五郎命令幾個人把陳小腿也像佟九那樣綁在小鷹架上，對陳小腿說：「陳先生，你是我的仇人。可是我不明白你爲什麼試圖殺死我？你也去體驗一下變成一隻海東青的快樂吧。除非你說出爲什麼殺我，你才能少受點罪，快一點死。」

陳小腿說：「俺是個賤人，俺就願意多受點罪，慢一點死。俺就是死了也不會告訴你爲什麼殺你，叫你下半輩子總會想著一個人或是一大群人爲什麼非要殺死你，小鬼子你就快活了，你媽的，明天見。」

原田小五郎說：「好的，陳先生我們試試吧！」

日本人都走了，鷹房裏卻亮著燈，是四盞氣燈。原田小五郎認爲佟九和陳小腿能夠互相看清對方，才能感覺到對方的痛苦。

佟九在鷹架上蹲到半夜，汗水已經把狍子皮短襖浸透了。陳小腿被抓以來遭罪多，身體虛弱，被吊到半夜，汗水就出沒了，他脫水了。而且日本人在離開時搬走了那四隻大火盆，鷹房裏的氣溫降到了零下三十度左右，和外面的氣溫差不多。佟九和陳小腿衣服上的汗氣遇到冷空氣結成了白色的凝霜，這兩個人看上去就像兩隻剛出蛋殼剛剛長出白色絨毛的鷹雛。

陳小腿和佟九很長時間不再說話了。

佟九努力晃晃頭，頭髮上的凝霜往下掉。他說：「喂！陳小腿，你身上全是白霜了，你死了嗎？」

陳小腿努力晃晃頭，說：「還差一點，俺不和你比誰先死。俺想著明早瞅原田小鬼子的臉呢！」

佟九說：「我想了好一會兒了，你明明殺了一個日本人，有仇也算報了，你爲什麼非殺原田小鬼子不可呢？還殺他兩次。」

陳小腿笑一聲，氣息上不來又斷了笑，喘一會兒，才說：「俺爲什麼殺原田小鬼子？那不能說。」

陳小腿又喘幾口氣，接著說：「俺告訴你能說的。俺頭一次用槍殺原田小鬼子，俺射中他三槍以爲他準死了。俺心裏那個高興，就瘋跑，還有個兵追俺，俺頭一次碰上能跟俺跑那麼久的人。但俺跑贏了，那個兵累趴下了。俺就丟了那把槍，回縣城還得做生意吃飯吶，俺殺了原田小鬼子了。可是沒有，原田小鬼子沒死，俺那個恨吶。怎麼辦？俺就再殺，俺從不幹半截的事兒，俺這次沒槍了就用刀。俺瞄著原田小鬼子在震陽街高麗樓吃飯，俺就去了……」

陳小腿又喘幾口氣，說：「俺事先偷了身日本女人的衣服穿上，又戴了日本女人的假頭髮，把臉抹成日本女人的臉那樣。俺混進了高麗樓，但俺穿不慣日本女人穿的那種木頭鞋。俺混進原田小鬼子的包房，剛撲向原田小鬼子，俺的木頭鞋甩掉了一隻，俺摔趴下了，俺手裏有刀，就露餡了。俺跳起來，甩掉另一隻木頭鞋，撲過去刺死了一個日本人，俺就被兩個日本人揍趴下了，就被抓這裏來了。但俺不說殺原田小鬼子的原因，原田小鬼子心裏犯迷糊，他想知道俺爲什麼殺他，他就光揍俺不殺俺。小鬼子揍人的法子太多了，俺挺過來了。大哥，俺現在沒勁了，就不說了。你幫俺看看，俺的手哪兒去了？先痛又腫痛後來就麻了，現在像是沒了。」

佟九蹲的鷹架高，他的體力好，蹲到半夜還能在腳上用力挺身，使被綁著懸空吊起的兩隻手臂緩緩勁。佟九扭臉看陳小腿的手，那雙手勾著已經變成黑色的了。

陳小腿因爲身體虛弱，站不住小鷹架，全身早就軟下去了，就靠兩隻手腕被繩子吊著，兩隻腳被繩子掛著，才能懸掛在小鷹架上。陳小腿的雙手和雙腳無法流通血液，天氣又冷，已經沒有知覺了。

佟九說：「你的手在，它們丟不了。兄弟，鼓把勁兒，咱今早還要看原田小鬼子的臉呢！天就快亮了。」

陳小腿的腦袋也垂下去了，脖子像斷了似的，但他努力點了點頭。

佟九想，能和這樣一個硬漢子同死真是幸運。他突然想起了陳小腿在燙死日本矮個子之後喊出的那句話，也就想到陳小腿可能因爲一個姑娘和日本人結了仇。也許是原田小五郎或者是死在陳小腿手裏的日本矮個子污辱了一個陳小腿喜歡的姑娘，那個姑娘可能死了，陳小腿才發了瘋似的去報仇。但也有可能陳小腿不能確定到底誰才是他的仇人，他才在燙死一個「像」仇人的日本人之後，還要追殺另一個「像」仇人的原田小五郎。這樣想來，陳小腿豈不是會錯殺一個仇人？那麼，所有入侵東北的日本人該不該殺呢？肯定是該殺的。所以，陳小腿就沒可能殺錯仇人。

佟九想叫陳小腿清醒些，陳小腿這樣迷糊過去時間久了就凍死了。他喊：「喂！兄弟，你有喜歡的姑娘嗎？喂！你喜歡的姑娘好看吧？」

陳小腿把腦袋晃一晃，努力想抬起腦袋想看一眼佟九。可是不行，他又鬆了勁垂下了腦袋。

陳小腿說：「俺有啊！能沒有嗎？她叫桃子，長得白淨，不怎麼好看。她對俺好啊！可俺死了也不能去找她了。俺……俺他娘的幹了一個小鬼子娘們，還搶了她的衣服，俺髒了身子了。」

佟九就笑了，說：「兄弟，我佩服你是個爺們兒。我想想比較後悔，後悔少殺了小鬼子。但我不會幹小鬼子的女人。我是東北爺們兒就和小鬼子的男人鬥，那不關小鬼子女人的事。」

陳小腿說：「俺和你可不一樣，俺幹小鬼子的娘們也是想著報仇。俺沒勁說了，俺快死了。」

佟九說：「兄弟，你不說話行，你鼓勁挺著，想想高興的事。但你小子不能迷糊，天快亮了。原田小鬼子快來了。」

陳小腿努力點點頭……

4

鷹房外面的天空亮了，陽光射進了鷹房。

原田小五郎端盤牛肉，帶著兩個隨從開門進來。他抬頭看著佟九，見佟九身上、頭髮上全是白霜。他說：「早安！海東青先生，我見過北部海島上的鷹，牠們是雛鷹的時候都長一身白色的絨毛，和你現在一樣。」

佟九努力晃晃頭，頭髮上成串的白霜往下掉。他說：「原田小鬼子你早！我等你很久了，你的精神挺好，我的精神也挺好。我告訴你，海東青瞧不起你。」

原田小五郎皺皺眉，說：「那麼好極了，很好。那麼我再問你，海東青先生，你後悔殺日本人嗎？」

佟九把腦袋往起抬，想看一眼原田小五郎的臉，但佟九的脖子已沒有了力氣，無法挺起腦袋。佟九就歪著腦袋看原田小五郎手裏的那盤還在冒熱氣的牛肉。

佟九說：「海東青瞧不起你，殺你們是你們自找的，那不用後悔。海東青明天早上還等著你來問候，還用這句話回答你。」

原田小五郎把手裏的盤子遞給一個隨從，自己動手搬過一隻兩尺多高的木箱子，再在木箱上放把椅子站上去，翹起腳尖舉高左手抓往佟九的腦袋使勁往下摁。另一個隨從把一隻水壺遞給原田小五郎。原田小五郎就往佟九腦袋上澆水，嘩嘩地一大壺冷水澆完，原田小五郎前胸、腿上的衣服也澆濕了。

原田小五郎丟下水壺，拍拍手上的水珠，問：「海東青先生，涼爽嗎？精神好嗎？清醒嗎？」

佟九甩甩腦袋，說：「海東青瞧不起你，小麻雀。」

原田小五郎甩手給了佟九一個大耳光，喊：「你的真的不後悔？」

佟九嘿笑一聲，說：「小麻雀也想熬一隻海東青，我操！笑死我了。」

原田小五郎下了椅子跳下木箱子，拍拍手，門外又推進兩個穿黑棉襖的人。這兩個人是李廣富和韓文奎，都被日本人揍得不輕，也都被綁在了柱子上。

原田小五郎說：「他們是你們公安大隊的人，他們昨晚翻牆進來殺你。爲什麼來殺你呢？他們在恐懼，怕你向我屈服。他們認爲你這隻『會用刀的海東青』向我屈服了，你們的那個內在的海東青的精神也就沒有了。他們卻忘記了，他們早已經沒有了海東青的精神，早已經屈服了。海東青先生，到中午，我會再問你一遍。我的耐心只能等到中午，我們中午見。」

原田小五郎的一個手下放下了陳小腿，報告說陳小腿快死了。原田小五郎叫人給陳小腿注射了藥針。他不允許陳小腿現在死。隨後他們離開了，鷹房裏也安靜了。

李廣富突然喊：「佟九，你的腦袋上結冰了。我教你一招，你鼓鼓勁別怕痛，一下咬斷舌頭自殺吧，別他媽遭罪了。」

佟九沒力氣抬頭看李廣富，佟九說：「滾你媽的，你懂個屁。受辱的海東青會在煎熬中迎戰死亡。我不會自殺，更不會在小鬼子面前屈服，因爲我是海東青。」

李廣富吸了下鼻子，聲音中帶出了哭腔，說：「咱們都是笨蛋，都他媽錯了。咱們早知道你是這樣的爺們兒，就不會幹那些王八蛋的事。小日本說對了，咱們他媽的上上下下大大小小一堆堆的王八犢子早他媽的屈服了，早就沒了鷹的精神。我昨晚去殺韓文奎，反被韓文奎活捉了。我才知道咱們又想錯了。不是韓文奎向小日本告的密，告密的是副縣長。佟九你就熬吧，拿出鷹的精神和小日本熬吧，你死得越慢咱們越是佩服你。」

韓文奎說：「我韓文奎也佩服你。你是鼎鼎有名的人，見到還活著的你真是幸運。你是鷹王，是個聰明的人，難道你真的想死嗎?你心裏沒有遺憾了嗎?鷹王你想想吧，你心裏有沒有放不下的遺憾?」

李廣富聽著不對勁，說：「韓文奎你他媽的說什麼屁話呢?我聽著怎麼這麼彆扭，你什麼意思?你在勸佟九向日本人屈服嗎?」

韓文奎說：「你小子聽哪兒去了?只要我韓文奎以後能活著，這鷹王死了每年我都給他燒紙錢，可我不知道還有誰會記得他，能去給他燒紙錢。那樣也沒什麼用了，死了就是死了，什麼都沒了。」

李廣富說：「對，就這話，燒紙錢。我會記得鷹王佟九，咱倆一起給他燒紙錢。」

佟九想笑，但沒能笑出聲，也沒能發出嘆息聲。他想，尼婭佐娃應該躺在「洋人的家」的房間裏了，老郎中在給她治腳傷吧？大蘭子和小蘭子被霍克安頓好了吧？康良駒在練刀吧？小老黃一定坐在地上在看康良駒練刀。康鯤鵬可以回家躺著睡覺了吧，也可以拖著小軲轆車去大劇院賣肉了吧？那隻餌鴿也放飛了吧？還有，黃鷹大小姐和黃鷹小姐在小木屋的上空自由地飛吧？牠們應該在自由獵食了……

佟九的思維飛升起來，開始迷糊起來，像隻海東青那樣被懸掛在鷹架上的佟九快凍死了……

韓文奎還在對佟九說著什麼，但是佟九聽不到了……

陳小腿醒了。他能醒過來是藥針起了作用，但是他現在只能動動脖子。

陳小腿仰面躺著，首先轉動眼珠去看掛在大鷹架上的佟九，這時有一束從房外射進來的陽光照在佟九的腦袋上，佟九腦袋上的冰就閃出了五彩的光。陳小腿認爲佟九已經凍死了，就嘆口氣嘟囔一句：「大哥你等俺一會兒，俺快來了。」

陳小腿覺得鷹房裏還有人，就轉動眼珠看綁在右邊柱子上的韓文奎，這人他不認識。又轉眼珠看綁在左邊柱子上的李廣富，認出了鼻青臉腫的李廣富，就努力地說：「操你娘，你的破雞巴槍不好使，打不死原田小鬼子。」

李廣富早就認出陳小腿了，說：「是你小子太他媽笨，槍法太臭，我那把槍裏有滿滿的二十發子彈，你個笨蛋卻不知道瞄著小日本的破腦袋多打幾槍。被抓了吧？該！你媽的你敢叫我趴著數一千個數，報應！活該！但你小子上一次跑得太他媽快了，兩腳甩飛了爛鞋，一眨眼就跑沒影了。」

陳小腿和李廣富一個躺在地上，一個綁在柱子上，一個往上斜眼看，一個往下斜眼看，互相瞪眼睛，瞪著瞪著，慢慢瞅對方瞅順眼了，回想往事覺得有趣，忍不住一起哈哈笑了……

韓文奎卻說：「原來這小子的那把匣子槍是你李廣富的，這我可沒想到。喂！兄弟，你怎麼非殺原田小五郎呢？我告訴你啊，有些話不說完了，一下子死了就說不成了，那多遺憾。把遺憾和恨都罵出來再死就不一樣了，兄弟你說是不是這個理兒？」

陳小腿斜眼看著韓文奎，覺得韓文奎的話有道理，也認為不說出刺殺原田小五郎的原因是個遺憾。但是陳小腿看到韓文奎的目光閃爍，又突然懷疑韓文奎另有目的。他就說：

「俺懂什麼是遺憾。俺說出為什麼殺原田小鬼子，俺就少了一個遺憾。可要是原田小鬼子不小心從你嘴裏知道了那個原因，可能他就沒有遺憾了，是吧？這可不行。原田小鬼子不能沒有遺憾，俺還是不能說。」

李廣富一直低頭看著陳小腿，又扭頭看著韓文奎，說：「你小子今天說的雞巴話，我聽著怎麼就是彆扭呢？剛剛咱倆都挨揍，小日本用東北話邊揍我邊罵我，怎麼揍你那會兒把日本話夾在東北話裏對你喊呢？小日本打你也輕些，你小子真不是內奸？」

韓文奎說：「去你媽的！你再懷疑我是內奸我就揍你。我說到做到，不再當你是朋友。你他媽的想不到嗎？揍我的那個小日本說東北話不順溜，罵急眼了，就用日本話罵我了。」

李廣富想想是有這種可能，就把腦袋靠柱子上，眼睛看著房頂，嘆口氣說：「我他媽的真是個笨蛋，我早就被『海東青殺人事件』整迷糊了。我現在看誰都像王八內奸，我也懷疑我自己就是內奸。」

陳小腿嘿嘿笑了，說：「你小子說對了，你們他娘的沒一個好人，都不是玩意兒……」

李廣富低頭看一眼陳小腿，沒回嘴，嘆了口氣……

中午了，中午過去了。

鷹房外面灰茫茫的天空下起了雪，雪挺大挺猛，大朵的雪花紛紛揚揚的，在風的作用下，打著旋往下落。這樣的雪來得急，停得也快。

原田小五郎終於來了，同來的還有關副縣長和胡長青。

原田小五郎走進鷹房，抬頭看著佟九，用一根粗手杖敲擊佟九的腦袋，佟九腦袋上的冰串嘩嘩地碎開往地上掉。佟九沒有反應。原田小五郎又用手杖重重地敲擊佟九的頭，佟九頭皮破開了，慢慢流出了血。他醒過來了。

原田小五郎說：「海東青先生，你後悔殺日本人嗎？」

佟九想說話，但沒能說出話。可是，他必須說出話。佟九努力張嘴沙啞地「啊」了幾聲，說：「小麻……雀。」

原田小五郎放棄了，說：「胡君，你一直在保護這隻『會用刀的海東青』。你寧可自己殺死他也不想把他交給我。我完全明白，現在我把他還給你，再給你兩把刀。你可以殺他了，就讓這隻『會用刀的海東青』帶著海東青的精神去死吧。他沒有了腦袋，他的肉體和精神也就死了。『海東青殺人事件』可以結束了。殺他的地點是柳條溝門。馬車我給你準備好了。你的這兩個人你可以帶走，就由這兩個人砍掉這隻海東青的腦袋，我要用他的頭骨做個燈罩，放在我的桌子上，每天觀賞。」

李廣富聽了，愣了一下，又猛一下打了個哆嗦，眼睛發直了，似乎被原田小五郎的話嚇得腦袋發暈了。

韓文奎也愣了一下，對著原田小五郎的後腦勺嘟囔出一句什麼話，沒人聽得明白，因爲韓文奎嘟囔的不是東北話。他又往地上使勁吐了一口帶血的口水，又嘟囔出一句話，還不是東北話。

這次胡長青愣了一下，扭頭看了一眼韓文奎，他不理解韓文奎怎麼會說日本話，但韓文奎說的也像是朝鮮話。胡長青的思路在這個問題上只一停頓又轉移了，說：

「原田先生，佟九不可能活著到柳條溝門，他馬上就死了，我看就不用帶出去砍頭了吧。」

關副縣長說：「原田先生，請考慮一下，那樣做是不合適的。」

原田小五郎不理睬胡長青和關副縣長，擺手叫隨從給佟九注射藥針。他不允許佟九死在行刑的半路上。

原田小五郎又說：「海東青先生，在你的腦袋離開你的脖子之前，你還有一次開口說話的機會。砍你腦袋的人會替我問你那句話。」

原田小五郎又走到陳小腿的身邊，踢一腳陳小腿的腦袋，問：「陳先生，你告訴我爲什麼殺我，我給你留個全屍，這是你最後的機會。你好好想想，你沒了腦袋，在你去陰間的路上，你找不到路，就無法投胎。」

陳小腿瞪著原田小五郎，說：「你他娘的別想知道俺爲什麼殺你了。俺死了俺不去陰間，俺跟著你，你幹什麼俺都跟著你。你娘的，俺叫你知道俺不是好欺負的。」

原田小五郎又一腳踢過去，陳小腿的腦袋帶動身子向一邊滑了一下。陳小腿努力用舌頭把嘴裏的血往外頂。陳小腿沒有力氣，無法往原田小五郎的鞋上吐口水。

陳小腿說：「你多欠俺兩腳，你媽的，俺記得住。」

李廣富嘟噥：「他媽的！我操他媽的小日……」

還沒等他罵完，原田小五郎的一個隨從一步衝過去，大聲咒罵著，一口氣五六個大耳光打得李廣富鼻口流血……

佟九和陳小腿被反綁了手臂，拖出鷹房丟在了馬車上。馬車拉著這兩個人從日本領事館駐通化領事分館的大門出來，就由公安大隊的人接管了。李廣富和韓文奎各自拎著一把日本刀，走在馬車的後面。李廣富的右腿被日本人打得挺重，只能一拐一拐地跟著馬車走。

馬車拐上了西關老城街，爲什麼要在主要街道上轉一圈，這是原田小五郎的命令。原田小五郎的目的是叫更多的人看到「會用刀的海東青」怎樣被殺掉。

佟九和陳小腿在馬車上挪動著，背靠背互相靠著，努力坐直了腰。

佟九看著這條老城街，想起了和尼婭佐娃頭一次相遇的情景。那時也是一個大雪過後的天氣，也是迎著即將落下的夕陽，佟九拖著扒犁急匆匆走進老城街，尼婭佐娃悄悄跑過來，偷了佟九的一隻紅毛大野雞……

佟九回想到這裏，嘴角咧出了笑紋，腦袋也清醒了。他不知道這是日本人注射的藥物使他有了力氣和精神。

陳小腿也是這樣，在藥物的作用下有了些力氣。他說：「那是咱倆殺四個小鬼子的地方，想想就像昨天的事。你說那個被俺燙死的小鬼子和咱倆比起來是他痛還是咱倆痛？」

佟九說：「當然是日本小矮子痛，他的腦袋被炸糊了。」

陳小腿說：「那麼俺就算贏了。俺殺了三個小鬼子，傷了兩個小鬼子，他們比俺痛。大哥你更贏了，你殺了那麼多個小鬼子，昨天又踹死了一個小鬼子，你贏透了。」

佟九就用後腦勺碰碰陳小腿的腦袋，兩人哈哈大笑。

佟九在大劇院的街邊看到了人群裏的霍克和麗達，霍克舉起瓶酒對著他舉一下，送嘴裏喝一口，嘩嘩地再往雪地上倒酒。麗達看著他，捂著鼻子哭。佟九就知道尼婭佐娃和大蘭子、小蘭子她們被霍克從土屋老窩裏接出來了，也安全了。

那些和康鯤鵬一起擺攤的小商販叫著擁上來，舉著酒碗、大肉塊想餵佟九和陳小腿吃喝，但被全副武裝的公安大隊的人推開了。

馬車繼續順街走，人群繼續跟著。

陳小腿突然喊：「謝謝老少爺們，俺心領了，俺謝了。二十年後俺還是死不服輸的陳小腿。」一堆人跟著叫好。有人喊：「鷹王佟九、海東青佟九，給大夥留一嗓子。」

陳小腿用後腦勺頂佟九的後腦勺，喊：「大哥，給老少爺們留一嗓子，那是咱們留下的念想。」

佟九一直在人群裏找康鯤鵬，但他找不到康鯤鵬。佟九就不能不擔心起來，擔心胡長青不守承

諾了，心裏有點急，卻猛一下想起了叫尼婭佐娃喜歡上他的那句話了。他就「操」了一聲，衝口就笑了，喊：

「大媳婦，我想起那句話了。哈哈！他媽的，原來是那句話。哈哈……」

佟九一口氣沒喘順，咯咯咳嗽起來。

跟著走著聽的圍觀的人群靜了靜，他們認爲這不應該是「會用刀的海東青」、鷹王佟九留下的話。

陳小腿又用後腦勺頂佟九的後腦勺，說：「大哥，這不像話！你是『會用刀的海東青』，你不應該喊出這句屁話。重來！」

佟九說：「你小子懂個屁，我讓那句話爲難了好幾個月，我能告訴大媳婦我想起那句話了，我太高興了。」

陳小腿就喊：「大夥聽著，俺們哥倆來生一定變成海東青，再用刀殺小鬼子！」

在安靜中失望的那些人，又叫好了。有人還喊：「『會用刀的海東青』、鷹王佟九再給大夥留一嗓子！」

陳小腿喊：「大哥喊啊！快喊啊！」

佟九努力想他該喊句什麼，喊殺小鬼子？那用喊嗎？喊了就能去殺小鬼子了嗎？不喊就不能殺了嗎？馬營長喊了殺小鬼子就去殺小鬼子，他佟九沒喊殺小鬼子也殺小鬼子。這不是喊不喊的事，而是能不能敢不敢的事。但是佟九也想喊一句二十年後再當個鷹把式，還當「會用刀的鷹把式」，還用刀殺小鬼子。可是佟九喊不成了，因爲兩個公安大隊的人撲上馬車用布團把佟九和陳小腿的嘴堵上了。

跟著走著看的人群發出起哄聲……

柳條溝門到了。

佟九和陳小腿被兩個公安大隊的人拖下馬車，那兩個人使勁大了，佟九和陳小腿就摔下馬車，臉朝下趴在雪地上了，可是他倆翻不了身，也站不起來。

圍觀的人喊：「他們的腿斷了，被王八犢子們打斷了。」

胡長青想快一點結束這件事，又叫上四個公安大隊的人快點動手把佟九和陳小腿拖去柳條河邊。

佟九突然從雪地上坐了起來，用肩膀撞開一個公安大隊的人，用眼睛瞪退了另外三個公安大隊的人，他的嘴還被布團堵著。佟九甩甩臉上的雪，又趴下去，用肩膀頂著陳小腿翻了個身，叫陳小腿臉朝天，又把肩膀插進陳小腿的腦袋後面，頂著陳小腿坐起來。

佟九坐在雪地上瞪著陳小腿，陳小腿也坐在雪地上瞪著佟九。兩個人瞪著對方憋紅了臉，用腿在較勁。終於，佟九顫巍巍站了起來，晃一晃，走近泄了力的陳小腿，示意陳小腿靠著他的腿站起來。

陳小腿把腦袋舉高，不知道他是怎麼整的，也許他嘴裏的布團根本沒塞實，他把布團從嘴裏頂出來甩在雪地上。他用牙齒咬著佟九腿上的褲子借力往起站，但陳小腿受刑日久，體力早已耗盡，手腳又被綁在小鷹架上受刑，已經廢了。他就泄了氣力，他失敗了。

陳小腿鬆口放開佟九，嗚的一聲就哭了，喊：「操你娘小鬼子，臨死也不讓俺走最後幾步。俺恨啊……」

李廣富吸一下鼻子，用左手抹一把鼻涕甩雪地上，把拎在右手裏的日本刀丟在雪地上，拐著腿衝過去，喊：「好兄弟，我他媽的給你當腿，你死了我也給你燒紙錢。」

李廣富拽起陳小腿，矮身抱上陳小腿的腰，像托舉小孩子那樣托起陳小腿跟在佟九的身後，一拐一拐地往柳條河邊雪地上走。

李廣富喊：「好兄弟，這是你自己的腿在走。你走好，再加把勁，就快走到了。二十年後，你還是一條好爺們兒。」

陳小腿說：「好兄弟，就是俺自己的腿在走，小鬼子沒本事不叫俺自己走。二十年以後……」

韓文奎突然飛身衝到陳小腿的身側，雙手合握日本刀揮手砍出一刀，刀鋒在陳小腿的脖子間劃過去，陳小腿的腦袋和鮮血沖天而起，弓著身子托著陳小腿的李廣富的腦袋上、脖子裏被陳小腿的鮮血濺紅了。陳小腿的腦袋滾落下來，砸進腳前的雪地裏。

李廣富依舊托著陳小腿，在陳小腿鮮血的刺激下，猛一下想到給日本人報信的人不可能是關副縣長，應該就是韓文奎。昨晚，兩個人悄悄翻進了日本領事分館，是韓文奎故意整出了聲音，才驚動了日本人……

李廣富就挺直腰張嘴罵一句：「操你媽，內奸……」

李廣富的這句話剛罵出口，韓文奎喊一聲，雙手又一次揮起，又一刀揮出，日本刀掛著夕陽的光環，從李廣富的脖子間平行著劃過去，李廣富的腦袋在左肩膀上滾個個兒，砸進左腳邊的雪地裏。

李廣富脖子裏的血衝起多高，落下去，地在雪地上發出聲音……

韓文奎咒罵一聲，抬腳一腳踹出去，踹在李廣富的屁股上，李廣富和陳小腿的屍體撲倒在被血浸紅了的雪地上。

圍觀的人的驚叫聲揚起又落下去，場面靜極了。

韓文奎扭頭瞪著胡長青，大聲咒罵胡長青混蛋。

胡長青在發愣中回過神來，紅著眼珠盯著韓文奎，說：「內奸真的是你，你自己跳出來了。你會說朝鮮話也會說日本話，你到底是什麼人？」

韓文奎不再理會胡長青，冷笑著轉過身，把刀身上的血往雪地上甩一下，抬起左手揉一下鼻子，抬腳走向佟九。

佟九轉過身看著韓文奎。韓文奎齜牙冷笑，把佟九嘴裏的布團拽出來，問：「海東青先生，我不會給你燒紙錢的。原田先生叫我問你最後一句話，你後悔殺日本人嗎？」

佟九張張嘴，嘟噥出一句話。韓文奎沒能聽清，向佟九靠近一步，又問：「你後悔殺日本人嗎？你要明白，這是你最後的機會。」

佟九咧了下嘴，突然猛衝一步，甩頭撞在韓文奎的下巴上。佟九的這招「羊頭」撞倒了韓文奎，韓文奎雙腳離了雪地，摔個仰面朝天，手裏的日本刀也甩到了一邊去，被胡長青一腳踩在腳下。

佟九瞬息間一躍撲上去，撲在韓文奎的身上，壓住韓文奎，努力把嘴巴張大，一口咬住了韓文奎的脖子，韓文奎叫喊著雙手用力往外推佟九的腦袋。

一大堆公安大隊的人喊著圍上來，分成兩幫，一幫喊叫圍觀的人群往後退，一幫圍著佟九和韓文奎，沒有公安大隊的人去拉開佟九救助韓文奎。韓文奎拚了命也沒能推開佟九，也沒能掙扎脫身。他用手抓瞎了佟九的一隻眼睛，然後他的手就慢慢軟下去，不動了。

佟九翻個身，仰面朝天躺在雪地上，張著血糊糊的嘴，胸膛快速地起伏，呼呼地喘粗氣。公安大隊的那些人這才看到佟九咬開了韓文奎的脖子，那個血洞裏流出的鮮血已經染紅了下面的雪。

不知是誰、不知是哪個公安大隊的人在突然的寧靜中開了幾槍，這幾槍擊碎了佟九的腦袋，佟九的頭骨做不成原田小五郎要的燈罩了。不能把這顆頭顱留給小鬼子！這是那幾槍共同的心願。

佟九的身體猛然抖幾下，不動了，碎裂的臉上的那隻獨目和那隻血洞似的眼眶直直地瞪著天空。

大雪過後的天空很美，沒有一片雲。天空藍藍的，深深的，像深不可測的藍眼睛……

5

佟九被殺之後的第七天下午，康鯤鵬從胡長青嘴裏知道佟九死了，陳小腿和李廣富也死了。大蘭子、小蘭子帶著康良駒已經回到家裏住了，「海東青殺人事件」結束了。他老康也沒事了。

康鯤鵬迷迷糊糊地從胡長青的手裏接過一個小口袋，小口袋裏是一百塊大洋。

胡長青說：「康叔，你用這點大洋回去好好養兒子，街上有事就找我。趙家三寶兄弟從日本留學回來了，將來的前途不可限量，你有事也可以找他。你小時候對他比對我和廣富好。」

康鯤鵬正迷糊著，沒聽清胡長青後面說的話，也沒吱聲，出了監獄的大門。他低著腦袋，拎著小口袋，一路哭著，高一腳低一腳走到龍嶺街敲響了大蘭子的家門。

康鯤鵬先聽到小老黃在門裏叫，腦袋裏還想了一下，認爲是大老黃在叫，那麼兒子康良駒一定也在裏面。他就看著門，又敲了一下門，狗不叫了，門開了。

開門的是康良駒，康良駒看一眼叫花子似的康鯤鵬，愣一下，叫一聲：「爸！是你？你沒死？」

還沒等康鯤鵬說話，康良駒就吐一口口水，「砰」一聲關上了門。康良駒腳邊的小老黃盯著門縫，汪汪又叫了一聲。

康鯤鵬的腦袋暈了一下，以爲兒子沒認出他，他想他也認不出自己了，他現在就是個叫花子。那麼兒子喊的那聲爸是喊誰呢？誰沒死呢？

康鯤鵬鼓鼓勁又敲門，這次是小蘭子開的門。小蘭子身後站著默默哭了一臉鼻涕的康良駒。

小老黃沒興趣理睬康鯤鵬，歪著頭看看康鯤鵬，去了一邊坐下了。

康鯤鵬叫一聲：「小蘭子妹子是我，我是……」

小蘭子甩手把幾隻包子砸在康鯤鵬的腦袋上，說：「我知道是你，你出賣了臭老九。臭老九爲去救你才死了。你對得起誰？滾你媽的吧。」

康鯤鵬的心顫一下，手裏拎的小口袋脫手砸在地上，小口袋裏滾出幾塊大洋躺在地上。

小蘭子瞄了一眼，說：「操你媽的！這是你出賣臭老九的錢吧，我要不看你是康良駒的爸爸，我一槍崩了你。快滾吧。」

康良駒把腦袋從小蘭子身後探過來，喊：「你走吧，公安大隊的人打你你怕痛也不能出賣老九叔。你不是最恨出賣兄弟的人嗎？你是個破騙子……」

康良駒說完嗚嗚地哭了起來。

康鯤鵬喊：「我沒出賣臭老九啊！我沒有啊！我挨了老鼻子揍了，挨了老鼻子騙了。我挺過來了，我九死一生啊！天啊！這是怎麼了呀！」

小蘭子氣得臉通紅，咬牙切齒地說：「你還說！你還說！公安大隊的人都這麼說，說你怕痛，一揍你你就告訴公安大隊的人怎麼去找臭老九。你滾！你滾啊……」

大蘭子在小蘭子身後說：「別管他了，關門吧。這不能怪他，就怪咱們這裏來了日本人。良駒，你該去練刀了。」

康鯤鵬看著門又一次關上，發了陣兒呆，仰起腦袋看天，嘿嘿笑兩下，喊：「臭老九你看著我！你好好看著我。」

康鯤鵬掉頭把腳邊的小口袋踢到一邊就走了。他拐著腿，徑直回了柳條溝門的家，在屋裏牆角邊挖出一個油布包，油布包裏有十塊大洋，還有佟九殺日本人用過的那把牛角尖刀。

康鯤鵬把牛角尖刀揣在懷裏，握著十塊大洋離開了家，高一腳低一腳去了震陽街的野味居。野味居門前的小夥計不讓康鯤鵬進門，罵臭叫花子快滾。

康鯤鵬一邊大罵小夥計狗眼看人低，一邊衝上臺階，一把抓住小夥計的前胸，指著小夥計的鼻子告訴小夥計他是康家大少爺康鯤鵬，公安大隊副大隊長胡長青是他的大乾兒子。

康鯤鵬這樣一鬧，那個小夥計不敢動手打了，把二櫃喊了出來。

二櫃問康鯤鵬要幹什麼，康鯤鵬放開那個小夥計，把左手裏握熱的十塊大洋拍在二櫃手裏，說要一隻大雁，要一整隻紅燒的胖的有肉的大雁。

二櫃笑著告訴康鯤鵬現在過季了，沒有大雁。大個的野鴨還有一隻，不過是人家預訂的。

康鯤鵬往野味居臺階上一坐，說：「行，野鴨也行，整隻紅燒的，我就要那一隻，你用油紙給我包上我等著帶走。今晚我的一個好兄弟和一個朋友死了燒頭七，我小乾兒子也死了也燒頭七，我大乾兒子過三十四歲生日。」

康鯤鵬又抬頭問：「你知道我這兩個乾兒子是誰嗎？」

二櫃說：「你剛才喊了，我沒聽清。你再喊一遍。」

康鯤鵬沒看到有兩個公安大隊的人和一個戴頂禮帽的人正從震陽街口走過來，那二櫃在使壞。康鯤鵬就吸口氣，喊：「你聽著啊，我小乾兒子是公安大隊帶匣子槍的人，和鷹王佟九死在柳條溝門了。日本人用刀砍掉了他的腦袋瓜子，他叫李廣富。我大乾兒子可了不起，他是公安大隊副大隊長胡長青。其實他就是大隊長，咱這通化縣城現在沒有大隊長。你用我再喊一遍嗎？」

二櫃瞄著兩個公安大隊的人和戴禮帽的人聽到康鯤鵬的話走過來了，就笑笑說：「你想喊就再喊唄，你跩啊！公安大隊長的乾爸爸還不跩嗎？」

康鯤鵬說：「就是，我以前更跩。我送以前兄弟的大洋比你這號的屌二櫃見過的都多。快他媽去拿鴨子，別耽誤了我的大事。」

戴禮帽的人走過來低頭看一眼康鯤鵬的長短腿，說：「你真是康叔，你這是？你怎麼混的？我回來問我爸，我爸說你在賣肉啊，我還打算過年去看你吶。你怎麼成叫花子了？」

康鯤鵬抬頭看看戴禮帽的人，一下跳起來，說：「天啊，是三寶啊！你留出小鬍子了？小屌樣兒更像個爺們兒了，太好了。我爲了鷹王佟九的事，被你長青大哥關監獄裏關了他媽好幾個月。今天下午剛剛放我出來，我就這樣了。你小子這麼多年去哪兒了？我叫你看笑話了。」

康鯤鵬又抬頭對二櫃說：「這是趙家三少爺趙三寶，是我老康不大不小的乾兒子，他小時候和我親近。」

康鯤鵬心裏發酸，聲音哽咽了，又說：「我不他媽和你廢話了，壞心眼的傢伙。我的野鴨呢？」

趙三寶問二櫃：「我康叔沒給你錢？」

二櫃說：「給了。」

趙三寶一個大耳光扇在二櫃臉上，喊：「看人下菜碟啊，我康叔要的東西呢？」

二櫃急忙點頭彎腰叫了「爺」，連說：「馬上、馬上拿給爺。」

趙三寶說：「康叔，一會兒拿上東西跟我走。咱爺倆先去高麗樓吃飯，然後去洗澡。過幾天我給你頂個鋪子你幹個小生意，咱不站街上賣肉了。」

康鯤鵬搖搖頭，說：「三寶，有你這句話我知足了。我有事，我要去給我兄弟燒頭七。以後我想幹小生意了再去找你。」

趙三寶說：「康叔，七天前死在柳條溝門的鷹王佟九真是你的兄弟？」

康鯤鵬說：「是啊！他活著是我兄弟，死了還是我兄弟。今晚他的頭七，我能不去柳條溝門喊兩嗓子嗎？」

趙三寶說：「那好吧，過幾天我找上長青哥，叫他給康叔賠罪。」

說完趙三寶掏出一把紙幣揣進康鯤鵬的懷裏，抱抱康鯤鵬的肩，帶著兩個公安大隊的人走了。

康鯤鵬看著趙三寶走遠了，他的腿軟了，在臺階上坐下來，低了腦袋，眼淚嘩嘩流下來。

二櫃端著個盤子，把油紙包好的紅燒野鴨送出來，喊：「康爺，你要的紅燒鴨子。」

康鯤鵬站起來，擦了把滿臉的淚水，接過紅燒野鴨就走。

二櫃又問一句：「康爺，你真是以前占了震陽街大半條街的那個康家大少爺？養了一大幫閒人架鷹驅犬的那個康家大少爺？」

康鯤鵬回頭說：「那是個笑話，我他媽逗你玩呢！」

二櫃在康鯤鵬身後說：「我記得康家大少爺是和你一樣的長短腿，那是個有名的敗家子。」

康鯤鵬不回頭，嘿嘿冷笑……

康鯤鵬高一腳低一腳走到震陽街口，在一棵樹的後面蹲下來。探頭左右看看，小心地展開油紙包，掏出懷裏的牛角尖刀，握右手裏，從野鴨肚子的切口插進去。再包好，用左手托著野鴨。他站起來吸口氣，走到老城街縣政府的兩層青磚樓下，再拐一個彎，來到公安大隊的門前。

可是，公安大隊的門警不讓康鯤鵬進去，把康鯤鵬推到街上，還照康鯤鵬的屁股上踢了一腳。

康鯤鵬向前撲一步，努力站穩，就揚起腦袋衝樓上喊：

「長青，你乾老子我的大乾兒子，我用一百塊大洋買了燒鴨給你過生日，你下來接你乾爸爸呀！我兒子你給他媽的整哪兒去了？」

胡長青聽見喊聲從樓上跑下來，出了樓門看康鯤鵬喊了滿臉汗，整個破帽子上、下巴的鬍子上全是凝結的雪霜。

胡長青走過來，問：「你喊什麼？你發什麼瘋？你兒子丟了？那不能啊，你慢慢說，真丟了嗎？」

康鯤鵬靠近胡長青，笑笑說：「大乾兒子，我不這麼喊你能出來嗎？我給你送紅燒野鴨來了，還是熱乎的，野味居買的。」

胡長青說：「你送什麼破燒鴨，拿回去給你兒子吃吧。我忙著呢！」

康鯤鵬說：「大乾兒子，你不接著我還喊。你關我幾個月了，我得謝你。」

胡長青說：「我關你是爲你好，你個糊塗蛋，這也不懂？」

胡長青看著康鯤鵬變顏變色的臉，渾身還發抖，就嘆口氣說：「看你凍得這屌樣兒，行，行，我接著，我謝謝你。過了年給你頂個小鋪子做小生意吧，別站街上賣肉了，再站街上賣肉那是丟我的人。我現在管你，是看你這人雖糊塗但講義氣，咱爺們兒以後多走動。你快回家吧。」

胡長青伸手接那個油紙包，康鯤鵬用左手往外送那個油紙包，右手從油紙包裏拔出牛角尖刀。但是康鯤鵬不是佟九，不是陳小腿，甚至還不是只敢罵日本人又不敢對日本人動手的李廣富。康鯤鵬就是康鯤鵬，他本來想一刀捅進胡長青的胸膛上，捅出牛角尖刀時心就軟了，刀往下去，捅胡長青肚子上了。然後康鯤鵬的手鬆了牛角尖刀，腿軟了，坐在雪地上。

胡長青抬手握上刀柄，看著康鯤鵬，才一屁股坐在了地上，手裏的油紙包也滾到雪地上了。

康鯤鵬喊：「大乾兒子，我殺你了。你不應該說我出賣了臭老九，你知道我沒有。你用了那麼多損招對付我，我挺過來了。我不能出賣我兄弟，以前不能，現在不能，我死了也不能……」

康鯤鵬被一群撲上來的公安大隊的人打得滿地亂滾，但是他只是嘟囔：我不能出賣兄弟，不能出賣兄弟。臭老九你看著，你看著我……康鯤鵬暈過去了。

胡長青的傷並不重，康鯤鵬刺的那一刀勁不夠，胡長青的肚皮只是被牛角尖刀刺個口子而已。康鯤鵬又被關進了監獄……

三個月之後，一九三二年三月，僞滿洲國成立。

胡長青挨了康鯤鵬這一刀，反而因傷得福。日本人不但沒有爲難胡長青，反而對胡長青在「海東青殺人事件」上的做法表示不可能接受，但可以理解。

康鯤鵬的那一刀，使日本人相信胡長青是老百姓恨的人，這樣的人也是日本人認爲可以使用並控制的人。

胡長青正式出任了僞滿洲國通化縣警察局長，另由一個日本人出任警政，就是警察局副局長。關副縣長調往省城赴任，一個姓裴的人被日本人扶起來出任僞滿洲國通化縣縣長。原田小五郎出任通化縣參事官，就是真正主事的副縣長。

胡長青在上任的第三天早上，幹的第一件事，就是命令一個員警帶著小蘭子和康良駒去監獄，把康鯤鵬接出來。因爲被關押了三個月的康鯤鵬誰也不認識了，員警說康鯤鵬瘋了。

康鯤鵬被康良駒領著走出監獄的大門，康鯤鵬就甩開康良駒的手，像認路似的，高一腳低一腳直接去了西關老城街僞滿洲國通化縣警察局。康鯤鵬在警察局門口停下，歪著頭看警察局門口掛的新牌子。

康良駒趕過去餵康鯤鵬包子吃。康鯤鵬不伸手接，張嘴叼上那只包子，往一邊斜走幾步，走到警察局的正門口，掏出襠裏的那玩意兒要撒尿。

康良駒喊：「爸，員警要打人的，這疙瘩你不能撒尿。」

康鯤鵬扭頭吐掉叼在嘴裏的包子，看著康良駒，抬手把左手的一根中指豎起放嘴上噓了一聲，說：「小點聲，別讓王八犢子們聽見。你個小雞巴屌孩懂個屁，他媽的屌雞巴滿洲國，他媽的屌雞巴警察局，都是日本龜孫子的奴才，都是不認祖宗的狗東西。這疙瘩他媽的就是茅樓。日本龜孫子能來隨便拉屎撒尿，我老康正宗滿族正白旗的爺們兒爲什麼不能來撒尿？」

小蘭子過去拽一把康良駒，說：「小子，我可看出來了，你爸這個笨傢伙在裝瘋。」

康良駒說：「沒錯，小姨。我爸連牌子上屌雞巴滿洲國雞巴警察局那些字都能認出來，他就是在裝瘋。可是，小姨，咱們拿我爸怎麼辦呢？屌警察出來看了，可是沒管我爸，還笑了。」

小蘭子說：「就讓你爸瘋去吧，瘋子跑街上罵了什麼幹了什麼，員警也不管。現在這世道就小鬼子和瘋子才厲害。」

康良駒說：「我爸也就這屌樣了，就讓他滿街跑著玩兒去吧。我爸沒出賣我老九叔，可真好。」

康鯤鵬對著警察局的門撒了尿，抖抖襠裏的那玩意兒，提上褲子，繫上褲腰帶。他看著從門裏走出來看他笑的那個員警，也揚起脖子歪著臉對那員警笑，又一甩手，蹦一下，掉過頭，高一腳低一腳走去街邊撿了根草繩子，把草繩子纏脖子上，兩隻手握住繩子頭，拽緊舉高，一蹦一蹦地喊：

「臭老九鷹獵了，臭老九鷹獵了，臭老九變成海東青了……」

胡長青站在警察局辦公室的窗前，看街上的康鯤鵬，笑著搖頭。一個員警喊了報告進來，告訴胡長青該去火車站送關副縣長了。胡長青就出了警察局，騎了馬帶上兩個員警去了通化火車站。

通化火車站月臺上送行的人有幾幫，都是縣城裏的人物。胡長青來得比較晚。他下了馬，叫兩個員警牽著馬等著，快步走進了月臺。但他不急於走向那堆送行的人，而在左顧右盼地在找什麼人。

胡長青微微愣了一下，他看到一個戴頂狐狸皮平頂女式帽子、披件朝鮮豹皮短氅的細高個女人。女人露在帽子外的頭髮是金黃色的，這個金髮女人的右腳有毛病，像是腳腕不能打彎，走路一步一頓的。金髮女人隨著幾個人走到關副縣長那一堆送行的人的後面，並不停步，她的右手抬起彈了一下，從她手中飛出一隻飄著三根暗黃色羽毛的毽子，毽子飛出個弧形，落在關副縣長的帽子頂上。關副縣長正和那一堆人說話，感覺帽子上落上了東西，他抬手摘下帽子，帽子頂上的羽毛毽子落到了地上。

關副縣長彎腰拿起來看，不明白這隻小孩子平時玩的羽毛毽子是從哪裡來的。他戴上帽子，對看著他的那堆人笑笑，擺擺手上的這個羽毛毽子，轉身想上火車。

那些目送關副縣長的人突然看到一隻黃海東青從天空中俯衝下來，輕巧地探出鷹爪，抓在關副縣長的帽子上，勾著脖子閃電般的一喙啄出。關副縣長慘叫一聲，抬手向眼睛捂去。那隻黃海東青已經抓著關副縣長的帽子，扶搖直上，又鬆開鷹爪丟下那頂帽子，隨著那頂帽子砸在地上蹦跳，黃海東青已經飛進了刺目的陽光裏。

關副縣長慘叫著轉個圈倒下去，四肢抖個不停。

胡長青看著金髮女人一步一頓地拐個彎走下月臺，他的嘴角展出了不易察覺的笑意，他走過去分開人堆，扳開關副縣長捂著眼睛的手。

胡長青心裏雖有準備，但也嚇了一跳，關副縣長右邊的眼珠已經破了，像被硬針扎破的那樣，眼眶裏流出的是黑色的血。關副縣長整張臉都是黑色的了。

胡長青推開一隻伸過來的手，喊：「有毒！」

胡長青他們這一堆人眼看著關副縣長放挺不動了。胡長青不禁想，那隻黃海東青的喙被使用牠的人裝上了短短的一支毒針，刺中獵物，獵物就會迅速毒發身亡。而那隻黃海東青的喙不能張開自然碰不上毒血，也不能吞吃獵物，從而可以從容而去。

胡長青又低頭看看死得比較難看的關副縣長，他的嘴角再一次展開不經意的笑紋，想，佟九的黃毛大媳婦，妳沒有認錯目標，這和預想的一樣。那麼妳下一步是離開這裏，還是刺殺另一個目標呢？

胡長青看著這一堆驚慌的縣城人物，說：「各位，日後大家要小心了。『海東青殺人事件』沒有結束，而且那隻『會用刀的海東青』以後的行動，肯定不只是針對日本人，也包括我們大家在內。請各位各自珍重吧……」

刺殺關副縣長的金髮女人，就是尼婭佐娃。

尼婭佐娃一步一頓走出通化火車站，來到火車站後面的楊樹林裏，在一塊石頭上坐下來。她從脖子上解下一條黑圍巾，舉起擺動。不一會兒，那隻黃海東青，也就是黃鷹大小姐，從天空中飛下來，落在尼婭佐娃抬起的左臂上，歪斜著腦袋看著尼婭佐娃，鷹目淩厲，又得意洋洋。

尼婭佐娃說：「好樣的黃鷹大小姐，我們辦到了。我們的好先生不會喜歡我們這樣幹的，這是我們決定的，我們不會認爲這是錯的。」

尼婭佐娃戴上鹿皮手套，把裝在黃鷹大小姐喙上的一支銅製的筒狀尖針取下來，蹲在地上挖個小坑，把筒狀尖針丟在小坑裏面，又脫下鹿皮手套，也丟在小坑裏面，埋上土。

尼婭佐娃站起來看著黃鷹大小姐，說：「這一切都結束了，我們失去了一個不可能再碰到的人，不是嗎？好先生永遠地離開我們飛走了。」

尼婭佐娃從懷裏掏出一個油紙包，展開，裏面是三條新鮮的牛肉。她餵飽了黃鷹大小姐，對黃鷹大小姐說：「親愛的，春天快來了。好先生說春天來了就到了和妳分離的時候了。妳走吧，我們的黃鷹小姐已經飛走了，牠去找好先生那樣的甜心生寶寶去了。再見親愛的，妳也該走了。」

尼婭佐娃甩一下左臂，黃鷹大小姐展翅向天空飛去。她抬頭看，黃鷹大小姐又飛回來，在尼婭佐娃頭頂盤旋。

尼婭佐娃淚流滿面，喊：「再見親愛的。妳去吧，回到妳的家鄉，在海參崴海岸邊的懸崖上找到好先生，告訴好先生，他的大媳婦知道他想起那句話了……」

尼婭佐娃哭得垂下了頭，蹲下去，抬手捂住了臉。

黃鷹大小姐在尼婭佐娃的頭頂盤旋一圈，作最後的告別，然後鷹鳴一聲，箭一般向極北的海岸飛去……

尾聲

尼婭佐娃放飛黃鷹大小姐十幾天之後，就有武裝便衣去「洋人的家」逮捕尼婭佐娃。但他們去晚了，那裏的俄國人在胡長青的幫助下已悄悄離開了，胡長青算是做到了對佟九承諾的事。那些逃亡上萬公里的俄國人，在逃亡中生存的本事自然是別人望塵莫及的。

據說，這些俄國人離開通化縣城後轉道去了上海，二戰時他們又離開上海去了西歐。那時有一句話，說他們是「小姐當舞女，將軍把大門」。

當然，可愛的尼婭佐娃一直和他們在一起。因爲心中有愛，所以無論走到哪裡，她都能得到幸福。

附錄　地名及其他

＊佟佳江：發源於今天的吉林省白山市三岔子龍崗山脈的磬嶺，由七條支流匯成。從西南群山裏彎彎曲曲流過吉林省白山市和通化市，在集安縣和寬甸縣交匯口併入鴨綠江，至遼寧省丹東市匯入黃海。它一路奔騰下來，流程四三三公里。在漢代時，這條江被稱為「鹽難水」，在女真語中意為「彎曲的江」。到了明朝又改名為「普述水」，在滿語中意為「下邊的江」。這條江奔流到清朝，頭一次有了比較有內涵的名字，叫「通三雅吉哈」。在滿語中，這個名字意指一種黑背白肚皮的烏鴉。這種烏鴉因反哺被滿族人稱為孝鳥。滿族人的孝道也許也感於此。後來，這條江由「通」演變為「佟」，被稱為佟佳江或佟家江。另有一個傳說，說佟佳（家）江是以當地滿族大姓佟姓家族命名的江。再後來到現在，此江叫渾江。

＊柳條溝門：即現在的通化市柳泉路路口。偽滿洲國時期，東北抗日救國自衛軍司令王鳳閣將軍在這裏被日本人殺害。王將軍四歲的兒子面對日本人用以誘惑的餅乾、糖果，喊出了一句：「我不吃日本鬼子的東西。」這句話的另一個版本是：「餓死不吃日本人的飯。」

＊東邊道：省轄行政機構，指鴨綠江、佟佳江（渾江）兩江區域的廣大地區。早期由大清朝設的道台衙門管理，後期由民國政府設立的東邊道鎮守使衙門管理。

＊通化縣公安大隊：民國時期的縣級地方員警部隊的名稱。每個縣都有一個公安大隊的編制。

＊咧巴：一種俄羅斯黑麵包的音譯。

風雲時代

時代回風雲時代回風雲時代回風雲時代回風雲時代回風雲時代回風雲時代回
回風雲時代回風雲時代回風雲時代回風雲時代回風雲時代回風雲時代回風雲
時代回風雲時代回風雲時代回風雲時代回風雲時代回風雲時代回風雲時代回
回風雲時代回風雲時代回風雲時代回風雲時代回風雲時代回風雲時代回風雲
時代回風雲時代回風雲時代回風雲時代回風雲時代回風雲時代回風雲時代回
回風雲時代回風雲時代回風雲時代回風雲時代回風雲時代回風雲時代回風雲
時代回風雲時代回風雲時代回風雲時代回風雲時代回風雲時代回風雲時代回
回風雲時代回風雲時代回風雲時代回風雲時代回風雲時代回風雲時代回風雲
時代回風雲時代回風雲時代回風雲時代回風雲時代回風雲時代回風雲時代回
回風雲時代回風雲時代回風雲時代回風雲時代回風雲時代回風雲時代回風雲
時代回風雲時代回風雲時代回風雲時代回風雲時代回風雲時代回風雲時代回
回風雲時代回風雲時代回風雲時代回風雲時代回風雲時代回風雲時代回風雲
時代回風雲時代回風雲時代回風雲時代回風雲時代回風雲時代回風雲時代回
回風雲時代回風雲時代回風雲時代回風雲時代回風雲時代回風雲時代回風雲
時代回風雲時代回風雲時代回風雲時代回風雲時代回風雲時代回風雲時代回
回風雲時代回風雲時代回風雲時代回風雲時代回風雲時代回風雲時代回風雲
時代回風雲時代回風雲時代回風雲時代回風雲時代回風雲時代回風雲時代回
回風雲時代回風雲時代回風雲時代回風雲時代回風雲時代回風雲時代回風雲
時代回風雲時代回風雲時代回風雲時代回風雲時代回風雲時代回風雲時代回
回風雲時代回風雲時代回風雲時代回風雲時代回風雲時代回風雲時代回風雲
時代回風雲時代回風雲時代回風雲時代回風雲時代回風雲時代回風雲時代回
回風雲時代回風雲時代回風雲時代回風雲時代回風雲時代回風雲時代回風雲
時代回風雲時代回風雲時代回風雲時代回風雲時代回風雲時代回風雲時代回
回風雲時代回風雲時代回風雲時代回風雲時代回風雲時代回風雲時代回風雲
時代回風雲時代回風雲時代回風雲時代回風雲時代回風雲時代回風雲時代回
回風雲時代回風雲時代回風雲時代回風雲時代回風雲時代回風雲時代回風雲
時代回風雲時代回風雲時代回風雲時代回風雲時代回風雲時代回風雲時代回
回風雲時代回風雲時代回風雲時代回風雲時代回風雲時代回風雲時代回風雲
時代回風雲時代回風雲時代回風雲時代回風雲時代回風雲時代回風雲時代回
回風雲時代回風雲時代回風雲時代回風雲時代回風雲時代回風雲時代回風雲
時代回風雲時代回風雲時代回風雲時代回風雲時代回風雲時代回風雲時代回
回風雲時代回風雲時代回風雲時代回風雲時代回風雲時代回風雲時代回風雲
時代回風雲時代回風雲時代回風雲時代回風雲時代回風雲時代回風雲時代回
回風雲時代回風雲時代回風雲時代回風雲時代回風雲時代回風雲時代回風雲
時代回風雲時代回風雲時代回風雲時代回風雲時代回風雲時代回風雲時代回
回風雲時代回風雲時代回風雲時代回風雲時代回風雲時代回風雲時代回風雲
時代回風雲時代回風雲時代回風雲時代回風雲時代回風雲時代回風雲時代回
回風雲時代回風雲時代回風雲時代回風雲時代回風雲時代回風雲時代回風雲
時代回風雲時代回風雲時代回風雲時代回風雲時代回風雲時代回風雲時代回
回風雲時代回風雲時代回風雲時代回風雲時代回風雲時代回風雲時代回風雲